CW01650829

Kiran Millwood Hargrave

Bir şair ve oyun yazarı olan Kiran Millwood Hargrave aynı zamanda sevilen bir çocuk kitabı yazarıdır. Eğitimini Oxford ve Cambridge üniversitelerinde tamamladı. İlk çocuk kitabı *Mürekkep ve Yıldızların Kızı*, İngiltere'de 100.000 adetin üzerinde satıldı. 2017 yılında İngiliz Kitap Ödülleri'nde Yılın Çocuk Kitabı ödülünü aldı. İkinci kitabı *Her Şeyin Sonundaki Ada* ile Costa Yılın Çocuk Kitapları Ödülü'ne aday gösterildi. *The Times* çoksatanlar listesine birinci sıradan giriş yapan ve Fransa'da Prix Rive Gauche à Paris'te en iyi çeviri roman ödülünü alan *Kadınlar Adası* yazarın ilk yetişkin romanıdır.

Kadınlar Adası
Kiran Millwood Hargrave

Orijinal Adı: *The Mercies*

İthaki Yayınları - 1820

Yayın Yönetmeni: *Alican Saygı Ortanca*
Sanat Yönetmeni: *Hamdi Akçay*

Yayıma Hazırlayan: *Tuğçe Nida Gökırmak*
Düzelti: *Emirhan Burak Aydın, Alican Saygı Ortanca*
Kapak Tasarımı: *Lucy Kim*
Kapak Uygulama: *Hamdi Akçay*
Sayfa Düzeni ve Baskıya Hazırlık: *B. Elif Balkın*
3. Baskı, Ekim 2021, İstanbul

ISBN: 978-625-7650-04-5

Sertifika No: 46603

İthaki™ Penguen Kitap-Kaset Bas. Yay. Paz. Tic. A. Ş.'nin tescilli markasıdır.
Caferağa Mah. Neşe Sok. 1907 Apt. No: 31 Moda, Kadıköy-İstanbul
Tel: (0216) 348 36 97 Faks: (0216) 449 98 34
editor@ithaki.com.tr – www.ithaki.com.tr – www.ilknokta.com

Kapak, İç Baskı: Deniz Ofset Matbaacılık
Maltepe Mah. Hastane Yolu Sok. No: 1/6, Zeytinburnu-İstanbul
Tel: (0212) 613 30 06 denizmatbaamucellit@gmail.com
Sertifika No: 48625

KIRAN MILLWOOD HARGRAVE

KADINLAR ADASI

Çeviren
Anıl Ceren Altunkanat

ithaki

Annem, Andrea
ve beni yetiştiren tüm kadınlar için…

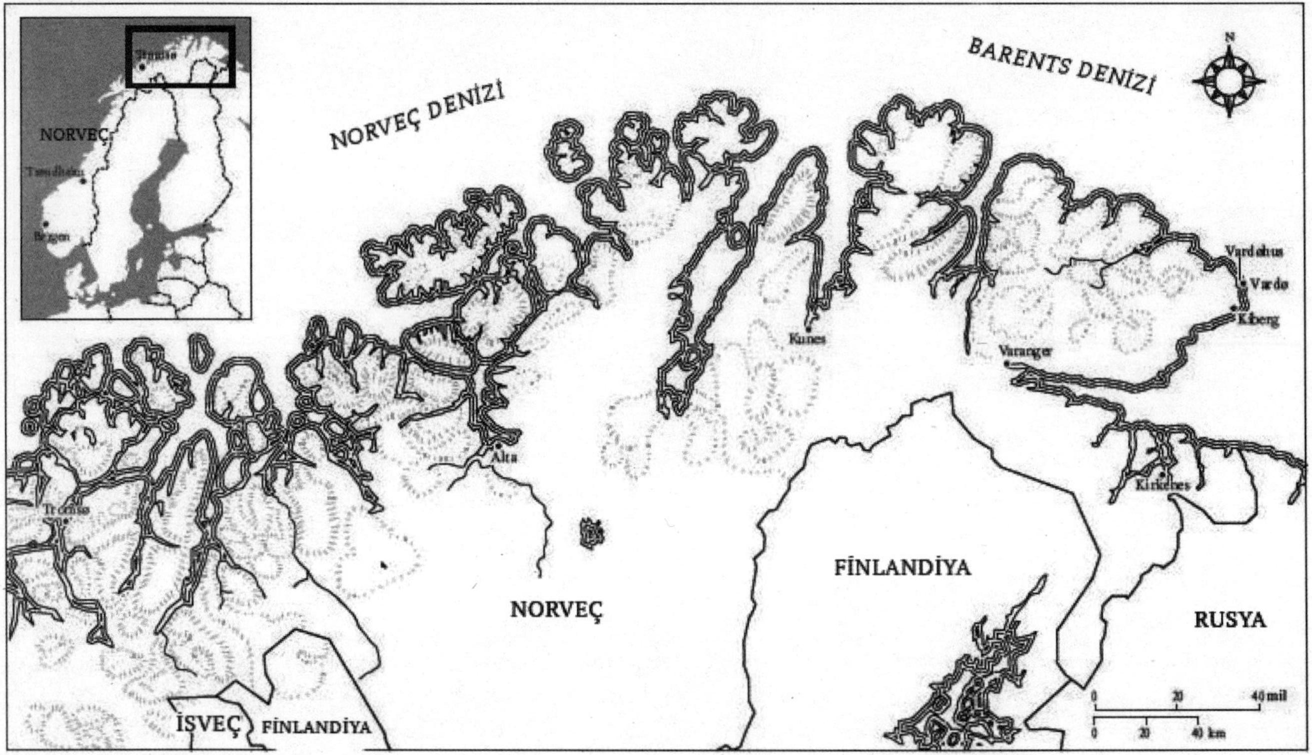

NORVEÇ
Trondheim
Bergen
NORVEÇ DENİZİ
BARENTS DENİZİ
N
Vardøhus
Vardø
Kiberg
Kunes
Varanger
Alta
Tromsø
Kirkenes
NORVEÇ
FİNLANDİYA
RUSYA
İSVEÇ
FİNLANDİYA
0
20
40 mil
0
20
40 km

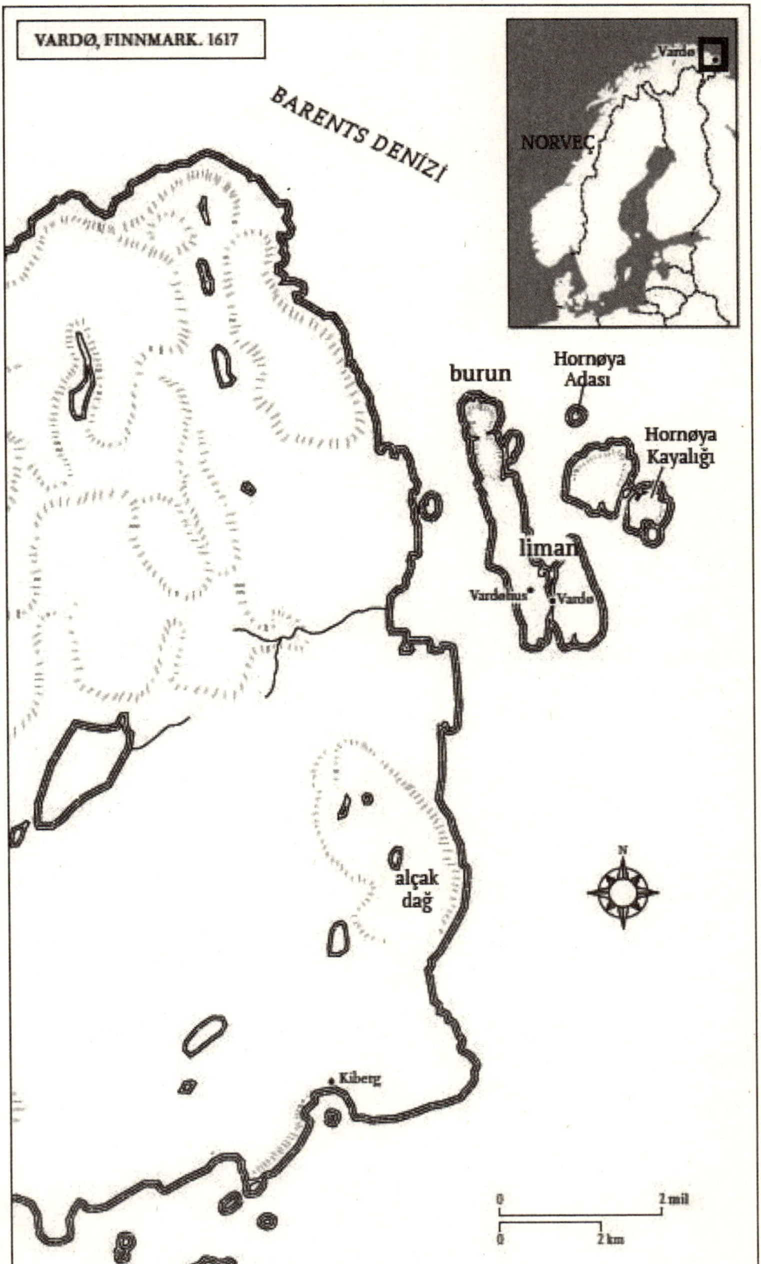
VARDØ, FINNMARK. 1617
BARENTS DENİZİ
Vardø
NORVEÇ
burun
Hornøya
Adası
Hornøya
Kayalığı
liman
Vardøhus
Vardø
N
alçak
dağ
Kiberg
0
2 mil
0
2 km

KRAL'IN EMRİYLE

Eğer bir büyücü ya da inançlı bir erkek Tanrı'dan, Kitabı Mukaddes'ten ve Hıristiyanlıktan vazgeçer, kendini şeytana adarsa canlı canlı yakılacaktır.

Danimarka-Norveç Büyücülük Fermanı 1617,
FİNNMARK HÜKMÜ 1620

FIRTINA

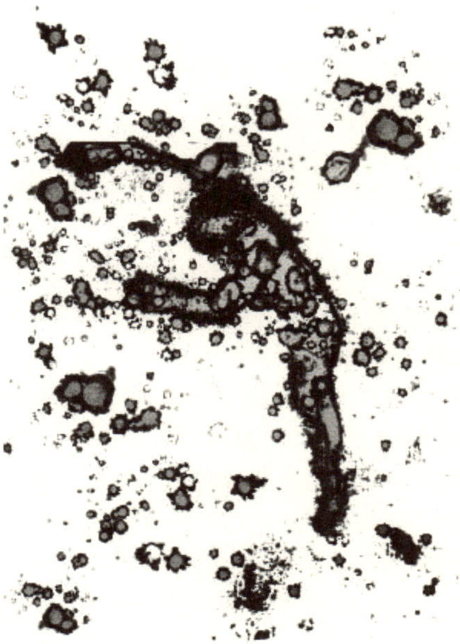

Vardø, Finnmark, Kuzeydoğu Norveç*

1617

Maren dün gece rüyasında evinin dışındaki kayalara vurmuş bir balina gördü.

Tepeden inip hayvanın bir yükselip bir alçalan bedeninin yanına gitti, gözlerini gözlerine dikip kollarını kötü kokulu, dev gövdesine doladı. Bundan başka yapabileceği bir şey yoktu.

Erkekler ellerinde parlak bıçak ve tırpanlarla kara kayadan inip aceleci, kapkara sinekler gibi balinanın başına üşüştü. Balina daha ölmeden saldırıp kesmeye başladılar. Hayvan acıyla sarsıldı, adamlar merhametsizce kestiler ve Maren'in kolları balık sürüsüyle dolu bir ağı tutar gibi uzadıkça uzadı, güçlendikçe güçlendi; Maren tüm gücüyle balinaya sarıldı, ta ki hayvana teselli mi veriyor, gözdağı mı anlamaz hale gelene dek ama bunu önemsemedi, gözünü bile kırpmadan hayvanın gözlerine bakmayı sürdürdü.

Nihayet balina hareketsizleşti, erkekler onu doğrayıp parçalarken soluğu tükendi. Maren hayvan hareketsizleşmeden, bakışlarını diktiği parlak gözleri yavaş yavaş donuklaşmadan kandilde yanan yağının kokusunu aldı.

Ayakları denizin dibine varana dek kayaların arasından suya battı. Üstündeki gece karanlık ve aysızdı, yıldızlar suyun üzerinde ışıldıyordu. Boğuldu ve soluk soluğa uyandı; burun deliklerinde, genzinde o koku. Dilinin altında yanık yağın tadı. Bu tat silinmeyecekti.

* Norveççedeki "ø" harfi Türkçedeki "ö" gibi okunur. *–yhn*

BİR

Fırtına göz açıp kapayıncaya kadar kopuverdi. Aylar ve yıllar sonra, bu yalnızca gözlerinin ardında bir ağrı, boğazlarında bir yumru olmaktan çıkınca böyle söyleyecekler. Nihayet öykülere konu olduğunda. O zaman bile bu, gerçekte nasıl olduğunu anlatmaya yetmez. Sözcükler bazen kifayetsiz kalır: Çok rahatça, umursamazca ifade ederler. Ve Maren'in gördüğü şeyde ne zarafet ne de rahatlık vardı.

O öğleden sonra, ana yelken bir battaniye gibi kucağına seriliyken, yelkenin diğer köşelerinde annesi ve Diinna oturuyor. Daha küçük, daha düzgün elleriyle rüzgâr yorgunu yırtıkları daha küçük, daha düzgün hamlelerle dikiyorlar; o ise direk bağlarının açtığı delikleri kumaş parçalarıyla yamıyor.

Ateşin yanında kurumakta olan beyaz süpürgeotu yığını duruyor; onları anakaradaki alçak dağdan erkek kardeşi Erik kesip getirdi. Yarın, annesi yastığına koyması için ona üç avuç dolusu verecek. Ayıklayacak, toprağını temizleyecek ve hepsini yastık kılıfına dolduracak; aylar boyu uykunun ve yıkanmamış saçın bayat kokusundan sonra bal gibi kokusu neredeyse mide bulandırıcı gelecek. Yastık kılıfını dişlerinin arasına alacak ve ciğerleri tatlı, keskin toprak kokusuyla soluksuz kalana dek haykıracak.

Şimdi bir şey kızın başını kaldırıp pencereden bakmasına neden oluyor. Bir kuş, karanlığa karşı karanlık, bir ses? Gerinmek, dümdüz uzanan gri koyu ve ötesinde dalgaların un ufak olmuş cam gibi parladığı açık denizi izlemek için kalkıyor. Tekneler ölü gibi suya serili, kıç ve pruvadaki minik ışıkları güçbela parıldıyor.

Babasının ve Erik'in ikinci yelkeni direğe gergince tutturulmuş teknelerini diğerlerinden ayırt edebileceğini düşünüyor.

Sırtları güneşin pusuya yattığı ufka dönük, kürekler bir durup bir ileri atılıyor; güneş bir aydır gözden uzak ve bir ay daha öyle olacak. Adamlar Vardø'nün perdesiz evlerinin sabit ışıklarını, karanın loş denizinde kaybolmuş parıltıları görecek. Hornøya kayalığı geride kaldı bile, daha erken saatlerde bir balinanın yarattığı korkuyla kaçışan büyük balık sürüsünün görüldüğü yere varmak üzereler.

"Geçip gitmiş olur," demişti babası. Annesi balinalardan ölesiye korkar. "Erik bu çelik gibi kollarla bizi oraya götürene dek midesini tıka basa doldurmuş olur."

Erik annesinin öpmesi ve karısı Diinna'nın başparmağını alnına koyması için başını eğmekle yetinmişti, ki Sámi'ler bunun denize açılan erkeğin tekrar eve dönmesini sağlayan bir bağ olduğunu söyler. Elini bir an için kadının karnına koyduğunda örgü tuniğin altındaki şişlik dokunuşuyla belirginleşmişti. Diinna onun elini nazikçe itmişti.

"Onu çağırdığını sanıp erken gelecek. Bırak."

Daha sonra, Maren ayağa kalkıp her ikisini de aşınmış yanaklarından öpmüş olmayı dileyecek. Fok kürklerine bürünmüş halde suya gidişlerini, babasının ağır ve uzun adımlarını, Erik'in paytak yürüyüşünü izlemiş olmayı dileyecek. Gidişleriyle ilgili, annesi ve Diinna'yla baş başa kalmanın, diğer kadınlarla kalmanın verdiği memnuniyetten başka bir şey hissetmiş olmayı dileyecek.

Çünkü yirmi yaşına basan ve ilk evlilik teklifini üç hafta önce alan Maren kendini nihayet o kadınlardan biri olarak görüyordu. Dag Bjørnsson babasının ikinci kayıkhanesini onlar için bir yuvaya çeviriyordu, kış bitmeden ev tamamlanacaktı ve evleneceklerdi.

Dag sıcak solukları kulağının altını yalayarak ona içeride güzel bir ocakları ve ayrı kilerleri olacağını, böylece babasının yaptığı gibi, elinde baltayla evin içinde yürümek zorunda kalmayacağını söylemişti. Babasının dikkatli ellerinde bile o kötücül parıltı kızın ağzında bir safra tadı bırakıyordu. Dag bunu biliyor ve önemsiyordu.

Dag annesi gibi sarışındı, Maren incelikle öne çıkan bu özelliğin diğer erkeklerin gözünde zayıflık anlamına geldiğini biliyor fakat aldırmıyordu. Maren'e, onlar için yapacağı yatağa çarşaf dokuması gerektiğini söylerken geniş ağzının boynuna hafifçe dokunmasına aldırmıyordu. Kışlık koyu mavi elbisesinin sırtında, bir anlama gelemeyecek kadar yukarılarda son derece yumuşakça ve tereddütle dolanan elleri ona bir şey hissettirmese de onun olacak bu ev -bu ocak ve yatak- karnında derinlerde bir yerde bir titreşim yaratıyordu. Gece ellerini o sıcaklığı hissettiği yerlere bastıracaktı; parmakları kalçasına değen soğuk demirler gibi, kendisinin olamayacak kadar hissiz.

Erik ve Diinna'nın bile kendi evleri yok: Babası ile erkek kardeşinin dış duvarın arka tarafına iliştirdikleri dar odada yaşıyorlar. Odayı enlemesine dolduran yatakları, bölmenin diğer tarafındaki Maren'in yatağıyla aynı hizada. Erik ve Diinna'nın birlikte geçirdiği ilk gece, Maren kollarını başının üstüne kenetleyip küf kokulu saman döşeğinde soluk alıp verirken tek bir nefes bile duymamıştı. Diinna'nın karnının ne zaman şişmeye başladığı bir muammaydı. Bebek kış bitiminde doğacak, o zaman o ufak yatakta üç kişi yatacaklardı.

Daha sonra şöyle düşünecek: Belki Dag'ı görmek için de izlemeliydi.

Ama onun yerine, gidip hasar görmüş yelken bezini aldı, dizlerinin üstüne yayıp kuş yahut ses ya da havadaki değişim onu karanlık denizin ortasında hareket eden ışıkları izlemek için pencereye çağırana dek başını kaldırmadı.

Kolları kıtırdıyor: İğneden aşınmış parmağını diğerine dokundurup yün yeninin içine sokuyor, tüylerinin ürperdiğini, teninin gerildiğini hissediyor. Teknelerde hâlâ kürek çekmeye devam ediyorlar, hâlâ değişken ışıkta sabitler, lambaları parıldıyor.

Ve sonra deniz yükseliyor, gök sarsılıyor; yeşilimsi yıldırım her şeyi yararak karanlığı ani, korkunç bir aydınlıkla biçiyor. Işık ve ses annesini pencereye çekiyor; deniz ve gök, bir dağ ikiye ayrılıyormuş gibi çarpışıyor, öyle ki bunu ayak tabanlarında ve omurlarında hissediyorlar; Maren'in dişleri diline saplanıyor, sıcak ve tuzlu kan boğazından aşağıya iniyor.

Belki her ikisi de haykırıyor ama denizi, göğü ve tüm o yutulan tekne ışıklarını kurtaracak bir ses yok; tekneler yanıp sönüyor, tekneler dönüyor, tekneler uçuyor, savruluyor, tekneler yok oluyor. Maren dışarı, rüzgâra fırlıyor, aniden sırılsıklam olan eteği yüzünden iki büklüm; ateş sönmesin diye kapıyı çarparak kapatan Diinna ona sesleniyor. Yağmur tüm ağırlığıyla omuzlarında, rüzgâr sırtını dövüyor, elleri sımsıkı kapalı, elleri boş. O kadar yüksek sesle haykırıyor ki günler boyu boğazı ağrıyacak. O, diğer anneler, kız kardeşler, kız çocukları; hepsi kendilerini yağmurun içine fırlatıyor: Foklar gibi sarsak, karanlık, ıslak şekiller.

Fırtına Maren evden iki yüz adım ötede, boş ağzı denize bakan limana varmadan patlıyor. Bulutlar birbiri üstüne devriliyor, dalgalar bir kuş sürüsü gibi usulca sırt sırta verip düşüyor.

Vardø'nün kadınları adalarının oyuk kenarında toplanıyor; kimi hâlâ haykırsa da Maren'in kulakları sessizlikle çınlıyor. Karşısında liman ayna gibi tertemiz, pürüzsüz. Çenesi kilitli, dilinden çenesine sıcak kan damlaları akıyor. İğnesi başparmağıyla işaretparmağı arasındaki ağa saplı, yara pembe, düzgün bir çember.

Maren izlerken son yıldırım nefret uyandıran durgunluktaki denizi aydınlatıyor, suyun karanlığında yerinden sökülmüş sualtı ormanları gibi kürekler, dümenler ve yelkeniyle bir direk yükseliyor. Erkeklerinden iz yok.

O gün Noel Arifesi.

İKİ

Bir gecede dünya beyaza bürünüyor. Kar yığın yığın birikerek pencereleri ve kapı ağızlarını dolduruyor. O Noel'de, sonraki ilk günde, kilise karanlık, aydınlık evlerin arasında ışığı yutan bir boşluk.

Üç gündür kara gömülüler, Diinna daracık odasında kapalı, Maren artık ne ayağa kalkabiliyor ne annesini kaldırabiliyor. Midelerine taş gibi oturan bayat ekmekten başka şey yemiyorlar. Maren yemeği içinde o denli katı hissediyor, bedenine o kadar gerçek dışı geliyor ki dünyaya yalnızca annesinin bayat somunlarıyla tutunduğunu hayal ediyor. Yemezse dumana dönüşecek ve evin saçaklarında toplanacak.

Karnını ağrıyana dek doldurarak, kendini ateşin yaydığı sıcaklığa olabildiğince yaklaştırarak ayakta kalıyor. Kendi kendine ısının dokunduğu her yerin gerçek olduğunu söylüyor. Saçlarını kaldırıp kirli boynunu ateşe sunuyor, sıcaklık aralarına yayılsın diye parmaklarını açıyor, eteğini kaldırıyor; yün çorapları hafifçe yanmaya ve kokmaya başlıyor. *Orada, orada ve orada.* Memeleri, sırtı ve onların arasındaki kalbi kışlık fanilasının içinde tutsaklar, birbirlerine bitişmişler.

İkinci gün, yıllar sonra ilk defa ateş sönüyor. Babası her zaman ateşi beslerdi, onlarsa yalnızca korur, geceleri yığın haline getirir ve sıcak kalbine hava gitmesi için her sabah kabuğunu kırardı. Maren ve annesi aynı yatakta, birlikte yatsa da birkaç saat içinde battaniyelerinin üstünde bir buz tabakası oluşuyor. Konuşmuyorlar, soyunmuyorlar. Maren babasının fok kürkünden yapılma eski paltosuna sarınıyor. Deri iyi yüzülmemiş, hafif hafif çürük yağ kokusu yayıyor.

Annesi Erik'in çocukluk paltosunu giyiyor. Bakışları tütsülenmiş balık gibi, donuk. Maren ona yemek yedirmeye çalışıyor ama annesi yalnızca yatağın bir köşesine kıvrılıp çocuk gibi iç çekiyor. Maren pencereleri dolduran boşluğa minnettar; bu denizin görülmediği anlamına geliyor.

Şu üç gün, içine düştüğü bir çukur. Babasının karanlıkta parlayan baltasını izliyor. Dili kalın, pelte gibi; fırtına sırasında ısırdığı hassas yer süngerimsi ve şiş, ortasında sert bir nokta var. Yarayı eşeleyip ısırıyor, kan onu daha da susatıyor.

Rüyasında babasını ve Erik'i görüyor, elleri donarak ter içinde uyanıyor. Dag'ı da görüyor, ağzını açtığında içi yatakları için kullanılacak çivilerle dolu. Orada ölüp ölmeyeceklerini düşünüyor, belki Diinna öldü bile, bebeği içinde hâlâ debeleniyor, hareketleri gitgide yavaşlıyor. Tanrı'nın yardıma gelip gelmeyeceğini, onları yaşatıp yaşatmayacağını merak ediyor.

Kirsten Sørensdatter üçüncü gece karları küreyip onları çıkardığında her ikisi de kokuyor. Kirsten odun yığıp nihayet ateşi yeniden yakmalarına yardım ediyor. Diinna'nın kapısına uzanan patikayı temizlediğinde Diinna neredeyse öfkeli görünüyor, meşalenin ışığında bükük dudağı parlıyor, elleri şiş karnının iki yanını sıkıca kavramış.

Onlara dönüp, "Kilise," diyor Kirsten. "Bugün Sebt günü."

Onların tanrısına inanmayan Diinna bile tartışmaya girişmiyor.

Ancak hepsi kilisede toplanınca Maren anlıyor: Erkeklerinin neredeyse hepsi ölmüş.

Toril Knudsdatter mumların her birini yakıyor, içerisi o kadar aydınlanıyor ki Maren'in gözleri kamaşıyor. Sessizce sayıyor. Daha önce elli üç erkek vardı, şimdi on üç: kundakta iki bebek, üç ihtiyar adam, geri kalanlar tekneyle açılamayacak kadar küçük oğlanlar. Rahip bile yok.

Kadınlar her zaman oturdukları yere oturuyor, kocalarının ve oğullarının oturduğu yerleri boş bırakıyorlar ama Kirsten öne gelmelerini emrediyor. Diinna dışında herkes, sürü gibi uysalca itaat ediyor. Yedi kilise sırasının öndeki üçünü dolduruyorlar.

"Daha önce de kazalar oldu," diyor Kirsten. "Erkekler yokken hayatta kaldık."

"Ama hiç bu kadar çok erkek kaybetmemiştik," diyor Gerda Folnsdatter. "Daha önce kocam kaybettiklerimizin arasında değildi. Seninki de Kirsten ya da Sigfrid'inki. Toril'in oğlu da. Hepsi..."

Boğazını tutarak susup kalıyor.

"Dua etmeli ya da ilahi söylemeliyiz," diye öneriyor Sigfrid Jonsdatter, diğerleri ona kötü kötü bakıyor. Üç gündür birbirlerinden ayrı düştüler, şimdi tek istedikleri konuşmak. Ve konuşabilecekleri tek şey fırtına.

Vardø'nün tüm kadınları işaretler arıyor. Fırtına bunlardan biriydi. Yakında karaya vuracak cesetler de bir işaret olarak görülecek. Ama şimdi Gerda balinanın üstünde dönen tek bir denizkırlangıcından söz ediyor.

Kızarmış elleri havada eğriler çizerek, "Sekiz şeklinde," diyor. "Bir, iki, üç, altı kez. Saydım."

Kirsten ilgisizce, "Sekiz kere altının pek bir anlamı yok," diyor. Rahip Gursson'un oymalı ayaklığı olan kürsüsünde dikiliyor. İri eli kürsünün üstünde, oymaların üstünde dolaşan koca başparmağı gerginliğinin ya da içindeki yasın tek belirtisi.

Kocası boğulanlar arasında, tüm çocukları nefes alamadan gömüldü. Sık sık onunla birlikte çalışan Maren ondan hoşlansa da şimdi Kirsten'i diğerlerinin hep gördüğü gibi görüyor: Uzak bir kadın. Vaiz kürsüsünün arkasında durmuyor ama onları bir vaizin düşünceli bakışlarıyla izliyor.

Edne Gunnsdatter gözyaşlarından şişip âdeta morarmış yüzüyle, "Ama balina," diyor. "Sırtüstü yüzüyordu. Dalgaların arasında parlayan beyaz karnını gördüm."

"Yemek yiyordu," diyor Kirsten.

"Erkeklerin aklını çeliyordu," diyor Edne. "Görelim diye balık sürüsünü altı kez Hornøya'ya yöneltti."

Gerda haç çıkararak başını sallıyor. "Gördüm. Bunu ben de gördüm."

"Görmedin," diyor Kirsten.

"Bir hafta önce Mattis'in masaya kan öksürdüğünü gördüm," diyor Gerda. "Bir türlü temizlenmedi."

Kirsten rahat bir tavırla, "İstersen zımparalayayım," diyor.

"Balinada bir sorun vardı," diyor Toril. Kızı ona o denli sokulmuş ki gören Toril'in o meşhur muntazam dikişiyle kızını kalçasına diktiğini sanır. "Edne'nin dediği doğruysa o balina bize yollandı."

"Yollandı mı?" diyor Sigfrid. Maren, Kirsten'in müttefik bulmuş gibi, ona minnettar bir bakış attığını görüyor. "Böyle bir şey mümkün mü?"

Kilisenin arka tarafından bir iç çekiş duyuluyor, herkes Diinna'ya dönüyor ama o, gözleri kapalı başını geriye bırakıyor; mum ışığının altında boynunun kahverengi derisi altın gibi parlıyor.

"Şeytan karanlık yollardan iş görür," diyor Toril; kızı, korkuyla haykırarak yüzünü annesinin omzunun altına bastırıyor. Maren şu son üç günde Toril'in hayatta kalan iki çocuğunun aklına ne dehşetler sokmuş olduğunu merak ediyor. "Tanrı'dan başka herkesten çok gücü vardır. Böyle bir şey göndermiş olabilir. Ya da belki balina buraya çağırıldı."

"Yeter." Kirsten sessizliği derinleşmeden kırıyor. "Bunun bize faydası yok."

Maren onun kadar emin olmak istiyor ama tüm düşünebildiği onu pencereye çağıran o şekil, o ses. Onun bir kuş olduğunu düşünmüştü; şimdiyse gözünün önüne gelen şey daha büyük, daha hantal, beş yüzgeçli ve tepetaklak. Doğaya ait değil. Kilisenin kutsal ışığında bile bu görüntünün gözlerinin içine sızmasını engellemek olanaksız.

Annesi kımıldanıyor; oturduklarından beri kırpmadığı gözlerinde mumların ışığı yansısa da o, uykudan yeni uyanır gibi. Konuşunca Maren annesinin sesine sinen ağır sessizliği duyabiliyor.

"Erik'in doğduğu gece," diyor annesi. "Gökte kırmızı bir nokta, kırmızı bir ışık vardı."

Kirsten yumuşak bir sesle, "Hatırlıyorum," diyor.

"Ben de," diyor Toril. *Ve ben de*, diye düşünüyor Maren, oysa yalnızca iki yaşındaydı.

Dudakları güçbela kımıldayan annesi, "Kırmızı noktayı denize düşene dek izledim," diyor. "Tüm suyu kanla aydınlattı. Erik işaretlenmişti - o günden belliydi." İnleyip yüzünü ellerine gömüyor. "Asla denize açılmasına izin vermemeliydim."

Bu kadınlarda yeni bir inleme dalgasına neden oluyor. Kirsten bile bunu bastırmak için bir şey yapamıyor. İçeride bir soğuk hava akımı olunca mumlar titreşiyor, Maren tam zamanında arkasını dönüp Diinna'nın kiliseden çıktığını görüyor. Kollarını annesine dolarken söyleyebileceği şey acı bir teselliden ibaret: *Denize açılmayıp ne yapacaktı?*

Vardø bir ada; liman adanın bir kıyısından ısırılıp koparılmış gibi, diğer kıyılar teknelerin denize inemeyeceği kadar yüksek ya da kayalık. Maren acıyı öğrenmeden önce ağları öğrenmişti; sevgiyi öğrenmeden önce rüzgârları. Yazın annesinin elleri balık pullarıyla yıldız yıldız lekeli olur; tuzlanıp kuruması için dışarı asılan balıklar beyaz kundak bezlerine benzer, kimisi rengeyiği derisine sarılıp çürümesi için toprağa gömülürdü.

Babası denizin onların yaşam şekilleri olduğunu söylerdi. Her zaman onun verdikleriyle yaşamış, zamanı geldi mi denizde ölmüşlerdi. Ama fırtına onu bir düşmana çevirdi; şimdi gitmekten söz ediliyor.

"Ailem Alta'da," diyor Gerda. "Toprak ve yapacak yeterince iş var."

"Fırtına oraya ulaşmamış mıdır?" diye soruyor Sigfrid.

"Yakında duyarız," diyor Kirsten. "Sanırım Kiberg'den haber gönderirler - fırtına mutlaka orayı da vurmuştur."

Edne başıyla onaylıyor. "Kız kardeşim bana haber yollar. Üç atı var, at sırtında bir günlük yol."

"Zorlu bir yol," diyor Kirsten. "Deniz hâlâ azgın. Bize ulaşmaları için onlara zaman tanımalıyız."

Maren diğerlerinin Varanger'den ya da adadan çok daha farklı olan Tromsø'den söz edişlerini dinliyor, sanki içlerinden herhangi biri o kadar uzaklarda, bir şehirde yaşamayı düşünebilirmiş gibi. Rengeyiklerini kimin alacağına ilişkin ufak bir anlaşmazlık oluyor; zira geyikler Toril'in kocası ve oğullarıyla birlikte boğulan Mads Petersson'a ait. Toril bu yüzden geyiklere kendisinin göz kulak olması gerektiğini düşünüyor gibi ama Kirsten sürüyle ilgileneceğini söyleyince kimse onunla tartışamıyor. Maren, değil kış boyu sinirli yaratıklardan oluşan bir sürüyü idare etmek, nasıl ateş yakacağını bile bilemez. Toril de aynı şekilde düşünüyor gibi, öne çıktığı gibi hızla geri çekiliyor.

Sonunda sözler seyrekleşip konuşmalar sona eriyor. Kiberg'den haber beklemek ve bir hafta içinde haber gelmezse oraya birini yollamak dışında alınan bir karar çıkmıyor.

"O zamana dek en iyisi her gün kilisede bir araya gelelim," diyor Kirsten. İlk kez onunla aynı fikirde olan Toril şevkle başını sallıyor. "Birbirimize sahip çıkmalıyız. Kar dinecek gibi ama belli olmaz."

"Gözünüz balinalarda olsun," diyor Toril, ışık yüzüne vurunca Maren teninin altında kıpırdayan kemikleri seçebiliyor. Kadın meşum görünüyor, bu durum Maren de gülme hissi uyandırıyor. Dilindeki hassas yarayı ısırıyor.

Artık gitmekten söz edilmiyor. Tepeden aşağıya, eve yürürken annesi koluna o kadar asılıyor ki canı yanıyor. Maren diğer kadınların da kendisi gibi düşünüp düşünmediğini merak ediyor: Buraya artık her zamankinden daha bağlı. Balina olsun olmasın, işaret olsun olmasın Maren kırk erkeğin ölümüne tanık oldu. Şimdi içinde bir şey bu adaya bağlı; sıkıca, kapana kısılmış gibi.

ÜÇ

Fırtınadan dokuz gün sonra, yeni yıla henüz girmişken deniz erkeklerini geri verdi. Neredeyse bütün halinde, neredeyse hepsi. Küçük, siyah koya adak gibi uzanmışlar, kimi gelgitle yükselip Maren'in evinin altındaki kayalara serilmişler. Onları almak için Erik'in uçurumun eteklerine kurulmuş kuş yuvalarından yumurta toplarken kullandığı sağlam halatlarla tırmanmak zorundalar.

Erik ve Dag ilk gelenler arasında, babası sonunculardan biri. Babasının sadece bir kolu yerinde, Dag yanmış; sol omzundan sağ ayağına dek inen siyah bir çizgi var, annesi Dag'a yıldırım çarpmış olduğunu söylüyor.

İçindeki acılığı saklamaya çalışmadan, "Hızlı olmuştur," diyor. "Kolay olmuştur."

Maren burnunu omzuna gömüp kendi kokusunu içine çekiyor.

Erkek kardeşi uyur gibi görünüyor ama teni, Maren'in gelgitle vuran diğer cesetlerden tanıdığı o korkunç yeşil ışıkla dolu. *Boğulmuş*. Kolay olmamıştır.

Maren uçuruma inmek için geri dönünce sivri dişli kayalara suların sürüklediği bir dal parçası gibi takılan Toril'in oğlunu buluyor. Erik'in yaşında, bedeni çuvala konmuş et gibi kemiklerinden sarkıyor. Koyu renk saçlarını yüzünden çekiyor, köprücük kemiğindeki yosun parçasını alıyor. O ve Edne, oğlan annesine verilmek üzere yukarı çekilirken tek parça halinde kalması için onu belinden, kaburgalarından ve dizlerinden bağlıyorlar. Maren, oğlunu aldığında Toril'in yüzünü göremeyeceği için memnun. Kadından pek hoşlanmasa da Toril'in ağıtları Maren'in göğsüne minik iğneler gibi saplanıyor.

Toprak cesetleri gömemeyecekleri kadar sert, onları Dag'ın babasının büyük kayıkhanesinde tutmaya karar veriyorlar; soğukta toprak gibi, donuk kalırlar. Toprağın yüzeyini kırıp erkeklerini gömebilmeleri için aylar daha var.

Erik kayıkhaneye taşındıktan sonra, "Yelkeni kefen olarak kullanabiliriz," diyor annesi. Erik şimdiden altındaymış gibi gözleri yerde yatan yamanmış yelkene kayıyor. Yelken yaklaşık iki hafta önce bıraktıkları yerde. Maren ve annesi dokunmaktan kaçınarak yelkenin etrafında dört dönüyor ama Diinna onu yerden alıp başını iki yana sallıyor.

"Ziyan," diyor kadın ve Maren'in içi rahatlıyor: Babasını ve erkek kardeşini toprağın altına üzerlerinde denize ait bir şeyle gömme düşüncesine dayanamaz. Diinna yelkeni becerikli elleriyle katlayıp karnının üstüne koyuyor; Maren onun tartışma götürmez kararlılığında erkek kardeşiyle bir yaz önce evlenen kızın bir parçasının görüyor.

Ama Dag ve Erik'in cesetlerinin geri geldiği günün ertesinde Diinna kayboluyor. Maren'in annesi delirmiş gibi; Diinna'nın çocuğunu Sámi ailesiyle büyüteceğini düşünüyor. Korkunç şeyler söylüyor, oysa Maren bunları kastetmediğini biliyor. Diinna'ya Lapon diyor, fahişe, yabanıl diyor, ancak Toril ya da Sigfrid'in ağzından çıkabilecek sözler.

"Hep biliyordum," diye sızlanıyor. "Erik'in bir Laponla evlenmesine asla izin vermemeliydim. Sadık değiller, bizim kumaşımızdan değiller."

Maren'in dilini ısırıp annesinin sırtını okşamaktan başka bir şey gelmiyor. Diinna'nın çocukluğunun kışın bile gezerek, yer değiştiren yıldızlar altında yaşayarak geçtiği doğru. Babası bir *noaidi*, itibarlı bir şaman. Kilise tam olarak kurulmadan önce komşuları Baar Ragnvalsson ve birçok başka erkek, kötü havaya karşı ondan tılsım almaya giderdi. Bu, son zamanlarda, yeni yasalar böyle şeyleri yasaklayınca sona ermişti ama Maren hâlâ birçok kapı eşiğinde, Sámi'lerin kötü şansı kovacağına inandığı küçük kemik figürleri görür. Rahip Gursson bunu her zaman görmezden gelirdi ancak Toril ve onun gibiler rahibi böyle uygulamalara karşı daha sert davranması konusunda sıkıştırırdı.

Maren, Diinna'nın Vardø'de yaşamayı kabul etmesinin tek nedeninin Erik'e duyduğu aşk olduğunu biliyor ama Diinna'nın, zaten bu kadar çok kayıp vermişken, öylece çekip gideceğini düşünmüyor. Hele içinde Erik'in bebeği varken. Erik'in son parçasını da onlardan uzaklaştıracak kadar zalim olamaz.

Bir hafta içinde Kiberg'den haber alıyorlar. Edne'nin kayınbiraderi, limana bağlı çok sayıda tekne dışında yalnızca üç erkek kaybettikleri haberiyle geliyor. Haber, kilisede toplanan kadınların huzursuzluğunu kamçılıyor.

"Neden balığa çıkmadılar?" diyor Sigfrid. "Kiberg büyük balık sürüsünü görmedi mi?"

Edne kafasını iki yana sallıyor. "Ne sürüyü ne balinayı."

"O halde bizim için gönderilmişti," diye fısıldıyor Toril; korkusu mırıltı dalgalarıyla kilisenin sıralarına yayılıyor.

Kehanetler ve abartılarla dolu bu sohbet kutsal bir yer için çok dünyevi ama kimse dedikodunun cazibesine direnemiyor. Sözcükleri, olayları üzerine astıkları bağlar gibi; her cümleyle biraz daha sıkılaşıyor. Birçoğu neyin doğru neyin yanlış olduğunu umursamaktan vazgeçmiş sanki, tek istedikleri bir neden, yaşamlarına yeni bir düzen, bu bir yalan aracılığıyla olsa bile. Artık balinanın sırtüstü yüzdüğü tartışmasız bir kabul; Maren kadınların sözlerinden içine süzülen dehşete direnmeye çalışsa da Kirsten gibi sakin kalamıyor.

Kadın rengeyikleriyle daha iyi ilgilenebilmek için Mads Petersson'un evine taşınmıştı. Maren kürsünün yanında dimdik duran kadına saygıyla bakıyor. Kirsten karları kazıp onları evden çıkardığından beri, erkeklerinin çürüyen cesetleri denizden çıktığında birbirlerine başsağlığı dilemek dışında neredeyse konuşmadılar. Maren kilise toplantısı bitince onunla konuşmayı düşünüyor ama Kirsten çoktan kapıdan çıkmış, rüzgârda iki büklüm, yeni evine gidiyor.

***

Diinna, babamın bulunduğu gün dönüyor. Maren onun dönüşünü önce kayıkhanede bağırışlar kopunca duyup koşuyor, aklında bin bir türlü şey: Güneşsiz göğün sakin olduğunu kendi gözleriyle görebilse de belki başka bir fırtına. Ya da belki kurtulan biri.

Kapıda bir grup kadın var; en başta yüzleri öfkeyle çarpılmış Sigfrid ve Toril. Onların önünde Diinna, yanında başka bir Sámi'yle dikiliyor; sakin gözlerle kadınları izleyen kısa boylu, tıknaz bir adam. Diinna'nın babası değil ama kalçasında bir şaman davulu var. O ve Diinna gümüş renkli, sıkıca sarılmış bir kumaş taşıyor. Koşmaktan başı dönen Maren yaklaşınca bunun huş kabuğu olduğunu görüyor.

Diinna'ya, "Neler oluyor?" diye sorduğunda, Toril yanıt veriyor.

"Onları bunun içinde gömmek istiyor." Kadının sesi neredeyse histerik. Tükürüğü çenesine damlıyor. "*Onların* yaptığı gibi."

"Kumaş kullanmanın anlamı yok, bu kadar çok ceset için..." diyor Diinna. "Bu..."

"Bunu istemiyorum, oğullarımın yanına bile yaklaştırmam." Toril'in solukları Maren'inkilerden daha harlı, bir silahmış gibi davula bakıyor. Sigfrid Jonsdatter başını sallayarak Toril'i onaylıyor. "Ya da kocamın. Tanrı korkusu olan bir adamdı, seni onun yanına yaklaştırmam."

"Karnında başka bir bebek daha istediğinde yardımımı almaktan çekinmemiştin," diyor Diinna.

Bebekleri doğalı uzun zaman olduysa da Toril elleriyle karnını sarıyor. "Öyle bir şey yapmadım."

Bu yalan karşısında sessizliğini koruyamayan Maren, "Yaptığını herkes gibi ben de biliyorum," diyor. "Ve sen, Sigfrid. Çoğunuz Diinna'ya ya da babasına geldi."

Toril gözlerini kısıyor. "Asla bir Lapon büyücüye gitmem."

Herkes bir ağızdan tıslıyor. Maren ileri atılıyor ama Diinna kolunu uzatıyor.

"Dilinde bir delik açmalıyım Toril. Belki böylece zehri akıp gider." Şimdi büzülen Toril. "Bu büyücülük değil, bu onlar için de değil."

Diinna, Maren'e dönüyor. Mavimtırak ışığın altında çok güzel, yüz hatları güçlü, kirpikleri gür. "Bu Erik için."

"Ve babam için." Maren'in sesi giderek bir fısıltıya dönüşüyor. Onları ayırmaya dayanamaz; babası Diinna'yı sever, oğlunun evliliğinden gurur duyardı.

"Döndü mü?" Maren başını salladığında Diinna onun omzunu sıvazlıyor. "Ve tabii Bay Magnusson için. Onlara göz kulak olacağız. Başka isteyen olursa onlara da."

"Peki, annen bundan hoşlanacak mı?" Toril, Maren'e dönüyor, Maren kafasını sallamaktan başka bir şey yapamayacak kadar yorgun, başı boynunun üstünde bir kaya gibi.

Nihayet erkekleri için Sámi ayini isteyenlerin, bir zamanlar Maren'in evi olacağı düşünülen ikinci kayıkhaneye götürülmesine karar veriliyor. Erik ve babasının yanına sadece iki adam taşınıyor: Kendisi adına konuşacak bir ailesi olmayan zavallı Mads Petersson ile sık sık alçak dağa giden ve Sámi kıyafetleri giyen Baar Ragnvalsson.

İkinci kayıkhane güzel bir ev olabilirdi. Kulübenin girişi bile Diinna ve Erik'in odası genişliğinde; içi ise köyün en büyük evi olan Dag'ın babasının evininki kadar. Yatakları kalaslar halinde yerde, bir araya gelmek için Dag'ın özenli ellerini bekliyor.

Tahtaları yakmak için alıp Maren'in babasıyla Erik'i oraya, çıplak yere yatırıyorlar. Maren, Dag'ı birinci kayıkhanede bırakmak zorunda; Dag'ın annesi, Bayan Olufsdatter onunla tek kelime konuşmamış, göz göze gelmemişti.

Maren, Erik'in başından bir tutam donmuş saç koparıp dikkatlice tutamı cebine koyuyor. Diinna ve *noaidiyi* sessiz odada bırakıp birinci kayıkhaneye dönüyor. Kadınlardan biri kapıya haç asmış; bu, içeridekileri kutsamaktan çok dışarıdakileri savuşturmak için konmuş gibi.

Eve varınca annesinin uyuduğunu görüyor; kolu, bir kâbus karşısında korkuyla sinmiş gibi gözlerini örtmüş.

"Anne?" Maren ona şamandan ve ikinci kayıkhaneden söz etmek istiyor. "Diinna döndü."

Yanıt yok. Annesi nefes almıyor gibi, Maren yanağını kadının ağzına yaklaştırıp nefesini kontrol etme isteğini bastırıyor. Bunun yerine cebinden saç tutamını çıkarıp ateşin önüne tutuyor. Saçlar kıvrılıp Erik'in güzel buklelerine dönüşüyor. Tutamı yastığının içine, süpürgeotlarının arasına koyuyor.

Her gün kiliseden sonra Maren ikinci kayıkhaneye dönüyor ancak Diinna ve davullu adam gibi orada uyuma cesaretini kendinde bulamıyor. Adam Norveççe konuşmuyor, adının telaffuzu çok zor, bu yüzden Maren ona Varr diye sesleniyor zira adam adı için buna benzer bir şey söylüyor ama Maren gerisini anlayamıyor.

Babasını ve Erik'i her ziyaretinde, Varr ve Diinna'nın kendi dillerinde konuşmalarını dinleyerek dışarıda bekliyor. Elini kapıya koyduğu her defasında sessizleşiyorlar, Maren yakışıksız ya da son derece mahrem bir şeyin içine girmiş gibi hissediyor. Bir şeyi bozmuş gibi, orada olması bile ayıpmış gibi.

Maren, Diinna'yla Norveççe konuşuyor, Diinna da Varr'a tercüme ediyor; Maren'in dillendirmeye çalıştığından çok daha güzel ve heyecanlı sözcükler kullansa da cümleleri hep daha kısa. Kafanda, ağzının içinde iki lisan olması nasıl bir histir? Lisanlardan birini karanlık bir sır gibi boğazının gerisinde tutmak zorunda kalmak? Maren'in çocukluğundan beri ağları onarmak ve tılsımlar yapmak için ara sıra gelen sessiz babasının peşinde dolanan Diinna her zaman Vardø ile başka bir yer arasında yaşamıştı.

Bir keresinde Diinna, Maren'e, "Burada yaşamıştık," dedi; o sırada Maren hâlâ ondan biraz korkuyordu: Pantolon ve kendisinin yüzüp diktiği ayı kürküyle kenarları süslenmiş palto giyen bir kızdı o.

"Burası sizin toprağınız mı?"

"Hayır." Kızın sesi de bakışları kadar ciddiydi. "Burada yalnızca yaşadık."

Maren kimi zaman davulun, kalp atışı gibi düzenli bir ritimle çalındığını duyabiliyor, en katı kilise ziyaretçileri bunun hakkında homurdanıp dursa da o gecelerde daha rahat uyuyor. Diinna ona korkmamasını, davulun ruhların bedenden kurtulması için yolu açacağını söylüyor. Ama Varr, Maren etraftayken asla çalmıyor davulu. Açık renkli ahşaptan sığ bir kâsenin üstüne gerili deriden oluşan davul bir yalak kadar geniş. Yüzeyinde küçük desenler var: boynuzlarında güneş ve ay olan bir rengeyiği, el ele tutuşmuş kâğıttan insanlar gibi elleri ortada birleşmiş kadın ve erkekler, davulun alt tarafında kıvranan yarı insan yarı canavar korkunç figürler.

"Bu cehennem mi?" diye soruyor Maren, Diinna'ya. "Bu da cennet, ortadaki de biz miyiz?"

Diinna bunu Varr'a tercüme etmiyor. "Burası. Tümü."

DÖRT

Kış Vardø'nün yakasını bırakıyor ve kilerleri boşalmaya yüz tutarken güneş kendini ufka çekiyor. Diinna ve Erik'in bebeği doğduğunda günler apaydınlık olacak.

Maren, Vardø'yü huzursuz bir ritmin ele geçirdiğini hissediyor, kendi günleri ise bir rutine girmiş. Kilise, kayıkhane, ev işi, uyku. Kirsten ve Toril ile Diinna ve diğerleri arasındaki sınırlar keskinleşmeye başlasa da bir teknede kürek çeken erkekler gibi birbirleriyle uyum içindeler. Zorunluluktan doğan bir yakınlık bu: Birbirlerine her zamankinden çok ihtiyaçları var, özellikle de yiyecekleri tükenirken.

Alta'dan biraz tahıl geliyor, Kiberg'den çok az kurutulmuş balık. Kimi zaman denizciler limana uğrayıp fok derisi ve balina yağı dolu tekneleriyle kıyıya kürek çekiyor. Kirsten onlarla konuşmaktan utanmıyor ve iyi pazarlık yapıyor ama takas edecekleri şeyler azalıyor, tarlaları ekme zamanı gelince yardım edecek kimsenin olmayacağı belli.

Maren günün boş saatlerinde, çocukken Erik'le birlikte oyunlar oynadıkları burna yürüyerek geçiriyor, güneşe aç geçen bir kışın ardından dirilen süpürgeotları patikayı kaplıyor. Kısa süre sonra diz boyu olacaklar, hava kokularıyla o kadar tatlılaşacak ki Maren'in dişleri sızlayacak.

Geceleri yasla başa çıkmak daha zor. Eline ilk iğne alışında kollarındaki tüyler ürperiyor, kızgın demire değmiş gibi düşürüyor iğneyi. Tüm düşleri kapkara ve suyla dolu. Tapalı şişelerin içine hapsolmuş Erik'i, babasının deniz tarafından yutulan kolunun yerindeki boşluğu, o bembeyaz kemiği görüyor. Çoğu zaman balina da giriyor düşlerine, içinde iyi, yaşayan hiçbir şey bırakmadan karanlık gövdesiyle zihnini eziyor. Kimi zaman Maren'i olduğu gibi yutuyor, kimi zaman sahile vuruyor, Maren, onunla göz göze, burnu kokusuyla dolu, yanında yatıyor.

Maren annesinin de kâbuslar gördüğünü biliyor. Ama annesinin dilinde tuzla, nefesinde deniz kokusuyla uyandığından emin değil. Zaman zaman merak ediyor, tüm bunlara Diinna ve annesiyle baş başa zaman geçirmek istemesi mi sebep oluyor acaba? Kirberg yakın olsa da, Alta çok uzak sayılmasa da onlarla yaşamaya gelen kimse yok. Maren kadınlarla zaman geçirmek isterdi, şimdi tüm günleri sadece ve sadece kadınlarla dolu.

Vardø'nün sonsuza dek bu şekilde olacağını düşünmeye başlıyor: Erkeksiz ama yine de hayatta kalan bir yer. Soğuk pençelerini gevşetiyor ve cesetler yumuşamaya başlıyor. Don tamamen çözülünce ölülerini gömecekler, belki anlaşmazlıkların bir kısmı da cesetlerle birlikte gömülür.

Maren tırnaklarının altında toprağı, ellerinde küreğin ağırlığın hissetmek için yanıp tutuşuyor; Erik ve babası nihayet huş ağacı kabuğundan gümüş kefenleri içinde huzurla dinlenecek. Her gün evlerinin dışındaki sebze bahçesini, tırnaklarıyla toprağı eşeleyerek kontrol ediyor.

Fırtınadan dört ay sonra, elinin toprağa daldığı gün Maren nihayet toprağı kazabileceklerini haber vermek için kiliseye koşuyor. Ama sözcükler boğazına takılıp kalıyor: Kürsüde dikilen bir erkek duruyor.

Sesinde hürmetle, "Bu Rahip Nils Kurtsson," diyor Toril. "Varanger'den gönderildi. Tanrı'ya şükür, tamamen unutulmadık."

Rahip soluk gözlerini Maren'e çeviriyor. Bir oğlan çocuğu gibi cılız bir adam.

Her zamanki yerinden mahrum edilen Kirsten, Maren'le annesinin arasına sokulup, Maren'in kulağına fısıldamak için eğiliyor.

"Umarım vaazları da kendi kadar zayıf değildir."

Ama öyleler ve Maren onun Vardø'ye gönderilmek için korkunç bir şey yapmış olması gerektiğini düşünüyor. Saz gibi bir adam olan Rahip Kurtsson besbelli denizle yaşamaya alışkın değil. Dertlerini hafifletecek, onları teselli edecek tek kelime etmiyor; her Sebt günü kilisesini dolduran kadınlardan biraz korkar gibi. Son *Âmin*'in ardından kilisenin hemen yanındaki evine koşuyor.

Kilise artık kutsallığına kavuştuğundan, kadınlar çarşamba günleri Dag'ın babasının evinde toplanıyor; Fru* Olufsdatter, fazlasıyla büyük evinin odalarında âdeta bir fısıltıya dönmüş. Dedikodu aynı ama kadınlar daha dikkatli. Toril'in dediği gibi, unutulmamışlar ve Maren bunun ne anlama gelebileceği konusunda huzursuzluk duyanın yalnızca kendisi olmadığından emin.

Adaya geldiği hafta rahip Kiberg'e mektup yazarak Edne'nin kayınbiraderi de aralarında olmak üzere on adam istedi, adamlar cesetleri gömmeye geldiklerinde Maren beklenmedik bir kıskançlık hissediyor. Mezarları kazmaları iki gün sürüyor, geceler kısaldığından geç saatlere dek mezarların içinde çalışıyorlar. Gürültücüler; görevlerine göre çok fazla gülüyorlar. Kilisede uyuyor, küreklerine yaslanıp geçen kadınları izliyorlar. Maren başını eğik tutuyor ama yine de her saat başı alandan geçip işin ne kadar ilerlediğine bakıyor.

Mezarlar adanın kuzeybatı tarafında; art arda o kadar çok kara çukur var ki Maren'in başını döndürüyor. Toprak bir yana yığılmış, Maren güvenli bir mesafeden izlerken kollarındaki ağrıyı, ağzında bozuk para gibi tat bırakan toprağı, her yerini kaplayan teri hayal ediyor. Tüm kadınların gördüklerinden sonra, erkeklerini kayalıklardan topladıktan ve kış boyu başlarında nöbet tuttuktan sonra başkasının mezarları kazışını izlemek doğru gelmiyor. Kirsten de aynı fikirdedir diye düşünüyor fakat sorun çıkarmak istemiyor. Babasının ve erkek kardeşinin gömülmesini, kışın bitmesini ve Kiberg'den gelen adamların gitmesini istiyor.

Üçüncü günün sabahında ölüler birinci kayıkhaneden çıkarı-

---

* (Nor.) Kadın eş. İngilizce metinde orijinal dilinde kullanıldığı için yazarın bu tercihi metinde de korunmuştur. *–yhn*

lıyorlar; şimdiden biraz kokmuşlar, Toril'in diktiği kumaş kefenler içinde karınları şişmiş. Onları açık mezarların yanına yatırılıyorlar, yeni altüst olmuş toprağın üstünde bembeyaz kefenler.

Kefeni çekiştiren bir adam, "Tabut yok mu?" diye soruyor.

"Kırk ölü," diyor bir başkası. "Kadınlardan oluşan bir köyün altından kalkamayacağı bir iş."

Soğukkanlılıkla, "Kefen tabuttan daha zor bir iş," diyor Kirsten. Toril'in yanakları pembeleşiyor. "Ve kocama dokunmazsanız sevinirim."

Kirsten mezarın kenarına oturup Maren ne olduğunu anlamadan kendini mezara atıveriyor, kolları ileri uzanmış, yalnızca kafası ve omuzları görünüyor.

Erkekler tek kelime etmeden birbirlerine bakıyorlar, Kirsten kocasını kendi alıp onu mezara indirirken gözden kayboluyor. Ardından kendini yukarı çektiğini görüyorlar, çoraplı bacakları mezardan yukarı tırmanırken bir aşağı bir yukarı çırpınıyor.

Toril dilini şaklatıp arkasını döndüğünde adamlardan biri gülüyor; Kirsten ise yığından bir avuç toprak alıp kocasının mezarına atmakla yetiniyor. Ardından Maren'in yanından geçip gidiyor, o kadar yakın ki Maren yanaklarındaki yaşları görebiliyor. Maren ona uzanmalı, bir şeyler söylemeli ama dili ağzının içinde bir çakıl taşı gibi işlevsizmiş gibi hissettiriyor.

"Demek onu sevmiş," diyor annesi, Maren dilinin ucuna gelen acı yanıtı geri yutuyor. Kirsten'in kocasını sevmiş olduğunu bir aptal bile anlayabilirdi. Maren onları sık sık birlikte dolaşıp iki arkadaş gibi kahkahalar atarken görürdü. Kocası onu kırlara ve kimi zaman denize götürürdü. Kirsten fırtınanın olduğu gün onunla denize açılmış olsaydı, Vardø'nün kadınları şimdikinden daha da kayıp bir halde olurdu.

Rahip Kurtsson mezarı kutsamak için öne çıkıyor. Çenesi sımsıkı kilitli, Maren, Kirsten'in onca erkek önünde cesaretini sergilemesinin rahibi utandırdığını varsayıyor. "Tanrı ruhuna merhamet etsin," diyor tereddütlü sesiyle, tanımadığı adam hakkında başka bir şey söylemiyor.

"Kirsten bunu yapmamalıydı." Diinna, gözleri rahipte,

Maren'in yanında beliriyor. Elleri karnının üstünde. Bebek her an doğabilir. Maren, hüznün boğazını sıktığını hissediyor: Çocuğu henüz ilk nefesini almadan Erik toprağın altına gömülmüş olacak. Uzanıp Diinna'ya dokunmak, karnının ve içerideki bebeğin sıcaklığı hissetmek için ani bir istek duyuyor ama bunu eski Diinna bile hoş görmezdi. Bu yeni Diinna ise taş gibi sert, Maren sormaya cüret edemez.

Diğer kadınların hiçbiri yakınları gömülürken müdahale etmiyorlar. Adamlar düzenli çalışıyor: İki tanesi mezarın içinde, iki tanesi cesedi indiriyor. Aileler toprak atmak için öne çıkıyor, Rahip Kurtsson mezarı kutsuyor, mezar dolduruluyor. Kimse ağıt yakmıyor, kimse dizlerinin üstüne düşmüyor. Kadınlar yorgun, uyuşuk, bitik. Toril aralıksız dua ediyor, sözcükleri rüzgârda bir alçalıp bir yükseliyor.

Sıra ikinci kayıkhanenin boşaltılmasına gelene dek bu döngü yineleniyor ve Rahip Kurtsson huş ağacı kabuğundan kefenleri görünce bir kaşını kaldırıyor. Maren'in annesi babasının cesedini çekip bakışlarını rahipten Maren'e çeviriyor.

"Belki de Toril'e sormalıyız..."

"Kumaşım kalmadı," diyor Toril.

"Bizde bir yelken..."

"İpliğim de kalmadı," diyor Toril ve arkasını dönüyor, oğluyla kızını ardından çekiştirerek evine doğru yürüyor. Sigfrid ve Gerda onun peşinde. Maren ölülerini gömerken sadece Diinna ile annesinin orada kalacağından emin ama diğer kadınlar gitmiyor; Mads, ardından babası, sonra Erik ve en son Baar mezara indirilip gömülene dek izliyorlar.

O gece, Kiberg'den gelen adamlar gittiğinde Maren cebinde Erik'in saç tutamıyla mezarlara gidiyor, aklındaki, saçı Erik'le birlikte gömmek. Onun ölüm kokan bir yadigâr olduğuna karar verdi; belki de düşlerini zehirleyen, denizin içine sızmasına izin veren bu saç tutamıdır. Geceler artık kış karanlığında değil, loş ışıkta ufka mezarlar dizilmiş kambur ve tehditkâr bir balina sürüsünü andırıyor. Onlara ulaşamayacağını anlıyor.

Ne olduklarını biliyor: Takdis edilmiş, rahip tarafından kutsanmış, erkeklerinden kalanı bağrına basmış toprak. Ama burada, rüzgâr adalarının açık kanallarında uğuldarken ve evlerin ışığı ardında kalmışken, mezarlara doğru yürümek talihsiz adımlarla uçuruma ilerlemek gibi geliyor. Mezarların parçalandığını, dağıldığını hayal ediyor; dünya ayağının altından kayıyor sanki. Allak bullak halde dikilirken Erik'in saç tutamını tutan eli gevşiyor. Rüzgâr saçı güçsüz parmaklarından çekip alıyor.

O gece daha geç bir saatte Maren kapının sesiyle uyanıyor. Annesi kabuğunun içinde bir sümüklüböcek gibi battaniyelere kıvrılmış, yüzüne ekşi nefesini üflüyor. Yatağı paylaşmaya devam etmeleri konusunda ısrar etti, oysa bu şekilde Maren çok rahatsız uyuyor.

Kapı kapanırken tüm sinirleri gerilmiş halde oturuyor. Kimseyi göremiyor ama orada birinin olduğunu hissediyor. Bir homurtu; bir hayvanın soluk alıp verişini andıran hızlı nefesler. Sanki biri ağzına toprak doldurmuş, boğulur gibi geliyor kulağa.

"Erik?"

Kardeşini mezardan çağırmış olduğunu, düşleri ve dualarıyla onu uyandırmış olduğunu aklından geçiriyor, o kadar korkuyor ki doğrulup annesinin üstünden atlayarak babasının baltasına uzanıyor. O anda Diinna'nın usul çığlığını duyuyor, kadın acı içinde dizlerinin üstüne yığılıyor, Maren vücut hatlarını seçmeye başlıyor. Kendi kendine kızıyor; bir ruh kapıyı açmaz, baltanın da ruh karşısında pek faydası olmaz.

"Gidip Fru Olufsdatter'i getireyim."

Nefes nefese, "O olmaz," diyor Diinna. "Sen."

Diinna'yı ateşin önünde duran kilime götürüyor. Annesi uyanıp ateşi canlandırdığında zemin aydınlanıyor, battaniye getirip su ısıtıyor, Diinna'ya ısırması için deri bir kayış verip yatıştırıcı sesler çıkarıyor.

Kayışa ihtiyaçları yok, Diinna soluk alıp verişleri dışında pek ses çıkarmıyor. Tekmelenmiş bir köpek gibi: Sızlanıp dudağını ısırıyor. Maren başında duruyor ve annesi çamaşırlarını çıkarıyor. Her şeyi ıslak, odaya Diinna'nın ter kokusu doluyor. Maren bir bez parçasıyla alnındaki teri siliyor, Diinna'nın bacaklarının arasındaki tümseğe bakmamaya çalışıyor; annesinin usta elleri harıl harıl. Daha önce bir çocuğun doğumuna hiç tanık olmamıştı, yalnızca doğum yapan havyanlar görmüştü ve onların yavruları da genelde yaşamamıştı. Uğursuz düşünceleri kafasından atmaya çalışıyor.

"Neredeyse geliyor," diyor annesi. "Neden bizi daha erken çağırmadın?"

Diinna acıdan sağır olmuş gibi ama fısıldıyor: "Duvara vurdum."

Maren ona hafifçe dokunarak Diinna'nın kulağına mırıldanıyor; Diinna'nın acısının izin verdiği o eski günlerdeki yakınlığın keyfini çıkarıyor. Kısa süre sonra ince perdelerin arasından ışık süzülüp ateşin ışığıyla buluşuyor, şimdi üçü de sisi andıran beyaz bir ışık içinde. Maren denizin buğusuna sarılmış gibi hissediyor, Diinna, onu acının gelgitine karşı sabit tutan bir çıpaymış gibi Maren'e yapışıyor. Maren usulca alnına bir öpücük kondurduğunda tuzun tadını alıyor.

Nihayet ıkınma zamanı gelince Diinna kıyıya vuran bir balık gibi çırpınıp yerde kıvranıyor. "Tut onu," diyor annesi, Maren deniyor ama hiçbir zaman Diinna kadar güçlü olmadı, şimdi de olacağını sanmıyor. Ona yaslanabilmesi için Diinna'nın arkasına oturup boynuna fısıldıyor. Diinna tekrar acıyla bükülürken Maren'in gözyaşları onunkilere karışıyor, en sonunda bacaklarının arasından bir çığlık yükseliyor.

"Bir oğlan." Annesinin sesi neşeyle dolu, acıyla keskin. "Bir oğlan. Dualarım kabul oldu."

Diinna geriye düşüyor ve Maren yere uzanmasına yardımcı oluyor. Ona sarılıp yanaklarını öpüyor; kulaklarında bebeğin ağlaması, annesi kordon bağını kesmek için bıçağı aldığında metalin tıngırtısı. Kordonu kesen annesi bebeğin üstündeki kanı bir bez parçasıyla siliyor. Diinna daha da şiddetli ağlayarak Maren'e yapıştığında ikisinin bedeni de ter içinde, bitkin halde, annesi dirseğiyle Maren'i itip bebeği Diinna'nın göğsüne koyana dek sallanıyor.

Bebek ufacık, buruş buruş, vücudu kremsi bir tabaka kaplı. Kirpikleri beyaz yanaklarının üstünde koyu. Maren'in aklına yosun çatıdaki yuvasından düşmüş halde bulduğu yavru kuş geliyor; derisi o kadar inceydi ki kapalı gözkapaklarının altındaki gözlerinin hareketini görebiliyordu, kalp atışları tüm bedenini sarsıyordu. Yuvasına geri koymak için kuşa dokunduğu anda kuş hareketsiz kalmıştı.

Ağlayan bebeğin minik omuzları kalkıp iniyor, küçük ağzı kıpır kıpır. Diinna geceliğini sıyırıp koyu meme ucunu bebeğin ağzına sokuyor. Köprücükkemiğinin üstünde bir yara izi var; Maren hatırlıyor, kaynamış su dolu tencerenin neden olduğu yanık izi bu; ancak suyu kimin attığını çıkaramıyor. O izi de öpmek, okşamak istiyor.

Annesi, Diinna'yı temizliyor. Ağlayarak kendini onun yanına çekip yatıyor, bir elini bebeğin sırtını tutan Diinna'nın elinin üstüne koyuyor. Maren sadece bir an duraksadıktan sonra o da elini oraya koyuyor. Bebek şaşırtıcı derecede sıcak; taze ekmek, temiz çamaşır kokuyor. Maren'in göğsü sıkışıp istekle sızlıyor.

3 Haziran 1618

Saygıdeğer Bay Cornet,

Size iki husus hakkında yazıyorum.

Birinci olarak, 12 Ocak tarihli mektubunuz için teşekkür ederim. Tebrikleriniz ve nezaketiniz için de minnettarım. Finnmark'a Bölge Beyi olarak atanmak benim için büyük bir onur; sizin de belirttiğiniz gibi, bu, o sıkıntılı bölgede Yüce Tanrı'ya hizmet etmek için büyük bir fırsat. Şeytan'ın kokuşmuş soluğu orada hissediliyor; yapılacak çok iş var. Kral IV. Christian, Kilise'nin konumunu sağlamlaştırmaya çalışıyor ama büyücülükle ilgili kanunlar yürürlüğe konulalı yalnızca bir yıl oldu ve Demonoloji'ye göre şekillenmiş olsalar da Kral James'in İskoçya ve Dış Hebridler'de başardıklarının yanında çok zayıf kalıyorlar. Benim bölgemde yürürlüğe konmuş bile değiller. Elbette önümüzdeki yıl göreve başlar başlamaz bu durumu düzelteceğim.*

Bu da beni ikinci hususa getiriyor. Bildiğiniz üzere, haberi ta buralara dek gelen cadı Elspeth Reoch'a açılan 1616'daki Kirkwall davasını yürütme şeklinize hayranım. O zaman da yazdığım gibi, halk her ne kadar o züppe Coltart'a

---

* *Lensmann*, o dönemde Norveç ve Danimarka'da kraliyet adına bölgeyi yönetmek üzere toprakla ödüllendirilen soylu kişiler için kullanılan unvandı. İdari, hukuki ve askeri yönetim yetkileri dışında vergi toplama hakları da vardı. Kitapta bu terim karşılığı olarak Bölge Beyi ya da kısaca Bey kullanımı tercih edildi. *–yhn*

övgüler düzse de onu nasıl desteklediğinizi ve olayın önünü erken aşamalarda alanın sizin hızlı eyleminiz olduğunu biliyorum. İşte, Finnmark'ta gereken de tam bu ivedilik: "Büyücülükle uğraşanları belirlemek, suçlarını kanıtlamak ve suçluları infaz etmek için" Demonoloji'nin öğretilerini takip edebilen erkekler.

İşte, bu nedenle size, bu kötülüğü saklandığı yerden çıkarmak için yanımda bir yer teklif ediyorum. Sorunların çoğu buraya, Finnmark'a özgü yerel bir topluluğun içinden çıkıyor – Laponlar adı verilen fani bir topluluk. Bir şekilde Çingenelere benziyorlar ancak büyüleri rüzgâr ve genel olarak havayla ilgili. Söz ettiğim gibi, büyücülük uygulamalarına karşı yasalar yürürlüğe kondu ama bu yasanın uygulanışı hayli zayıf.

Orkney'li olduğunuz için size böyle bir yerin hava şartlarının yahut mevsimlerinin hayli alışılmadık olduğunu söylememe gerek yok. Ancak durumun ciddiyeti konusunda sizi uyarmak isterim. 1617'deki fırtınadan (Edinburgh gazetelerinde haber olduğunu hatırlarsınız; ben de o sırada denizdeydim, ta Spitsbergen ve Tromsø'den bile hissedilmişti) bu yana kadınlar kendi başlarına kaldı. Barbar Lapon nüfus özgürce beyazlara karışmış durumda. Büyüleri önlem almamızı gerektirecek ciddi boyutlarda. Hava koşullarına yönelik büyüleri denizciler arasında bile talep görüyor. Fakat siz ve Tanrı korkusu olan birkaç becerikli erkekle birlikte, kışın bitmeyen karanlığında bile bu kötülüğü defedebiliriz. Burada, medeniyetin kıyısında kurtarılması gereken ruhlar var.

Elbette çabalarınızın karşılığı verilecektir. Aklımda size Vardø'de, gücümün merkezi olan kalenin yakınlarında büyükçe bir konut ayarlamak var. Beş yılı burada geçirin, ardından istediğiniz her kapının size açılmasını sağlayacak bir tavsiye mektubu yazarım.

Bu teklifin aramızda kalmasını öneririm. Hiç şüphem yok ki Coltart işin kokusunu alacaktır ama o ihtiyaç duyduğum tarzda bir erkek değil.

Bunu düşünün, Bay Cornet. Yanıtınızı dört gözle bekliyorum.

John Cunningham (Hans Køning)
Vardøhus Bölgesi Beyi

BEŞ

Yeğeni doğduğunda Maren'in kendi bedeni, acıma ve tiksintiye benzer bir hisle, güçlükle taşıdığı bir şey haline gelmeye başlıyor. Bedeni aç, itaatsiz. Ayağa kalktığı zaman kemiklerinin içinde hava kabarcıkları varmış, kulaklarında patlıyorlarmış gibi geliyor.

Yas insanı besleyemez ama doldurur. Bunu görmezden geliyorlardı; Kirsten Sørensdatter fırtınadan altı ay sonra kilisede konuşmak için izin isteyince Maren nihayet bunu kadının çenesinin gevşek derisinde, annesinin kollarından fırlayan damarların yol yol dağılışında görüyor. Belki diğerleri de görüyor zira gevşek oturuşlarından doğrulup dikkatle Kirsten'i izliyorlar.

Bir sohbete kaldığı yerden devam ediyor gibi, "Beklemeye devam etmek bir şeyi değiştirmeyecek," diye söze başlıyor Kirsten. Küçük mavi gözlerinin üstündeki alnı kırışık. "Komşularımız bize karşı nazik davrandı ama nezaketin bir yere kadar olduğunu hepimiz biliyoruz. Kendi kendimize yetmeye başlamalıyız." Dikleşiyor, bir şey yerine oturuyor. "Buz eridi, gece yarısı güneşi gökte yerini aldı. Denize açılabilecek durumda dört teknemiz var. Balık zamanı geldi. Yirmi, belki on altı kadın gerek. Ben varım." Etrafına bakınıyor.

Maren, Sigfrid, Toril ya da belki rahibin bir şey söylemesini, itiraz etmesini bekliyor. Ama o da şimdi daha zayıf, biraz daha ufalırsa yok olacak. Her ne kadar kısa ve öz söylemiş olsa da Kirsten'in sözleri mantıklı. Diğer on kişiyle birlikte Maren de el kaldırıyor. Kolu kalkarken rüzgârda eğilirken olduğu gibi, bir yalpalama hissi içini kaplıyor; insan dengesini buldukça azalıyor bu his. Annesi ona bakıyor, tek kelime etmiyor.

"Başka? Bu mürettebat ancak iki tekneyi doldurur," diyor Kirsten. Gözler yere iniyor, kadınlar oturdukları sıralarda kıpırdanıyor.

Karar verildiğini düşünüyorlardı. Fakat rahip kilisede hiçbir itirazda bulunmamış olsa da Toril, bir sonraki çarşamba toplantısında rahibin sonunda cesaretini toplayıp bir mektup yazdığını haber veriyor.

"Ne kadar zekice," diyor Kirsten. Başını elindeki işten kaldırmıyor; Maren'in tahminince kürekleri kavramayı kolaylaştırmak için fok derisinden eldiven dikiyor.

"Yakında Vardøhus'ün yönetimini devralacak adama," diyor Toril. Kirsten bile işini bırakıp ona bakıyor.

Gözleri dedikoduyla ışıl ışıl, "Kaleye* mi gelecek? Buraya mı?" diyor Sigfrid. "Emin misin?"

Sert bir sesle, "Ya nereye olacak?" diyor Toril ama Maren soruyu mantıksız bulmuyor. Kale kendini bildi bileli boş.

Maren'in yanındaki Diinna ve annesi de işlerini bırakmıştı. Üç kadın eski bir ağı onarıyor, ağ Diinna'nın kucağında, taşıma askısında yatan bebek Erik'in altında. Diinna başını o kadar eğiyor ki yavrusunu besleyen bir anne kuşu andırıyor.

Üçünün birlikte dikişe son oturuşunu unutmak olanaksız, iğne bir düşman gibi. Maren yerini kaybetmemek için elini ince ipin üstüne koyuyor. Dag'ın annesi, Fru Olufsdatter mutfağın kenarlarına sıralar dizmiş, kare şeklinde bir teknenin kenarına dizilmiş gibi sıraların üstünde oturuyorlar. Ateşin ışığı yeri dalga dalga gösteriyor.

"Bir Bölge Beyi'miz olacak, Hans Køning. Doğrudan Kral Christian'ın emri altında, Rahip Kurtsson'un dediğine göre büyük değişiklikler yapacak; kilise ziyaretlerine yeni kısıtlamalar getirecek." Toril dosdoğru Diinna'ya bakıyor. "Laponları hizaya sokup Tanrı yoluna döndürecek."

Diinna, Maren'in yanında kıpırdanıyor ama Toril'den gözlerini ayırmıyor.

---

* Vardøhus Kalesi. Dünya'da en kuzeydeki ve yapısıyla dikkat çeken kale. *–yhn*

"Bunu Nils Kurtsson gibi adamlarla başaramaz," diyor Kirsten. "O adam ineği otlağa götürmeyi bile beceremez."

Diinna homurdanıp dikişine dönüyor.

"Rahip Kurtsson bir sonraki vaazının seninle ilgili olacağını söyledi," diyor Toril. Kıstığı gözlerini Diinna'nın başının tepesine dikiyor. "Bey, kadınların balığa çıkmasını uygun bulmayacaktır."

"Henüz Bey'imiz değil. Ayrıca kuru laf karın doyurmaz," diyor Kirsten. "Karnımızı ancak balık doyurur. Bir İskoçyalının ne düşündüğü umurumda değil."

"İskoçyalı mı?" Sigfrid'in kaşları kalkıyor. "Neden bir Norveçli ya da Danimarkalı değil?"

Gözleri elindeki işte, "Uzun yıllar boyunca Danimarka donanmasındaymış," diyor Kirsten. "Spitsbergen'i korsanlardan temizlemiş. Kral onu bizzat seçip Vardøhus'e atamış."

"Bunu nereden biliyorsun?" diye soruyor Toril.

Kirsten başını kaldırmıyor. "Kulakları olan bir tek sen değilsin, Toril. Limana gelen denizcilerle konuşuyorum."

"Görüyorum," diyor Toril. "Ahlaksızlığın böylesi."

Kirsten onu duymazdan geliyor. "Rahip Kurtsson, Sebt günü ne gevelerse gevelesin midemin gurultusu sesini bastıracaktır."

Maren kahkahasını zaptetmeye çalışıyor. Teknelerle açılma fikri Kirsten'den değil de başkasından çıksaydı ciddiye almazlardı. Ama o her zaman kendinden emin, inatçı ve güçlü bir kadın oldu; Sebt günü Rahip Kurtsson'un gevşek uyarıları onları durdurmuyor. Bey'den yanıt gelmemişti; bu yüzden Kirsten gidilmesi konusunda ısrar ediyor.

Çarşamba buluşması yerine sekizi limanın kıyısında toplanıyorlar. Bey'e yazılan mektubun haberi duyulduktan sonra birkaç gönüllü kaybettiler, tek tekneyle açılacaklar.

Kadınlar ölü erkeklerinin fok kürklerine, başlıklarına bürünmüş, elleri kalın eldivenlerin içinde hantal, kürekler boylarından uzun, birbirine dolanmış ağ yığınına bakıyorlar; ağ, Maren'in her gün annesinin balık kemiğinden yapılma tarağından topladığı saç tutamları gibi içinden çıkılmaz halde.

"Tamam o halde," diyor Kirsten, iri ellerini çırparak. "İki kişiye ihtiyacımız var. Maren? Bana yardım et."

Elleri büyük olsa da Maren'den daha becerikli; Maren'in aşınmış parmakları ağın ince örgüsüne takılıyor. Güzel bir gün, gök aydınlık ama bulutlu, aylar boyu kemiklerini sızlatan acı soğuk yok.

İki ağı limanın yan tarafına yayıyorlar, diğerleri uçmaması için üstlerine siyah, düz taşlar koyuyor. Sonra Kirsten onlara ağları kolayca açacak şekilde nasıl katlayacaklarını gösteriyor.

"Bu işi nasıl öğrendin?" diye soruyor Edne.

"Kocam öğretti."

İnce sesinde bir şaşkınlıkla, "Neden?" diyor Edne.

"Öğretti işte," diye tersliyor Kirsten. "Şimdi sıra diğerinde."

Dört bir yandaki pencerelerden ve kilisenin kapı eşiğinden büyük merakla izleniyorlar. Rahip Kurtsson'un ince bedeni arkasındaki mumların ışığıyla aydınlanmış, ardındaki ahşap haç âdeta öfkeyle izliyor. Acımasızca yargılanıyorlar.

Nihayet ağları tekneye yükleyip kendileri de biniyorlar. Tıpkı eskiden Erik ve babası için yaptığı gibi, annesi Maren'e yemek hazırladı: keten tohumlu mayasız ekmek ve babasının son avından kalan bir parça kurutulmuş morina balığı. Bu ayrıntıyı Maren'in düşündüğü gibi bir lanet değil de bir kutsamaymış, bir işaretmiş gibi gururla söyledi. Maren'in üstüne bir damla bira sıçrıyor.

Tekneye binmeden önce Maren aylardır kaçındığı şeyi yaparak aldırışsız, usul dokunuşlarla Mads'in teknesine vuran denize dosdoğru bakıyor. *Dalgalar*, diye düzeltiyor Maren. Denizin parmakları, elleri ya da açılıp önüne geleni yutabilecek bir ağzı yok. Deniz onu izlemiyor, onu düşünmüyor bile.

Bir kürek alıp yanı başında Edne'yle çekmeye başlıyor. Onları izleyenler arasında sevinçle bağıran ya da el sallayan yok, tekne yola koyulunca onlar da sırtlarını dönüyorlar.

Kirsten onları boylarına göre eşleştirdi. Edne biraz daha zayıf olsa da Maren'le boyları ve yaşları yakın. Maren'in ona uyum sağlamak için daha hızlı kürek çekmesi gerek; teknenin bir ileri bir geri gidişinden, diğerlerinin de henüz eşlerinin ritmine ayak uyduramadığını anlayabiliyor. Ritim hesabı o kadar dikkat dağıtıcı ki Maren karanın gitgide uzakta kaldığını, az sonra liman ağzında olacaklarını, ötedeki denizin balinalar, foklar ve fırtınalarla dolu olduğunu, erkeklerin boğulduğunu ve asla geri dönmediğini pek aklına getirmiyor.

Dakikalar içinde kolları ağrıyor. Hiçbiri aylakça yaşamasa da bu farklı türde bir hareket, bu ileri itiş ve geri çekiş tüm omuz ve kollara yayılıyor, boynu yalayıp sırta iniyor, uyluklarını zorluyor. Kuşlar tepelerinde daireler çizmeye başlıyor, tekneye doğru o kadar alçaktan süzülüyorlar ki Edne ciyaklıyor.

Maren'in soluğu ezgili; ciğerlerine yayıldığını ve bayat havayı dışarı çıkardığını hissedebildiği, tadı toz gibi bir hırıltı. Saçlarından paltosunun sırtına ter ve deniz serpintileri damlıyor, yüzü şimdiden uyuştu, ekşi nefesinin üstüne kapanan dudakları çatlak. Erkeklerin sakallarını neden kesmediği çok açık: Çıplak yüzüyle denizde bir bebek kadar savunmasız.

Liman ağzına varıp aniden kendilerini açık denizde buluyorlar. Koydan ayrılırken rüzgâr sertleşiyor, tekne güçlü dalgalarla sallanınca birkaç kadın çığlık atıyor.

"İlk ağ," diyor Kirsten, sesi hâlâ sakin. Diğerleri kürek çekmeye devam ederken Edne ve Maren ağı açıyor. Temiz çarşaflarla yatak yapar gibi ağı serip atıyorlar. Dalgaların üstüne bir battaniye gibi yayılarak dibe çöküyor, muntazam mantar tıpalar yüzeyde kalıyor. Ağı halatla tekneye bağlayıp ikinci ağı diğer tarafa atıyorlar.

"Çıpayı atın," diyor Kirsten. Magda ve Britta çıpayı kaldırıp denize atıyor, ağır metal sulara gömülüyor. Erkekler olsaydı kıyıdan tamamen açılır, daha fazla ağ atmak için uzaklara giderdi ama kadınlar Hornøya Adası'nın çıkıntısından ötesine gitmeye isteksizler. Kolları gitgide ağırlaşıyor, olsa olsa otuz metre ötede yükselen kayalıklara bakmamaya çalışıyorlar.

Tekne sabitlenmiş, ağlar atılmışken içlerine neşeye yakın bir şey yayılıyor. Magda tekneye çullanan kuşlara gülüyor, bu kahkaha Maren'in ağzında yankısını buluyor. Neredeyse aynı hızla sessizleşiyorlar ama üstlerinden âdeta bir yük kalkıyor. Teknenin kıvrımlarına çöküp yemeklerini birbirleriyle paylaşıyorlar. Bulutlar çekilince sıcağını hissedemese de güneş Maren'in burnunu kızartmaya başlıyor. Kendini yorgun ve mutlu hissediyor, balina aklına bile gelmiyor.

Yaklaşık bir saat sonra güneşin önünden bir gölge geçiyor, bulutlar hızla geri dönüyor ve deniz bir kez daha kabarıyor. Korkunç bir sessizlik çöküyor ama beklemekten başka yapacak bir şeyleri yok. Kirsten'in Bey'in korsanlarla savaştığını söylediği yer, buzla kaplı Spitsbergen ufkun ötesinde parlıyor. Burada dünyanın sonunu görebileceklermiş gibi geliyor.

"Ağlar," diyor Kirsten. "Haydi."

Çekmeye başladıkları an Maren avın iyi olduğunu anlıyor. Ağ ağır, yorgun kollarını zorluyor ama balıkların ilk kımıldanmaları ve zıplamaları suyun yeşil örtüsünü yarmaya başlayınca kurumuş boğazlarından sevinç çığlıkları kopuyor. Daha güçlü, daha hızlı çekiyor, kısa süre içinde ağın yarısını teknenin dibine döküyorlar.

Kurutmaya uygun morina ve başka bir beyaz balık dışında gümüş gibi parlayan ringalar, Kirsten tek tek eline alıp teknenin kenarında kafalarını ezene dek çırpınan somonlar var. Edne geri çekilse de Maren diğerleriyle birlikte neşeyle haykırıyor. Diğer ağ da neredeyse dolu: Tek bir kırmızı balık morinaların içinde çılgınca çırpınıyor. Maren âdeta nezaketle balığı kaldırıp sıkıca kuyruğundan kavrıyor. Kafasını tekneye vurunca ağrıyan karnında bir heyecan dalgası hissediyor.

"Aferin," diyor Kirsten, elini omzuna koyarak; Maren bir an için avdan sonra erkeklerin yaptığı gibi yanağına kan süreceğini sanıyor.

Ağları bir kez daha atmaya yetecek ışık var ama şanslarını zorlamak istemiyorlar. Eve gitmek için dönüyorlar, artık yalnızca Hornøya Adası ve kayalıklarla kesilen açık denizle yüz yüzeler. Edne ağzının içinde bir dua mırıldanırken Maren gözlerini kapatıp derin bir soluk alıyor ve küreğinin sürüklenişini hissediyor.

Eve dönüş daha hızlı oluyor; alışıldık bir ezgi gibi, her biri bir diğerinin ritmine bu defa daha kolay alışıyor. İskeleye yanaştıklarında bekleyen yok. Kirsten tekneyi bağlamak için kıyıya atlıyor, Maren karanlık suları izliyor ve belki de balinanın onları ta en başından beri takip ettiğini, şimdi arkadan tekneye saldırmak için yükseleceğini düşünüyor.

Fakat kısa sürede yardım alarak o da iskeleye çıkıyor, yer ayaklarının altında dalgalanıyor. Denizde yarım gün geçirmek bile karayı tuhaf kılmıştı: Maren denizcilerin kıyıda nasıl ayakta durabildiklerini merak ediyor. Yakaladıklarını yalaklara taşıdıkları sırada başlarında Toril, diğer kadınlar toplanmaya başlıyorlar. Ağlar boşaltılırken bastırılmış bir sevinç doğuyor, Maren bu kadar çok balık yakaladıklarına inanamıyor.

"Tanrı'ya şükürler olsun," diyor Toril. Maren'in kollarındaki ağrı ona bu balıkları eve getirenin Tanrı değil, kendileri olduğunu söylüyor.

Annesi Diinna'ya yaslanarak bir sakat gibi geliyor, Maren omzunun üstünden bebek Erik'in şapkasını görüyor. Diinna'nın dudakları büzülmüş. Maren'in annesiyle yalnız kalmaktan hoşlanmıyor; son günlerde annesi çok dalgın. Ayakaltında dolaşıyor, ev işlerini yanlış yapıyor, tamir edilmiş çorapları yeniden yamıyor, kavanozların kapaklarını açık unutup içindekilerin bozulmasına neden oluyor. Diinna evde çocuğu ve annesiyle kalmaktansa teknede olmayı yeğler, Maren bundan emin.

Maren balıkların pay edilmesine yardımcı oluyor; kendi paylarına düşenin üstüne Kirsten ona öldürdüğü kırmızı balığı da veriyor. Annesine ne yaptığını söylemeyi düşünüyor ama annesi gerileyerek balıktan ve Maren'den uzaklaşıyor. "Yanağında kan var," diyor, ardından avdan paylarını alıp uzaklaşan Diinna'yı takip ederek Maren'i yüzündeki kan lekesiyle bırakıp eve dönüyor.

Maren eve varınca Diinna'nın kırmızı balık dışındakileri ayıklamaya yardım etmesine izin veriyor. Kırmızı balığın pullarını kendisi temizliyor, ezilmiş kafasından dar kuyruğuna dek karnını yarıp içini çıkarıyor. Onları tahtanın kenarına iliştiriyor ve Diinna'nın atmasına izin vermiyor. İç organları mavi, kırmızı ve yarı saydam. Maren onları ateşe atıp cızırdayarak dağılmalarını izliyor.

Balığın en ince kılçıklarını çıkarmak için babasının mors dişinden cımbızını kullanıyor; işi bitince, tütsülenirse daha güzel olacağını bilmesine rağmen hemen kızartıyor. Balığı şimdi, en taze haliyle, canlıyken ellerinde yarattığı hissi hâlâ anımsarken yemek istiyor.

Annesi kınarmış gibi kaşları çatık, yatağından onu izliyor. Balıktan yemeyecek, o gece hiçbir şey yemeyecek. Maren'e teknede olmanın ne hissettirdiğini sormuyor, onunla gurur duyduğunu söylemiyor. Yatakta arkasını dönüp uyurmuş gibi yapıyor.

Maren rüyasında, her zaman olduğu gibi balinayı görüyor. Ağzında tuz tadı var ve kolları harcadığı eforla kasılmış. Ama balina kıyıya vurmamış, yüzüyor, siyah ve beş yüzgeçli olmasına karşın Maren ondan korkmuyor. Balinaya uzanıyor ve baline kan kadar sıcak.

ALTI

Sonraki aylar sert ve birbirinden farksız. Denize açılmalı mı açılmamalı mı, artık konuşulmuyor: Açılıyorlar, her hafta. Onlara başka kadınlar da katılıyor, yıl son demlerine yaklaşmış, karanlık büyük bir evin kirişlerinin gölgesi gibi göğün köşelerinde toplanmaya başlamış olsa da kısa süre sonra düzenli olarak üç tekneyle balığa çıkmaya başlıyorlar.

Rahip Kurtsson onları kilisenin dar sahanlığından izliyor, Kilise'ye ve hizmetkârlarına itaatin erdemi üstüne vaazlar veriyor. Ama en coşkulu vaazlarında bile Maren bir değişim, kadınlar arasında bir kopma hissediyor. Karanlık bir şey büyüyor, Maren bunu kendi içinde de hissediyor. Rahibin söyledikleri gitgide ilgisini çekmez hale gelip kendini daha da işine adıyor: balık tutmak, odun kesmek, tarlaları hazırlamak. Kilisede başıboş bir tekne gibi sürüklenmiş olduğunu hissediyor; ellerinde kürekler ve kollarında ağrıyla, aklı denizde.

Kiliseye karşı ilgisini kaybeden tek kişi o değil. Çarşamba buluşmalarında Fru Olufsdatter, Diinna'ya Sámi'lerin taze su kaynağı bulmak için kullandığı yolları sorup kocasıyla oğlunun anısına balık kemiklerine şekil verirken Kirsten'den yardım alıyor. Maren babasının ve Erik'in mezarını ziyaret edince beceriksizce oyulmuş runik taşlarının yığılı toprağa basamak gibi dizildiğini görüyor. Burunda birden çok kez etleri çıkıntının en yüksek yerine bırakılmış tilki derileri buluyor. Yadigârlar, tılsımlar: Böyle şeyleri çocukluğundan anımsıyor.

Tilkileri kimin yakaladığını, kimin öldürdüğünü düşünerek kilisede kadınları izliyor. Kim derisini etinden ayırmış, boş kürkü kayaların üzerine, rüzgâra adak olarak bırakmıştı? Diinna'ya derisi yüzülmüş tilkinin ne anlama geldiğini soruyor, Diinna kaşlarını kaldırıp omzunu silkiyor. Bunlara bağladıkları umutlar ne olursa olsun, Vardø'nün kadınları sağlam bir şeyin özlemiyle eski günlere dönüyorlar.

Toril bundan habersiz olmalı, aksi takdirde rahibe anlatırdı. O – ve Kirsten'in deyişiyle, "kilise-kadınları" kış gitgide yaklaşıp üstlerine kapanırken, kocalarını onlardan alan günahların kefaretini ödemek için kilisede daha da çok zaman geçiriyorlar.

Duvarda durmak bilmez parmakların sürekli kurcaladığı bir çatlak gibi, aralarındaki uçurum hâlâ büyüyor; bölünmeyi bir parça da olsa yavaşlatan tek şey dolu karınlar. Maren kendine yine de hâlâ burada olduklarını hatırlatıyor. Hâlâ yaşıyorlar. Bir düzenleri var – hayvan postuna ihtiyacın varsa Kirsten'e gider kuru balık ya da iğne işiyle takas edersin, ki bunları da Toril'den bağırsak ipi ya da alçak dağdan toplanan taze yosun karşılığı alabilirsin; Toril Sámi'lerle dolu olduğu ve cadıların toplanma yeri olduğu rivayet edildiği için oraya gitmeyi reddeder. Hepsinin kendi becerileri, faydaları var; gelişigüzel bir merdivenin basamakları gibi üst üste ve iç içeler.

Çarşamba buluşmalarından birinde, "Bir anlamda zafer bu," diyor Kirsten. "Kocalarımız bizi görse ne derdi acaba?"

"İyi şeyler demezlerdi," diyor Sigfrid. Toril'le hemen her konuda hemfikir ama buluşmalarda dönen dedikoduyu kaçırmaya dayanamıyor. "Rahip Kurtsson diyor ki..."

"Rahip Kurtsson Noel Arifesi için bir vaaz hazırlamış mı?" diye soruyor Kirsten.

"Sanırım," diyor Sigfrid.

"Ben de bir şeyler söylemek istiyorum," diyor Kirsten. "Fırtına hakkında konuşmak istiyorum. Bence çoğumuz istiyor. Zamanı geldi. Hazırım."

Maren gözlerini odada gezdiriyor. İstekli olan yok gibi. Bir yıl sonra bile fırtına hakkında söyleyebileceği tek kelime yok. Hepsinin fırtınaya ilişkin öyküleri aynı, şimdi, sayısız dilde dolandıktan sonra keskin, kıyıcı köşeleri eskiyip deniz camı gibi pürüzsüz hale gelmiş.

"Maren?" Kirsten destek bekleyerek ona bakıyor. Oysa Maren bunu yapamaz, Edne ya da Fru Olufsdatter de.

Diğerleri de Maren gibi bunda bir teselli buluyor olmalı, hepsi koyu çevreleyen düz alanda aynı noktada duruyor: Sanki toplanmış, art arda gözlerini kapamış ve aynı görüş alanının etrafını sarmışlar gibi. *Fırtına bir anda koptu.* Göz açıp kapayıncaya kadar. İlk kim dile getirdi bunu, hatırlayamıyor. Toril olabilirdi, belki de Kirsten. Hatta kendisi bile olabilirdi. Bir tür korkaklık olsa da bu söylem üstünde anlaşıyorlar, bir anda, tesadüf eseriymişçesine. Bu yüzden ondan nefret ettiklerinden emin, aynı sebeple o da onlardan nefret ediyor. Bunun gözlerini kör etmesine ve dillerini bağlamasına izin verdiler, böylece gerçekten hatırlamak zorunda kalmıyorlar. Teknelerin nasıl orada olduğunu ve bir anda yok olduklarını.

Maren pencereye bakıyor. Acımasız karanlığın içinde yeşil bir dokunuş var: Kuzeyden sis yaklaşıyor. Sis aniden, her şeyi yutarak, eteklerinin içine dek sızan nemli bir soğukla geliyor; tanıdıkları topraklar yabancılaşıp tuhaflaşıyor. Liman orada, son evlerin ötesinde. Denizi daha da dikkatli izliyor. Düzenli balık avlarının ardından denize karşı çok fazla şey hissetmemeyi öğreniyor. Ama yıldönümü yaklaşmışken Maren onlardan alınanlar hakkında düşünmeyi, en azından kilisede bundan söz etmeyi hiç istemediğini fark ediyor.

Kirsten'in hayal kırıklığını hissedebiliyor, Fru Olufsdatter lambaları kısıp gitme vakitlerinin geldiğini söylediğinde onu buluyor.

Omzuna dokunarak, "Özür dilerim," diyor. "Rahibin konuşmana izin vereceğine eminim."

Mavi gözlerini kısarak, "Onun iznine ihtiyacım yok," diyor Kirsten. "Bunu düşüneceğim."

Maren konuşmuş olmasını dilese de Kirsten, Noel Arifesi'nde söz almıyor. Rahip Kurtsson'un vaazı basmakalıp sözlerle dolu; kocalarının ve oğullarının mezarı başında söylediklerinin üç aşağı beş yukarı tekrarı. Maren bu sözlerde hiçbir teselli bulamıyor, bu sözlerde ölen erkeklerine, geride kalan değişmiş kadınlara ilişkin bir şey yok. Kaç kere Erik ve babasının hayatta olmasını dilemişti? Rahip Kurtsson bunu anlayamaz. Hiçbir erkek anlayamaz.

Kürsünün altındaki rafa eğilip mühürlü ve püsküllü bir mektup çıkarışını izleyen Maren ondan bir parça nefret ettiğini fark ediyor: zayıflığından, onlar üstündeki gücünden. Sürekli Tanrı'nın merhameti hakkında konuşuyor, oysa Maren o merhametin bu kadar kuzeye uzanmadığından emin. Tanrı'nın gözleri onun üstünde mi, bunları düşünürken aklının içinde mi? Nefesini tutup Tanrı'yı orada hissedebilecekmiş gibi zihninin yokluyor.

Mektubu açan rahip, "Bu dün geldi," diyor. Mühür o kadar ağır ki parşömeni neredeyse ikiye katlıyor, Rahip Kurtsson mektubu yukarı, yüzünün önüne kaldırıp suratının önünde tutuyor. "Bey'imiz kısa süre içinde tüm Finnmark'ı yöneteceği Vardøhus'teki koltuğuna geçecek."

Toril oturduğu yerde kıpırdanıyor, haberi onlara ilk verenin kendisi olduğunu hatırlatmak ister gibi odayı gözleriyle tarıyor.

"Ayrıca aranızda," diye devam ediyor Rahip Kurtsson, "yani aramızda yaşamak üzere bir vekil* gelecek. Kasabayı daha sıkı denetlemek için Bölge Beyi tarafından atandı."

"Ama Rahip Kurtsson," diyor Kirsten, "bu sizin, saygıdeğer rahibimizin işi değil mi?"

Sözünün kesilmesi üzerine kaşlarını çatan rahip, "Ruhani meselelerde yardımcı olabilir tabii," diyor. "Ama rahiplik görevini ben sürdüreceğim."

"Şükürler olsun," diyor Kirsten, sesi rahibin tepki veremeyeceği kadar coşkulu ancak suratı asık.

Mektup katlanıp kilise-kadınları dua üstüne dua etmek için diz çökünce Kirsten ve Maren dışarıda bekliyor. Hava o kadar karanlık ki ısınmak için birbirine sürtünen hayvanlar gibi, birbirlerine sokulmak zorunda kalıyorlar. Kirsten'in bakışları baygın.

---

* Orijinal metinde bölgedeki yüksek otorite temsilcisi kimseye verilen unvan olarak kullanılan Commissioner ifadesi için Vekil kullanımı tercih edilmiştir. *–yhn*

"Bir vekil," diyor. "Ama ne konuda yetkili, görevi ne, belli değil."

"Belki vali gibi bir şey olacaktır, Alta'daki gibi," diyor Maren.

"Bu kadar küçük bir yerde mi?" diye soruyor Kirsten. "Alta'da çok daha fazla insan yaşıyor. Neden bizi denetleyecek birine ihtiyacımız olsun ki? Hele de Bölge Beyi Cunningham yakında kalesine gelecekse?"

İçgüdüsel olarak Vardøhus'e doğru bakıyorlar ancak sis o kadar yoğun ki Maren'in gözbebekleri acıyor. Kirsten düşünceli bir ifadeyle ona dönüyor. "Bana gelmek ister misin? Biram ve peynirim var."

Maren, Kirsten'in Mads Peterson'un evini nasıl çekip çevirdiğini görmeyi isterdi, hem de çok. Kirsten'in rençperler olmadan çiftlikle nasıl başa çıktığını sık sık düşünmüştü, ayrıca rengeyiklerini görmeyi de isterdi. Ama annesi evde olacak, babası için ağlayacak, o yüzden Maren başını iki yana sallıyor.

"Teşekkürler ama gitmem gerek."

Kirsten başıyla onaylıyor. "Vekilden tam da bugün söz edilmesi bir işaret mi acaba?"

Şaşıran Maren gözlerini kırparak ona bakıyor. "Batıl inançlı olmadığını sanıyordum."

"Yalnızca bunun neyin başlangıcı olduğunu merak ediyorum."

Kirsten'in ses tonundan tedirgin olan Maren, "Belki de bir sondur bu," diyor. "Bir çember kapanıyordur."

"Çemberlerin sonu olmaz," diyor Kirsten ve aniden doğruluyor. "Yarın görüşürüz."

Birbirlerine sırtlarını dönüp dilsiz sisin içine ilerliyorlar. Maren kiliseden uzaklaşırken evler sessiz; Fru Olufsdatter'in evini, ardından Toril'in evini geçip dış mahalleye, sisin ürkütücü beyazlığına yayılmış sunta pencerelerden ateşlerinin ışığı solgunca süzülen evlerine ilerliyor.

Maren yürümeye devam etmek, Baar Ragnvalsson'un boş evini geçip burna gitmek istiyor. Elini kapılarının koluna koymak, boğucu sıcağın içine girmek için kendini zorluyor. Annesi dudağının ucundaki kuru deriyi kemirerek ateşi karıştırıyor, Diinna göğsünde Erik'le ötede.

Annesi başını kaldırmadan, "Ona söyledim," diyor. "Vekili."

"Ne düşünüyorsun?" diyor Maren.

"Bilmem." Diinna karanfil macunuyla Erik'in diş etlerini ovalıyor. Bebeğin ağzından ip ip salya akıyor. Maren onunla eskisi gibi konuşmayı özlüyor. Erik'in doğumunun Diinna'yı kocasının ölümünden uzaklaştıracağını sanmıştı ama o, şimdi her zamankinden daha sessiz.

"En azından yeni biri gelecek," diyor. "Bir çift el daha."

Annesi dilini çatlak dudağında gezdiriyor ve üçü birlikte gecelerinin alâmetifarikası olan sessizliğe gömülüyorlar; vekil hakkında başka tek söz edilmiyor.

Rahipleri gibi biri olacağını hayal ediyorlar, denize düşen kar gibi etkisiz biri. Yaşamlarının devam edeceğini, en kötüsünün geride kaldığını düşünüyorlar. Saçma sapan, alakasız bir sürü şey düşünüyorlar ve bunların en ufağından en büyüğüne dek hepsi yanlış.

15 Ocak 1619

Vardøhus'ün Saygıdeğer Vekili, Bay Cornet,

Yeni yılınız kutlu olsun! 19 Ekim tarihli mektubunuz için teşekkür ederim. Elime bu kadar hızlı ulaşmasına çok sevindim. Gemilerin nereye, nasıl varacağını bilemiyor insan.

Teklifimi kabul etmenize çok memnun oldum, vakit kaybetmemeniz gerektiğini söylemek isterim. Kral Christian'a teklifi kabul ettiğinizi bildireceğim – sözlerime kulak verir; ve inanın bana, adınızı zikredeceğim. Vardø rahibi bilgilendirildi, gelişiniz için hazırlık yapacak. Sizi burada büyük işler bekliyor, umarım biz İskoçyalıların Tanrı gözündeki itibarını daha da artıracağız.

Bu mektuba Bergen'e gidiş için gereken miktarı iliştiriyorum, oradan Trøndheim'a geçip Vardø'ye varabilirsiniz. Yolculuğu çok zahmetli bulmayacağınıza inanıyorum.

Bir Norveçli eş fikriniz gayet iyi ama ben olsam o kadar kuzeye gitmeyi beklemezdim. Bergen'de böylesi konuma sahip bir koca bulmayı canı gönülden isteyen birçok genç ve iyi kadın var. Unvanınızı ve iliştirdiğim meblağı kullanın ve yatağınızı sıcak tutacak birini bulun. Belki şarkı söyleyebilen birini? Eğlenmeye ihtiyacımız olacak.

Coltart'a saygılarımı iletin, mektuplarınızı okuduğundan haberim yoktu. Burada böyle bir şey olmayacak. Güvenli ve hızlı bir yolculuk dilerim.

Hans Køning
Vardøhus Bölge Beyi
Bergen, Hordaland, Güneybatı Norveç
1619

YEDİ

Siv misafir odasında ateşi yakmış ve en iyi perdeleri asmış, böylece Ursa ya bir ölüm ya da bir evliliğin söz konusu olduğunu biliyor.

Ursa son sıcak su testisi ve haberle yanına döndüğünde, "Belki de evimize bir lord geliyor?" diyor Agnete. "Ya da bir aktör?" Agnete aktörün ne olduğunu yakın zamanda öğrenmişti; babaları Edinburgh'a giden bir tiyatro topluluğu için elinde kalan gemilerden biriyle yolculuk ayarlamıştı.

"O halde ya ölü bir lord ya da bizden biriyle evlenmeye gelen bir lord," diyor Ursa, testiyi küvete dökerek. "Aynı şey aktör için de geçerli, tabii buraya babam için gelmiyorsa."

Agnete gülüp ardından yüzünü buruşturuyor. Ursa ciğerlerinde hışırdayan sıvının sesini duyabiliyor.

"Şişt, seni heyecanlandırmamalıydım." Agnete'nin yastıkların üstüne doğru yükselmesine yardım ediyor. Yukarı doğru bacaklarıyla sürüklenen çarşafları Ursa düzeltiyor. "Siv beni affetmeyecek. Gel."

Elini Agnete'nin zayıf göğsüne koyup onu emaye kâseye eğiyor. Avuç içlerinin altında kız kardeşinin tükürürken hırlayan ciğerlerini hissediyor. Siv'in söylediği gibi, kâseye bakmadan üstünü kapatıyor: Gece boyu kulağına gelen hırıltılı nefeslerden sıvının ne renk olacağını biliyor.

Agnete'nin işi bitince geceliğini çıkarmasına yardım ediyor. Ekşi ter ve hastalık kokuyor gecelik, bu koku Agnete'ye o kadar sinmiş ki Ursa onu lavantalı suyun havaya yayılan temiz, ferah kokusu olmasa güçlükle fark eder. Sakat bacağını küvetin bu iş için özel olarak oyulmuş kenarından geçirirken hafifçe kaldırarak Agnete'nin küvete girmesine yardım ediyor.

Kız kardeşi hâlâ bir çocuk gibi ufak tefek, beli ve kalçası çocuk gibi dümdüz oysa Ursa on üç yaşına vardığında neredeyse tamamen şekillenmişti. Her ay gelen doktorlar onu muayene ediyor ama başka kimse onu Ursa gibi çıplak görmüyor, bedeninin keskin düzlükleri içe göçmüş, sakat bacağı çürük bir meyve gibi büzüşmüş.

Ursa, kardeşini sabunlarken yaslanması için küvetin üzerine çubuğu koyuyor. Agnete, "Ölecek kimse kalmadığına göre," diyor, "evlilik olmalı."

Ursa da aynısını düşünmüştü; kalbinin acı verici gümbürtüsünün Agnete'nin kulaklarına ulaşmamasını diliyor.

"Ne dersin, Ursa? Bence babamız seninle evlenecek birini buldu!" Sesi bir çan gibi neşeli ve boş. Aralarında yedi yaş olmasına karşın Ursa sık sık hissettiği şeyleri, tıpkı ikizlerde olduğu gibi, Agnete'nin de hissettiğini düşünüyor. Şimdi Agnete sabunlu eliyle çıplak göğsünü, tam da Ursa'da sızlayan yeri, kavrıyor.

"Belki."

Bu, Agnete'nin evde yapayalnız, çoğunlukla üst katta hapis kalacağı, onunla yalnızca Siv'in ilgileneceği anlamına geliyor. Babaları iyi geceler dilemek dışında onları pek ziyaret etmez. Ursa'nın nişanlısı Bergen'den bile olsa Agnete bu odada yalnız uyumayı, günlerini bir başına geçirmeyi öğrenmek zorunda kalacak. Ama Agnete bunların hiçbirini söylemiyor, başını sallayarak Ursa'nın kafasından aşağıya bir testi su dökmesine izin vermekle yetiniyor.

Agnete küvetten çıktıktan ve kurulandıktan, temiz bir gecelik giyindikten sonra saçını taramaya davranan Ursa'yı durduruyor. "Bırak ben seninkini öreyim. Siv çok haşin davranıyor," diyor.

Nazik elleriyle Ursa'nın saçlarını tek örgü halinde başının arkasına dolayıp ucunu ensesine sarkıtıyor, ona öyle bir gururla bakıyor ki Ursa utanıyor.

Ursa'yı giydirmeye gelen Siv'in kaşları çatılıyor: Bir Lüteriyen kadar katı, yalnızca kahverengi giyinir, grileşen saçlarına kare şeklinde, kolalı beyaz bir mendil bağlar. Ursa'nın giymeye niyetlendiği soluk pembe elbiseyi kaldırırken dudak büküp eskiden anneleriyle paylaştıkları ağır gardıroba yaklaşıyor.

Dolap kiraz ağacından, New England'dan gelen bir gemiden çıkarılmış, koyu kahve cilası dolabın rengini gizlemiş, tıpkı Siv'in kıyafetlerinin kadını gizlediği gibi. Ama menteşelerinde ve ayaklarının oymalı kabartılarında ahşap hâlâ derin, yumuşacık bir kırmızı.

Siv annelerinin en sevdiği elbiseyi çıkarıyor: Sarı renkli ve balon kollu bir elbise. Gönülsüzce "Baban bunu giymeni istiyor," diyor. "Bir beyefendiyle tanışacaksın."

"Bir beyefendi!" Agnete yastıkların üstünde doğrulup ellerini çırpıyor. "Ve annemin elbisesi içinde Ursa. Nasıl da kıskandım."

"Kıskançlık bir erdem değildir, Agnete."

"Beyefendi kimmiş, Siv?" diyor Ursa.

"O kadarını bilmiyorum. Ama iyi bir Hıristiyan. Babanız bana bu kadarını söylemeyi uygun gördü. Papalık yanlısı değil."

Siv elbisenin ipek ilmekli düğmelerini çözmek için arkasını dönünce Agnete gözlerini deviriyor. "Önemli bir şey öğrenebildin mi, Siv?"

"Bundan daha önemli bir şey düşünemiyorum."

"Of, peki uzun boylu mu ya da zengin mi ya da sakalı var mı?"

Siv dudaklarını büküyor. "Biraz küçük gelecek ama ayarlamaya zamanım yok." Ursa'ya çökmesini işaret edip elbiseyi kafasından geçiriyor.

Siv'in elleri harıl harıl çalışırken Ursa eteklerinin kasvetli hışırtısı içinde bekliyor, Siv'e yardım etmek için parmağını kıpırdatmıyor. Karanlıkta annesinin leylak kokusunun burnuna gelmesini umarak derin bir nefes çekiyor ama aldığı yalnızca toz kokusu.

Çağırıldığında misafir odasının kapısı açık, ateşin ışığı koridora vuruyor. Adamın geldiğini duyduklarında pencere pervazının hemen altındaki geniş kenarlı siyah şapkaya gizlice bakmak için pencereye koştular, kapı açılıp kafa gölgelerin içinde kaybolurken tam zamanında pencerenin önünden kaçtılar. Agnete, Ursa'nın ellerini sıkıyor.

"Her şeyi aklında tut."

Merdivenin tırabzanı pürüzsüz, Siv'in tamamen silmeden bıraktığı balmumunun kokusunu kusuyor. Ursa adamla birbirlerine dokunmak zorunda kalmayacaklarını umuyor. Elbette kalmayacaklar. Ama yine de adamın eline uzandığını, yağlı balmumu yüzünden elinin kaydığını düşünüyor. Adamın yüzü yok ama Ursa çok yakında olacağını fark ediyor. Ve bir beden, ses ve koku. Bu bir taliple ilk tanışması, babasının gelip adam hakkında bir şeyler söylemiş olmasını umuyor; onunla nasıl tanıştığını, Ursa'nın tanıdığı biri olup olmadığını. Belki babasının kâtibi, al yanakları, utangaç gülümsemesiyle Bay Kasperson. Yirmi beş yaşında, Ursa'dan yalnızca beş yaş büyük. Onun gibi bir adamı sevebilir ancak adamın dudağını başparmağıyla ovalamak gibi tuhaf bir huyu var; bu ona güvenilmez bir görünüm veriyor. Evli olsalardı ondan bunu yapmamasını rica edebilirdi. Dinleyecek bir adam gibi.

Yamalı basamaklar gıcırdıyor. Yatak odalarının aralık kapısına bakıyor, Agnete'nin nefesini tutmuş dinlediğini gözünde canlandırıyor. Ursa alt kata inmeden önce mümkün olduğunca çok mum yakıyor ama Agnete yine de gölgeler tarafından yutulmuş. Bahara yayılan, pencereleri donduran uzun bir kış oldu. Ama aslında bu ev her zaman karanlık, yazın bile; tüm perdeler açıkken, içeri giren güneş Ursa'yı hapşırtırken bile. Bu evde belki de bir daha başka bir mevsim göremeyecek. Bu evi özleyecek miydi ya da yalnızca evin içindeki insanları mı özlerdi?

Merdivenlere arkasını dönüp omuzlarını geriye doğru atıyor. Annesinin elbisesinin ağırlığı omuzlarından kayarken bu dar, ipek terliklerle yürümek tuhaf hissettiriyor.

Derin sesler ateşin ışığında titreşiyor. Babasını yanıtlayan Bay Kasperson'un sesi değil, ya da tanıdığı birininki. Kendini içeri girmeye hazırlarken duyduğu sesin Norveççe bile olmadığını fark ediyor. Annesinden kalan tüm anıları sakladığı küçük, acı verici yeri eşeleyerek *İngilizce*, diye düşünüyor. Annesinin okuma yazması yoktu ama bir tüccarın kızı olduğundan İngilizceyi çok iyi öğrenmiş, Ursa ve Agnete'ye de öğretmişti. Yemek masasında İngilizce konuşur, aksanları düzelip ufak bir tınıdan ibaret kalıncaya dek çalışırlardı. Ursa dilini şaklatıyor, bir kere, ardından bir kere daha ve eşiği geçiyor.

Adam babası kadar uzun, şimdiye dek gördüğü bütün erkeklerden daha iri. Babası bir elini sağlamca sırtına koyup onu odada ilerlemesi için iterken adam eğilerek selam veriyor; Ursa oturduğunda bile henüz onun yüzünü görmüş değil.

Erkekler oymalı kolları olan kırmızı, kabarık sandalyelere yan yana oturmuş, Ursa'ya kalan ise onların karşısındaki kolsuz sandalyeye yerleşmek, sırtını dik tutup ellerini kucağında birleştirmek.

"Ursula. Sanırım azizenin adından." Hızlı konuşmasa da aksanı, Ursa'ya her sözcüğü anlamak için dikkatlice dinlemesi gerektiğini anlatıyor. Hatta aksine, adam çok yavaş konuşuyor, bu sözcükleri eğip büküyor. Adam ateşe ve Ursa'nın babasına doğru yanlamasına dönüyor. Sesi alçak ve çatallı. Ursa kızardığını hissediyor.

Babası başıyla işaret ediyor. Ursa yanıt vermeli, adamın ses tonu soru sorar gibi değildiyse bile.

"Evet, efendim. Ve yıldızlardan."*

"Yıldızlar mı?"

Babası beceriksizce öksürür. "Ursula, bu Bay Cornet."

"Vekil Cornet," diye düzeltiyor adam. "Absalom."

Bunun adamın ilk adı olduğunu anlaması zaman alıyor, zira *Şükürler Olsun* ya da *Âmin* diyor gibi söylüyor. Ursa daha cesur bir ifadeyle başını kaldırıyor.

Adam uzun boylu, koyu renk gözlü. Yaşını kestiremiyor: Bay Kasperson kadar genç değil, babası kadar yaşlı değil. Kendince yakışıklı. Ciddi görünümlü; iyi kesimli kıyafetleri bel bölgesindeki fazlalıkları saklayamıyor. Ursa profiline bakıyor, çenesi bir işçininki gibi iri, alnı düz burnuyla bitişik, saçları koyu renk, hafif kıvırcık.

---

* Ursa, Latincede "ayı" anlamına gelir. Burada karakterin kastettiği Ursa Major (Büyük Ayı) ve Ursa Minor (Küçük Ayı). *–yhn*

"Vekil Cornet, İskoçya'dan geldi," diyor babası. "Vardøhus'te saygın bir göreve atanmış."

Cornet gururla, "Bizzat kralın emrindeki John Cunningham tarafından görevlendirildim," diyor. Ursa ne John Cunningham'ı duymuştu ne de Vardøhus'ü. "Ve bir eşe ihtiyacım var."

Bunun bir evlilik teklifi olduğunu anlaması birkaç saniyesini alıyor.

"Bir vekilin karısı," diyor babası hoşnut bir sesle. "Ursula?"

Soruyu duyabiliyor; başını kaldırıp gülümsemeli, kendisinin de hoşnut olduğunu göstermeli. Gözlerini kucağındaki ellerine çeviriyor. Eklemleri bembeyaz. "Zaman kaybetmeden ayarlamaları yapacağız."

Havadan sudan konuşuyorlar, babası hükümeti soruyor, Cornet o denli kuzeyde ağaç olup olmadığını. Babasının gemilerinden biriyle gidecekler; Ursa kulaklarında gitgide artan uğultuyu dinliyor. Siv elbisenin bağcıklarını öyle sıkmış ki doğru düzgün nefes alamıyor. Aklına Agnete, Agnete'nin ıslak solukları geliyor. Kuzey. Ursa evliliğin kendisini o kadar uzaklara götüreceğini hiç düşünmedi. Gözünün önünde buzlar ve karanlık canlanıyor. Nihayet babası orada olduğunu birden anımsamış gibi gitmesine izin veriyor. O kadar hızlı kalkıyor ki başı dönüyor ve odadan çıkarken tökezliyor.

Bir vekilin karısı. Daha iyisini isteyemezdi, bunu biliyor ama yine de teni karıncalanıyor. Annelerinin ölümünden bu yana babaları sürekli kötü kararlar verdi: Bunu, Bay Kasperson dışında tüm çalışanların kovulmasından, Siv dışında tüm hizmetlilerin gidişinden, haftalıktan aylığa düşen doktor ziyaretlerinden anlıyor. Bunu salonun Noel ve en önemli ziyaretçiler dışında sürekli kapalı olmasından, babasının omuzlarının düşüşünden ve nefesindeki bira kokusundan anlayabiliyor. Bu iyi bir evlilik, belki beraberinde bir miktar para da getirir.

Askıyı geçip Cornet'in paltosuna eğiliyor. Kumaş ıslak yaprak kokuyor, parmakları ceplere doğru hareketleniyor ama dokunmaya cesaret edemiyor.

Merdivene yönelip çok hızlı ve çok gürültülü adımlarla yukarı çıkıyor. Ursa kapıyı kapatıp elbisenin düğmeleriyle cebelleşmeye koyulduğunda Agnete şaşkın gözlerle ona bakıyor.

"Sorun ne? Çirkin biri mi?"

Bu elbisenin çıkması gerek. İçinde soluk alamıyor. Bedeni gitgide büyüyor ya da elbise küçülüyor; saçı kafasını mengene gibi sıkıyor. Tüm bunlardan kurtulmalı: Kız kardeşinin özenli örgüsü, ölü annesinin elbisesi. Adam buraya nasıl geldi? Bergen'in gürültülü bir sokağındaki bu sessiz evde Ursa'yı nasıl buldu?

"Bana yardım eder misin?"

Yatağa, Agnete'nin yanına oturuyor, kız kardeşi zorlukla doğrulup bağlarla boğuşmaya başlıyor ama bel kısmı çok dar. "Siv'i çağırmamız gerek."

Dar elbisenin hapsinde midesi bulanıyor. Pencereye gidip adamın evden ayrılışını izliyor. Kalbi güm güm.

"Ursa? Ne oldu?"

Kapı açılıyor ve nişanlısı sokağa çıkıyor, araba çağırmıyor. Ursa siyah şapkalı kafasının diğer siyah şapkalılar arasında gözden kayboluşunu izliyor.

"Ursa?"

Absalom Cornet. Kulağa bir duadan çok matem çanı gibi geliyor.

SEKİZ

Ursa farklı hissederek uyanacağını düşünüyor ama ertesi günü özel kılan bir şey yok. Siv ucuz pamuklu kumaşla değiştirildiği için aslında ışığı hayli hayli içeri sızdıran perdeleri açarak onları her zamanki gibi erkenden kaldırıyor. Ursa çocukken asılı olan, annesi tuvalet masasının başına oturup iki kızına da miras kalan gür, sarı saçlarını tararken kıvrımlarına saklandığı mavi kadife perdeleri anımsıyor. Ama beş yıl önce, babaları başarısız bir yatırım daha yapınca perdeleri satmak zorunda kalmışlardı, tuvalet masasını ve gümüş sırtlı saç fırçalarını da. Bir zamanlar annesinin giyim odası olan yer şimdi onların yatak odası, en üst kat ise artık kapalı.

Ursa geniş odasından taşınmak konusunda memnuniyetsizlik gösterince, "Agnete bu haldeyken anlamı yok," dedi babası. "Onca merdiven. Ayrıca tüm o boş odaları ısıtmak, mobilyalarını elde tutmak çok masraflı. Belki kiraya veririz ama eşyanın çoğunu satacağım."

Ursa henüz kiracı alınmadığı için memnun. Evlerinde bir yabancının uyumasını istemiyor. Artık bu konuda endişelenmesine gerek yok zira yakında kendisi, kendi evinde bir yabancının yanında uyuyacak. Bunu düşününce elleri titriyor. Absalom Cornet'in uzun süre bir yabancı olarak kalmayacağını umuyor.

Siv, Agnete'nin önüne bir kahvaltı tepsisi koyuyor. Bu, dün çay ikram ederken kullandığı gümüş tepsi, çabasını fark eden Ursa ona gülümsüyor. Agnete yine kötü bir gece geçirdi, çarşaf bacaklarına dolanmış halde. Ursa çarşafı düzeltip Siv, alnı endişeli kırışıklıklarla dolu, tükürük kâsesini temizlerken kız kardeşinin oturmasına yardım ediyor.

"Sanırım kahvaltıdan sonra bir doz daha buhar uygulamalıyız."

"Lütfen, hayır Siv," diyor Agnete. Sesi kalın, göğsü uğulduyor. "İyiyim, gerçekten."

"Burnunda geçen sefer olan yaralar hâlâ geçmedi," diyor Ursa. "Yarın yapsak olmaz mı?"

"Doktorun talimatları var," diyor Siv. "İyi geliyor, biliyorsun."

Siv buhar kâsesini almaya gidince, "Canımı yakıyor," diyor Agnete. Burnunun altında derisinin çatlayıp tahriş olduğu kırmızı yere dokunuyor.

"Biliyorum," diyor Ursa, kardeşinin saçlarını geriye iterek. Banyoya rağmen şimdiden tere batmış. "Burnunu annemin ipek mendillerinden biriyle kapatabiliriz."

"Mavi olanla mı?"

Ursa hemen kalkıp annesinin gardırobuna gidiyor. Askının üstündeki rafta, ahşap bir kutunun içinde babasının tasfiyesinden kurtulan mendiller ve öteberi var, Ursa, Agnete'nin en sevdiği mendili alıyor. Agnete mendili yüzüne bastırırken kız kardeşinin saçlarını geriye çekiyor.

"Kahvaltını et, Agnete."

"İngilizce konuşmalıyız," diyor Agnete. "Pratik yapmalısın."

"İskoçyalı."

"Ama yine de İngilizce konuşuyor, değil mi?"

"Evet."

"Tamam o halde."

İngilizceye geçip, "Tamam o halde," diyor Ursa. "Kahvaltını et."

Agnete gevrek ekmeği kemiriyor. "Çok kuru."

Kâhyalarının sesini taklit ederek, ciddiyetle, "Ekmek kadar kutsal bir şey yoktur," diyor Ursa. Ama Agnete'yi mutlu etmek gitgide zorlaşıyor, tüm hazları yavaş yavaş kısıtlanıyor. Yaklaşık bir ay önce doktorlar ıslak şeyler yemesini yasakladı, Agnete hâlâ buna alışmaya çalışıyor. Ursa doktorların kardeşinin tedavisini uydurduklarından şüpheleniyor. Kardeşinin zayıf ciğerlerinin nedeni fazla yahni yemek olamaz.

Siv bir bez, kaynar su dolu geniş bir kâse ve doktorun verdiği ufak şişeyle geri dönüyor. Şişenin kapağını açmaya davranıyor ama Ursa elini uzatıyor. "Ben hallederim, teşekkürler Siv."

Siv onu izliyor. "Yedi damla, doktor öyle söyledi. Yedi damla yoksa bir anlamı olmaz."

"Biliyorum. Kâhya kadın şişeyi Ursa'nın avucuna koyup Agnete'nin alnına hızlı bir öpücük kondurduktan sonra odadan çıkıyor.

Endişeli gözlerle ablasına bakarak, "Yedi damla koymayacaksın, değil mi? Bir damla yeter," diyor Agnete. Ursa kâsenin içine yağdan dört damla koyup karıştırıyor, böylece sarılık suya yayılıyor. Koku burun deliklerini yakıp gözlerini acıtıyor. Kâseyi Agnete'nin yanındaki masaya koyuyor ve oturmasına yardım ediyor. Agnete, mendili sıkı sıkı burnuna bastırıp buharın üstüne eğiliyor.

Ursa ona destek olmak için bir elini kardeşinin alnına koyup buhar dağılmasın diye başının üstüne kumaş parçasını örtüyor.

"İçine çek."

Avucunu Agnete'nin sırtına koyuyor; ağır, acılı soluk alışını, nefesinin ciğerlerinden nemli hırıltılarla sökülüşünü duyduğu kadar hissediyor da. Yüz nefese dek sesli sayıyor, Agnete kıpkırmızı yüzü, elinde ıslak mendiliyle buhardan çıktığında, gözlerinden sicim gibi yaşlar dökülüyor. Öksürüp, Siv'in kahvaltı tepsisinin yanına koyduğu temiz kâseye tükürüyor.

Ursa kâsenin üstünü örtüp kenara koyarken, "Nasıl bir his?" diye soruyor Agnete.

"Ben de sana soracaktım."

"Canımı yakıyor, çok kötü. Keşke doktorlar sözlerime biraz kulak verse. Şimdi sen."

"Ne, nasıl bir his?"

Agnete yaşlı gözlerini deviriyor. "Nişanlı olmak, evlenecek olmak."

Ursa şikâyetlerine karşın Agnete'nin soluklarının rahatladığını duyabiliyor. "Ee aynı işte. Bugün alt kata inmek ister misin?"

"Hayır. Anlatsana, nasıl biri?"

"Onu henüz pek tanımıyorum," diyor Ursa. "Sadece sana dün anlattığım kadarı."

"Yeniden anlat?"

Gün bitmeden yavan hikâyesini tam üç kere anlattı. Babaları onları o gün de ertesi gün de ziyaret etmiyor. Siv, babalarının Absalom'un kalacağı yerin ayrıntılarını kararlaştırmak için dışarıda olduğunu söylüyor. Agnete'nin yaşadığı hayal kırıklığıyla baş edecek yalnızca Ursa var.

"Neden sana mektup yazmıyor?"

"Tanışalı sadece iki gün oldu."

"Olsun."

"Mektup ne işe yarar ki? Okumam yok."

"O halde bir şarkı. Bir şey."

Ursa omuz silkiyor.

"Belki de önemli değil," diyor Agnete. "Belki de yüzünü görmesi ve seninle evlenmek istemesi yeterlidir."

Ursa bunda bir romantizm olduğunu düşünüyor. Seni hiç tanımayan biri seni seviyor.

"Sence babam anneme yazmış mıdır?"

"Annem de okuma bilmiyordu." Agnete'nin yüzü düşüyor ve Ursa'nın içi acıyor. "Belki de yazmıştır. Babama sorarsın."

Agnete'nin babalarına sormayacağını biliyor. Kendisi de soramaz. Aradan bunca yıl geçmesine rağmen annelerinin lafı geçince babaları darmadağın oluyor. Son zamanlarda Ursa birkaç kez babasını kendisine gözlerinde korkunç bir hüzünle bakarken yakaladı – her geçen yıl annesine daha da benzediğinin farkında. Eskiden büyük kızıyla her konuda konuşmasına karşın, son günlerde Ursa'dan bu kadar uzak durmasının nedeni belki de bu. Bir zamanlar çok yakındılar oysa şimdi babasının suskunluğu bulaşıcı.

Ursa, anneleri erkek kardeşlerini dünyaya getirirken ölmeseydi bu ânın nasıl da farklı olabileceğini düşünüyor. Eğer ikisi de yaşasaydı, evde koşturup duran minik bir oğlan olsaydı. Babaları tüm parasını kaybetmemiş olsaydı, üç kardeş kadife perdelere saklanıp annelerinin saçlarını fırçalamasını izleseydi. Ama Agnete yine de hasta olacaktı, Ursa yine de bir yabancıyla evlenecek ve onunla birlikte adını hiç duymadığı bir yere gidecekti.

Agnete aniden ona uzanıyor.

"Beni özleyecek misin?"

Ursa ona evet demek istiyor. Kız kardeşine, ona hava kadar ihtiyaç duyduğunu söylemek istiyor, hayatta ondan iyi bir arkadaşı olamayacağını. Ama Agnete'nin minik yüzünü avuçlarının arasına almakla yetiniyor ve kardeşinin anlayacağını umuyor.

Düğünden önceki gece aylardır ilk defa Agnete'yi hep birlikte yemek yemek için sandalyesiyle alt kata indiriyorlar. Bu zor bir iş ve şallara bürünmüş Agnete'yi ateşe en yakın yere yerleştirdiklerinde hepsi ter içinde. Siv, her an alabora olmuş bir tekne gibi düşebilirmişçesine dikkatli gözlerle onu izliyor.

Ama Agnete dimdik oturuyor, neredeyse hiç öksürmüyor ve babası Ursa'ya küçük bir kadeh karavay likörü veriyor. Tadı ilaç gibi acı ama gık çıkarmadan yutuyor likörü, içkinin verdiği yanma hissi midesinde hoş bir sıcaklığa dönüşüyor.

Likör ve Agnete'nin varlığından cesaret alan Ursa, babasına Absalom Cornet'in kendilerini nasıl bulduğunu soruyor ve Agnete çiğnemeyi kesiyor. Ursa kız kardeşinin bu konuda bir sürü hayal kurduğunu biliyor.

Gözlerini Ursa'ya çevirmeden, "Onunla limanda tanıştım," diyor babası. "Bana yaklaştı, haçımı beğenmiş."

Haçın zinciri yeleğinin cebinde parlıyor. Ursa babasının sık sık haçı yerinden çıkarıp ne yaptığının farkında bile olmadan elinde tuttuğunu biliyor: Bir tik haline gelen dindarlık.

"Bana Vardø'deki görevinden söz etti, orada hizmet etmesi için onu Tanrı'nın çağırdığını söyledi."

"Onu çağıranın Bey olduğunu sanıyordum?" diyor Ursa, Agnete'ye göz kırparak. Ama babası sesindeki tonu fark etmiyor ve kendine bir içki daha koyuyor.

"Bey, kralın emrinde, kral da Tanrı'nın."

Ablası gibi göz kırparak, "Kocan bildiğin emir eri," diyor Agnete. Ursa masanın altından elini tutuyor. Kardeşinin eli o kadar yumuşak ki onu yanağına götürmek, öpmek ve hiç bırakmamak istiyor.

"Bir gemiye ihtiyacı vardı, bir de geline..."

"Bu sırayla mı?" diye fısıldıyor Ursa, aniden kahkahaya boğulan Agnete öksürmeye başlıyor. Siv tükürük kâsesiyle öne atılıyor, Ursa, en kötüsü geçene dek kardeşinin elini sıkıyor. Babası içkisini bitirip kızlarından çok kendi kendine konuşur gibi devam ediyor.

"Ona yolculuğu için iyi bir fiyat verdim."

Ve benim için, diye düşünüyor Ursa.

Agnete'nin yukarı taşınması gerekiyor ve Ursa bu işi üstlenmekte ısrarcı, merdivenlerde takılmamak için eteklerini topluyor. Kardeşi sıcak ve yeni doğmuş bir köpek yavrusu kadar hafif. İncecik kollarını Ursa'nın boynuna dolanmış.

Göğsü hırıl hırıl, "Pek romantik değil, ne dersin?" diye mırıldanıyor.

"Fark etmez," diyor Ursa. Agnete hayal kırıklığı içinde burun kıvırıyor.

Agnete bir kez olsun hemen uykuya dalıyor ama likör Ursa'nın bedeninde köpürüp bacaklarını dürtüklüyor. Odalarında volta atmak için ayağa kalkıyor, alnını pencerenin serin camına dayıyor. Ta limanı görebiliyor, gemiler ufukta minik oyuncaklar gibi. Orada sürekli erkekler var, meşgul, hareket halinde erkekler. *Dünya dönüyor*, diye düşünüyor, mide boşluğunda yarı Siv'in yemeğinin, yarı korkunun verdiği ağırlıkla yakında o dünyanın bir parçası olacağı için seviniyor.

Sabah evden ayrılmak bir düş âleminde yürümek gibi: Her şey tanıdık ama bir daha, en azından uzun bir süre boyunca tekrar görmeyeceği için aynı zamanda yabancı. Belki de hiç dönemeyecek? Bu düşünceyi bastırıyor. O bir armatörün kızı, elbette geri gelecek.

Babası koridorda nadiren yaptığı bir şekilde elini tutarak onu durduruyor.

"Annen," diye söze başlıyor. Ursa babasının boğazındaki yumruyu hissediyor.

Başka bir şey söylemeyeceğini düşünüyor, bunu umuyor zira Agnete'yle birlikte döktükleri gözyaşları yüzünden, Siv'in soğuk kompreslerine karşın gözleri şiş. Ama babası onu çalışma odasının karanlığına çekip bir lamba yakıyor ve kapıyı kapatıyor.

"Bu senin olmalı."

Bu küçük bir şişe, satılmadan önce annesinin tuvalet masasının üstünde her daim duran şişelerden biri. Ursa şişeyi alıp açıyor, bayat leylak kokusunu bileklerine bastırıyor.

"Teşekkür ederim baba."

Artık doyuracak, giydirecek kişi sayısı bir eksildi, bunun babası için işleri kolaylaştıracağını umuyor. Belki Agnete'ye yardımcı olması için birini tutabilir. Gazetenin toplum haberleri sayfasında duyurmaya zaman kalmamış olsa da, çeyizinin çoğu kuzeye gidiş masraflarına harcansa da parfüm ve ölü annesinin elbisesi onda, iyi bir evlilik bu. Kocası cebinde Bey'in mektubunu taşıyan bir vekil.

Babası alnını öpüyor. Elleri tir tir, nefesi bira kokuyor. Daha sonra kocası evliliklerini mühürlemek için tam aynı yerden öptüğünde Ursa'nın burnuna hiçbir koku gelmiyor. Kar gibi temiz.

DOKUZ

Cornet, Ursa için oda tuttuğu hanın kapısını açtığında saat hâlâ erken ve Ursa odalarında dinlenirken Cornet bara gidiyor.

Ursa elinden geldiğince hazırlanıyor; bileklerine ve kulak memesinin ardında, nabzının usulca attığı ince deriye leylak suyu sürüyor. Orayı öpeceğini düşünüyor ve bu düşünce ellerini titretiyor. Geceliğinin kumaşı omuzlarında ve memelerinde gergin. Gecelik dik yakalı, besbelli içinde uyumak için tasarlanmamış ama Siv'in düğün hediyesi olduğuna göre belki de işin esası bu.

Geceliği Siv kendisi kolaladı, Ursa kadının bunun için kıt zamanını zorladığını biliyor. Ursa kaynayan kepeğin kokusunu almış, Siv'in nişanla düğün arasındaki üç günde geceliği bu suya bastırdığını görmüştü. Kokunun gitmesi için Siv kayağan taşıyla hayli uğraşmış olsa da gecelik hâlâ ekşi su kokuyor; yine de Ursa öndeki kurdeleleri bağlarken katır kutur ediyor.

Agnete ona annesinden kalan en sevdiği mavi ipek mendili verdi. Ursa mendili eline alınca şıkırdadı. Mendilin içinde beş Norveç gümüşü vardı; bu, annelerinin eşyaları satıldıktan sonra Agnete'nin payına düşendi.

"Bunu alamam."

"Dönüş paran olmadan o kadar uzaklara gidemezsin."

"Absalom'dan para isteyebilirim."

"Kendi paran olmalı," dedi Agnete. Ancak böyle bir yolculuğun ne kadar tutacağına ilişkin ne onun ne de Ursa'nın bir fikri var. "Ne olur, ne olmaz."

Karanlık, yapış yapış pencerede Ursula'nın gözleri küçük ve utangaç, dudakları somurtkan bir çocuk gibi tir tir. İnce perdeyi çekiyor.

Unvanıyla onca gururlanan kocası besbelli müsrif biri değil. Kaldıkları yer daima tütün ve çürümüş bir şeyler kokan ticaret limanına çok yakın. Koku kasvetli esintiyle birlikte pencerenin aşınmış çerçevesinden içeri sızıyor ve Ursa bileğini burnuna dayıyor.

Leylak kokusu annesinin ölümünden önceki eski günleri anımsatıyor; o zamanlar ev soğuk kışlar ve uzun, berrak yazlar boyunda Noel ağacı gibi ışıl ışıldı, onları giydiren dört hizmetçi ve yemeklerini yapan bir aşçı vardı. Anne ve babası başka tüccarlar ve onların göz alıcı eşlerine yemekli partiler düzenler, konuklar yemek odasının koyu ışıltısına ve sohbetine geçene dek Ursa'nın salonda onlarla oturmasına izin verilirdi.

Düğün kahvaltısı üstüne kafa yorduğu hiç olmamıştı ama herhalde o partilerden biri gibi olmalıydı. Şüphesiz Siv, babası ve Agnete dışında konuklar da olurdu. Babası onları toplumdan kopardığından konuşacak arkadaşı olmasa da, yine de, birlikte yemek yiyeceği annesi gibi uzun, çıplak boyunları parlak yakalara dayalı, altın saçları tepede topuz yapılmış kadınlar hayal etmişti. Tepeli kuşlar gibi boyunları fırfırlı yakalarla süslü, ellerinde şekerleme ve ipek hediyeler olan şık erkekler. Havada pomat ve lavanta kokusu; üstünde kızarmış kaz, kremalı ıspanak, limon, havuç ve frenk soğanıyla lezzetlendirilmiş koca bir somon balığı olan yemek masası. Sahneyi altın rengine boyayan alev alev mumlar.

Kilise ve limana yakın olan Gelfstadt Hanı'nın arka odası değil; erkekler arasında dolaşan bir şişe brendi değil. Babasının gözleri buğulu, anı dolu. Soğuk rüzgârla savrulup dumanlar saçan ateşin parıltısında yaşlı görünüyordu. Eriyip bitmiş mumlar sarıydı, balık kokuyordu.

Vedalaşma zamanı geldiğinde Cornet, Ursa'nın gözyaşlarını uygunsuz bulmuş gibi sırtını döndü. Agnete bunu başarabileceğini göstermek için yardım almadan ayağa kalktı, arabaya yürürken hafifçe Ursa'ya yaslandı. Babası fazlasıyla içmişti, zaten çalışma odasında birbirlerine veda etmişlerdi. Ursa'nın Agnete'ye söyleyebileceği bir şey yoktu, Siv nazikçe onları itip ayırana dek birbirlerine sımsıkı sarıldılar.

"Kendine iyi bak, Bayan Cornet."

Ve sonra gittiler.

Kocasını alt katta hayal ediyor; parmağına taktığı yüzük bardağın camına çarpıyor, belki Ursa şerefine kadeh kaldırıyor. Onun geleneklerine uygun olarak artık Bayan Absalom Cornet, kocasının adının içinde kayıp.

Onu memnun etmeyi umuyor, bunun bir kısmının bu gece, burada başlayacağını biliyor. Bu kare şekilli odadaki dev yatakta, Bergen rıhtımının dibindeki bu handa. Finnmark'a gidecek gemileri dışarıda, suda bekliyor; öylesine soğuk ki Ursa geminin gövdesindeki buzları kıran adamları duyuyor. Siv kırmızı yanaklarla Ursa'ya ne yapacağından biraz söz etti – *gecelik, yatak, sakın onu izleme, bu ahlaksızlık olur, bitince dua et.*

Oturağı göz önünden kaldırıp yatak ısıtıcısını yatağın bir tarafından diğerine geçiriyor. Döşekte soluk lekeler var, kimi yerlerde samanlar açığa çıkmış. Yüzünü grileşmiş yastığa koyamadığından eski geceliğini etrafına sarıyor.

Büyük bir dikkatle yatıyor, saçlarını, Agnete'nin pırıl pırıl başak tarlasında yatarmış gibi göründüğünü söylediği şekilde, omuzlarına döküyor. İskeleden ara ara ışık vuruyor ve ahşap duvarlardan kulağına İngilizce, Norveççe, Fransızca ve anlayamadığı başka dillerde konuşan insanların kaba sesleri çalınıyor.

Tüm bu seslerin altında, evlerindeki merdivenin ya da oturduğunda babasının dizlerinin sesini andıran bir çıtırtı var. Uzun süre ne olduğunu anlayamıyor, kendi hayal ürünü olup olmadığını düşünüyor. Ama sonra anlıyor: Bu buz, gemileri yeniden sarıyor.

Kısa süre sonra o denizde olacak, Agnete'den, babasından ve Siv'den, Konge Sokağı'ndaki evlerinden, geniş, temiz caddeleri ve kalabalık limanıyla Bergen'den gitgide uzaklaşacak. Hayatı boyunca yaşadığı dünyanın en güzel şehrinden ayrılıyor, peki, ne için? Vardø'nün, yaşayacağı yerin resmi yok. Paylaşacakları ev, tanışacağı insanlar hakkında hiçbir fikri yok.

Çıtırtı, tek duyabildiği şey haline gelene dek artıyor. Leylak kokulu bileğini yüzüne bastırıp havayı su gibi içine çekiyor.

***

Kapının gıcırtısı ve mum ışığı onu uyandırıyor, yana yuvarlanıp Agnete'ye uzanıyor. Geceliği yanaklarının altında kırışmış, çarşaftaki elleri buz gibi. Ve küçük ışık çemberinin içinde Absalom *-kocası-* soyunuyor, sallanıp kemeriyle boğuşurken başı önüne eğik.

Ursa hareket etmiyor. Neredeyse nefes bile almıyor. Uyurken saçlarının özenli düzenini mahvetmiş, saçları kement gibi boynuna dolanmış. Geceliği beline çıkmış ama eteğini çekiştirip düzeltmek için kıpırdamaya cesareti yok.

Absalom Cornet pantolonunu çıkarmış ve karanlığa gözleri alışan Ursa iç çamaşırının da çıkmış olduğunu görebiliyor. Adam kabuğundan çıkarılmış bir deniz canlısı gibi, kıyafetlerinin altında daha da soluk. O yatağa yaklaşırken Ursa gözlerini kapatıyor ve adamın bedeninin ağırlığı yatağa düşünce samanlar hışırdıyor.

Absalom battaniyelerin altında hareket edince yatağın içinde bir soğuk esinti oluyor ve Ursa onun neler görebildiğini düşününce yanakları kızarıyor: Kurdeleli çocuksu iç çamaşırları. Oda keskin bir alkol ve sigara kokusuyla dolu. Onun içkici biri olduğunu düşünmemişti. Kalbi kulaklarında gümbürdüyor.

Uzun bir süre hiçbir şey olmuyor ve Ursa onun uyuduğunu düşünüyor. Bir gözünü aralıyor ve Absalom'un kocaman açtığı gözlerini tavana diktiğini görüyor. Derin nefesler alıyor, elleri battaniyeye yapışmış, eklemleri bembeyaz; Ursa onun gergin olduğunu anlıyor. O yüzden bu kadar çok içti, odaya bu kadar geç geldi. Ursa muhtemelen onun için ilk. Kendini ona uzanmaya, kendisinin de korktuğunu söylemeye hazırlarken Absalom dönüp ona bakıyor.

Bu gözlerdeki bakışı tanıyor, yemekli partilerde başka adamların gözlerinde de görmüştü: Kararlı ve net ama bocalayan bakışlar. Yana dönerken bakışlarına keskin bir şey yerleşiyor. Siv'in, kocasının gözlerine bakmaması yolundaki uyarısını anımsıyor ve neredeyse acı veren bir dürtüyle elleri geceliğine yapışıp eteklerini aşağı doğru çekiştiriyor.

Absalom aniden üstüne çıkıyor, o kadar beceriksiz ve ağır ki Ursa'nın memeleri eziliyor. Nefes alma olanağı yok gibi, ancak uyluklarında şimdiden büyüyen sertliği hissettiğinde çığlığa dönüşen bir soluk alıyor. Kocası kurdelelerle, sonra daha aşağıda dikişlerle boğuşuyor. Çekip koparıyor. Boylu boyunca üstüne çıkıyor, Ursa'nın bedeni kaskatı.

Bir çığlık daha koparıyor, Ursa'nın kendinden çıktığını daha önce hiç duymadığı bir ses. Bu ses onu kocasının yaptığı şeyden daha çok korkutuyor. Onu kesti, diye düşünüyor çılgınca, onu bıçakladı. Vücudunda daha önce varlığından haberdar olmadığı bir yer var: canlı, zonklayan, ağlatacak kadar acıyan bir yer.

Absalom'un yüzü yastıkta, kulağına ve saçlarına içki kokan nefesi vuruyor. Kolları Ursa'nın omuzlarının iki yanında, göğsü göğsüne büyük bir kuvvetle çarpıyor. Daha da içine girdikçe Ursa dikkatini acının sıcak noktasından uzaklaştırıyor, kocasının altında kısılıp kalmış bacaklarının ağrısına yönlendiriyor. Bacaklarını kımıldatmaya çalıştığında kocası hafifçe doğrulup bir kolunu Ursa'nın köprücük kemiğine bastırıyor ve Ursa kıpırtısız yatması gerektiğini anlıyor.

Yatak tuzağa yakalanmış bir hayvan gibi yabani bir gıcırtı çıkarıyor ve sonunda aşağılanmadan, yırtılmadan doğan sıcak gözyaşları akıyor. Absalom'un tüm bedeni titriyor. Ursa'nın kulağına bir inleme çarpıyor.

Çıkışı da en az girişi kadar acı verici.

Absalom sarsakça ayağa kalkıp lazımlığına işiyor. Ursa ıskaladığını duyabiliyor. Bacaklarının arasında sıcak bir şey var: Kan ve kendisine ait olmayan bir şey.

Absalom gecelik entarisini giyip mumu söndürüyor, Ursa'nın hiçbir yerine dokunmayacak biçimde yatıyor; Ursa arkasına dönüp bacaklarını karnına çekiyor ve acıyı yatıştırmaya çalışıyor.

Bunu tahmin edemezdi: Evli kadınların bunu göğüslemek zorunda olduğunu, kocalarının kadınların bedeninde yer açmak için onları parçaladığını tahmin edemezdi. Bebekler gerçekten böyle mi oluyor? Ağlamamak için elini ısırıyor. Bunu Agnete'ye nasıl anlatabilir? Atanmış bir vekil de olsa, kar gibi temiz kokan bir sakalı da olsa, bir rahip gibi yürekten dua etse de hiçbir erkeğin yanında güvende olamayacağını Agnete'ye nasıl söyleyebilir? Sabahın ilk ışıkları ince perdelerden süzülürken yanında yatan Absalom Cornet ağzını ardına dek açıp horlamaya başlıyor.

ON

Bir gemide, en önde gelen hanedekinden daha sıkı bir hiyerarşi söz konusudur. Bir antlaşma gibi, dünyaya ilişkin tüm kısıtlı bilgisine karşın Ursa bir gemiden daha sıkı ya da daha düzenli yönetilen hiçbir ülke olamayacağına karar veriyor.

En altta maymunlar var; on iki, on üç yaşlarında direklere tırmanan ve güverteleri temizleyen oğlanlar: Geminin kedisi bile onlardan iyi muamele görüyordur. Dayağı ve hakaretleri, atlar gibi, gıklarını çıkarmadan, acınası bir şekilde sineye çekiyorlar. Sonra denizciler geliyor, daha yaşlı, daha sert adamlar. Yetenekli ve kaba sabalar, görevlerini Ursa'nın gözüne gizemli görünen bir uyumla yerine getiriyorlar. Kaptan ise görünürde kraldan üstün ancak Tanrı'dan aşağıda. Onların tanrısı deniz, lütufta bulunan ya da şiddet uygulayan denizden daima sessiz bir saygıyla söz ediliyor. Ursa kocasının ve kendisinin yerini kestiremiyor – yerleri olmadığını farz ediyor.

Bir erkeğin denizde yaşamayı seçmesi onun için anlaşılmaz bir şey. *Petrsbolli*'nin güvertesine adım attığından beri tek dileği geri dönüp gemiden hiç zaman kaybetmeden inmek. Koyu ahşabından çamurlu korkuluklarına dek her şey ona öfkeli ve korkutucu görünüyor.

Konuya dair bilgisi olmayan biri bile bunun basit bir gemi olduğunu anlayabilir. Babası çaba göstermemiş değil: Evlilik yatakları olan çift kişilik ranzaya temiz çarşaflar serilmiş, pirinç kilidinin anahtarı yalnızca Ursa'da olan, annesinin gardırobu gibi kiraz ağacından minik bir kıyafet sandığı göndermişti. İçinde annesinin leylak suyu, mavi mendil ve Agnete'nin parasını saklıyor. Ama bu hoş ayrıntılar bütünü daha da kötü kılıyor. Her yer karanlık, zemin bilinmez bir yağla kaygan ve daracık – kocası kollarını uzatsa duvarlara dokunabilir ve yattıklarında ayakları ranzadan taşıyor.

Bunun ellerinden gelenin en iyisi olduğunu biliyor. Daha iyi bir gemiyle yolculuk etmeye paraları yetmez. Absalom'un babasının önerisini reddettiği için pişman olup olmadığını merak ediyor. Bu güzel ürünler taşıyan bir ticaret gemisi bile değil: Yükleri, ağaçların olmadığı kuzeye götürülmek üzere fiyorda getirilmiş, Christiania ormanlarından biçilmiş yerel odun. Ağaçsız bir yer onun için deniz kadar yabancı; Bergen demek orman demek.

Bir kez daha babasının oğlu olmadığına, gemicilik için eğitilmek zorunda kalmadığına seviniyor. Ayağının altındaki zemin sürekli hareket halinde; bir an kocanla kaptan kamarasında çay içiyorsun, asılı fenerin durmadan sallanmasına ve masadan kaymasın diye fincanların dudaklara hapsedilmesine karşın, neredeyse kendini güzel bir topluluk içinde hayal ederken, bir an sonra tüm dünya yana yatıyor.

Bir de ses var. Yalnızca Gelfstadt Hanı'ndaki gece duyduğu denizin sesi değil, diğer insanların sesi. Çok sayıda erkeğin sesi: Üsteki ve alttaki kalaslarda güçlü adımları; daima çok yüksek ve uzun kahkahaları; halatlara asılan, güverteleri temizleyen ya da yük taşıyan erkeklerin homurtuları. Kargonun çürümemesi için her iki günde bir döndürülüp kontrol edilmesi, gemi kedisinin fare yakalamak için serbest bırakılması gerek.

Bu gemi yolcu taşımaya uygun değil. Kamaraları, birleşme yerleri sallanıp gerilen ucuz ahşaptan ince duvarlarla erkeklerin yatakhanesinden ayrılmış bir köşecik. Ursa, erkeklerin çoğu iş başı yapana kadar kalkmıyor ama bir gemide kimse aynı anda uyumaz, bu yüzden oda boyunca dev kozaları andıran hamaklarda, karanlığa doluşmuş yarasalar gibi, iki üç kişinin dip dibe uyuduğunu yine de görüyor. Ama en kötüsü gece sesleri, horultu ve diğer bedensel sesler, bu sesler yüzünü kızartıyor, gerilmesine neden oluyor.

Adamlar tüm kabalıklarına rağmen, güvertede yanından geçerken ona, "Bayan Cornet," diyorlar ama Ursa gerçek yerini yatakta anlıyor. İlk önce bir şeyi yanlış yaptığını düşünüyor. Birlikte ilk gecelerinin ardından kocası iç çamaşırlarını çıkarması için ona zaman verse de, kapana kısılmış hissetmemek için bacaklarını açık tutması, kocasının ellerinin altında sıkışmasın diye saçlarını çekmesi gerektiğini öğrense de acı hep var. Her zaman kanama olmuyor ama sızı hep var.

Her sabah, her akşam ve her yemekten sonra kocası dizlerinin üstüne çöküp tutkuyla dua ediyor, Ursa, alevler tabanlarını yalasa bile onu duasından çekip alamayacağını düşünüyor. Dudakları mırıl mırıl, alnı birbirine kenetlediği ellerine dayanır, Ursa'ya göstermediği bir özen ve adanmışlıkla dua eder. İçten içe Agnete'nin aşk öykülerine, annesinin babasına sevecen bakışlarına, eskiden mutfakta çalışan hizmetçi kızların teslimat yapan oğlan geldiğinde dudaklarından dökülen açık saçık kahkahalara sövüp sayıyor Ursa.

Hepsi aşkın ne olduğunu bilip de yalan mı söylediler?

Hayatta kalmak için uzaklaşıyor. Agnete doğmadan önce bile Ursa yanında hep birini ister, babasını gölge gibi takip eder ve annesinin olduğu odada oynardı; cezalandırılıp oyun odasında bebekleri ve oyuncaklarıyla tek başına oynamak zorunda kalabileceğini bilse de bir an olsun susmazdı. Şimdi kendini sessizlik haline getiriyor.

Hemen hemen hiç konuşmuyor, ağzını ancak minik et parçalarını, buruşuk havuçları, yulaf lapası ya da hızla çürüyüp kahverengiye dönen taze otlarla çeşnilenmiş balığı yemeye yetecek kadar açıyor. Görünmez hale gelmeye çalışıyor; her gün kaptanla birlikte yedikleri resmi yemeklerde, ağzı koyu bir çizgi halinde, hareketsiz oturuyor. Yerde dua eden Absalom'a katıldığında bile, dizlerini sert zemine dayayıp *Âmin* diye fısıldamanın ötesinde sesini yükseltmiyor.

Kimi zaman Kaptan Leifsson ve Absalom tüm sohbet boyunca ona bakmıyor bile. Kaptanın İngilizcesi son derece aksanlı, Ursa kocasını da onu da çok dikkatli dinlemek zorunda. Kocası sık sık vekil olarak atanmasıyla ilgili böbürleniyor, Ursa onu böyle böyle tanımaya başlıyor. Onun otuz dört yaşında, Bölge Beyi Cunningham'ın seçtiği en genç vekil olduğunu, Cunningham'la İskoçya'nın aynı bölgesinden ama alt tabakadan geldiğini öğreniyor. Adının krala iletildiğini öğreniyor.

"Peki sizi neden görevlendirdi?" diye soruyor Kaptan Leifsson. "İskoçya'dan buraya çok uzun bir yol."

Dua ederken yüzünde beliren tutkuyla, "Orada Kilise'nin temellerini sağlamlaştıracağız," diyor Absalom. "Ve düşmanlarını yok edeceğiz."

Kaptan fincanını dudaklarına götürerek, "Çok fazla din düşmanı bulacağınızı sanmam," diyor. Ursa dudaklarının köşesinde beliren usul gülümsemeyi fark ediyor. "Zaten neredeyse kimse yok."

Tüm bu bilgileri kafasına kazıyor. Kocasından, karşılığında kendinden fazla şey vermeksizin olabildiğince çok şey almak istiyor – eninde sonunda durumun lehinde dönmesi gerektiğini, bir süre sonra ilişkilerinde güç kazanacağını hissediyor. Absalom'un ona olan arzusu aşikâr ama şefkat rotalarından çok uzak gibi. Belki dünyanın ucuna vardıklarında birbirlerine yaklaşırlar ama artık Ursa istediğinin bu olduğundan emin değil.

Dilediği, dua ettiği şey bir tür kontrol. Bunu sadece, denizdeki dünyası haline gelmiş olan kamarada yalnız başına buluyor. Kocası günlerini başka yerde geçiriyor. O, tam da babasının misafir odasında edindiği ilk izlenimdeki gibi birisi. Ciddiyet ve edeple makul hale gelmiş yabanilik.

Yolculukları kıyı boyunca uğradıkları duraklarda bölünüyor. Bir ayı aşkın süre boyunca denizde olacaklar –Ursa'nın bembeyaz kesilmesine aldırmaksızın omuz silken Kaptan Leifsson "Belki iki," diyor– oysa hemen her limana uğramayan bir gemiyle yolculukları çok daha hızlı olabilirdi. Ursa babasının ticaret yapmak için her fırsatı değerlendirdiğini düşünüyor.

Genelde hep yalnız olsa da her gün Siv'in ona öğrettiği gibi özenle giyinip düğmeleri bu iş için tasarlanmış çengelle ilikliyor. Siv'in de bir çengeli olmalı – yoksa onun elbisesinin düğmeleri önde mi? Hatırlamaya çalışırken Ursa'nın burnu kırışıyor. Eve ait en ufak ayrıntının bile silinip gitmesini istemiyor. Monotonluk ara sıra mide bulantısıyla kesiliyor, durumu bir ayağı yerde, yatağa uzanarak rahatlatıyor.

Bergen'den ayrıldıktan on gün sonra Ursa kamarada otururken birisi ince kapıyı tıklatıyor. Kaptan Leifsson alçak kirişin altında çömelmiş, gülümsüyor.

"Christiansfjord'a girmek üzereyiz Bayan Cornet, Trøndheim'a yaklaşıyoruz. Hava güzel, kayalıklar gayet berrak görünüyor. Belki gelip bakmak istersiniz?"

Adamın sesi bir rahibi ya da bir yargıcı andırıyor. Önerileri emre çeviren, itaati kaçınılmaz kılan bir ses. Kocasından bir baş kısa, seyrekçe sakallı, Absalom koyu renk saçlıyken kaptan sarışın. Gözleri daha nazik. Ursa kocasının kendisine böyle bakmasını diliyor, kısmetine düşenin bütün erkekleri kocasının boyu ve sakalına göre değerlendirmek olup olmadığını merak ediyor.

Kaptan, Ursa'nın pelerinini sırtına geçirip peşine düşmesini bekliyor. Koridor her zamankinden daha kalabalık, erkekler bir uçtan diğerine koşuyor, onlar geçerken durup yol veriyor ve sonra gölgelerde kayboluyorlar.

"Umarım yolculuğunuz rahat geçiyordur?" diyor Kaptan Leifsson.

"Çok rahat, teşekkür ederim, kaptan. Umarım size yük olmuyoruzdur."

"Bu babanızın kiraladığı gemi." Ursa kaptanın, babanızın gemisi, demediğini fark ediyor. Belki cümlesini yumuşatmak için, "Kamaramda lambaları yakmak için bir neden olması güzel," diye devam ediyor, "ve aşçının Bergen'den gelen bir hanımefendiye uygun yemekler yapma fırsatı bulduğu için çok memnun olduğuna eminim." Sakallarında belli belirsiz bir gülümsemeyle bir an için Ursa'ya dönüyor. "Ayrıca balina avcılığı yaptığım günlerden bu yana Vardø kadar uzağa gitmedim. İşte geldik. Önce siz çıkmak ister misiniz?"

Merdiven dik, neredeyse hiç eğimi yok. Arkasında birinin olması, dengesini kaybederse onu tutabilmesi iyi olurdu ama elbisesiyle bu yakışık almaz. Başıyla işaret ederek kaptana yol veriyor. Basamaklar kaygan; soğuk anında eldivenlerinin ve ince tabanlarının içine sızıyor. Babası onu çizmeyle yollasa olmaz mıydı?

Kaptan Leifsson yukarıda bekliyor ve Ursa üstü buzla kaplı basamakta hafifçe sendeleyince onu tutarak yardım ediyor. Nazik bir dokunuş olmasına karşın elbiselerin üzerinden bile canı yanmış gibi geliyor: Bir erkeğin ona dokunmasına katlanamıyor, bu, iyi niyetli bir dokunuş olsa da. Kaptan onu geminin yükselmiş kıç kısmına götürüyor.

Gün akıl almayacak denli parlak: Kış hâlâ hüküm sürerken görülen kristalimsi bir berraklık. Fiyordun dar ağzına girmişler bile, sarp kayalıklar neredeyse otuz metre boyunca iki yanda uzanıyor, siyah kayalar gri çizgilerle süslü. Deniz yemyeşil, içinde buz parçaları parlayıp sönüyor, kısa süre sonra rüzgâr yanaklarını ısırıyor, ciğerlerini dondurarak kanını hızlandırıyor; evinden ayrıldığından beri ilk kez kendini daha iyi hissediyor.

"Büyüleyici, değil mi?"

"Öyle," diyerek nefes veriyor ve kendi sesindeki hevesten utanıyor. "Gerçi siz daha güzellerini görmüş olmalısınız?"

"Bence her manzara kendine has, Bayan Cornet. Gelin."

Ursa'ya kolunu uzatıyor. Ursa'nın gözleri kocasını arıyor ama göremiyor. Güverte geminin iki yanına yaslanıp sarkan erkeklerle dolu, dümene geçmiş, gemiyi arkaya yönlendiren üçüncü Kaptan Hinsson'a bağırıyorlar. Yelken üstlerinde ketenden bir bulut gibi rüzgârla savruluyor: Maymunlar direklerde bir yukarı bir aşağı koşuşturuyor, güçlü denizciler bacaklarını iki yandan sarkıtarak kirişlere oturmuş ve hızlarını kontrol etmek için yelkenin deliklerini ayarlıyorlar.

Böylesi bir hareketliliğin içinde olmak iyi hissettiriyor. Ursa her şeyden çok ihtiyaçtan dolayı kaptanın koluna giriyor ve yürümeye başlıyorlar. Başta kaskatı olan bacakları açılıyor, ağırlığını taşımaktan hoşnut gibiler.

"Buraya daha sık gelmelisiniz," diyor kaptan. "Kıç tarafında dilediğinizce yürüyebilirsiniz. Yalnız bile gelebilirsiniz. Kimse sizi rahatsız etmez."

"Bunu düşüneceğim," diyor Ursa. Sesi kulağına haşin geliyor ve hemen ekliyor, "Teşekkür ederim, kaptan."

"Daha önce denize açıldınız mı, Bayan Cornet?"

"Hayır, hiç."

"Şaşırdım," diyor. "Babanız çok sık açılırdı. Seyahat onun en büyük tutkusu gibiydi. Bunu ailesiyle, kızlarıyla paylaşır diye düşünmüştüm."

"Babam yıllardır denize açılmadı," diyor şaşıran Ursa. "Ben doğduğumda vazgeçti ve annem..." Duraksıyor. Temiz hava içini kendine güvenle dolduruveriyor, rüzgâr ağzından çıkan sözleri daha o anda yakalayıp uçururken bunu saklaması gerektiğini düşünmüyor. "Annem güçten düşünce onu yalnız bırakmak istemedi."

"Ah, evet. Merida'nın öldüğünü duymuştum. Birçok kez yazmak istedim ama..." Belirsiz bir el hareketi yapıyor, Ursa ne demek istediğini anlıyor. Bir gemide insan gerçekten bambaşka hissediyor. "Altı yıl mı oldu?"

"Dokuz. Bağışlayın, ebeveynimi bu kadar iyi tanıdığınızı bilmiyordum."

Kaptan duruyor. "Beni tanımadınız mı, Ursula?"

Kocası tarafından on gündür gizlenen adını duymak sarsıcı. Ama kaptanın yüzünde tanıdık bir şey bulamıyor. Başını iki yana sallıyor.

"Üzgünüm, kaptan. Tanımalı mıyım?"

"Merida hayattayken sizin evinizde çok kez yemek yedim. Sık sık bizim yanımızda oynar, ayağımızın altında dolanırdınız. Zaman zaman size masanın altından yemek verirdim, bir köpeği besler gibi..." Yine durup fal taşı gibi açılmış gözlerle Ursa'ya dönüyor. "Kabalık etmek istemedim, yaramaz bir çocuktunuz, demek istediğim oydu." Ama Ursa kaptanın paniğine gülümseyip hafifçe onun kolunu sıkıyor.

"Alınmadım, kaptan."

"Hanım, demek yukarıdasın." Absalom Cornet bir sağanak gibi aniden önlerinde, yüzü onlara dönük, korkuluklara yaslanıyor. Ne kadar da saygın görünüyor. Ama Ursa içinde paniğin kıpırdandığını hissediyor. Belli etmez ama kalbinin hızıyla gözleri seğiriyor.

"Kaptan rica etti, bey. Bana Christiansfjord'u göstermek istedi."

Absalom, görmeye değer bir şey olduğunu ancak fark etmiş gibi gözlerini kayalıklara çeviriyor. "Kralınızın adını taşıyor sanırım."

"O konuda bazı tartışmalar var." Kaptan Leifsson'un sesi tok ama neşeli.

"Onun adını taşıdığı hakkında mı?"

"Onun kralımız olduğu hakkında. Kimileri hâlâ antlaşma hakkında tartışıyor."

"Kanun kanundur," diyor kocası, sesinde kaptanınkine benzer bir neşe yok. "Kuşkusuz tartışacak bir şey yok?"

"Elbette." Kaptan usulca başını eğiyor. Ursa kaptanın koluna yapıştığını fark ediyor ve tutuşunu gevşetiyor. Absalom'un çenesinde bir kas seğiriyor. "Güvertede yürüyoruz, bize katılır mıydınız?"

Absalom hafifçe başını sallayıp bakışlarını çeviriyor. Ursa ellerinin korkuluğu sıkıca kavradığını fark ediyor ve dua edip etmediğini merak ediyor.

Aralarına sessizlik çöküyor. Kocasıyla konuşmak ona korkusunu anımsattı. Havadaki buz kokusu –hiçliğin temiz kokusu– burnuna çarpınca ensesi ürperiyor. Karnında gevşemiş, yatışmış olan yumru şimdi, Absalom'dan uzaklaşırken bile yine sıkıştırıyor. Fiyord üstlerine devasa bir gölge düşürüyor ve onun, tenini ısıran soğukta Ursa sakinleşmeye çalışıyor.

"O halde hatırlamıyorsunuz?" Kaptan Leifsson'un sesi, Ursa'nın gerginliğini fark etmiş gibi, yumuşak.

O yemekli partiler Ursa on bir yaşına geldiğinde son buldu. Geçen zamanın bulanıklığı olmasa bile tüm yetişkinlerin yüzü, cazibesi, bıyıkları ve yaşı aynıydı. Hiçbirini özel olarak incelememiş, yalnızca kahkaha ve sigara dumanı dolu bu dünyaya kabul edilmenin keyfini sürmüştü. Masanın altında saklandığını bile zar zor hatırlıyor. Bu, bir ya da iki kere, babası fark etmeyecek kadar sohbete daldığında, annesi görmezden geldiğinde yaşanmış olmalı.

"Üzgünüm."

"Yo, yo, önemli değil." Ama Ursa, kaptanı bir şekilde hayal kırıklığına uğrattığından emin. Onu bundan çekip çıkarmak için başka bir soru atıyor ortaya.

"Daha önce Vardøhus'te bulundunuz mu, kaptan?"

Adam hafifçe başını sallayarak onaylıyor.

"Herkesin söylediği gibi bir kale mi?"

"Bir tür kale. Her şeyden uzağa inşa edilmiş hayli büyük bir yapı."

Ursa'nın yüzündeki endişeyi görünce devam ediyor. "Ama Bölge Beyi Køning'in idaresi altında daha ihtişamlı bir hale geleceğini duydum. Kral, Bey'in sözlerine kulak verir, Finnmark için büyük planları olduğu söyleniyor. Kocanız size anlatmadı mı?"

"Çok az."

"Babanız? Spitsbergen'de balina avı tekneleri işletiyor. Doğuya, Vardø'ye gitmedi mi?"

Ursa yanağının yumuşak iç kısmını ısırıyor. "Bildiğim kadarıyla hayır, kaptan."

Dümene yaklaşıyorlar, üçüncü kaptan tombul elini kaldırıp selam veriyor. Onun önünde Agnete'nin yaşlarında ufak bir oğlan, maymunlardan biri, halat donanımının yıpranmış uçlarını ayırıyor.

"Bana Finnmark'tan söz eder misiniz?"

"Yalnızca denizden biliyorum."

"Bense hiç bilmiyorum. Hayatım boyunca Bergen'in kuzeyinde bir gün bile bulunmadım."

Kıç tarafına yaklaşıyorlar, burada gemiye adını veren Aziz Peter'in en gerideki serene oyulmuş kaba çarpıcılıkta bir minyatürü var. Fıçı büyüklüğünde sarmallar halinde sıkıca sarılmış halat yığınları dizilmiş. Kaptan, Ursa'yı bırakıp halat yığınlarından birine yaslanarak gözünü serene dikiyor. Arkada gemi yol yol uzun köpükler bırakıyor. Kaptan ceketinden koyu renk bir pipo çıkarıyor.

"Rahatsız olur musunuz?"

Ursa başını iki yana sallayarak hayır diyor. Kaptan bir tutam tütün çıkarıp piponun içine koyuyor ve eliyle rüzgârdan koruyarak çakmaktaşını sürtüyor. Tütünün aniden alev almasıyla Ursa havanın kararmaya başladığını, mavimsi göğün lacivert bir karanlığa döndüğünü fark ediyor. Yakında ilk yıldızlar görünecek. Ursa yıldızları görmeyeli günler oldu.

Kaptan derin bir nefes çekip beyaz dumanlar püskürtüyor. "Ne bilmek istersiniz?"

Ursa düşünüyor. "Gittiğiniz en uzak yer neresiydi?"

"Nereden en uzak?"

Ursa kızarıyor. "Bergen'den." Bergen'in, herkes için dünyanın merkezi olmadığını unutmuştu.

"Dediğim gibi, Spitsbergen."

"Orası çok mu uzak?"

Kaptan hafifçe gülüyor, genizden yükselen gülüşü ağzından çıkan dumanla yumuşuyor. "Çoğu insan için kuzeydeki en uzak yer."

"Vardø o kadar uzak değil o halde?"

"Hayır, değil."

Bu Ursa'yı bir parça rahatlatıyor. "Orada ne var?"

"Balinalar. Buz. Bazı Sámi'ler yazı orada geçirmek için kışın buzu geçer, deniz tekrar donunca geri döner."

"Sámi'ler mi? Laponları mı kastediyorsunuz?"

"Hayır, Sámi'ler," diyor Kaptan Leifsson net bir biçimde.

"Onlarla tanıştınız mı?" Gözlerinin kenarındaki ince deri sızlıyor.

"Bazılarıyla."

"Nasıl insanlar? Korkutucu, vahşi insanlar mı?"

"Hemen herkes kadar." Aralarında bir şey değişiyor. Kaptan, Ursa'dan rahatsız olmuş gibi ve Ursa onun güvenini yeniden kazanmak için söyleyecek bir şeyler arıyor.

"Spitsbergen'in ötesinde bir şey var mı?"

Kaptan burnunu çekip ovuşturuyor. O huzursuzluk ânı geçiyor. Piposu çoktan sönmüş, içindeki tütün artıklarını boşaltıp pipoyu yeniden dolduruyor. Ursa bir an için kendisiyle böyle rahatlıkla konuşan, kolunu böyle nazikçe tutan biriyle evli olmanın nasıl bir şey olacağını düşünüyor. Kaptan çakmaktaşını sürtüyor, tütün avucunun koyu oyuğunda alev alıyor.

"Eğitimli kişiler kara bir kaya olduğunu söyler. Göğe dek uzanan, manyetik kayalardan yapılmış bir dağ, bu yüzden pusula iğnesi kuzeyi gösterir. Kimileri yaklaştıkça denizin insanı kayaya çektiğini de söyler. Körfezi geçerseniz akıntısıyla sürüklenip kara kayaya çekileceğinizi anlatırlar."

"O zaman insan kayaya çarpar mı?"

"Dibine çekilir." Uzun bir nefes çekiyor. "Denizin kayanın önünde bittiğine, bir şelale gibi yeryüzünün dibine döküldüğüne inanırlar. Ama ben buna inanmıyorum," diyerek doğruluyor ve omuzlarını dikleştiriyor. "Sámi'ler bundan söz etmez, onlar Norveçlilerden çok daha uzaklara gidip gelir."

"Sizce orada ne var?"

"Kara bir kaya olabilir. Pusulanın o tarafı göstermesinin bir nedeni olmalı. Ama denizin bir nehre dönüşüp döküldüğünü sanmıyorum. Bence etrafında dönüp duruyor." Piposu içten içe yanıyor. "Ve bu yeterince korkutucu."

Piposunu boşalttıktan sonra başka bir cepten başka bir kese çıkarıp bağını açıyor ve Ursa'ya uzatıyor. "Anason?"

"O nedir?"

"Bir bitki tohumu, Asya'dan. Hoştur." Ursa avucunu uzatıyor ve kaptan küçük yeşilimsi bir tohumu eline bırakıyor. Ursa ısırdığında tadı acı geliyor ve yüzünü buruşturuyor. Kaptan Leifsson gülüyor.

"Emmeniz gerek. Böyle."

Kaptan ağzına bir tohum atıyor. Yanakları içine göçüyor. Ursa arkasını dönüp tohumu avucuna tükürüp geminin arka tarafından atıyor. Kaptan bir tohum daha veriyor ve onun gözlerinin ağzına dikildiğinin gayet farkında olan Ursa tohumu emiyor.

"Hanım." Sözcük sert, bir emir. "Kaptan, akşam yemeği için hazırlanmamız gerek." Kocası elini ona uzatmış dikiliyor. "Gel."

Ursa, kaptanla bu kadar yakın durduklarının farkında değildi. Uzaklaşıyor.

"Bana eşlik ettiğiniz için teşekkür ederim, kaptan."

"Benim için bir zevkti, Bayan Cornet."

Absalom elini fazla sıkı tutuyor. Duyuş mesafesinden çıktıklarında başını ona doğru eğiyor.

"Ben varken onunla Norveççe konuşma. Bir erkek karısının ne dediğini anlayabilmeli." Elini bırakıyor. Ursa onu cesaret edebildiğince uzaktan izliyor, akşam yemeği için sessizce hazırlanıyorlar.

Huysuzluğu hızlıca geçmiş gibi, her ikisi de kıyafetlerini değiştirip Ursa saçlarını topladığında ona güzel olduğunu söylüyor. Kaptanın kamarasına girerken elini sırtının en dar yerine koyuyor ve masada yakınına oturuyor.

"Düşünüyordum da, kaptan. Norveççe öğrenmek için biraz çaba sarf etmek istiyorum. Benim dilimi yeterince katlettiniz. Ben de sizinkine aynısını yapmalıyım."

Kaptan Leifsson neşeyle, "Elbette," diyor. "Doktor Rivkin'le konuşacağım, hatırladığım kadarıyla ders vermişliği var."

Ursa boynuna bir ilmik geçtiğini hissediyor. Yakında saklanacak hiçbir yeri kalmayacak, anadili bile. Erkenden izin isteyerek onları fenerin ışığı altında baş başa bırakıyor. Bir kez daha korkunç derecede yalnız hissediyor.

ON BİR

Trøndheim'a karanlıkta varıyorlar. Kocası hâlâ kaptanın kamarasından dönmedi ve limandan gelen şamatalı sesleri dinlerken Ursa ne olursa olsun, onun ya da herhangi birinin yanında olmasını istiyor.

Uyumaya çalışıyor ama çok geçmeden vazgeçiyor. Erkeklerin yattığı bölme boş, loş ışıkta hamaklar gevşekçe sarkıyor. Koridorun fenerleri yakılmamış ama kaptan onu dosdoğru merdivene götürmüştü. Karanlığın verdiği dehşetle bir an geri dönmek istiyor ama kafasında ona devam etmesini söyleyen Agnete'nin sesini duyuyor.

Sert ahşap duvarlara tutunarak yürürken yukarıdaki güverteye açılan kapağa uzanan yolda olduğunu hissediyor. Sesler yol gösteriyor ve kısa süre içinde merdivene varıyor. Tavan kapağı kapalı, kopkoyu bir karanlık içinde ama Ursa yine de tırmanmaya başlıyor. Yarıya geldiğinde aniden bir ışık beliriyor ve kapak açılırken metalik bir ses duyuluyor.

Üst basamakta çıplak bir ayak beliriyor.

"Bekleyin," diye sesleniyor. "Yukarı geliyorum."

Ufarak bir yüz aşağıya bakıyor, Ursa dün halat uçlarını ayırırken gördüğü çocuğu tanıyor.

"Özür dilerim, Fru!" Hemen merdivenin tepesinden çekiliyor ve Ursa yukarı çıktığında elini uzatıyor, eldivenlerinin elinde olduğuna şükreden Ursa elini tutuyor.

"Teşekkürler." Eteğini düzeltiyor. "Kocamı gördün mü? Vekil Cornet?"

"Karaya çıktı, Fru Cornet."

"Bayan Cornet." Ursa onu düzeltiyor ve etrafına bakınıyor.

Trøndheim fenerlerle ışıl ışıl, alçak taş limanda onlara yanaşmış bir vinç duruyor; gemi yükünü boşaltmaya hazır. Liman geminin etrafında kıvrılarak onu sarıyor. Buradan bakınca şehri tıpkı Bergen'e benzeten Ursa seviniyor. "Kaptan Leifsson buralarda mı?"

Oğlan başını sallıyor. "Hayır, hanımefendi. Karada."

"Nerede olduğunu biliyor musun?" İçlerinden birinin burada olduğunu düşünmüştü.

"Hayır."

"O halde ben de karaya çıkmalıyım. Bana eşlik edecek birini bulabilir misin?"

Başıyla onaylayıp ok gibi fırlıyor. Gök aydınlanıyor, Ursa, limanı çevreleyen evlerin Bergen'deki gibi parlak renklere boyalı olduğunu görüyor.

Oğlan geri dönüyor. "Üçüncü Kaptan Hinsson size benim yardımcı olacağımı söyledi, hanımefendi."

"Başka biri yok mu?"

"Boşta başkası yok." Hafif peltek, Ursa, Agnete'den daha genç olup olmadığını, belki de hâlâ süt dişlerini döktüğünü düşünüyor.

"Trøndheim'ı biliyor musun?"

"Hayır, Bayan Cornet."

"Pekâlâ," diyor Ursa, ellerini savurma isteğini bastırarak. "Gidelim mi?"

Oğlan çıplak ayaklarıyla ilerleyerek dar borda iskelesine doğru başı çekiyor. Ona en azından ayakkabılarını giymesini söylemeliydi – yer buz gibi olmalı.

Yük boşaltan gemi sallanırken oğlanın peşine düşüyor. İskeledeki adamlar durup Ursa'ya yol veriyor ama ıslak ahşaba adımını atar atmaz rüzgâr onu yana savuruyor. Var gücüyle halata yapışıyor ve dengesini kazanıyor ama saçındaki tokalar fırlayıp saçları kırbaç gibi yüzüne çarpıyor.

Dişleri titreyerek, halata tutuna tutuna limanın kenarına dek ilerliyor. Yer öylesine hareketsiz ki tökezlemesine neden oluyor, o sabah ikinci kez küçük, kirli bir el onu doğrultuyor. "Dikkat edin, hanımefendi."

"İyi misiniz?" Bir adam saygılı bir mesafede durup yardım etmek istermiş gibi elini belli belirsiz uzatıyor.

"Gayet iyiyim." Ursa kendini zorlayarak hafifçe gülümsüyor. "Buralarda yemek yiyebileceğimiz bir yer var mı?"

Adam dalga dalga sarıya boyanmış dar, ahşap bir yapıyı işaret ediyor. Üstünde çan resmi olan kasvetli bir tabela rüzgârda sallanıyor. Ursa başını sallayıp teşekkür ediyor ve oğlanı arkasına takıp kararsız adımlarla yapının ön kapısına ilerliyor. Önündeki açık lağım donmuş, Ursa kalasın üstünden yürürken gözlerini kapatıyor ve hana giriyor.

Saat erken olmasına karşın han neredeyse tamamen dolu ama oğlan ateşten en uzak köşede küçük bir masa buluyor. Kalabalığın içinde yanlarında kocalarıyla birkaç iyi giyimli kadın da var, kendisinin Absalom olmadan burada bulunması uygunsuz, bunu biliyor. Ama uykusuz geçen geceden dolayı yorgun; Agnete'nin hediyesinden bir altın çıkarıp oğlanı bira ve yiyecek ne varsa bir tabak almaya yolluyor.

Oğlan elinde para üstü ve patates köftesiyle dönüyor, tuzlu etle doldurulmuş patatesler şaşırtıcı derecede lezzetli, iyi pişmiş ve sıcacık. Ursa yemeye başlarken, oğlan tereddüt edince, onu kolundan tutup yanındaki tabureye çekmek zorunda kalıyor ve eline bir köfte tutuşturuyor. Oğlana gülümsüyor, bu çocuğu o kadar şaşırtıyor ki Ursa yüzünün daha önce ne halde olduğunu merak ediyor. Onu rahatlatmak için adını soruyor ve çocuk adının Casper olduğunu söylüyor.

"Gemide çalışmaya nasıl başladın?"

Gözlerini köfteden ayırmayan Casper omuz silkiyor, Ursa tabağı onun önüne itiyor. Sessizlikle bir sorunu yok.

Ayrılırlarken denizcilerden biri alaycı bir selamla kapıyı açıyor, Ursa farkında olmadan yüzüne bir gülümseme yerleşiyor.

"Öyle bir bakıyorlardı ki," diyor Casper'e, "daha önce bir hanımefendi görmediklerini sanırsın."

"İçeride hanımefendiler vardı," diyor Casper. "Ama onlar farklı türdendi."

"Farklı tür mü?"

"Sizinle aynı türde değil, hanımefendi."

Yıpranmış yanaklarını, parlak renkli kıyafetlerini anımsıyor. Nihayet anlayınca yanakları kızarıyor, denizcilerin onu da bir fahişe sanıp sanmadığını, o kadınların utançları karşılığı en azından bir şey kazandığını düşünüyor.

Yavaş yavaş uyanan kasabaya doğru yürüyorlar. Sokaklar daracık, evler baş başa verip konuşur gibi, birbirinin üstüne yatmış. Başkentleri olmasına rağmen, elbette Bergen kadar güzel değil.

Geniş bir pazar meydanında Ursa çizme, maske ve Carper'ın itirazlarına rağmen ona bir çift eldiven alıyor.

"Halatlarla uğraştığını gördüm. Bu eldivenler parmaklarının zarar görmesini önler."

Ona da çizme almayı öneriyor ama oğlan denemeyi reddediyor, ayakkabıcı buna memnun olmuş gibi. "Hâlâ büyürken çıplak ayak daha iyi, hanımefendi. Bir ay içinde ayağıma küçük gelirler. Üçüncü Kaptan Hinsson öyle diyor."

Gemiye geri döndüklerinde kocası borda iskelesinin tepesinde bekliyor. Casper'in kafasına hafifçe vuruyor ve oğlan yükünün çoğunu boşaltan ve suda daha yukarıda duran geminin kalabalığında gözden kayboluyor. Absalom ters ters elindeki paketlere bakıyor.

"Bugün ilk defa rahatça ibadet edebileceğimiz bir kilise vardı. Üstelik bildiğim kadarıyla krallarınızın taç giydiği kilise. Ve sen bu fırsatı *bir şeyler* satın alarak değerlendirdin." Başıyla Ursa'nın dolu kollarını işaret ediyor. "Bunları alacak parayı nereden buldun?"

"Kız kardeşim birkaç gümüş vermişti."

Koyu gözlerini ona dikerek, "Bir erkek karısının parasından haberdar olmalı," diyor. "Baban sana bunu söylemiş olmalıydı." Elini uzatıyor ve bir an duraksayan Ursa tutmak için uzanıyor ama kocası elini çekiyor. "Parayı ver, hanım."

Daha sonra, Absalom yanında horlarken tırnaklarını kulağının altındaki yumuşak deriye saplayıp parayı ona verdiği için kendine lanet edecek. Çünkü yalan kolaylıkla dilinin ucuna gelse de –"Affet bey, hepsini harcadım,"– söylemiyor. Kocasındaki bir şey onu tiksindirse de aynı zamanda zorluyor. Kemerine uzanıp Agnete'nin gümüşlerini veriyor.

Absalom arkasını dönüyor ve Ursa'yı merdivenden indirip koridora yönlendiriyor. Kocasının kiliseye gittiğini, o günün bir tür Sebt olduğunu, Absalom'un o gece kendisiyle yatmayacağını düşünüyor. Ama yatıyor ve sanki içine bir şey yerleştiriyormuş gibi, kefaretini ödetiyor.

Ursa sık sık Agnete burada olsaydı ona ne diyeceğini düşünüyor. Bu karmaşayı anlatacağı bir sözcük yok: Bedeninin yuva olmaktan çıktığını; şimdiden sessizliği bir silah gibi kuşanmayı öğrendiğini nasıl anlatır ki?

Çok kibar davranmış, hatta ona bir kese anason tohumu vermiş olsa da kendini Kaptan Leifsson'dan geri çekiyor. Korku dolu ve kısıtlı olsalar da düşüncelerini kimseye emanet edemez. İçinde güvendeler, babasının hediyesi olan sandıktan daha sağlam bir kutunun içinde. Onlara, her sözcüğe kendisi için ihtiyacı var.

Ama sonunda gidecek bir yeri var. Trøndheim'dan ayrıldıkları günün ertesinde olabildiğince sıkı giyiniyor. Ağzına bir anason tohumu atıp çizmelerini giyiyor ve maskesini bir kolunun altına sıkıştırıp kamara kapısını açıyor.

Tavan kapağı kapalı, açılana dek yumrukluyor ve uzanan yardım elini geri çeviriyor. Gözleri Casper'i arıyor ama güvertede değil ya da en azından Ursa onu örtülere sarınıp sarmalanmış direklere tırmanan, kuzeye yol almak için *Petrsbolli*'nin yelkenlerini açan diğer maymunlardan ayırt edemiyor.

Gemide onu tutan Kaptan Leifsson'un kolu olmadan yürümek endişe verici ama borda iskelesindeki gibi savrulmuyor. Geminin arka tarafına, Aziz Peter'in yatıştırıcı elini uzattığı serenin hemen arkasına gidiyor. Bir tür koltuğu andıran halat halkasına varınca etrafı kolaçan edip kendini bırakıyor.

Ayaklarını düzgünce başka bir halat halkasına koyuyor ve paltosuna sarınıp maskesini yüzüne geçiriyor; maskenin boncuğuna dişini geçirmek onu rahatlatıyor. Dar göz boşluklarından her şey daha dayanılır görünüyor. Her iki yandan görüşü daraltılan, yalnızca önüne bakabilen bir atın da böyle hissedip hissetmediğini merak ediyor. Üçüncü Kaptan Hinsson'ı görebiliyor ama adamın ona dikkat ettiği yok. Kuzeye yol alırken Ursa'nın düşünceleri geminin önüne geçip dünyanın kıyısına uzanıyor.

ON İKİ

Bebek Erik on birinci ayına yaklaşırken, Rahip Kurtsson, Bey'den, vekilin İskoçya'dan yola çıktığını, ikinci kayıkhaneyi hazır etmeleri gerektiğini bildiren ikinci mektubu alıyor. İkinci kayıkhane vekil için eve dönüştürülecek.

Rahip Kurtsson herkesi şaşırtarak çarşamba buluşmasında Kirsten'i bulup ondan yardım istiyor.

Fru Olufsdatter'in evinden ayrılırken, Kirsten, Maren ve annesine, "Sakinleştirici bir yanım olduğunu söylüyor," diyor. "İçine şeytan mı girdi acaba?"

"Şu vekil gelmeden önce müttefik edinmek istiyor sanki," diyor Maren.

Gülümseyen Kirsten, "Toril pek memnun olmayacak," diyor.

"Toril bir ev hazırlayamaz. Rahibimiz de," diyor Maren. "Ama sen yapabilirsin, Kirsten. Toril, sevgili rahibinin senin kadar metanetli olmadığını biliyor."

Kirsten iltifat karşısında omuz silkiyor. "Kiberg'den yardım için adam yolluyor ama vekil Bergen'den eş alıyor, anlaşılan kadının biraz yardıma ihtiyacı olacak. Sınırlı miktarda para var, Bölge Beyi ahşap yollamış. Onlara yaza dek yetecek kadar hayvan keserim, sen de derilerinden bir şeyler dikersin, ha?"

Şaşıran Maren ona bakıyor.

"Bu iş için en uygun kişi Toril," diyor annesi.

"Olabilir," diyor Kirsten. "Ama Toril her ilmeğe acılık katıyor, ayrıca parayı size vermeyi tercih ederim."

Karar verildi, Maren postları ertesi hafta alacak, et Dag'ın inşa ettiği kayıkhanede tuzlanıp tütsülenecek.

"Gayet iyi," diyor Kirsten. "O kayıkhaneyi bir vekile yaraşır hale getireceğiz."

Bunu duymak sarsıyor, oysa orası elbette asla Maren'in olmadı. Dag'ın annesinin ölülerini oraya koymalarına izin vermesi bile bir incelikti. Maren'in kayıkhane üstünde hiçbir iddiası yok ama yine de her fırsatta yolunu oraya düşürüyor, elini kapı çerçevesinin runik yazılarında, onların altındaki Bay Bjørn'nun oymalarında gezdiriyor. Hâlâ Erik ağladığı için, annesi ağladığı için, Diinna'nın sessizliği çok suçlayıcı olduğu için uyuyamadığı mavi gecelerde kayıkhanenin etrafında dolaşıyor. Şimdi orayı gerçekten kaybediyor.

"Ya balık?" diye soruyor Maren.

Kirsten'in aşınmış yüzünde canını sıkan bir şey beliriyor. "Sanırım artık çıkmayacağız. İşler durulana dek."

Hayal kırıklığını bastırmaya çalışan Maren başını sallıyor. "Haftaya kürkler için gelirim."

Diğer yoldan yürürken annesi, "Dünyadaki yerimizi unuttuk," diyor. "O Kirsten Sørensdatter'in dikkatli olması gerek. Kendini bizim Bey'imiz sanıyor, ondaki o kibri görebiliyorum."

İkinci kayık kulübesinin yanından geçerken, "Bir anlamda öyle sayılır," diyor Maren. "Bizi Kirsten hayatta tuttu. Yakında Vardøhus'e yerleşecek adamdan daha iyi bir Bey."

"Neyin Bey'i? Kadınlarla dolu bir yerin. O adam için iskambil destesinden farkımız yok. Kendimizi zannettiğimizden daha yükseğe koymamıza izin verdi, istediğinde o iskambilden kuleyi yıkabilir."

Annesi haftalardır ilk defa bu kadar çok konuşuyor. Yası sonsuz gibi, zaman zaman Maren onu sarsmak, gözyaşlarının içinden çekip çıkarmak istiyor. Uzun kış geceleri boyu, şükür ki artık geçip gittiler, annesi bebek gibi ona yapışıp yattığında Maren annesinin ellerini savurmak, onu yataktan atmak istemişti. Hayal kırıklığı acıyla keskinleşir, Maren bunu biliyor: Bu, annesinin Maren'in de çok şey kaybettiğini, neredeyse kocası olacak adamı ve evini kaybettiğini bilmez görünmesinin acısı.

Annesinin sesine yeniden kavuşmasından memnun ama endişesini yersiz buluyor. Denize açıldıkları ortaya çıkmayacak, çıksa da kim onları kendilerini doyurmakla suçlayabilir ki? Vekilin beklenen gelişi bir değişime işaret ediyor: Köye bir tür yatırım yapılıyor. Artık unutulmuş değiller; bunun sonu iyi mi olacak, kötü mü, yakında anlayacaklar.

Diinna evin dışında, bir kayağan taşıyla basamakları zımparalıyor. Maren, bebek Erik'in içeride ağladığını duyuyor ve keskin bir endişeyle sarsılıyor.

İleri atılan annesi, "Ağlıyor," diyor.

"Kıymık battı," diyor Diinna. "Çıkardım."

"Ama hâlâ canı yanıyor," diyor annesi. "Onu sakinleştirmen gerek."

"Basamakları zımparalıyorum, böylece bir daha olmayacak." Diinna bir kez bile başını kaldırmıyor. Kayağan taşının üstüne kapanmış, işiyle meşgul.

Annesi Maren'in anlayamadığı bir şey mırıldanıyor, kasten Diinna'nın üstüne üstüne yürüyor, ayağı Diinna'nın elini sıyırıp geçiyor. Aralarında, ıskarmozunda duran kürek gibi dengelenmiş bir gerilim var. İki kadın için köprü görevi görmek Maren'e kalıyor ve Maren her ikisine karşı da sabrını yitirmek üzere.

Maren en çok, konuşulamayan acıyı dindirmediği anlaşılan bebek Erik için üzülüyor. Toril kundaklanmış çocuğunu kalçasında, bir sepete koymuş gibi kolaylıkla taşırken Diinna'nın dar bedeninde Erik bir yük, bir ur gibi görünüyor. Diinna, Maren'in annesinin ısrarlarına karşın ona Erik demeyip Sámi karşılığı olan Eret'i kullanıyor.

Diinna'nın bebekle ilişkisinde doğal olmayan bir şey var. Maren, Diinna'nın bebeği düşük gözleriyle bir kurdun diğerini izlediği gibi izlediğini düşünüyor: Aynı kandan olsalar da ihtiyatlı. Sanki bebek saçlarını çekiştiren elleriyle ondan, memelerinden, kollarından vermek istemediği bir şeyi alıyor. Bebeğe asla bağırmıyor, onu izliyor. Zalimlikten söz edilemese de çok az sıcaklık var. Bazı geceler sessiz anlarda Maren duvarın diğer tarafında Diinna'nın ona bir şarkı söylediğini, hep aynı şarkıyı söylediğini duyuyor.

Bir keresinde, "Bu ninni mi?" diye sordu.

"Onun *joik*'i." Diiina gözlerini kıstı. "Ninni değil. Onun şarkısı, onun için yaptığım şarkı."

"Senin de var mı?"

"Hepimizin var."

"Benim?"

"Yok." Başka bir açıklamada bulunmuyor, Maren kafasında bahaneler yaratarak kendi kendini yatıştırmak zorunda: *Ben Sámi değilim, o yüzden.* Ama Diinna'nın aile bağlarını ısrarla reddetmesi onu yaralıyor. Maren aralarındaki bağın daha güçlü olduğunu, erkek kardeşi olmadan da varlığını sürdüreceğini düşünürdü. O kadar çok şey hakkında yanılmıştı ki her gün hayatını yeniden gözden geçirmek zorunda kaldığını hissediyordu. Kimi zaman Diinna oğlunu rengeyiği derisinden bir kayışla sırtına bağlayıp yürüyor – Maren onun burna, bazen bir tekneyle alçak dağa gidişini izliyor. Diina üstüne süpürgeotu ve yalnızca oraya özgü temiz, soğuk hava kokusu sinmiş halde geri dönüyor.

Maren oğlanı şiddete varan bir coşkuyla seviyor ancak gerçekten bir sorunu olduğundan, doğumda ona zarar verdiklerinden endişeleniyor. Bebek gülümsemiyor, feryat etmiyor, öfke ya da hayal kırıklığıyla bir şeyler fırlatmıyor. Diinna onu Maren ve annesiyle bıraktığında genellikle Maren'in annesinin onun için battaniyelerden yaptığı yumuşak köşede oturup saklanıyor ve sessizce izliyor.

Erik oğlunu çok severdi. Maren zaman zaman, bebeğin pembe dudakları arasından tükürük balonları şişirişini ya da kucağa alınmak için kollarını uzatışını gördüğünde neler yaşayabilecek olduğunu düşünerek kendini acının koynuna bırakıyor.

Basamağı zımparalamasını izleyerek, "Çok canı yandı mı?" diye soruyor Diinna'ya. Erik ağlamayı bıraktı bile, besbelli can acısından çok dikkat çekmek için ağlamıştı.

Diinna başını iki yana sallıyor. "Ufak bir çizik."

"Fru Olufsdatter'in evindeydik."

"Biliyorum. Bugün çarşamba."

"Kirsten, Vardø'de yaşamaya gelen bir vekil olduğunu söyledi. Onu, yakında Vardøhus'e varacak olan Bey yollamış."

Diinna işine devam ediyor: Sessizliğinin içinde taşın sesi daha gürültülü. Basamak gücünün altında aşınıyor.

"İkinci kayıkhanede yaşayacak. Yeni evlenmiş."

Nihayet Diinna duruyor. Çömelmiş, uzun etekleri uygunsuz bir görünümü engellese de Maren, Magda ve Toril'in ağzına laf verecek şeyler yapmamasını dilerdi. Diinna çocukluğundan bu yana kaybetmediği açık sözlülüğüyle yanıt veriyor.

"Dag'la senin evinde mi?"

Maren, Diinna'nın ne kadar zor olduğunu belki de anladığını düşünerek, içinde bir minnet dalgasının kıpırdandığını hissediyor. Diinna hafifçe başını sallayıp ayağa kalkıyor.

"Eh, yerinde olur. Orası güzel bir yer. Güzel bir ev olacaktır."

Diinna'nın gevşekçe bağlanmış saçları yüzüne düşüyor. Basamakları biraz daha ovmak için eğilerek işi bitince kayağan taşını alıp dönüyor; Maren ona bakakalıyor. Diinna kayınvalidesini takip etmiyor ve onu bebekle bırakarak kendi kapısına uzanıyor.

Maren içeri girmek istemiyor. Bir an için Diinna'nın halini hatırını soracağını sanmıştı. Belki o ve Erik yeni evliyken olduğu gibi sohbet edeceklerini – kız kardeşler gibi.

Uzun bir süre zımparalanmış basamaklarda duruyor ve acının kalbini kazımasına izin veriyor. Acı ve soğuktan uyuşana, hiçbir şey hissetmez hale gelene dek içeri girmiyor.

Sekiz gün sonra Maren söz verdiği gibi Mads Petersson'un çiftliğine gidiyor. Kirsten oraya taşınalı neredeyse bir buçuk yıl oldu ama Maren'e orası hâlâ Mads Petersson'un çiftliği gibi geliyor. Gidip derileri alma zamanının geldiğini biliyor çünkü dün gece rüzgâr doğudan esti, Maren Kirsten'in kesmek için seçtiği rengeyiklerinin keskin korkusunu işitti. Maren sesleri boğmak için ahenksiz bir mırıltıya girişti ama Diinna Erik'le dışarı çıkıp pencerelere taş gibi çarpan çığlıkları dinledi.

Maren kasabanın ortasından geçen en kısa yolu tutturuyor. Isınan hava kadınları dışarı çıkarmış; şallara sarınmış, taburerin üstünde sohbet eden kadınlar Maren geçerken susuyor. Toril yamadığı yastık kılıfına iğnesini saplarken söyleniyor. Demek Kirsten'in postlar için Maren'e geldiği haberi ona ulaşmış. Maren kadınlara koca bir gülümsemeyle bakmaktan keyif alıyor.

Petersson çiftliği köyün karşı ucunda, sınırı boyunca ekili tarlalar ve denize uzanan çalılıklar var. Maren evden önce bayırda otlayan rengeyiklerini görüyor, beyaz-gri postları yerin yeşerdiğini ve süpürgeotlarının çıktığını daha da açık gösteriyor. Rüzgâr bir gece önce katledilen geyiklerin çığlıklarını taşıdığı gibi, şimdi de süpürgeotlarının küflü, yoğun kokusunu taşıyor.

Ev köyden ayrı duruyor, kapısı ve pencereleri denize bakıyor. Maren, Kirsten'in buna nasıl dayandığını anlamıyor: Kapıyı çalmak için döndüğünde sırtı doğrudan çığlık çığlığa yüzlerce kuşun tepesinde uçtuğu Hornøya'ya ve kayalıklarına bakıyor. Mads Petersson muhtemelen içlerinde balinayı en iyi görendi.

Kirsten kapıyı açtığında yüzü kırmızı, kan kokuyor. Maren'e içeri girmesini işaret ederken tırnak altlarındaki kırmızı hilaller görünüyor.

"Neredeyse bitti. Altı tane kestim, yatak ve yer için yeterince post çıktı."

Oda aydınlık ve karman çorman; neredeyse ikinci kayıkhane kadar geniş. Tavandan av etleri sarkıyor: çıplak bebekler gibi solgun, derisi yüzülmüş tavşanlar. Yanda bir kapı açık, Maren kapının ötesinde tarlayı geçen sürüyü ve daha yakında, asılmayı bekleyen derisi yüzülmüş rengeyiklerinin mor-sarı yığınını görüyor. Aklına burundaki tilkiler geliyor ama etrafta Fru Olufsdatter'inki gibi kuklalar göremiyor.

Görebildiği şey, pantolon giymiş Kirsten. Gözleri pantolonda, kapının hemen eşiğinde duruyor.

"Ne?" Kirsten kendine bir bakıyor. "Of, hadisene, Maren. Bayılmayacaksın, değil mi?"

"Elbette hayır," diyor Maren. Ne de olsa daha önce pantolon giyen Sámi kadınlar görmüştü. Diinna bütün çocukluğu boyunca pantolon giymişti. Ama bir erkek gibi bacaklarını açıp dikilen Kirsten bir şekilde sinirlerini bozuyor.

"Petersson'un pantolonu," diyor Kirsten, kapıyı kapatabilmek için Maren'i içeri çekerek. "Onun dert edeceğini sanmam."

"Dikkatli olmalısın, Kirsten," diyor Maren. "Ya kapıdaki ben olmasaydım? Ya gelen Toril ya da Rahip Kurtsson olsaydı?"

Kirsten aldırış etmez bir ses tonuyla, "Büyük olasılıkla düşüp bayılırlardı," diyor. "Önemli değil, Maren. Bira ister misin? Peynirim de var. Geçen ay yaptım."

Maren her ikisini de kabul ediyor ve Kirsten derilerin yağını temizlerken onu izlemek için yemeğini alıp dışarı çıkıyor. Yağ hâlâ sarımsı bağlarla postun altında büklüm büklüm ve Kirsten balık kemiğinden bıçağıyla yağı posttan kazıyor.

"Tabaklamaya zaman yok." Kirsten yaptığı işe bakmıyor bile. Yüzünü denize dönmüş; profili güçlü, şahin gibi. Annesiyle yaşıt ama teni bir erkeğinki gibi hava koşullarından aşınmış. Bu onu hem yaşlı hem de zamanın ötesinde gösteriyor. Bu çiftlik ona yakışır gibi, biranın tadına bakan Maren beğeniyor: Babasının yaptığı biraların ağızda bıraktığı acılık yok.

Maren, Kirsten'in henüz tam onları gelişmeden kendi başına doğrulmaya kalkarak dört çocuk kaybettiğine dair dedikoduyu biliyor. Ama onu bir anne olarak düşünemiyor. Tam olarak bir arkadaş da değil: Maren, daha önce babası ve erkek kardeşiyle teknede denize gömülen Rahip Gursson'a acıdığı gibi, Kirsten'e de acıyor. Rahibin de Kirsten'inki gibi sakin bir enerjisi ve katı özkontrolü vardı. Kirsten gibi keskin mavi gözlüydü ve Maren kızarıp bozarmadan o gözlere uzun süre bakamazdı. Kirsten erkek olsaydı, köylerinin gayrı resmi önderinden fazlası; rahip, yargıç ya da hatta bir vekil olabilirdi.

"Rahip Kurtsson'dan daha fazlasını öğrendim," diyor Kirsten. Maren kaşlarını kaldırıyor. "Biliyorum. Kiliseden sonra beni durdurdu. Toril şahin gibi etrafımızda dönüp durdu. Sanırım müttefik edinmek istediği konusunda haklısın. Bence bu vekille arasında anlaşmazlık olacağını düşünüyor."

"Ona arka çıkacak mısın?"

Kirsten homurdanıyor. "Kendime arka çıkacağım. Ve sana. İçimde bu vekilin Kurtsson'dan daha zorlu bir adam olduğuna dair bir his var. İskoçyalı, Bey Køning gibi. Ve karısı Bergenli bir armatörün kızı."

Maren'in kaşları daha da kalkıyor; yırtma sesiyle kürkten bir parça daha yağ söken Kirsten onu taklit ederek genizden bir kahkaha atıyor. "Biliyorum. Finnmark'ta armatör kızları pek görmeyiz, değil mi? Onlar Tromsø ya da en azından Alta'dan öteye pek geçmez."

"Acaba Bey, bir hanımefendinin şehirdeki yaşamından ayrılmasını sağlamak için ne vadetti?"

"Belki kocası çok yakışıklıdır." Kirsten sinsice ona bakıyor ve Maren onun çenesindeki kan lekesini fark ediyor. "Sence buraya yanında bir eşle gelmesi yazık mı oldu?"

Maren kaş çatıyor. "Nasıl yani?"

"Buradan birini de seçebilirdi."

Maren yanaklarının kızardığını hissediyor, kan gibi kolayca silebilirmişçesine elini yüzüne sürüyor. "Öyle olsaydı bile bir şansım olmazdı."

Daha nazik bir sesle, "Dag Bjørnsson seni gayet beğenmişti," diyor Kirsten.

"Evet." Maren yutkunuyor. "Sanırım çoğu erkek şehirli bir hanımefendiyi tercih eder."

"Sen iyi bir kadınsın, Maren. Her erkek seninle olmak ister."

Daha da kızardığını hisseden Maren onunla göz göze gelemiyor. "O da Bey gibi bir denizci mi?"

"Sofu bir adam."

"Rahip mi?" Maren yanaklarını içine çekiyor. "Rahip Kurtsson'un endişelenmesine şaşmamak gerek."

Kirsten bıçağı yere, ayağının dibine saplıyor, ellerini yanında duran kovaya, şimdiden kanla pas rengi almış suya daldırıyor. "Rahip kıyafetleri içinde değil ama Tanrı'nın hizmetkârı."

"Dindar ve evlenebilen bir erkek mi? Toril çok sevinecek. Karısı kendine dikkat etse iyi olur."

Kirsten homurdanarak gülüyor ve ayağa kalkıp kollarını göğe uzatarak geriniyor. "Bir hafta içinde buraya varırlar. Bey'in etkisi

Varanger ve Alta'da hissedilmeye başlamış bile. Kirkenes'te de. Tutuklamalar olmuş."

"Tutuklama mı?"

"Büyücülük," diyor Kirsten. Sesi sert. "Sámi'ler."

Diinna'yı düşünen Maren'in kalbi göğüs kafesini dövüyor. "Ne için?"

"Rüzgâr tılsımları, davullar."

Maren yutkunuyor. "Rüzgâr tılsımları denizciler için."

"Ya davullar?" Kirsten postları topluyor, kürk kürke, deri deriye değecek şekilde yığıyor. "Endişelenme. Ben göz kulak olurum."

"Toril boşboğazdır," diyor Maren. "Belki onunla konuşup..."

Postları uzatan Kirsten, "Onunla hiçbir şey konuşma," diyor. "Öyle bir kadınla konuşmanın anlamı yok. Geçecektir. Bey sadece gücünü sergilemek istiyor. Ama hepimiz kendimize dikkat etmeliyiz."

Kirsten'in pantolonuna bakarak, "Kendine dikkat etmeyi öğrenmesi gereken en başta sensin," diyor Maren.

Kirsten yanıt vermeyince Maren postları almak için uzanıyor. Ama bunu yerine parmaklarıyla Kirsten'in çenesindeki kan lekelerini siliyor. Bu hareket her ikisini de şaşırtıyor, Maren kendisine postları uzatan arkadaşının gözlerine bakamıyor. Postlar ağır, keskin biçimde çiğ et ve yaklaşan yazın tatlı kokusunu yayıyor.

"Tabaklamaya zaman olmaması ne yazık." Bir şey damlayıp ayağına düşüyor. "Ancak bu kadar sıyırabildim."

"Gayet iyi." Kirsten onu evin yanına doğru yönlendiriyor. Kaya yığınlarının etrafında deniz yanıp sönüyor. Maren bunun onu korkutup korkutmadığını, geceleri balinanın gelip gelmediğini sormak istiyor. Ama ellerini pantolonunun ceplerine sokmuş Kirsten'e bakınca onun bebek Erik gibi deliksiz uyuduğunu varsayıyor.

"Kimseye görünmemelisin," diyor ve Kirsten gülüyor, rüzgârın uçurduğu bir tutam saçı Maren'in kulağının arkasına sıkıştırıyor.

"Sen de bu kadar çok endişelenmemelisin."

Postları yüklenmiş eve yürürken Kirsten'in gözlerini üstünde hissediyor. Yere düşen parlak kırmızı damlalar yolunu basamak taşları gibi işaretliyor.

ON ÜÇ

Artık güvertede bir yeri olan Ursa aşağıda olanlarla daha kolay başa çıkıyor. Hiçbir zaman dışarıda daha mutlu biri olacağını düşünmemişti: Yerinin evin salonu olduğundan emindi. Ama geminin kıç kısmı kamarasından daha büyük bir kafesten ibaret olsa da özgürce esen temiz rüzgârın altında birçok şeyin mümkün olduğunu hayal etmek kolay.

Güneş göğün yükseklerinde daha uzun zaman kalmaya başlıyor, maskenin örtmediği göz çevresinde Ursa kimi zaman, Agnete'nin gece nefeslerini andıran sıcaklığını hissediyor. Absalom'un, tenindeki tuz tadını alıp almadığını, paltosu ve eldivenlerinin buluşmadığı bileklerindeki kırmızı halkaları fark edip etmediğini merak ediyor.

Petrsbolli berrak günlerde kıyıyı görüş mesafesinde tutarak karaya yakın yol alıyor. Ufukta Trøndheim'in kusursuz düzlükleri yerini denizin kenarında dimdik dalgalar gibi yükselen dağ sıralarına bırakıyor. Arktik daireye girdiklerinde manzara biraz değişiyor. Fiyortların boğazına çöken ağaçlar hâlâ Ursa'nın içlerinde şekiller ve yüzler bulabileceği kadar sık; kar dağların tepelerine yerleşmiş. Geçip giden adaları, küstah kara çıkıntılarını seyrediyor.

Doğuya doğru döndüklerinde ilk kez bir buzdağı görüyor; suda bir kaya gibi geçit vermeden hareket eden, Bergen'deki evleri kadar büyük, mavi-yeşil parıltılar içinde dev bir buz kütlesi. Kaptan Leifsson geminin buzdağının etrafında geniş bir çember çizerek geçmesini emrediyor ve Ursa'ya suyun altında kalan kısmının en tehlikelisi olduğunu söylüyor. Ursa buzdağının kendisini Vardø'ye dek takip ettiğini hayal ediyor.

Birçok küçük limanda durduktan sonra Tromsø'ye varıyorlar. Ursa kıyıya çıkmıyor, gemi şiddetli rüzgâr ve deniz serpintisi altında limana yaklaşırken güvertedeki yerinden izliyor. Kasaba, karayı döven dalgalara aynı şekilde karşılık verir gibi görünen kayalık bir adanın üzerinde minicik duruyor, griye karşı gri. Kocasının kilisede dua etmesine ve Vardø'ye doğru son yolculukları için gereken takviyenin gemiye taşınmasına yetecek kadar zaman orada kalıyorlar.

Son anda, çekilmeden hemen önce borda iskeleyi geçen Casper'i görüyor. Oğlan, elinde bir paket, hâlâ ayakkabısız, bir parça kambur duruyor. Ursa maskesini çıkarıp geminin yan tarafına yaslanarak ona sesleniyor ama oğlan arkasını dönüp gözden kaybolmuştu bile. Paniğe benzer bir şey, kaburgalarında bir sıkışma hissediyor. Üçüncü kaptana yaklaşıp yaramaz bir kız çocuğu gibi onu omzundan dürtüyor.

"Bay Hinsson, Casper geride kaldı."

Üçüncü kaptan dönüp boş gözlerle ona bakıyor. "Bayan Cornet?"

"Casper. Şu sürekli halatları ayıklayan oğlan."

"Affedersiniz, Bayan Cornet, hangi çocuktan söz ettiğinizi anlayamadım."

Ursa oğlanın her zaman durduğu yeri işaret ediyor. "Orada, orada otururdu."

"Oğlanlar onlara uygun iş olup olmamasına göre gelir, gider. Bu yolculuğun ardından Spitsbergen'e gideceğiz, bazı oğlanlar balina avına uygun değil."

"Bunun balina avı gemisi olduğunu bilmiyordum."

Adam ağırlığını bir ayağından diğerine aktarıyor. "Kazançlı olan neyse onu yapıyoruz. Bergen morina balığı kaynıyor, babanız daha çok talep gören bir şeyler istiyor."

Ses tonunda Ursa'nın hoşuna gitmeyen bir tını var ama bir şey söylemiyor. "Casper balina avına gitmek istemedi mi?"

"Ya da uygun değildi. Yeterince güçlü olmayabilir." Dönüp güverteye bakıyor ve Ursa mürettebatın hazır durmuş, adamın yekedeki yerini almasını beklediğini fark ediyor.

"Ama ben..." Cümlesini boğazından geri itiyor. Üçüncü kaptanın aldırmadığı belli. Ursa da neden umursadığından emin değil. Ama Casper'in afallamış yüzünün, limanı tepen pis çıplak ayaklarının görüntüsü - oğlan gerçek dışıydı. Üçüncü kaptan Ursa'ya arkasını dönüyor, konuşma bitmişti ve Ursa bakışlarını limana geri çeviriyor. Sanki oğlan hiç orada olmamış gibi.

Trøndheim'daki günden sonra hiç konuşmamış olsalar da çocuk veda etmediği için açıklayamayacağı denli üzgün. Huzur veren bir belirsizlikle oğlanın Vardø'de kalıp bir tür uşak olabileceğini düşünmüştü; Absalom'a bunu soracak, en azından bunu düşünmesini isteyecekti. Yarım kalmış bir düşünceydi bu.

Artık limandan uzaklaşıyorlar. Geminin sallandığını hissedebiliyor, erkekler yüzlerini denize çevirmiş, görev başında. Yakında Vardø'ye varacaklar ve o zaman geride bırakılan Ursa olacak.

Vardø'deki limana varmadan birkaç gün önce Ursa'nın karnı ağrımaya başlıyor.

Ağrı sırtına ve başına yayılıyor, ağrı bir bıçak gibi şakaklarına ve uyluklarının arkasına saplanıyor. Sancı tüm bedenini ele geçiriyor ve dudaklarının üstü, koltukaltları soğuk bir terle kaplanıyor. Kaptana bakınıyor, Casper'in artık gemide olmamasına hayıflanıyor. Üçüncü Kaptan Hinsson'a seslenmeyi düşünüyor ama bir şey, yaralı olduğunu paylaşmamasını söyleyen karanlık, hayvani bir içgüdü onu durduruyor.

Halatların üstünden iniyor ve sırtından öylesine ani bir ağrı bıçak gibi geçiyor ki dudağını ısırıyor. Zehirlenmiş olabilir mi? Doğrulup hızlı hızlı nefes alıp veriyor ve acı bu kez aniden yükselip bedeninin alt kısmını kor bir dalga gibi vurunca soluğunu tutuyor.

Artık ağrı hafifleyince hareket etmesinin daha iyi olacağını biliyor. Kıpırdayabilir hale gelince, güvertenin kenarından ağır ağır yürümeye başlıyor. Maskesinin boncuğu dişlerinin arasında, maske sayesinde ter içinde olduğunu, yanan gözlerinin yaşlarla dolu olduğunu kimse görmüyor.

Aşağıya inen merdiven bir dağ gibi. İçinden ondan bire kadar sayıyor, sonra bir kez daha ve bir kez daha, ta ki döşeme tahtalarını ayağının altında hissedene dek. Koridor boyunca tökezleyerek ilerlerken gözlerini kapatıp acıyı kontrol etmeye ve soluklarına odaklanıyor.

Artık aklı daha az karışık: Acının kökeninin bulabiliyor, acının dağladığı her yeri hissediyor. Aylık ağrıları gibi ama on katı. Kocasının içine girdiği yerde başlıyor, bacaklarına, sırtının alt kısmına ve en son başına şok dalgaları yolluyor. Sanki içi dışa çıkmak istiyor. Ursa kocasının yaşamsal bir şeyi parçalayıp parçalamadığını, geminin aşçısının lezzet deneylerinin onu sonunda öldürüp öldürmediğini merak ediyor.

Parmakları terden kaygan, soğuktan uyuşmuş halde, kamaralarının sürgüsünü açıyor ve içeri girince sürgüyü çekip lazımlığa doğru sürünüyor. O gün boşaltılmamış, dibinde sarı bir havuz var. Ağrı gelgit gibi, bir azalıp bir artıyor.

Nihayet gözlerini kırpıştırıyor, görüşü berraklaşıyor. Yatak ile duvar arasında çömelmiş, dizleri ahşap duvar kaplamasına dayalı, omurgası kamaralarını yatakhaneden ayıran ince levhada. Ses çıkarıp çıkarmadığını düşünüyor, hatırlayamıyor. Etekleri lazımlığın etrafını sarmış ve kendini iyice silip temizlerken bakmıyor.

Lazımlığın üstüne bir bez parçası atıyor ve hafifçe içine düşen bez kırmızıya boyanıyor. Soluğunu tutarak bezi kaldırıyor ve bakıyor. Bezin altında yumuşak bir karaltı var. Annesinin yaşadığı zorluklara gördüğünün ne anlama geldiğini bilecek kadar tanık oldu.

Lazımlığın üstünü örtüp kapının sürgüsünü açmalı. Yatakhane neredeyse boş olacaktır: Lombara gidip lazımlığı boşaltması gerek. İçindekiler suda hemen gözden kaybolur.

Ama lazımlığı taşıyamaz, ona dokunamaz bile; odanın karanlık köşesine, sandığının yanına koyduktan sonra üstünde kıyafetleriyle kendini döşeğe atıyor ve uyku dalga dalga üstünü örtüyor.

Uyanınca ince duvarın ardından gelen horultu seslerini duyuyor, kocası da çoktan yanına yatıp uyumuş. Panik içinde doğrulup oturuyor ve onu uyandırmamaya çalışarak sandığa uzanıyor. Lazımlık boş. Kalbi hızlanıyor. Absalom boşaltmış ve Ursa'yı uyandırmamış olmalı.

Göğüs kafesinde bir sızı duyuyor ve elini kalbine bastırıyor. Yatağa dönüp kocasının sıcağına yanaşıyor. Absalom dönüp kolunu karısının altından geçirerek onu sımsıkı yanına çekiyor.

VARIŞ

ON DÖRT

Yağmurdan hemen önce varıyorlar. Annesi izlemesi için Maren'i dışarı sürüklüyor, Diinna ve bebek Erik de onlara katılınca geminin yanaşmasını görmek için limanın kenarına yaklaşıyor, Magda'nın evinin yanında duruyor. Geminin arkasında büyük bir bulut kümesi toplanmış, gri çıvgın yığınlarıyla şimdiden ufku yutuyor.

Magda'nın oğlu ayaklarını yere vurup ellerini çırparak haykırıyor: "Balina avcılarının hakkından gelecek! Hepsinin hakkından gelecek!" Bir saat içinde bulutun tüm adanın da hakkından gelebileceğini düşünmeden bağırıyor.

"Asla yanaşamazlar," diyor annesi. Bu doğru; gemi bu mesafeden bile akılalmaz derecede büyük, limanın ağzı o yaklaştıkça küçülüyor.

Maren yanıt vermeye uğraşmıyor, yalnızca dev bulut kümesini izlemekle yetiniyor. En son buraya gelip şimdiki gibi denizi izlediklerinde bulutlar kırkı aşkın erkeğin üstüne kapanıp onları yok etmişti. Dişlerini sıkıyor.

Rüzgâr hızlanıyor ve gemi limanın dar ağzının dışına demir atıyor. Rahip Kurtsson dışarı çıkıyor, başında koyu renk bir başlık. Bir oyuncak bebek gibi görünüyor, Fru Olufsdatter'in kuklalarından biri gibi ve Maren rüzgârın kıyafetlerinin içine dolup onu denize uçurduğunu hayal ediyor. Adam soğuğa çok erken çıkmıştı ve şimdi tuhaf bir şekilde limanın yanı başında bekliyor. Uzun süre boyunca gemide bir hareket olmuyor. Maren'in annesi titremeye başlıyor.

"İçeri girmelisin," diyor Maren ama ona eşlik etmeye kalkmıyor.

Utanç verici ama artık annesine dokunmaya dayanamıyor. Yasını bu denli açık şekilde bürünmesinde çirkin bir yan var ve Maren birbirlerine dokunduklarında bunun tenine sineceğinden endişe ediyor. O evden ayrılmak ya da orada yalnız olmak istiyor. Bebek Erik olmasa çoktan gider Kirsten'la kalırdı. İkinci kayıkhanenin vekil ve karısı için güzel bir eve döndüğünü görmek zaten hakaret gibi geldi.

Sonunda güvertede bir hareketlenme oluyor. Maren gri göğün altındaki koyu figürleri görüyor, sonra kışın karanlığında açan güneş gibi, güvertenin aşağılarında bir yerden parlak sarı bir şey ortaya çıkıyor. Bu Maren'in daha önce gördüğü bir renk değil, âdeta açlıkla gözlerini o şeye dikiyor.

Sarılı olan da dahil, beş figür yavaşça bir sandalla indiriliyor. Sandal dalgaların ortasına düşünce sular fışkırıyor. Sarılı figür düşecekmiş gibi irkiliyor.

"Kıl payı," diyor Diinna. Erik omzunda uyuyor ve Diinna'nın bir eli sırtında, ara ara bebeğin sırtına hafifçe vuruyor.

Limanın yan tarafında Rahip Kurtsson ayaklarını yere vurup ellerine hava üflüyor. Onlara hep Tanrı sevgisinin soğuğu kırmak için gereken tek şey olduğunu söylüyor ve şimdi tir tir titrediğini görmek Maren'de tuhaf bir tatmin duygusu yaratıyor. Kirsten rıhtımda ona katılıyor ve bir palto uzatıyor. Maren rahibin paltoyu alıp giyişindeki gönülsüzlüğü fark ediyor.

Sandalda iki kişi kürekleri ellerine almış, kıyıya doğru çekiyorlar. Sarılı figür kıç tarafında oturuyor ve rüzgâr saçlarını yüzüne uçuruyor ve artık, sandal daha da yaklaşınca bunun Bergen'den gelen yeni gelin olduğu netleşiyor. Kıyafeti tam bir saçmalık, hele de bu kötü hava koşulları için.

Yanında onu tutan kişi kocası olmalı: Onlar için gönderilen vekil. Tıknaz bir adam ve hafifçe karısına dönük biçimde dimdik oturuyor. Kürekçilerin arasında başka bir adam da var, geniş sırtı karaya dönük. Sandal iskeleye yanaşırken Rahip Kurtsson elini kaldırıp selam veriyor ve adam dönüp bakıyor ama selama karşılık vermiyor.

Kürekler bayrak direği gibi havaya kalkıyor ve halatı yakalayıp palamar yerine bağlayan Kirsten oluyor.

Maren'in annesi yanaklarının içini emiyor. "Dikkatli olmalı."

Bu kez Maren de ona hak veriyor. Artık hepsi, aralarında doğrudan Vardøhus'e bağlı biri varken, işlerin değişmesi gerektiğini biliyor, hatta Kirsten bile. Alışılmış hiyerarşiler –Vardø dışındaki dünyanın alışılmış hiyerarşileri– gözetilmeli. Maren bir an Kirsten'in yolcuları kıyıya çekmek için elini uzatacağını düşünüp paniğe kapılıyor ama Kirsten gerileyip ödünç aldığı paltosunun içinde irileşen rahibin öne çıkmasına izin veriyor.

Geniş sırtlı adam ağır adımlarla karaya çıkıyor ve sandal bir o yana bir bu yana sallanıyor. Kadın sandalın ahşap kenarlarına tutunuyor. Maren adamın yüzünü göremeyecek kadar uzakta ama hatları düzgün, yüzünün yarısı kara sakalının altında gizleniyor. Kadının refakatçisi çevik adımlarla sandaldan iniyor ve kadına yardım etmeden önce Rahip Kurtsson'un elini sıkıyor. Kadın başını sallayıp bir şeyler söylüyor.

Diinna soğuk bir sesle, "Şimdiden gitmek istiyor," diyor. "Buradan Bergen'e yolu uzun."

Rahip Kurtsson Kirsten'e işaret ediyor ve kadın da başını eğip onu dinledikten sonra aniden bakışlarını kaldırıp evlere doğru bakıyor. Gözleri Maren'inkilerle kesişiyor, Toril daha yakında olmasına karşın onlara doğru yürümeye koyuluyor.

"Sen ne yaptın?" diyor annesi ama Maren, Kirsten'e doğru iki adım atıyor.

Rüzgârın sürüklediği sesiyle, "Palto," diyor Kirsten. Maren'in gitmesi çok anlamsız zira limana en uzak ev onlarınki ama Kirsten dosdoğru ona bakmayı sürdürüyor, bu nedenle Maren toplanmış kadınların arasından geçip rüzgârı arkasına alarak evlerine koşuyor. Anakarada yakalanan tavşan kürkleriyle astarlanan kışlık paltosunu askıdan alıyor ve kapıyı çarpıp çıkıyor. Rüzgâra karşı koşuyor ve hızla yerine döndüğünde annesi irkiliyor.

Kirsten biraz uzakta duruyor, annesi kadını açık bir hoşnutsuzlukla izliyor. Maren paltoyu katlayıp koluna asıyor ve dar etekleri bileklerini döverken toplanmış kadınların önüne çıkıyor.

Arkasını dönüp yine limana bakan Kirsten'in yanına varınca, "Ne oldu?" diyor.

"Karısı eteklerinin havalanıp açılacağından korkuyor." Sesinde bir gülümseme var. "Haksız da değil."

Sandaldaki kadın aniden onlara bakıyor, her ne kadar bu imkânsız da olsa, Maren kadının onları duyduğu hissine kapılıyor. Maren iri, parlak kahverengi gözleri, yüzüne savrulmuş sapsarı saçları olan dolgun bir yüz görüyor. Bir an sandalın kenarlarından kaybolup deniz serpintisine karışacak gibi gerçekdışı ve sarı elbisesinin içinde çok iri ve gösterişli görünüyor.

"Palto, Fru Cornet," diyor Rahip Kurtsson, paltoyu Maren'in elinden çekip alıyor ve iki kolunun üstüne yayarak uzatıyor. "Alıştıklarınız kadar iyi olmasa da..."

"Temizdir," diyor Kirsten, geniş sırtlı adam bakışlarını onlara çevirince Maren'in yanaklarını ateş basıyor. Kadın ne kadar açık tenliyse adam o kadar esmer, insanı uzak tutan bir hali var, Kirsten gibi o da mekânı ele geçiriyor. Maren adamın dikkatli bakışları altında küçülüyor, omuzları çöküyor.

"Karım," diyor aksanlı bir Norveççeyle, "soğuğa alışık değil. Ve kendisine Bayan Cornet diye hitap edilmeli."

Kocası bu mu? Neden yanına oturup ona yardım elini uzatmamıştı? Kadının dudakları titriyor ve bir an kocasına bir şey söyleyecekmiş gibi gözükse de bakışları Rahip Kurtsson'u aşıp dosdoğru Maren'e uzanıyor.

"Teşekkürler." Sesi sakin, aniden çenesinin yumuşak hattı belirginleşiyor ve yanaklarında bir kas seğiriyor.

Kadın paltoya uzanıyor ve Maren'in kocası zannettiği ama şimdi babası yaşında olabileceğini fark ettiği adam eliyle Maren ve Kirsten'e öne gelmelerini işaret ediyor. "Lütfen, gelin."

Sallanan sandalın önünde durduklarında adam kürekçilere işaret ediyor; adamlar o kadar hızlı itaat ediyorlar ki Maren adamın komuta zincirinin tepesinde olduğunu fark ediyor. Muhtemelen, kaptan. Omuzları hâlâ kürek çekmekten yorgun kürekçiler bakışlarını eğiyor. Dönüşte rüzgâra karşı yol alacaklar.

Kaptan rahibe, "Ona paltoyu verin," diyor, Maren paltoyu rahibin kollarından geri alıyor. Sallanan sandalda durabilmek için kaptanın koluna giren kadının yanaklarında iki pembelik beliriyor; diğer eliyle dertop ettiği eteğini sıkı sıkıya tutup hızla ayağa kalkıyor. Kirsten kadının rüzgârla şişen eteğinin görünmemesi için önüne geçiyor. Kadının eli adamın kolunda bembeyaz ve dudakları sımsıkı kapalı.

Kadın utanıyor ve Maren de onun adına utanıyor. Daha önce böyle bir elbise hiç görmedi; şimdi kadının titreyen bedenini kaskatı kesilmiş kürk astarlı paltonun içine sokması gerek.

Kadın Maren'den daha kısa ama daha tombul ve palto dar geliyor; kolları belli bir açıda kalıyor ve sırtı geriliyor. O an, bir kadın vücuduna sahip olsa da, elbisesi hatlarını belli etse de solgun gözlerindeki şaşkın ifade onu bir çocuk gibi gösteriyor. Maren düğmeleri iliklemesine yardım edince elbise dizlerinin altında hapsoluyor ve kadın en sonunda sandaldan inebiliyor.

Bir kez daha, "Teşekkür ederim," diyor, sıcak nefesi Maren'in yanağına sürtünüyor. Soluğunda tatlı bir şey var, bu o kadar beklenmedik ki Maren'in ağzı sulanıyor.

Dudaklarını sımsıkı kapalı tutan Maren başını sallıyor. Gemi yolculuğunda bile bu kadın kendine Vardø kadınlarının herhangi birinden daha iyi bakmış; bu kez Maren kendi görünüşünden utanıyor. Yalnızca bir dakika önce bu kadın için üzülüyordu, şimdi ise pespaye eteğinin ve aylarca denize çıktıktan sonra kokusu daha da ağırlaşan babasının paltosunun içinde kendi görünümünden utanıyor.

Kadının kocası tüm bu sahneyi tarafsızca izledi. Karısı sonunda iskeleye çıkınca Rahip Kurtsson'a dönüyor. Ancak gözleri rahibin üstünde durmuyor: Limanın çevresine dağılmış evlere bakıyor.

"Rahip siz misiniz?" Maren adamın sert tonunun, dillerini iyi bilmemesinden kaynaklandığını pek sanmıyor.

"Evet, Vekil Cornet. Köyümüze hoş..."

"Güvenli yolculuk için teşekkürler, kaptan."

Kendisinden kısa olan, karısının hâlâ koluna tutunduğu adama elini uzatıyor.

"Rica ederim, Bay Cornet. Benim için bir zevkti."

Kısaca başını sallayıp tekrar rahibe dönüyor. "Kilise şu mu?"

"Evet. Beni takip..."

Ama rahibin cümlesini bitirmesine izin vermeden hızlıca arkasını dönüyor ve uzun, koyu renk paltosunun etekleri arkasında bir karga sürüsü gibi uçuşurken kiliseye doğru yola koyuluyor. Rahip Kurtsson bir an telaş içinde duraksıyor; Maren onun ağırlığını bir ayağından diğerine aktararak çocuk gibi dans ettiğine yemin edebilir. İçlerinden biri olmasa da rahip adına tekrar utanıyor.

Kirsten rahibe, "Siz gidebilirsiniz," diyor. "Biz Bayan Cornet'i evine götürürüz."

Rahip Kurtsson doğruluyor, durumu yeniden kontrol altına almaya çalışıyor. "Tamam. Ben vekile kiliseyi göstereceğim, siz de eşyayla ilgilenebilirsiniz."

Vekilin ardında düşüyor; Maren, adamın az önce söylediklerinden pek de memnun olmadığından şüpheleniyor. Kirsten hafifçe kafasını sallayıp kaptana bakıyor.

"Hepsi bu kadar mı, kaptan?"

Sandalın ön tarafına üç kutu, küçükçe bir paket ve kırmızı ahşaptan süslü bir sandık yüklenmiş. Sandığın zarif oymaları ve pirinç kilidi var. Kürekçiler yükleri indirmeye başlayınca kadınlar, bir elleri paltolarının önünde, gözleri sandığa kilitli ve kaşları çatık, etrafında toplanıyorlar.

Kaptan sandığı özenle kaldırıyor ve adamlar da üç kutuyu yükleniyor. Kirsten, Maren'i ne yapacağını bilmez halde bırakarak küçük paketi alıyor. Kimse Maren'e bir işaret vermiyor, o da çok uzun bir an boyunca Rahip Kurtsson gibi duraksıyor. Beşi Toril ve Magda'nın evlerinin arasında gözden kayboluyorlar, kadınlar ve çocukları dönüp, grup ikinci kayıkhaneye dönüp gözden kaybolurken kadının sarı eteklerinin çırpınışını izliyorlar.

Vekilin karısı arkasına dönüp bakmıyor ve Maren kadının bunu yapmasını neden istediğine emin değil. Tuhaf bir panik hissediyor ve Kirsten'in kibar davranmasını umuyor.

Rıhtımdan ayrılıyor, ayakları soğukla sertleşmiş toprağı eziyor. Annesi oradan ayrıldı ama Diinna, bebek Erik omzundan sarkmış, eli bebeğin sırtına hissiz bir ritimle hafifçe vurarak hâlâ Magda'nın evinin arkasında duruyor. Eve birlikte yürüyorlar ve oraya varana dek Diinna tek kelime etmiyor.

"Bundan iyi bir şey çıkmayacak," diyor, bakışları Maren'in başının üstünden geminin demir attığı yere zorlukla ilerleyen sandala kayıyor. Bir şey dinler gibi başını eğdikten sonra dönüyor ve evin yan tarafında gözden kayboluyor. Erik'le odalarına girdiğinde Maren çarpılan kapının sesini duyuyor.

Hemen sonra gemiyi takip etmiş olan bulut başının üstünde açılıyor ve yağmur yağmaya başlıyor.

ON BEŞ

Geyik postları dikilmiş, kapının yanında hazır bekliyorlardı; Maren'in kayıkhaneye gitmek için bahanesi var ama Sebt günü gelip kapıya dayanana dek, üç gün evde kapana kısılmış bir canavar gibi bekliyor. Azgın yağmur toprağı yumuşatıp çamura çeviriyor ve Maren oraya yapacağı ilk ziyarette üstünün başının çamurla kaplı olmasını istemiyor.

Hava her şeyi bulanık ve gri kılıyor. Vekilin karısı, nedenini anlayamasa da içinde yankılanıp duran bir huzursuzluk yarattı. Maren onu tanıması gerektiğini hissediyor. Sarı elbise Maren'in gündüz düşlerini ele geçiriyor: O elbiseyi düşünmek bir takıntı haline geldi. Paltoyu iliklerken bileklerine değen dokuma kumaşı nasıl da yumuşak ve cömertti, nasıl da parlaktı, üç kişiyi rahat rahat saracak gevşek pilileri nasıl da döküm dükümdü. Kadının tatlı nefesi, soluk ve zarif tırnakları.

Maren'in kıyafetleri ise kaskatı ve kaşındırıyor, kokusu o kadar keskin ki kimsenin yanında durmaya dayanamayacağından emin. Ev işlerinden kalan gri suda yıkanıyor, saçlarını derli toplu bağlamaya çalışıyor. Fırtına gecesi iğnenin saplandığı yer tamamen iyileşmişti ama Maren ellerinin derisi gerildikçe başparmağıyla işaretparmağı arasındaki ufak ağın yeniden açılıp yara haline geleceğinden endişeleniyor. Tırnakları kırılgan ve grimsi, diş etleri acıyana, kan tükürene dek huş ağacından bir dal parçasıyla dişlerini fırçalasa da ağzı pas içinde. Hiç temiz olacak mı, hayatında hiç temiz olmuş muydu, merak ediyor. Bebek Erik'i de çok sık temizliyor ama bebeğin nefesi Diinna'nın sütünden ekşi ekşi kokuyor, elleri yerlerde sürünmekten çamur içinde. Belki de doğuştan böylelerdi.

Yağmur bulutları evlerine tuhaf bir ışık düşürüyor; karın parıltısı yok olmuş, içerisi donuk ve karanlık. Maren eskiden bu tedirgin zamanları memnuniyetle karşılardı, tüm köy kıştan çıkar, her şey hiç batmayan güneşin altında hazırlanırdı, ta ki ağır danslarına geri dönene, soğuk onları bir kez daha birbirine mecbur edene dek. Şimdi bu, yaşamlarının ne kadar değiştiğinin ve vekilin gelişiyle tekrar değişeceğinin bir göstergesi. *Tıpkı daha önce de duruma ayak uydurduğumuz gibi*, diye düşünüyor.

Babası ve Erik hayattayken tekneyi alıp günler boyu denizde kalırlardı, Maren ve annesi de evdeki bütün kürk ve bezleri çıkarıp dışarıda döver, yere taze sazlar sererlerdi. Geçen yaz denize açılan Maren olmuştu, ev kapalı kalmış, kürkler, Maren'in ciğerlerine dolacak kadar toz tutmuştu. Yakında alçak dağa deniz yolculukları yapılacak, Kiberg ve Varanger'den tüccarlar gelecekti. Ama şimdi yağmur onu esir almıştı; annesi yağışın toprağı hazırlayacağını, yosun ve likenleri besleyeceğini söyleyip sevinse de Maren sıkılıyor. Geyik derilerinin kenar dikişlerini söküp daha dikkatli ellerle tekrar dikiyor, kurutulmuş son süpürgeotlarını yakıyor ve kokularının gitmesi için postları dumana yatırıyor.

Sebt sabahı şafak âdeta acı verecek kadar parlak, hava kupkuru. Annesinin önünden yürüyen Maren ikinci kayıkhanenin yanından geçerken biraz yavaşlayıp vekil ve karısının içeride olup olmadığını anlamaya çalışıyor. Ev sessiz, gün ışığı yüksek pencerelere vurup onlara gizemli bir hava veriyor. Maren çamurun içinde yeniden hızlanıyor.

Bir grup kadın şimdiden kilisenin kapısında toplanmış: Maren ortalarında hepsinden bir baş uzun duran Kirsten'i görüyor. Dedikodu yaptıklarını anlıyor zira Maren yaklaşınca kadınlar dönüp yaklaşanın kim olduğunu kontrol ettikten sonra tekrar konuşmaya devam ediyorlar. Sıcak bir gün değil, ayakları çamura gömülmesin diye kıpırdanıp durmak zorundalar ama hiçbiri Vekil Cornet ve karısının varışını kaçırmak istemiyor.

Maren grubun yanına gelir gelmez, "Ee, nasıl biri?" diyor Toril. "Sana ne söyledi?"

"Sadece, 'Teşekkür ederim,' dedi," diyor Maren. "Nasıl biri olduğunu anlayacak zaman yoktu." Kirsten'e bakıyor. "Onları eve götürdükten sonra ne oldu?"

Kirsten omuz silkiyor. "Erzakın yerini gösterip ateşi yakacak kadar kaldım. Tek kelime etmedi. Kaptan gayet kibardı."

"Ya kocası?"

"Ben oradayken kiliseden dönmemişti."

"Rahip Kurtsson, Vardøhus'ü ziyaret etmeden önce saatlerce dua ettiğini söyledi," diyor Toril, sesi hayranlıkla yapış yapış. "Gelişi bizim için çok iyi olacak."

Maren, kocası dua ederken yeni evinde yapayalnız kalan karısına acıyor.

"Postları götürdün mü?" diyor Kirsten. Maren başını iki yana sallıyor. "Senin uğrayacağını söylemiştim."

Maren işaretparmağıyla başparmağı arasındaki yaralı deriyi tutarak; tam yağmurdan, çamurdan dem vuracak, postların kenarını yeniden diktiğinden söz edecekken, peşinde Maren'in paltosuna sarınmış, koyu mavi etekleri ayak bileklerini döven daha kısa biriyle birlikte, geniş bir figürün görüş mesafesine girmesiyle herkes aniden sessizliğe bürünüyor.

Kadınlar birbirlerinden uzaklaşıyor: Maren nedenini bilmeksizin başını önüne eğiyor. Vekilin çamurlu çizmeleri, birkaç adım ötesinde karısının terlikli adımlarıyla birlikte, görüş alanına girip çıkıyor.

Maren tam zamanında başını kaldırıp kilisenin mumla loşlaşan karanlığında kaybolan soluk saç halesini görüyor. Kadın kocasının cüssesi yanında minicik görünüyor ve Maren onun bir balinanın midesine yürüdüğünü hayal ediyor. Kirsten arkalarından içeri giriyor ve kadınlar sessiz bir akıntı halinde takip ediyor.

Maren, birkaç dakika daha annesini gelmesini bekliyor. Saçı başı darmadağın olan annesi oflayarak geliyor.

"Onları kaçırdım mı?"

"Herkes içeri girdi bile. Diinna gelmiyor mu?"

"İyi hissetmediğini söyledi." Hoşnutsuzluğu sesinden akıyor.

Rahip Kurtsson kapının yanındaki yerinden ayrılmış, ön sırada oturan vekilin yanında, konuşmak için eğiliyor. Maren her ikisini de görebileceği bir yer bulana dek annesini yürütüyor. Genellikle hepsi bir yere dağılsa da yeni gelenlerin etrafındaki sıralar dolu. Toril her zamanki görevini yerine getirerek kapıyı kapattığında mumlar titriyor, Rahip Kurtsson kürsüdeki yerini alıyor.

Maren vaazı duymuyor. Gözleri vekil ve karısının üstünde. Etrafındaki herkesin kafası aynı şekilde kadına dönük, dua başlayınca Maren diğer kadınların da kendi seslerine karışan kadının sesini ayırt etmeye çalışıp çalışmadığını düşünüyor.

Son *Âmin*'in ardından mutlak bir sessizlik oluyor. Maren gözlerini, duanın ardından bir süre eğik kalan vekilin kafasına dikiyor.

"Herhalde bir şeyler söyleyecek?" Annesinin sesi mumların tıslaması kadar alçak.

Kürsüyü boşaltan Rahip Kurtsson vekilin önünde kararsızca duruyor. Karısı dümdüz karşıya bakıyor. Yakası soluk boynuna yükseliyor, çenesinin yuvarlaklığı mum ışığında bakır rengi görünüyor. Her ışıkta rengi değişen bir ten. Maren başını eğip birleştirdiği ellerine bakıyor, yanında duran annesinin kaba saba elleri gibi aşınmış ve kıpkırmızı.

Nihayet vekil başını kaldırıp ayağa kalkıyor. Kilise o kadar sessiz ki Maren kumaşa sürtünen kumaşın, onlara hitap etmek için arkasını dönen adamın yutkunuşunu duyuyor. Bacaklarını genişçe açıp ellerini arkasında kavuşturuyor, Maren adamın daha önce bir denizci ya da asker olabileceğini düşünüyor. Bir kez daha limanda onu ele geçiren o tuhaf enerji çekilmesini hissediyor, saran ve kendine çeken bir şey, adamın boyutu ve cüssesiyle korkutucu bir şey neredeyse.

Vekil karısınınki kadar şık olmasa da üstüne oturan siyah kıyafetler giymiş: kasvetli olsa da bir aristokrat gibi görünüyor. Sakalını kesip düzeltmiş, dudakları daha dolgun ve çenesi daha güçlü görünüyor.

Maren adamın yakışıklı olduğunu düşünüyor ama yabanıl bir yanı da var. Derinlerde, önü alınmazsa onu zalimleştirebilecek bir şey. Annesi ona iyicene sokuluyor ve Maren ondan uzaklaşmıyor.

"Çok az Norveççe biliyorum. Gerekirse Rahip Kurtsson tercüme edecektir. Adım Absalom Cornet, İskoçya'dan, Orkney'in kuzey adalarından geliyorum. Bu..." Cebinden okunmaktan pörsümüş bir mektup çıkarıyor. "Bölge Beyi Cunningham'ın verdiği yetki belgesi. Vardø'ye ve size vekil olarak atandığımı gösteriyor."

İngilizceye geçiyor. Maren bu dilde yalnızca birkaç kelime biliyor, ana ticaret rotalarından sapan tek tük balina avcısından ya da yakındaki daha büyük kasabalarda yaşayanlardan duydukları, o kadar.

Dikkatle dinliyor, vekilin sesinin akıntısına kapılıp sürüklenen dalları andıran birbiriyle alakası olmayan sözcükleri seçebiliyor. Rahip Kurtsson tercümede zorlandığında Maren, rahibin İngilizcesinin vekilin düşündüğü kadar iyi olmadığından şüpheleniyor. Vekil o kadar yoğunlaşmış ki kaşlarını çatmış, sözcüklere özel bir vurgu vermeden, tekdüze bir ses tonuyla konuşuyor; neyin en önemli olduğuna karar vermek onlara kalıyor.

Onlara, görevinin yalnızca Bölge Beyi John Cunningham'ın –Maren bunun Hans Køning'in adının İngilizcesi olması gerektiğini düşünüyor– değil, aynı zamanda Tanrı'nın gözü ve kulağı olmak olduğunu anlatıyor.

Maren, Kirsten'in kulağına, "Bu, Bey'in buraya gelmeyeceğini mi gösteriyor?" diye fısıldıyor ama Kirsten, kısılmış gözlerini vekilden ayırmadan onu duymazdan geliyor. Onlara, daha önceki yaşamından, Maren'in daha önce hiç duymadığı Orkney ve ardından Caithness'dan söz ediyor biraz; bir kadının duruşmasına dahil olduğunu söylüyor. Onu Finnmark'a, Vardø'ye getirenin bu olduğunu anlatıyor. Bir fırtınada birçok erkeği kaybettiklerini bildiğini söylediğinde, odada bir dalgalanma oluyor; bu, yabancının ağzından erkekleri hakkında bir şey duymanın yarattığı toplu bir sarsıntı. Hepsinin adlarını kaydedeceğini, bir nüfus sayımı yapacağını, böylece Bey'in kaç kişi ve kim olduklarını bileceğini anlatıyor.

İğneleyici yanını fark etmeksizin, donuk bir ses tonuyla, "Bunun daha önce yapılmış olması gerekirdi," diye çeviri yapıyor Rahip Kurtsson.

Vekil, karısına ayağa kalkmasını söylüyor ve kadın kalkıyor, ay gibi yüzünü topluluğa dönüp onları selamlıyor ve bu durum Maren'in annesinin burnundan gülmesine neden oluyor. Karısını Bayan Cornet olarak tanıtıyor ve Maren bunu sessizce tekrarlarken kadının gerçek adının ne olduğunu merak ediyor.

Kadın gözlerini yerden neredeyse hiç kaldırmıyor. Onaylayarak başını salladığında çenesinin altındaki deri kırışıyor, soluk elleri elbisesiyle tezat oluşturuyor. Saçları düzgünce ama hafifçe bir yana yatık toplanmış; Maren kadının aynasız saçını toplamaya, hatta saçını kendi başına toplamaya alışık olup olmadığını düşünüyor. Kadının başını kaldırıp ona bakmasını, omuzlarına paltoyu yerleştireni tanımasını diliyor ama Bayan Cornet, Rahip Kurtsson'un çevirisi sürerken, kocasının işaretiyle oturuyor.

"Beni bir tür Bey, bir yargıç olarak görün. Bana rahibinize güvendiğiniz gibi güvenebilirsiniz. Burada çok uzun zaman başınızda bir yol gösterici olmadan kaldınız. Şimdi size bunu sunuyorum ve dikkatli olmanızı istiyorum."

Vekil Cornet çat pat Norveççesine dönüyor.

"Şimdi isimlerinizi alacağım. Sorularınız ya da sorunlarınız varsa arabulucunuz olmayı umuyorum."

Anlattığı şey birçok yönden bir rahibin görevleri. Belki de Bey Køning zayıf bir adam yolladığının farkında, şimdi daha güçlü birini yollayarak durumu telafi etmeye çalışıyor. Eller kalkıyor ve vekil kilisenin arka tarafında işaret ediyor. Arkalarından Toril'in yüksek sesi duyuluyor.

"Peki ya kiliseye gelmeyenler? Size onların adlarını vermeli miyiz?"

Vekilin yüzü o kadar hareketsiz ki Maren söyleneni anlamadığını düşünüyor. Rahip Kurtsson da aynısını düşünmüş olmalı ki kulağına eğiliyor ama Vekil Cornet dönüp onu bir bakışıyla durduruyor ve rahip geri çekiliyor.

“Kiliseye gelmeyenler mi var?”

Maren haçın yanında, duvarda nemli bir sıva yaması fark ediyor.

“Çok değil,” diyor Rahip Kurtsson. “Laponlar, bazı yaşlı…”

Arkaya, Toril’e bakarak, “Artık böyle bir şey olmayacak,” diyor vekil. “Bana adlarını verin.”

ON ALTI

Ursa'nın kocası çok öfkeli. Evleri öfke kokuyor; bir fırtına bulutu gibi adamdan sızan kalın bir gerilim dumanı. Topluluğunun içinde kâfirler olduğu haberi sadece son damla - bu, vardıkları gün, Vardøhus'ten geri çevrildiğinde başladı.

Demir atmışlardı ve Ursa karaya bakmaya neredeyse korkuyordu. Gri taşlardan inşa edilmiş olan kale denizden görünüyordu, bir hapishane gibi yüksek duvarlı ve tehditkârdı - ki Kaptan Leifsson zaman zaman hapishane olarak kullanıldığını söylemişti. Sahilin ötesinde düzensiz aralıklarla evler serpiştirilmişti. Ağaç olmadan kara boş bir sayfa gibi düz ve özelliksiz görünüyordu.

O korkunç rüzgârda sahile kürek çektikleri sırada Ursa ağlamak istemişti. Kaptan Leifsson yanında oturuyordu, Ursa, rüzgâr yanaklarına tokatlar indirirken gözlerini kaptanın dizlerine dikmişti.

Son zamanlarda, Ursa'ya karşı diğerlerinin fark edemeyeceği biçimlerde, neredeyse nazik davranmışsa da Absalom yay gibiydi. Ona "hanım" yerine Ursula demeye başlamış, Norveççe nasıl olduğunu sormuş, ufak jestler yapmış, hatta belki sevgi göstermişti. Kötü olduğu o geceden beri ona dokunmamıştı, Vardø'ye yaklaşırken sarı elbisesini giymesini istemiş, ellerini korkulukta Ursa'nın iki yanına koymuştu. O kadar yakın duruyordu ki Ursa ince eldivenlerinden, kocasının ellerinin kıllarını ve karanlık sıcağını hissedebiliyordu.

Rıhtımda ona yardım eden kadınların yüzü kardan yanmıştı ve kokuyorlardı. Kendini Kirsten olarak tanıtan irice kadın atılgan ve kabaydı. Ursa'yla aynı yaşlarda olan diğeri onu leş gibi kokan bir paltonun içine tıkmıştı. Bu genç kadın peşinde hayaletler varmış gibi görünüyordu, gri-mavi gözleri denizle aynı tondaydı, yanakları içine göçmüştü. Ama evleri gösterildiğinde Ursa ödünç verdiği palto için minnet duymuştu.

Ev. Şimdi, uyudukları, yemek yedikleri ve var oldukları küçük oda boyunca kocasının volta atışını izlerken bu sözcük Ursa'nın içini yakıyor. Burada geçen bir yaşama yaşamak değil, ancak var olmak deneceğini düşünüyor. Annesi öldükten sonra, sadece bir hizmetçi ve kapıları kapanmış odalarla, Bergen'deki koşullarının kasvetli olduğunu düşünürdü ama bu bambaşka bir şey.

Evde Ursa'nın dışarıyı zar zor görebildiği dört yüksek ve ufak pencere var. Yatak geniş ve odanın bir yanını olduğu gibi kaplıyor – yatağın üstünden kiriş ve uzun halatlara asılı kaba bir perde bu kısmı odadan ayırıyor. Şömine diğer tarafta, ahşap bir rafın üstüne iki tava ve geniş bir tencere konmuş. Yerde kilim yok, sadece toprağın üstünde duran çivilenmemiş tahtalar var. Evi Kaptan Leifsson ve Ursa'ya gösteren Kirsten yaz aylarına gelmiş olduklarını söyleseler de alttan, topraktan keskin bir soğuk yayılıyor.

Odanın arka taraftaki köşesinde ikinci bir kapı var. Kirsten kapıyı açtığında Ursa kusacak gibi olmuştu. Odada boyunlarından karınlarına kadar yarılıp tekrar dikilmiş, kocaman, kafasız karkaslar asılıydı.

Kirsten, ızgaradaki yosun yığınının üstüne bir mum koymadan hemen önce, "Kışa dek yetecek kadar," demişti. Kaptan Leifsson, Ursa'nın sandığını bir köşeye koydu. Ursa'yla göz göze gelemiyordu.

"Bayan Cornet, benim için bir zevkti."

Resmi bir şekilde başıyla onu selamladı, Ursa kollarını açıp üstüne atılmak ve ona yapışmak istiyordu. Kaptan siyah bir kese uzattı, Ursa kesenin ipini çözdü.

"Anason tohumu," dedi kaptan. "Sevdiğinizi biliyorum."

Absalom orada olmasa da Ursa konuşabileceğinden emin değildi, başını sallayarak teşekkür etti. Bir an kaptanın ona kendisiyle gelmesini söyleyip söylemeyeceğini, onu Bergen'e geri götürmeyi teklif edip etmeyeceğini merak etti. Ama kaptan, Kirsten'le birlikte evden çıktı, Ursa küçük pencerelerinden kaptanın uzaklaşan sırtını izlediği bu evde kaldı. Adam arkasına dönmedi. Bir saat içinde gemi demir almış ve yağmura boğulmuş ufukta kaybolmuştu. Ursa masanın yanındaki sert sıraya çöktü, ellerini kucağında birleştirip Absalom'un gelmesini bekledi.

Günbatımı olmayınca Ursa kendini sallantıda hissediyor. O ilk gün, Absalom gelip onu hâlâ o sıranın üstünde, neredeyse sönmüş ateşin yaydığı soluk parıltı altındaki soğuk odada otururken bulana dek ne kadar zaman geçmişti, bilemiyor. Kocası onu azarlamadı, sadece ateşe odun atıp, "Aç mısın?" diye sordu.

Yan taraftaki katledilmiş hayvanları düşünerek ürperen Ursa bir şey yemek istemedi. Absalom gergince başını yukarı aşağı salladı, odaya göz gezdirdi. "Alıştığın gibi değil." Sesinde özre benzer bir şey vardı.

Ursa hayal kırıklığının onu öfkelendireceğinden korkmuştu ama kocası geniş masada karşısına oturdu ve bir mektup çıkardı.

"Saygınlık kazandığımı düşünmüştüm," dedi; tam anlamıyla kendi kendine konuşmuyordu. Ursa bekledi. "Vardøhus'e gittim. Bey henüz oraya gitmemiş. Kalede neredeyse kimse yoktu. Muhafız olarak görev yapan ihtiyar bir adamla konuştum. Bey'in oraya gelip gelmeyeceğini bile bilmiyorlar, başka bir yer de seçebilir." Yumruklarını masanın üstüne koydu. "Mektuplarında bana bunların hiçbirinden söz etmedi."

Absalom öyle ani başını kaldırdı ki Ursa irkildi ama kocasının yüzü kendi içine dönük ve acı doluydu, Ursa neredeyse elini tutmak için uzanacaktı.

"Böyle bir evde büyüdüm," dedi. "Vardø'den çok da büyük olmayan bir adada. Oradan ilk fırsatta ayrılıp şehre yerleştim. Orada saygınlık ve başarı kazandım." Yumruğu masaya indi. "Ama şimdi yine geri döndüm."

Ursa ağzından ne çıkacağından emin olmasa da konuştu. "Burada önemli işler yapabilirsin."

Absalom'un ifadesi, teninin altında bir ışık yanmışçasına değişti. Onu ilk kez görürmüş gibi Ursa'ya baktı. Ardından uzun kolunu masanın karşısına uzatıp onun elini tuttu.

Yağmur var gücüyle çatıya vururken birlikte oturdular. Dışarıdaki gri ışık bitmek tükenmez bir alacakaranlıktı ama Absalom onu yatağa çağırdığında gece yarısını geçmiş olmalıydı. Daha önce hiç olmadığı kadar nazik davransa da Ursa yine de altındaki yatağın sert kasasını, duvarları kamçılayan yağmuru göz ardı edemiyordu; bu yüzden aklını bedeninden uzaklara gönderdi.

ON YEDİ

Absalom Sebt gününe dek, üç gün boyunca evden günde iki kez çıkıyor ve saatlerce dışarıda kalıyor. Her seferinde eve sırılsıklam dönüyor.

"Kimse yok," diyor. "Ne kilisede ne Vardøhus'te." Ursa teselli istediğini biliyor ama bu ona veremeyeceği bir şey. İlk gecelerinde onu yatıştırdığında kocasının yüzünde beliren ifade onu korkutmuştu: Onun onayına aç ve Ursa bunun nedenini bilemiyor. Tek istediği tekrar görünmez olabilmek.

Kocasının karanlık ruh halinin derinleştiğini hissediyor ama Sebt günü yağmur dinince bu, her şeyin yine de düzelebileceğine ilişkin bir işaret gibi geliyor. En koyu renk elbisesini giyip çamurların içinde kocasını takip ediyor.

Birlikte yürürken kocası en yakın komşularının, diğer birçoğu gibi fırtınada kocasını ve oğlunu kaybeden Fru Olufsdatter adlı bir kadın olduğunu anlatıyor. Kadının evi kesinlikle bölgenin en güzeli: Adi huş ağaçlarının sık yosunlarla kaplandığı iki katlı bir Stabbur.* Oymalı ahşap sütunlar verandayı çevreliyor ve Ursa ince çerçeveli pencerelerden duvarları süsleyen sarı ve kırmızı renkleri görüyor. Absalom'a evlerini dekore edip edemeyeceklerini sormak istiyor. Evin çıplaklığına bir gün daha dayanamayacağını hissediyor. Onlarınki haricinde evler kare şeklinde, penceresiz, tek katlı, hiçbiri o kadar geniş değil.

Kilise hayli büyükçe, neredeyse Bergen'deki evleri kadar yüksek ve Ursa'nın şehrindeki yeni Lüteriyen kiliselerinden daha süslü. Oldukça eski gözüküyor, koyu renk ahşap karaya çekilmiş antik bir gemi gibi yükseliyor. Dışarıda bir düzine kadın bekli-

* (Nor.) Kütük ev. *–yhn*

yor, Ursa ve kocası yaklaşırken sessizleşmelerinden ve birbirlerinden uzaklaşmalarından, sohbet konusunun kendileri olduğunu anlıyor.

Ödünç paltonun içinde büzülüyor, hepsinin gözlerini üstünde hissediyor. Kirsten ve paltoyu giymesine yardım eden genç kadın orada. Ursa onlara gülümsemeyi düşünüyor ama fikrini değiştiriyor. Çamura batmış terliklerinin içinde kendini komik hissediyor, Tromsø'den aldığı çizmeleri giymeliydi. Yanlarından geçerken omuzlarını dikleştiriyor ana gülümsemediğine pişman oluyor. Burada arkadaşa ihtiyacı olacak yoksa gerçekten aklını yitirebilir.

Dalkavuk rahip tarafından karşılanıp ön sıraya oturtuluyorlar. Ahşap haçın arkasındaki duvarlarda açık renk sıva lekeleri var, sanki oralara daha önce başka bir şey asılıymış; Ursa dev koyu kısımlarda çeşit çeşit örüntüler görüyor. Tüm ayin boyunca üstünde bir tür sıcaklık, âdeta fiziksel ağırlığı olan gözler hissediyor.

Kocasının gözleri dikkat kesilmiş halde, rahibe kilitli. Eli dizinin üstünde hareketsiz: Neredeyse nefes bile almıyor gibi.

Kocası cemaate hitap etmek için ayağa kalkınca daha dikkatli görünmeye çalışıyor. Rahip Kurtsson'un çevirisi ilkel, sözcükler arasındaki uyumsuzluk sinirlerini o kadar zorluyor ki az daha ayağa kalkıp kendini Vardø'nün insanlarına göstermesi için verilen işareti kaçırıyor. Her bir yandan ona yönelen bakışlar üstüne yağan taşlar gibiler. Sırtını dikleştirmeli, bakışlarına karşılık vermeli. Kibarlık gereği hafifçe başını eğiyor, kilisenin arka taraflarından boğuk bir gülme sesi duyuyor. Yerine oturmadan önce kalabalığa usulca göz atıyor: Ona paltoyu veren zayıf kadın orada, yanında daha zayıf, daha yaşlı bir benzeriyle birlikte, mavigri iki çift göz üstünde. Gülen o muydu? Ona hiçbir şey borçlu olmasa da Ursa ihanete uğradığını hissediyor. Kocasının sözlerini bitirmesini beklerken yanakları ve ensesi kıpkırmızı kesiliyor.

Az kişi olmasına karşın sayım için bütün isimleri kaydetmek tam bir saat sürüyor. Kimi kadınlar kocasıyla konuşmaya hevesli: Absalom ciddi gözlerini her birinin üstüne dikiyor, hatta zaman zaman hafifçe gülümsüyor. Ayine hazırlanmak için sakalını kısaltıp düzeltmişti, üzerinde Ursa'yla tanışırken ve evlenirken giydiği takım var. Geminin diyeti karnını küçültmüştü, sert hatlı çenesi sabah duasının etkisiyle yumuşamışken kilisede bulunmayanların sözü geçince yeniden sertleşiyor, sakalı mum ışığında kızıl-altın parlıyor.

Bir an için Ursa kocasını onların gördüğünü varsaydığı haliyle görebiliyor. Kadınlardan oluşan bir köy, yanlarında yalnızca zayıf bir rahip ve cemaatten iki ihtiyar erkek, gerisi oğlan çocuğu: Onun gibi bir adam burada mutlulukla karşılanmış olmalı. Absalom'un peşinden evlerine giderken kendisi için durumun böyle olmadığını düşünüyor. Kuzgunların karanlık bakışlarıyla onu izliyorlar: Kilise gözden kaybolur kaybolmaz kadınların karga gibi öttüklerini duyuyor.

Çıplak gün ışığında kocası daha yaşlı görünüyor, alnındaki çizgiler derinleşiyor. "Altı kişi gelmemiş," diyor. "Rahip buna nasıl izin verdi?"

Ursa'nın dudakları seğiriyor: Bu ona sorulan bir soru mu, bilemiyor. Olmadığını varsayıyor zira kocası yürüyüşüne ara vermiyor. Günde iki kere duaya ve kaleye hacca gittiğinden Absalom yolu şimdiden öğrenmiş; birbirine yakın bodur üç evi geç, sınırları taşlarla çizilmiş iki büyük evin arasından ilerle.

Ursa yolu öğrenmeye, hafızasına kazımaya çalışıyor. Köy tuhaf biçimde iç içe geçmiş ve genişçe kollara ayrılmış: Dallanıp budaklanıyor, sonra yayılıyor; toprak, ahşap ve taştan, tezek ve çamurdan yapılmış binaların arasından yükseliyor. Absalom ona burası hakkında, şiddetli bir fırtınanın vurduğu ve artık yalnızca kadınlarla dolu bir yer olduğu dışında bir şey söylememişti. Ursa bir tür kız kardeşlik hayal etmişti ama şimdi burada kendisi için herhangi bir şey olduğundan emin değil. Tek bir denizkırlangıcı döne döne yükselip göğe tırmanıyor.

Evlerinin dışında kocası o kadar aniden duruyor ki Ursa ona çarpmamak için yana kayıyor.

"Bey?"

Kocasının gözleri kısılıyor. "Orada. Görüyor musun?"

Ursa görüyor fakat gördüğünün ne olduğundan emin değil. Kapı eşiğinin üstünde ahşaptan oyulmuş bir şekiller karmaşası var. Dalgalı kolları olan bir çember. Güneş mi? Yanında, çocuk elinden çıkmış gibi ilkel bir balık. Onları örten başka oymalar da var. Önce birinin güneş ve balığı silmeye çalıştığını düşünüyor ama oymalar çok düzenli, kasıtlı.

"Runik oymalar," diyor Absalom; sesinde Ursa'nın hiç mi hiç tanımadığı, yabancı bir şey var. Elleri kaskatı, ceketini tutuyor. Ursa'nın korkusu artıyor.

"Bey?"

Absalom titrek bir sesle, "Bunlar runik oyma," diyor. Dönüp etraflarındaki evleri tarıyor. Ursa onu izlerken kocası en yakındaki eve gidip kapıyı çalıyor. Kimse cevap vermiyor: Muhtemelen hâlâ kilisede dedikodu yapıyorlar. Kocası geri dönüyor.

"Tam da Bölge Beyi'nin söylediği gibi. Belki daha da kötü." Gözlerinde keskin bir öfke beliriyor. Çamur Ursa'nın terliklerini yuttu yutacak ama o içeri girmek istemiyor.

Arkadan çamura batıp çıkan ayak sesleri geliyor, biri diğerine destek olan iki figür yaklaşıyor. Ursa bunun giydiği paltonun sahibi genç kadın ve onunla aynı zarif elmacık kemiklerini ve gözlerini paylaşan ihtiyarca bir kadın -annesi- olduğunu görüyor.

"Siz," diyor Absalom. Kadınların başı yerdeydi ve şimdi irkilip duruyorlar.

"Bu," diyor Absalom; kocasının korkusu Ursa'nın daha iyi anladığı bir şeye dönüşmüştü: Öfke. "Neden burada bunlar?" Kapını üstündeki işaretleri gösteriyor. "Runik oymalar mı bunlar?"

Genç kadın kocasının parmağını takip ediyor. Başını onaylarcasına sallıyor.

"Bunları kim yaptı?"

"Diinna," diyor anne. Ursa genç kadına bakıyor.

"Diinna siz misiniz?" diyor Ursa. Genç kadın bakışlarına karşılık vermeden kafasını iki yana sallıyor.

"Bu benim kızım, Maren," diyor anne. "Benim adım Freja, bunları yapan da oğlumun dulu Diinna." Gelinini bu şekilde, böylesi bir mesafeyle tanıtması Ursa'nın gözünden kaçmıyor.

"Bu Diinna kilisede değil miydi?" diyor kocası. "Neden yoktu?"

"Hasta," diye yanıt veriyor genç olan, Maren. "Küçük bir oğlu var, ona bakabilmek için iyileşmeli." Freja keskin bir ifadeyle kızına bakıyor.

"Bunlar neden burada?" Parmağı havayı deliyor, sesi tiksinti dolu.

"Burası babamın ve kardeşimin istirahat yeriydi," diyor Maren. "Diinna'nın kocasının." Gözlerini Ursa'nın yüzüne ve ardından tekrar Absalom'a çeviriyor, anlamadıklarını görüyor. "Fırtınadan sonra onları getirdiğimiz yer burasıydı."

Ölülerin istirahat yeri, Ursa aniden anlıyor ve içinde bir şey buruluyor. Boğulmuş insanlar evlerinde, o zeminde yatmıştı. Kilerde asılı gövdeleri düşünüyor ve acı safra boğazını yakıyor. *Tanrı aşkına, sakın kusma.*

"Bu neden bize söylenmedi?"

"Burası yalnızca bir istirahat yeriydi." Maren tehlikeyi sezmiş olmalı zira tüm duruşu değişiyor. Bedeni daha da küçülüyor, omuzları çöküyor. "Vekil, yanlış anlamayın. Bu eskiden bir kayıkhaneydi, köyde size uygun genişlikte tek yer burası."

Ustaca, diye düşünüyor Ursa. Maren'in hürmeti karşısında Absalom'un ifadesi yumuşuyor; Ursa kocasına karşı böyle davranabilmeyi isterdi. Oysa kendini her zaman ya çok cesur ya çok uysal buluyor.

"Bize bilgi verilmeliydi." Dönüp oymalara bakıyor. "Bunlar Hıristiyan sembolleri değil."

"Diinna Sámi'dir," diyor Freja. Maren'in çenesi kasılıyor, soluk yüzünde beyaz kemikleri belirginleşiyor ve Ursa bunun açığa çıkmasından kadının hoşnut olmadığını anlıyor.

"Lapon mu?" Bir sineği kovan boğa gibi, aniden başını sallıyor. "Lapon ayini mi yaptılar?"

"Hayır," diyor Maren, annesi ona delici bir bakış daha atıyor. "Yalnızca cesetleri beklediler. Yaptıklarının bir zararı yoktu."

"Tanrı'nın egemenliğinde olmayan her şey zararlıdır. Davul kullanmadılar mı?"

"Hayır."

Absalom gözlerini kısarak ona bakıyor. "Bundan Bey'e söz edeceğim."

İçeri giriyor. Maren'in mavi-gri gözlerinde parlak bir yoğunluk, bir panik yumağı var. Ursa ona uzanma isteğiyle savaşıyor.

"Ursula!" Absalom'un bağırışı sükûnetlerini kırıyor. Vedalaşmayı düşünüyor ama iki kadın evin köşesinde gözden kaybolmuş bile.

Çamur terliklerini yutmuştu. Ursa dizlerine, beline, ardından boğazına kadar çamura battığını hayal ediyor, ta ki toprak onu tamamen yutana, toprağın kalbinde boğulmuş halde, soğuk ve güvende yatana dek.

"Hanım?" Absalom eşikte, arkasında ateş parlak alevlerle titreşiyor ve geniş bedenini bir gölgeye çeviriyor. Elinde yassı bir alet var, bir tür keski, diğer kolunun altındaysa masalarının sırası. "Yemek hazırla."

Ursa uyuşmuş halde bir ona bir çamura batmış ayaklarına bakıyor. Kocası iç çekip sırayı ve keskiyi yere bırakarak ellerini Ursa'nın koltukaltlarına sokuyor ve onu kaldırıp eşiğe koyuyor. Ursa'nın başı dönüyor: O ve Agnete kimbilir kaç kere kendilerini ortak evlerinin eşiğinden kucakta geçiren bir adamın hayalini kurmuştu. Oysa bu ne kadar farklı; kendini nasıl da aptal gibi hissediyor. Terlikleri perişan halde; kocası kapıyı üstüne kapatıyor.

Sersem gibi soğuk ocağa yaklaşıyor. Kadınların onlar için bıraktığı balık ve ekmek neredeyse bitmişti. Yakında hamur yapması gerekecek. Agnete'nin hizmetçisi işten çıkarılıp bakımı Ursa'ya kalınca Siv'in ev işi eğitimleri de bitmişti. Nane yağını suda ısıtıp Agnete'nin başını, buharı soluyacak şekilde kâsenin üstünde tutmayı bilir ama bira yapamaz. Agnete'nin sakat bacağını kaldırıp yıkayabilir ama bir evi çekip çeviremez.

Nasıl ekmek yapıldığını anımsayabilse bile Absalom yalnızca ekmekle mutlu olmayacaktır. Herhalde kilerdeki eti kesmesini beklemiyordur? Tüm bedeni titriyor ve sırtını kilerin kapısına dönüyor. En azından bir hizmetçisi olacağını ummuştu. Babası da öyle ummuş olmalı, yoksa Ursa'yı buraya görevleri için böylesine hazırlıksız göndermezdi. Sert somunu parçalamaya çalıştı ama parmakları buz gibiydi.

Yazabilmeyi, babasına bir mektup yollayabilmeyi istiyor. Vardø'nün hiç de iyi bir yer olmadığını, kimisi kiliseye gitmeyen matemli, uyanık kadınlarla dolu bir adadan ibaret olduğunu söylemek. Mevsim yaz olmasına rağmen havanın soğuk olduğunu ve güneşin batmadığını söylemek. Bir vekile yakışmayan bir evde yaşadığını, hatta aslında ev bile denemeyeceğini, ölülerini burada saklamış oldukları için kapısına runik oymalar işlenmiş bir odadan ibaret bir yer olduğunu.

Soğuk elini ağzına dayayıp ısıtmak için avucuna üflüyor. Babası ne yapabilir ki? Kocasını bırakamaz: Bu utanç uyuz bir köpek gibi Bergen'e dek peşinden gelir. Yeniden evlenemez, bir kız kurusu, bir yük olur. Agnete herhangi bir şekilde koca bulamayacak gibi, Ursa bunun için şükranla dua ediyor.

Absalom keskiyle runik oymaları yok ederken dışarıdan kazıma sesleri içeri süzülüyor. Bu ses tüylerini diken diken ediyor: Görüşü bulanıklaşıyor. Bıçağı daha da sıkı tutuyor, ta ki baygınlık hissi geçene dek. Absalom içeri girdiğinde masa uyumsuz çanak çömlekle dolu. Ekmeklerinden kalan son parçayı yeriyorlar.

Absalom her gün dua etmek, Rahip Kurtsson'la Norveççe çalışmak ve Vardøhus'ün kapısında dikilmek için evden çıkıyor. Ursa kocasının Bey'den bir mektup, bir davet beklediğini biliyor. O da bunu istiyor, üstelik sadece kocasının öfkeli ruh halinin dinmesi için değil. Bu evden çıkması lazım, kurutulmuş balık dışında bir şey yemesi lazım. Taze bir şey; havuç, yabani ot. Meyve hayalleri kuruyor, tatlı bir şeylerin hayalini. Her bir parça anason tohumunu yanaklarının içine yerleştirip tohum yumuşayana, dişlerinin arasında neredeyse yok olana dek emiyor. Kocası dışında biriyle, herhangi biriyle birlikte paylaşılan bir yemeğin hayalini kuruyor.

Ama kocası ziyarete ya da bir türlü gelmeyen Bey'i kontrol etmeye gittiğinde daha da kötü oluyor. O zaman yapayalnız. Kocasının varlığı bile kendiyle baş başa olmaktan daha iyi.

ON SEKİZ

Vekil ve karısı geleli bir hafta oldu fakat postlar hâlâ Maren'in kapısının yanında, katlanmış halde hazır bekliyorlar. Vekil Cornet'le aralarında geçen konuşma onu huzursuz etti ama Maren daha kötüsünün de olabileceğini biliyor: Yavaş davranıp annesinin davuldan bahsetmesine engel olamayabilirdi.

Evde ona çıkıştığında annesi kabuğuna çekilivermişti, Maren, Diinna hakkındaki boşboğazlığının yanlışlıkla ağızdan kaçan sözlerden ibaret olmadığından iyiden iyiye emin olmuştu. Aile dediği bu kadınları izlemesi gerekecekti – birbirlerinden bu derece kopmuş olmaları tehlikeli geliyor. Neredeyse Sámi ayinlerinin lafı geçtiğinde vekilin yüzünün aldığı ifade kadar tehlikeli.

Maren bu tip şeylerin küçümsendiğini elbette biliyor. Rahip Kurtsson adi huş kabuğundan kefenleri görünce kaşlarını çatmış ama izin vermişti. Vekil Cornet işlerin burada farklı yürüdüğünü anlamamış gibi. Alenen söylenmese de burası Sámi toprağı. Denizciler hâlâ zaman zaman iyi rüzgâr, iyi talih için Sámi'lere başvurur; tüm itirazlarına karşın çocuk sahibi olmak konusunda yardıma ihtiyaç duyduğunda Toril de Diinna'ya gitmişti. Ama vekilin tiksintisi daha önce farkına varmadığı şeylerin dikkatini çekmesine neden olmuştu: Eskiden yazın burunda barakalarını kuran Sámi'ler yıllardır gelmemişti; Diinna, Vardø'de yaşayan son Sámi'ydi.

Maren konuşmayı anlatınca Diinna omuz silkmekle yetiniyor; Erik kalın örgüsünün ucunu ağzına sokup kaşınan diş etleriyle çiğniyor.

Gözleri Freja'nın sırtında, "Böyle cahilliklere alışkınım," diyor Diinna.

Maren kaygısının derinliklerinde kendini yalnız hissediyor, sanki bir fırtınanın yaklaştığını gören tek kişi o.

Annesi ikide bir postlara takılıp tökezlemekten bıkıp onları kendisinin götüreceğini söyleyince Maren nihayet postları alıp ikinci kayıkhanenin yolunu tutuyor.

Havada kuru bir soğuk var, Maren yün elbisesinin içinde rahat. Sertleşen çamur ayak tabanlarını acıtıyor. Toril evinin önünde bir battaniye dövüyor ve iki kadın titizlikle birbirlerini görmezden geliyor, Toril de Maren'in suratına doğru kadının ağzında kötü tat bırakan bir toz bulutu gönderiyor. Maren rengeyiği derilerine yapışan tozu silkeliyor.

İkinci kayıkhanenin kapısı kapalı, ev sessiz ama çatısından duman yükseliyor; runik oymaların olduğu yer parlak bir beyaza boyanmış. Boyayı nereden bulduklarını kestiremiyor: Dag'ın annesi dışında kimse iş yükünü azaltacağına artıran bir uğraş konusunda ısrar etmez. Kapıyı çalmadan önce kulak kabartıp dinliyor ama hiçbir şey duyamıyor.

Bir dakika sonra saçları yuvarlak yüzünün etrafında dağınık halde vekilin karısı, Ursula kapıyı açıyor.

"Günaydın Bayan Cornet."

"Maren, değil mi?"

Kadının ağzından adını duymak göğüs kafesinde bir kıpırdanma yaratıyor. Başıyla onaylıyor. "Maren Magnusdatter."

"Kocam burada değil. Rahip Kurtsson'la kilisede." Maren'in gözlerinin içine bakmıyor. Kirpikleri o kadar sarı ki yanaklarının üstünde âdeta beyaz duruyor. Üzerinde kilisede giydiği koyu mavi elbise var, eteğinin uçları hâlâ çamurlu. Maren elbiseyi neden yıkamadığını merak ediyor.

"Şunları getirdim." Derileri kaldırıyor. Kadın hafifçe irkiliyor. "Bölge Beyi gelişiniz için Kirsten'e sipariş etmişti. Zemin için."

"Ah."

"Ben diktim."

"Teşekkürler," diyor Ursula ama postlara uzanmıyor. İçlerinde hâlâ et varmış gibi, postlar bir tehditmiş gibi bakıyor.

"Serebilirim isterseniz?"

Maren'i içeri almak için kapıyı ardına dek açarkenki minnettarlık ifadesi Maren'i irkiltiyor.

Kiberg'den gelen adamlar iyi bir iş çıkarmış. Odanın bir duvarı boyunca bir perdeyle mahremiyeti sağlanmış geniş bir yatak var. Sağlam bir masa ve altında bir sıra var; ocak rafına kullanılmamış gözüken bir dizi tencere, tava asılı. Dag'ın onu öptüğü ızgaranın yanında leğen koymak için duvara tutturulmuş ahşap bir raf duruyor. Leğenin yanında da tabaklar. Dag'ın elini ilk kez tuttuğu kiler kapısı örümcek ağı tutmuş. Maren tırnaklarını avucuna geçiriyor. Güzel olsa da bir şey buranın bir yuva gibi gözükmesini engelliyor. Ateşin üstündeki haç dışında süs yok. Ateş iyi beslenmemiş ve tütüyor, odaya güçbela ışık ve ısı veriyor.

Maren zeminden çizmelerinin içine sızan soğuğu hissedebiliyor. Belli etmemeye çalışsa da Ursula kuşkusuz tir tir titriyor. Sandalyelerden birinin arkasına yün battaniye atılmış; Maren kapıyı çaldığında kadının battaniyeye sarınmış olduğunu, biri gelince zevahiri kurtarmak için üstünden attığını düşünüyor. Leğene göz atan Maren içinin gri bir suyla dolu olduğunu görüyor. Odanın köşelerinde ve yatağın üstünde de örümcek ağları var, ayaklarının altında hışırdayan yer çamurlu.

Evin kapalı kalmış gibi bir kokusu var ama Maren'in son kez bu odaya girdiğinde burnuna çarpan çürüme kokusundan iz kalmamış. Elbette kalmaz, babası ve erkek kardeşi burada yatalı on sekiz ay olmuştu. Gözleri şöminenin önünde bir noktaya takılıyor, orada zemin daha koyu gibi. Ursula bakışlarını takip ediyor.

"Orası şey mi..."

Maren durup düşünmeden başıyla onaylayınca Ursula sallanıyor. Maren kadının renginin daha da solduğunu düşünüyor, yanakları hâlâ dolgun olsa da gözlerinin altına gölgeler sinmiş. "İyi misiniz?"

"Üzgünüm," diyor Ursula. Elini karnının üstüne koyuyor. "Bilgilendirilmemiştik. Burada ölülerin tutulduğunu bilmek bir şok etkisi yarattı."

"Bunda kötü bir şey yok," diyor Maren. "Kışın ölüler genelde ev içlerinde tutulur. Normalde onları eve koyardık ama..." Ama iki tane ceset vardı. Tüm odayı kaplamaktaydı. "Burası eskiden kayıkhaneydi. Sizin eviniz olacağını bilmiyorduk." O olsaydı, kapı eşiklerinin ve tavanın örümcek ağlarıyla kaplanmasına izin vermezdi. Pencerelerde dokuma perdeler, ateşin üstünde tencereler ve bol bol geyik yahnisi olurdu.

Maren bu evden çıkması gerektiğini hissediyor.

"Bunları nereye yaymamı istersiniz?"

Ursula kafası karışmış gibi ona bakakalıyor. "Ben..." Ateşin önünü işaret ediyor.

"İki tane var. Belki," diyor Maren, "biri oraya, biri yatağın önüne? Yatağın sıcağından çıkıp soğuk zemine basmak iyi olmaz."

Başını sallayan Ursula kıpkırmızı kesiliyor; Maren onun yataktan söz etmekten utanmış olabileceğini düşünüyor. Belki de Bergen'de bu tarz şeyler konusunda mahremiyetlerine daha düşkünlerdir. Dag'ın babasının, Tromsø'deki evlerinde olduğu gibi, yatak odalarının ayrı olabilmesi için iki katta ısrarcı olduğunu anımsıyor.

Maren postlardan birini alıp ateşin önüne yayıyor. Bu güzel bir kürk, dikerken hayvanların köşelere denk getirdiği beyaz göğüsleri desen gibi duruyor. Maren postu düzeltip onay için Ursula'ya bakıyor ama kadının gözleri uzaklarda, hâlâ eli karnına sarılmış halde.

İkinci postu yatağın yanına seriyor. Yatak yapılmış ama battaniyeler karman çorman. Ayağa kalkmadan, sırtı odaya dönük, elini yatağın üstüne koyuyor: Hâlâ ılık.

Ursula ateşin üstüne eğilmiş tüten külleri eşeliyor. Belki haddi değil ama Maren onu izlerken yorum yapmadan duramıyor.

"Ateşi tazelemek gerek." Kiler kapısını işaret ediyor. "Orada bir sürü odun olacaktı, Kirsten halletmişti."

"Evet, ben..." Ursula ayakta: Gözkapakları titreşiyor. Maren ileri atılıp elini kadının dirseğinin altına koyuyor, Ursula'nın hafifçe kendini bıraktığını hissediyor. Ursula ayakta durabilmek için elini Maren'in omzuna dayadığında, Maren rıhtımdaki ilk karşılaşmalarını anımsıyor, kadının omzundaki eli yumuşak ve soğuk.

"İyi misiniz?"

Ursula'nın gözleri kapalı. Dudakları, deniz kabuğunun içi ya da yenidoğan tırnağı gibi soluk bir pembe. Solukları hızlı ve düzensiz ama hâlâ tatlımsı bir kokusu var, bu Maren'in dişlerini kamaştırıyor.

"Evet. Üzgünüm." Toparlanıp doğrulunca Maren dirseğindeki elini çekip sırtına koyuyor. "Biraz başım dönüyor."

"Su ister misiniz? Bir parça ekmek?" Maren nazikçe onu en yakındaki sandalyeye götürüp battaniyeyi omuzlarına sarıyor. Ursula yanıt vermeye fırsat bulamadan dönüp sürahiye uzanıyor – sürahi boş.

"Suyunuz bitmiş."

"Ekmek de." Ursula'nın sesi kısık ve tınısız. "Bilmiyorum ki."

"Neyi?" Maren leğene yakından bakar, suyun üstü köpüklenmiş. Ev yalnızca bakımsız değil, pis.

"Nasıl yapılacağını..." Ursula'nın sesi keskin bir solukla kesiliyor.

Sürahiyi alan Maren'in kalbi sızlıyor. "Su alıp geleyim. Burada bekleyin."

"Üzgünüm, ben..."

Maren eteğinin hışırtısını duyuyor. Ursula masaya tutunarak ayağa kalmış. Bileğinin iç kısmındaki yumuşak deri kırışık, yüzü buruşuk. Maren bakışlarını uzaklaştırıp ayaklarına çeviriyor. "Oturmalısınız. Dinlenin. Hemen gelirim."

Sandalye gıcırdıyor ve parlak gün ışığına çıkan Maren evden dışarı çıktığı için rahat ve geri dönmek için tuhaf bir isteği var. Temiz havayı ciğerlerine çekip hızla evin yolunu tutuyor. Toril içeri girmiş, havalanması için kapının üstüne astığı kilim yere düşmüş. Maren üstüne basıp geçiyor.

Ateşin yanında oynayan Erik'i izleyen annesi Maren dönünce keskin gözlerle ona bakıyor. "Çok uzun sürdü."

"Sermek için içeri girdim."

"Kendi kilimini seremeyecek kadar nazik mi? Ev nasıl?"

"Kadın iyi değil. Başı dönüyor." Maren su kovalarının yanına gidip sürahiyi dolduruyor. "Ev..."

Evi nasıl anlatacağını bilemiyor; hissettiği hüznü, Ursula'dan, tozlu zeminden ve ılık yataktan gelen hüznü, tüm mekânın Dag ve o oradayken, hatta Diinna ve Varr erkeklerinin cesetlerini beklerken hiç olmadığı kadar terk edilmiş göründüğünü nasıl anlatacağını bilemiyor. Sepetten bir somun esmer ekmek almak için yanından geçerken Erik eteğine yapışıyor.

"O ne için?"

"Ekmekleri yok."

Annesi homurdanarak gülüyor. "Vekilin ekmeği yok, ha? Şişko karısı hepsini yiyip bitirmiştir." Gözlerini kısınca yanaklarının çukuru ortaya çıkıyor. "Onlara verecek kadar ekmeğimiz yok."

"Bir hafta yetecek ekmek var," diyor Maren, ekmeği bir beze sarıp sürahinin üstüne koyuyor.

"Tembel pislik," diyor annesi, bunu öyle acımasızca söylüyor ki Maren ona bakakalıyor. "Evde bütün gün başka ne işi varmış ki? Kocası gibi saatlerce dışarıda başkalarını ziyaret etmiyor."

"Kocası evleri mi ziyaret ediyor?"

"Toril ve Magda onlarla dua ettiğini söyledi. Bence gözleri Diinna'nın da üstünde." Annesi ağzının kenarındaki kuru deriyi yalıyor. "Belki yakında buraya da gelir."

"Belki." Şalını omuzlarına alan Maren ürpertisini gizliyor. "Geç kalmam."

Toril'in evinin açığından geçip vekilin, karısına arkadaşlık etmektense orada aileyle dua edip etmediğini düşünüyor. Yere düşen kilimin üstüne tekrar basıp topuklarıyla kumaşı eziyor.

Kayıkhanenin kapısı aralık, ayaz içeri süzülüp ateşi titretiyor. Ursula, Maren'in onu bıraktığı yerde oturuyor, battaniyeye yapışmış ellerinin eklemleri bembeyaz. Maren tahammülsüzlüğünü yutuyor – neden kapıyı kapatmadı ki?

Sürahiyi sertçe masaya bırakarak, "Alın," diyor. Maren kapıyı kapatırken Ursula irkiliyor. "Su ve ekmek. Bıçaklar nerede?"

"Orada."

Maren kesme tahtasındaki bayat kırıntıları süpürüyor. Bıçak körelmiş ve görünürde bileğitaşı da yok. Somundan güçbela iki parça kesip bulabildiği en temiz tabağa koyup ağzı lekeli bir boynuz kupasını masaya bırakıyor.

Kadının elini alıp yemeğin üstüne koyması, belki de onu kendi elleriyle beslemesi gerekeceğini düşünürken Ursula gözlerini kırpıştırıp ilk kez başını kaldırarak ona bakıyor ve Maren'in elini tutuyor.

"Teşekkür ederim," diyor. "Çok üzgünüm, ben..." Duraksayıp yutkunuyor. "Kimbilir hakkımda neler düşünüyorsunuz."

"Hakkınızda bir şey düşünmek bana düşmez," diyor yanakları kızaran Maren. Ursula'nın eli battaniyenin altında ısınmış, o kadar yumuşak ki âdeta kemiksiz. Maren kendi elinin sert, kuru ve dışarıdaki çamur gibi soğuk olduğunu hissediyor. Elini çekiyor. "Önemli değil."

"Para verebilirim." Ursula ayağa kalkmaya davranıyor. "Kocam... ona sorabilirim..."

"Karşılık olarak tek istediğim bir somun ekmek."

"Evet, tabii. Bana katılır mısınız, lütfen?"

Kendi ekmeğini ve suyunu bölüşmeye davet edilmek Maren'i kahkahalara boğabilirdi ama bunun yerine Ursula'nın yanındaki sandalyeye oturup bir dilim ekmek alıyor.

Ursula'nın kuş gibi minicik, zarif lokmalarını izliyor. Dişleri bembeyaz, battaniyenin altında ısındığından dudakları şimdi daha pembe.

Ursula bir lokma daha ekmek, bir yudum su alırken Maren duraksıyor. "Sormam ayıp kaçmazsa, Bayan Cornet?"

"Ursula de lütfen. Ya da Ursa."

"Ursa mı?"

"Dilersen Ursula diyebilirsin tabii. Ama yakınlarım beni Ursa diye çağırır, seninle de bir ekmeği bölüştüğümüze göre..." Zayıfça gülümsüyor ve karşılık veren Maren yüzünün gerildiğini hissediyor.

"Ursa." Kelimeyi deniyor. "Açık konuşmama izin verirsen... Bir sürü un var, Kirsten kilere derisi soyulmuş beş geyik bıraktı." Ursa katılaşıyor. Maren aceleyle sözünü devam ediyor. "Yalnızca her şey yolunda mı, merak ettim."

Ursa uzunca, ekmek pelteye dönene dek, ağzındakini çiğniyor. Sessizlikte yutkunması duyuluyor. Gözlerini yeniden

Maren'in gözlerine çeviriyor. Gözleri çok açık bir kahverengi, âdeta altın rengi. "Çok aptal olduğumu düşünüyorsundur..."

"Hiç de değil."

"Ama ekmek yapamıyorum."

Ursa konuşmaya devam ederken Maren'in dudakları sessiz bir *Oo* şekli alıyor. "Et kesemiyorum, daha önce bütün halinde ölü bir hayvan hiç görmemiştim, o odaya giremiyorum bile. Ateşi güçbela diri tutuyorum, sönünce kocam yeniden yakmak zorunda kalıyor. Evi çekip çeviremiyorum." Minik, sert bir kahkaha atınca Maren'in nabzı hızlanıyor. "Pek de ev kadını sayılmam."

"Yo, hayır, öyle... Yani, şey, bu..." Maren onu yatıştırmak, ona güven vermek istiyor ama nasıl? Et kesme meselesini az çok anlayabilir: Annesi de böyle konularda fazla hassastı, hatta balık ayıklama işini bile çoğu zaman Maren'e bırakır. Ama ekmek, bir süpürge? Bunlar bilinmeyecek şeyler değil.

"Kötü," diyerek düşüncelerini bölüyor Ursa ve Maren'in kadının yüzünden kendisine yöneltti̇ğini bildiği bir öfke dalgası geçiyor. "Ama bu konuda ne yapacağımı bilemiyorum." Bir kez daha uzanıp Maren'in elini tutuyor. "Yardıma ihtiyacım var, sanırım bu çok açık. Biraz paramız da var. Acaba sen... sen bana yardım eder misin?"

"Yardım mı?"

"Bana öğretirsin. Tabii bir hizmetçi değil, bir arkadaş, bir hoca gibi. Yani bu çok aptalca bir fikir değilse. Açıkça konuşabilirsin."

Maren bir an alınması gerekip gerekmediğini düşünüyor. Söyledikleri kulağa tam da hizmetçilik gibi geliyor. "Ben kendim de çok iyi bir ev kadını sayılmam."

"Standartlar çok yüksek değil." Ursa yine belli belirsiz gülümsüyor. Maren ona, sönmeye yüz tutmuş ateşe, dumanla islenmiş pencerelere, örümcek ağlarına bakıyor. "Tabii eğer istemezsen sorun değil. Bunu Absalom'a sormadım bile..."

Sesi giderek kısılıp yüzü yeniden asılıyor, Maren'in elini tutan eli gevşiyor. Karşılık olarak Maren elini sıkıyor.

"Tamam," diyor. Sözcükler bunu enikonu düşünmeden ağzından çıkıveriyor.

"Emin misin?" Ursa gülümsüyor. "Teşekkür ederim. Kocamla konuşacağım."

Maren aniden ayağa kalkıyor. "Ben de annemle konuşayım."

"Tabii."

"Sebt günü görüşürüz. Bana vekilin ne dediğini söylersin."

"Olur." Ursa kapıya dek onunla geliyor. Kahverengi gözleri rahatlamayla pırıl pırıl. Dudağının üstünde bir kırıntı kalmış, Maren elini uzatmamak için eteğine yapışıyor.

"Teşekkürler Maren."

Kapı kapanıyor ve Maren kendisini havasız bir odada kalmış gibi hissediyor.

ON DOKUZ

"Bergen'den gelen kendisi kadar kibar değiliz belki ama hizmetçi de değiliz." Annesi, gözleri Maren'de, evlerinin içinde volta atıyor, bir yandan da ağzının çatlak köşesini yalıyor. "O şişko pisliğe nasıl evet dersin? Aklın neredeydi?"

Fakat Maren açıklayamıyor. Bebek Erik ve Diinna varken onları sürekli meşgul edecek kadar dertleri olduğunu, gece yarısı güneşi gökte olduğu sürece kışı çıkarabilmek için çok çalışmaları gerektiğini biliyor. Geçen yılın hasadından kalan tohumlar ekilecek. Balık için Kiberg'e gitmeleri gerekecek, kürkler takaslanacak, taze süpürgeotu ve geçen kış buzun içine sızıp şişirdiği, buzlar eriyince eve su akıtan çatıya yosun toplamak için alçak dağa gidilecek.

Bu, Diinna ve annesinin, Maren'e düşen işleri üstlenmesi gerekeceği anlamına geliyor. Oysa annesi yaşlanıyor, çelimsizleşiyor ve annesinin içinde Diinna'ya karşı Maren'i her şeyden çok korkutan bir nefret büyüdükçe büyüyor.

Annesi ne kadar aptal olduğunu, Bayan Cornet'i ve tabii vekili gücendirmeden bu işin içinden sıyrılamayacağını tekrar tekrar söyledikçe Maren ona hak veriyor. Neler olduğunu, bu konuda neden seçeneği yokmuş gibi hissettiğini açıklayamıyor. Tek söyleyebileceği -ki bunu söylemeyecek- Ursa elini gevşettiğinde önemli bir şeyin ellerinin arasından kaydığını, onu sıkı sıkı tutması gerektiğini hissettiği. Evet demek zorundaydı. Seçeneği yoktu.

Bir şeye karar verilmiş olsa da bu işin nasıl yürüyeceğinden emin değil. Para almak tuhaf olur ama annesi karşılığında hiçbir şey almadan yardım etmesini kabul etmez. Konuyu nasıl açacağını, davet beklemeden eve gidip gitmemesi gerektiğini bilemiyor. Sebt'e sadece bir gün var – o gün her şeyin biraz daha açıklık kazanacağını umuyor.

Maren işlerini her zamanki özeniyle, dikkatiyle yapmaya çalışıyor ama evden uzakta olma düşüncesi kanını kaynattı, içine kıpır kıpır, sıcak ve âdeta acı verici bir his yerleştirdi. Vekil gelmeden önce olduğu gibi denize açılmayacaksa da yine de manzarası değişecek, müstakbel kocasıyla öpüştüğü, babasının ve kardeşinin cesedi başında beklediği yerde olacak. Şartların farklı olduğu bir gerçeklikte o kayıkhane onun ve şimdi oranın üzerinde ufak da olsa bir hak iddia etme şansı var.

Ve Ursa – o da Maren'in içinde bir şeylerin kıpırdanmasına neden oluyor. Erik'i uyurken izlediğinde hissettiği sızıya benzer bir şey ama yetişkin bir kadına böylesi bir şefkat beslemek çok saçma, kadın bir çocuk kadar muhtaç halde olsa da. Ursa onu şaşırtıyor. Bu denli hazırlıksız olabilmek için Bergen'de nasıl bir hayat sürüyor olmalıydı ki? Annesinin dediği gibi, bu akılalmaz olsa da Maren küçümseme değil, yalnızca ezici bir acıma hissediyor.

Anlaşmalarının ardından kilisede buluşana dek geçen gün boyunca Maren'in düşünceleri o koca evde yapayalnız, belki donakalmış halde, battaniyesine sarınıp masada oturan, belki de kocası gider gitmez yatağa uzanan Ursa'yla dolu. Maren, onun çıplak ayak parmaklarının kendi diktiği posta değişini, Maren'in götürdüğü ekmeği keserken gözlerindeki dikkati hayal ediyor. Dudaklarının bir kuşunki gibi ekmeğin üstüne kapanışını.

Kiliseye bir an önce gitmek istese de Maren hâlâ Diinna'nın kapısını yumrukluyor ve onu Sebt günü kiliseye gelmeye ikna etmeye çalışıyor.

"Kiliseye gelemeyenleri," diyor Maren, "onaylamıyor."

"Onun onayından bana ne?"

Maren donuk gözlü yengesinin vekilin rahip gibi olmadığını, bu adamın onayının bir ağırlığı olduğunu, bu onaydan yoksun kalmanın ise daha da büyük ağırlığı olduğunu anlamasını sağlayamıyor.

Diinna'ya annesinin vekile ayinler ve runik oymalar hakkında söylediklerini anlatmadı ama incecik duvarın arkasında tartıştıklarını duymuş olduğunu tahmin ediyor. Ancak kadın duyduğunu belli etmiyor, kimin ne dediğini umursamıyor, Maren'inkini bile. O ve annesi arasındaki hoşnutsuzluk gitgide büyüyor, palazlanıyor. Maren eline uzanıyor. Yapış yapış.

"Lütfen Diinna. Gelmelisin. Nüfus sayımı için soracağı sorular olabilir."

Diinna omuz silkiyor. "Nerede olduğumu biliyor." Karanlık gözleri duvara kayıyor. Belki de her şeyi duydu, Toril'in adını verdiğini ve Maren'in annesinin onlarla birlikte yaşadığını doğruladığını.

Sabırsızlanmaya başlayan Maren, "En azından Erik'i götürmemize izin ver," diyor.

Diinna bebeği uzatıyor – ağzından tek kelime çıkmadan söylenen bir *Al onu.* Maren çocuğu alıyor ve nazikçe yere bırakıyor. On dört aylıktan çok daha küçük bir bebek gibi, Erik olanca ağırlığıyla yere oturuyor. *Daha çok yürümeli,* diye düşünüyor Maren, *daha çok agulamalı, en azından denemeli.* Küçük yüzü ciddiyetle Maren'e dönüyor. Diinna'nın gözlerini, babasının dar yüzünü ve dudaklarını almış. Üstdudağı titriyor ama ağlamıyor.

"Merhaba Erik. Benimle kiliseye geliyorsun. Bunu ister misin?" Bakışları Maren'in yüzüne ulaştıktan sonra başka yöne kayıyor.

Diinna kapıyı kapatıyor ve Maren, Erik'i kaldırıp kalçasının üstüne yerleştirerek, alnını öpüp evlerine götürüyor. Temiz pamuk kokusu gideli çok oldu: Islak ahşap kokuyor, saçları olması gerekenden çok daha yağlı. Annesine seslenip acele etmesini, Erik için bir battaniye almasını söylüyor. Diinna çocuğu bir gömlekle vermişti. Annesi homurdanarak dışarı çıkıyor.

"Çocuğunu kiliseye kendi götürmeli. Çocuğu incecik gömlekle göndermiş, aklı nerede bunun?" Sesini alçaltma zahmetine girmiyor. "Bu kadının içinde şeytan var."

Etrafa bakan Maren, "Şişt, sus anne," diyor. "Böyle şeyler söyleme."

Erik'i battaniyeye sarıp bir yenidoğan gibi kundaklarken annesi cık cıklayıp duruyor. Freja çocuğu kucağına aldığında Erik kollarını kurtarmak için debeleniyor. Annesi oğlana bebek muamelesi yapıyor, Diinna ise bir an evvel büyüyüp evden gitmesini sabırsızlıkla bekliyor gibi.

Çocuğun hali ne olacak? Adını aldığı babası gibi ciddi bir çocuk. Maren ve erkek kardeşi genç yaştan beri apayrı hayatlar yaşadılar; Maren evin içinde, Erik ise önce karada, sonra denizde. Tek başlarına kalabilecekleri kadar büyük, ev işi emanet etmektense evden dışarı göndermenin tercih edildiği kadar küçük yaşlardayken, o kısa zaman diliminde burunda beraber oynadıkları da olurdu. Vardø'nün sert topraklarından koskoca diyarlar doğdu – troller ülkesi ve peri krallıkları.

Maren'in arkadaşlığı dışında Erik sessizdi, her zaman onun adına konuşan ablasıydı. Şimdi anımsıyor, Erik ta iki ya da üç yaşına dek konuşmadı. Ama bunun nedeni bu işi onun yerine Maren'in yapmasıydı. Peki, onun oğlu için kim konuşacak? Yetişkinliğinde de Erik sessiz bir adamdı. O günlerde hep gülen, ışıl ışıl Diinna bile ona gerekenden fazlasını söyletemezdi. Şimdi karısı onun gibi sessiz ve asık suratlı.

Kadınlar doğrudan içeri girmedikleri için vekil ve karısı hâlâ merak uyandırıyor. Yine kilisenin kapısı önünde toplanmışlar, Kirsten hepsinden bir baş uzun. Rahip Kurtsson da orada. Maren yaklaşınca grup içinde belli belirsiz bir kırılma olduğunu fark ediyor – çoğu rahibe yakın duruyor ama denize açılanlardan oluşan birkaç kadın Kirsten'le sohbet ediyor.

Annesi rahibin grubuna yönelirken Maren diğerine doğru hareket ediyor. Kadınların Erik'e eğilip yarı gönülsüzce cıvıldadığını duyuyor; oysa Erik bunun için çok büyük, ayrıca Maren kadınların çoğunun annesi gibi Diinna'yı sevmediğini biliyor.

Kirsten gözlerini Freja'nın sırtına dikerek, "Diinna yok mu?" diyor. Maren başını iki yana sallıyor. "Onu gelmeye zorlamalıydın."

"Yapamadım. Denedim."

"Daha çok denemeliydin," diyor Kirsten. "Edne babasını getirmeyi başardı, adam neredeyse kör. Sayım..." Sesini alçaltıyor. "Kendi adını kendisinin söylemesi iyi olurdu. Hele de Alta ve Kirkenes'te öldürülenlerden sonra."

"Öldürülenler mi?" Maren soğuk, keskin bir çeliğin boğazına dayandığını hissediyor.

"Üç Sámi, üçü de rüzgâr tılsımcısı."

"Ama Diinna hiçbir şey..."

"Diinna'nın ne yapıp yapmadığı değil, ne olduğu önemli. Şu Bey eski yöntemlere bir son vermeye kararlı."

"Vardøhus'te bile değil."

"Alta'da da değil," diyor Kirsten. "Ama vekilleri var; Cornet, Diinna'yı kilisede görmeli."

Maren anlıyor. Kiliseye gelmemek tehlikeliydi ama Sámi olup kiliseye gelmemek çok daha tehlikeliydi. "Şimdi gidip onu almaya vaktim yok."

"Belki fark etmez," diyor Kirsten ama Maren onun fark edecek türde bir adam olduğunu biliyor. İşte, bu yüzden peşinde açık mavi bir elbise giymiş Ursa'yla kiliseye geldiğini görünce elinden geldiğince yerine siniyor.

"Günaydın," diyor vekil. Kadınlar küçük kız çocukları gibi bir ağızdan karşılık veriyor. Kirsten suratını buruşturuyor.

"Günaydın," diyor daha alçak bir ses, Maren'in sadece kendisi için olduğunu düşündüğü bir ses. Ursa, o ve Kirsten'in yanında durmuş, gergin bir ifadeyle gülümsüyor. Saçları geçen Sebt gününden daha derli toplu – aynasızlığa alışıyor olmalı.

"Günaydın," diyor Kirsten.

"Yarın konuştuğumuz şekilde geleceğini umuyordum?" diyor Ursa.

"Tabii."

Ursa'nın gülümsemesi büyüyor, dişleri bile görünüyor. "Paltonun parasını unutmadım. Belki sizden birkaç deri daha alırım, Bayan Sørensdatter?"

"Olur," diyor Kirsten. "Uygunsa yarın getirebilirim."

"Gayet uygun. Belki Maren size diğer ihtiyaçlarımızın bir

listesini verir - anladığım kadarıyla tahıl ve benzeri yönünden zengin bir kileriniz var. Hayli girişimcisiniz."

"Teşekkürler, Bayan Cornet."

"Ursula de, lütfen."

Maren diğerlerinin onları izlediğini, vekille sohbet eden Toril'in dikkatinin bölündüğünü fark ediyor.

"Yarın görüşmek üzere," diyor Ursa; kilisenin karanlık ağzından içeri giren kocasını takip ediyor.

"Ne konuşmuştunuz?" diyor Kirsten meraklı bir sesle.

"Ev işlerinde yardıma ihtiyacı var," diyor Maren. Midesinde bir girdap var sanki. Değişik türde bir zafer duygusu gibi. "Ben de teklif ettim." Kirsten'in kaşları kalkıyor. "Bedelini ödeyecek. İyi para. Bergen parası."

Kirsten yavaşça başını aşağı yukarı sallıyor. "Kiliseden sonra bana şu listeyi ver. Bir de, Maren?" Sözcükleri kadar doğrudan bakışlarını yüzüne dikiyor. "Dikkat et." Maren'in kolunu sıkıyor ve Maren neye dikkat etmesi gerektiğini sormaya fırsat bulamadan içeri giriyor.

YİRMİ

Absalom ertesi gün Alta'ya gitmek için erkenden evden çıkıyor; ertesi gün de Ursa, Maren'i evlerine alma planını sormaya fırsat bulamadan, Absalom Alta'ya gitmek üzere erkenden evden çıkıyor. Yeni bir taktiği var, karısına böyle diyor.

"Her gün o kalenin kapılarında beklemekten bıktım usandım. Bey, Vardøhus'e varana dek işe yarar bir şeyler yapacağım. Alta'da dahil olmak istediğim bazı olaylar olmuş."

Ursa onun ayrıca diğer vekillerle tanışıp Bey Cunningham'la irtibat haline olup olmadıklarını öğrenmek istediğini tahmin eder. Diğerlerinin Bey'le bağlantıda olabilirken kendisinin Vardø'de unutulduğu fikrinden nefret ettiğini tahmin eder. Ursa diğer vekillerin de aynı durumda olduğunu, kocasının kalbinde daha da büyük bir öfkeyle eve dönmemesini umut ediyor.

Ursa'ya yanında bir balıkçıyla Hamningberg sahiline birkaç saat süren bir kayık yolculuğu yapacağını, oradan Alta'ya gidecek büyük bir balina avı gemisine bineceğini, bu yolculuğun da iki gün süreceğini söylüyor. Bergen'den gelirken o kasabadan geçmiş olmalılar ama Ursa orada durduklarını anımsamıyor.

Yolculuk ve ziyaret, onun en az bir hafta evden uzakta olmasına neden olacak ve Ursa tıpkı gemide yanına gelmediği gecede olduğu gibi hem bir rahatlama hem de endişe hissediyor. Tüm gün dışarı adımını atmadığından ev şimdiden tanıdık ama gece, kocası yanında horul horul uyurken bile kilerdeki bedenleri, üzerine boya çekilen runikleri ve artık bir de Maren'in postu altında gizlenen, boğulmuş adamların yattığı, ateşin önündeki yeri düşünüyor.

Ursa ona Maren'den söz etmese de kocası postları beğendi,

böylece Kirsten'in sözünü ettiği diğer postlar ile erzak için para istediğinde kabul etti ve Ursa, Maren'e de biraz para ayırabileceğini düşünüyor. Kocasının onu reddedeceği aklının ucundan geçmiyor: Maren'in ziyaretinin ardından evlerinin utanç verici hali aniden apaçıktı. Evde tek başına miskince otururken her şey yolundaydı. Fakat Maren, şimdi yerleri süsleyen postlarla geldiğinde Ursa evin düzensizliğini ilk kez fark etmişti.

Absalom'un gidişiyle Maren'in gelişi arasındaki kısa sürede çalı süpürgesiyle ortalığı süpürmek için elinden geleni yaparak kir ve toz kümelerini havaya savurmuştu. Kuyudan su çekmiş ve bir fırça ile bir yıkama tahtası yardımıyla mavi elbisesinin çamurunu temizlemeye çalışmıştı. Agnete'nin kalkan kaşlarını ve en çok da Siv'in ince, yorgun yüzünü, yara bere içindeki ellerini, iki kız kardeşin erkeksi diye gülüp dalga geçtiği kısacık tırnaklarını düşünmüştü.

Ursa'nın yüzü bu anıyla kızarıyor, durumun sıradan zalimliği ve toptan aptallığıyla. Dakikalar boyu yıkama tahtasının üstüne eğilmekten kolları ağrıyor ve içyağı sabunundan ellerinin yağ içinde kaldığını, dişbudak ağacından leke leke olduğunu hissediyor. Ursa, Absalom'dan Siv'e mektup yazmasını rica etmeliydi, böylece onları temiz tuttuğu, beslediği ve kendi katı tarzında sevdiği için ona teşekkür edebilirdi. Ursa aynı şekilde hissetmeyi özlüyor ve yanan ateşin karşısındaki küveti, kemiklerine dek işleyen sıcağı da. Küvette sırt sırta otururken kız kardeşinin kemikli omurgasını, ciğerlerinde bir arı kovanı varmış gibi zorlu nefeslerini...

Ursa gözyaşlarını silmeye fırsat bulamadan Maren eşikte beliriyor. Ellerinde bir kumaş bohça var, büyük bir zahmetle, dikkatlice eğilerek onu masanın yanına bırakıyor. Ursa çay ikram ediyor.

Boş raflara bakarak, "Neyle?" diyor Maren.

"Kocam Bergen'den yabanmersini yaprağı getirmişti. Biraz almamıza bir şey demez."

Maren başıyla onaylayıp şömineye yaklaşıyor.

"Bırak ben yapayım," diyor Ursa. "Çay yapmayı biliyorum."

Dünyanın en basit işi olsa da daha önce çay yaparken onu izleyen olmadı ve Maren'in gözlerini tıpkı kilisede olduğunu gibi, üstünde hissedebiliyor. Biraz daha dik duruyor, raftan fincanları büyük bir özenle alıyor, yaprakları kaynamaya bırakırken hafiften abartılı hareket ediyor. Bir kadının ilgisinin üstünde olması hoşuna gidiyor: Bir hata yapmasını bekleyerek, fesatlıkla izlemiyor Maren, daha çok ihtimamla, Siv'in onun dikişlerini denetlediği gibi izliyor.

Maren fincanı soğuk parmakları arasına alıyor - Ursa tırnak yataklarının yeni ovalanmış gibi pembeleşmiş olduğunu fark ediyor. Eline sürtünen parmakları kocasınınkiler gibi sert. Kendi yumuşak ve bir bebeğinki gibi beceriksiz ellerinden utanıp onları eteğinin katlarına saklıyor. Aynı yaşta olmalılar ama çok farklılar. Ursa, Maren'in yanında kendini kocaman, hantal ve iç etekliğiyle komik hissediyor. Maren'in gözleri iri, rengi yumuşak ama bakışları keskin ve zeki.

Bu evde son kez böyle baş başa olduklarında Maren hemen her şeyin kontrolünü ele almıştı, Ursa şimdi de aynı şeyi yapmasını bekliyor. Fakat Maren kendinden emin değil gibi, gözleri fincanından yükselen buhara doğru eğilmiş. Bu Ursa'da bir huzursuzluk, bir rahatsızlık yaratıyor. Sessizlikte âdeta duyulur hale gelen soluklarının farkına varıyor, daha yavaş nefes alıp vermeye çalışınca göğsü sıkışıyor.

Masada tek kelime etmeden oturuyorlar ve Ursa, arkadaşlıklarının çerçevesinden tam emin olmasa da –Maren, Siv gibi hizmetçi değil, kendisi bu kadının hanımı değil– konuşmayı başlatan kişinin kendisi olması gerektiğini fark ediyor.

"Geldiğin için tekrar teşekkürler."

Maren'in gözleri hâlâ fincanında.

"Annen izin verdiği için çok sevindim. Umarım işleri hızlıca öğrenirim, böylece annene yardıma geri dönebilirsin. Bu kadar kısa sürünce yazları burada iş hayli olmalı."

Maren fincanın buharına o kadar eğilmiş ki –belki burnunu ısıtıyor– Ursa, sıkı topuzunun gerdiği ensesindeki tüyleri, elbisesinin kırışık ve eski yakasını, elbisenin altındaki omurgasının çıkıntılarını görebiliyor. Bohçası ayağının yanında, yamru yumru duruyor.

"Ne getirdin?"

Maren eğilip bohçayı dizlerine çekiyor, kumaş ve kolları geriliyor, boğazının bitimindeki boşluklar derinleşiyor. Ursa yardım etmek için uzanarak masanın üstüne koymak için bohçayı altından tutan ellerini yakalayarak destekliyor.

Şimdi sandalyesinin arkasında, ayakta duran Ursa, "Of, kaya gibi ağır," diyor ve Maren'in ince parmakları gerilince iyice sıkılaşan düğümle uğraşıyor. Pürüzlü tırnağı takılınca nefesi kesiliyor. "Keseyim mi?" Ursa eline bir bıçak alıyor ama Maren sonunda konuşuyor.

"Hayır, bana izin verin, Bayan Cornet." Hem sesindeki resmiyet hem de altında zorunluluk Ursa'yı şaşırtıyor. Maren'in yanakları kızarıyor ve küçük bir çocuğu Ursa'nın bıçağından korur gibi masadaki bohçanın önüne geçiyor. "Annemin bohçası."

Şimdi kızarma sırası Ursa'da ve acele etmeden bıçağı yerine geri götürüyor. O bez parçasına kolayca alınabilecek, kolayca elden çıkarılabilecek, kolayca yerine konabilecek bir şey gibi davranarak aralarına yeniden mesafe koyan Ursa'nın kendisi, Maren değil. *Bu senin eski hayatın,* diyor kendi kendine.

Masaya döndüğünde bohça açılıp içindekiler çıkarılmış, kumaş düzgünce katlanıp yana kaldırılmış. Ursa ilk tahmininde yanılmamıştı: Bir merdane olduğunu anladığı düzgün, silindir şekilli bir taş sütununun yanında yassı tepesiyle bir tümseği andıran, yaşamayan erkek kardeşine hamileliğinde annesinin karnının aldığı boyutlarda gri bir kaya duruyor.

"Bu bir kayağantaşı mı?" diye soruyor ve Maren aniden burnundan gülünce eliyle dudaklarını kapatıyor.

"Üzgünüm, sadece..." Bir kahkaha daha dudaklarının arasından kurtuluyor, bunu kahkahasının hafif bir yankısı izliyor. Aynı anda pişman bir ifadeye bürünüyor ki bu, Ursa'nın da gülmesine neden oluyor. "Üzgünüm, özür dilerim."

"Üzülecek bir şey yok," diyor Ursa; aralarındaki mesafenin yeniden kapanmaya başladığını hissediyor. "Ama lütfen bana bunun ne olduğunu anlat? Yani..." Gülümsüyor. "Neden kayağantaşı değil?"

"Kayağantaşı pürüzsüzleştirmek ya da sertleştirmek içindir. Elin içine el gibi yerleşir, işte şöyle..." Maren avucunu uzatınca, tepkiden çok niyete benzer bir hareketle Ursa da elini getirip Maren'in avucuna bırakıyor. Elin soğuk sertliğini, taş gibi nasırlarını hissetmeye fırsat bulamadan Maren ateşe değmiş gibi eliniz hızla geri çekiliyor.

"Ben..."

Kapı çalıyor: Ursa'nın aklına kocasını getiren kendine güvenli üç keskin vuruş. Ursa'nın kalbi gümbür gümbür oluyor ama Maren sesi tanıyor.

"Kirsten Sørensdatter," diyor.

Kapıyı bir erkek gibi çalıyor, diye düşünüyor Ursa. Kolları bohçalarla dolu, dirseğine üstü örtülü bir kova ve boynuna bir pelerin gibi iki post atılmış Kirsten kapıda duruyor. İçeri girmek için davet beklemeyip eve dalıyor ve yükünü masaya bırakıyor.

"Günaydın Ursula, günaydın Maren." Tuhaf bir anda içeri girdiğini biliyor ve durumu Ursa'nın kendisinden daha iyi anlarmış gibi her ikisine de gülümsüyor. Ursa bir kez daha kocasıyla Kirsten arasındaki farkı hissediyor: Kirsten öyle kendinden emin, odanın ortasında öyle sağlam duruyor ki Ursa etrafındaki havanın geri çekilip ona daha fazla alan açtığını düşünüyor. Maren bir anda haykırıverse de Ursa kadının pantolon giydiğini ancak bir iki dakika sonra fark ediyor.

"Kirsten, delirdin mi? Sana bunu yapmamanı söylemiştim."

Maren arkadaşının önünde duruyor ve kapının yanında dikilen Ursa yüzünü göremese de sesindeki korkuyu duyabiliyor.

Kirsten başını eğip kendine bakıyor. "Asıl delilik etekle hayvan kesmek olurdu."

Ursa beli iple bağlanmış pantolonunun uyluklarındaki koyu lekeleri, biraz kısa kalan paçalarına sıçramış izleri fark ediyor. Kapıdan dışarı göz atıyor: Komşu pencerelerden bakan, kapısının önünde duran kimse yok. Kapıyı kapatıp sessizce masaya yaklaşıyor. Kirsten'e, onu Usra'nın bakışlarından korumak ister gibi çok yakın duran Maren homurdanıyor. Ursa aralarında bir şey var, diye düşünüyor, haftada bir kilise önünde dedikodu yapmaktan daha derin bir arkadaşlık.

Aralarındaki gerilimi kırmayı umarak, "Kimse bakmıyordu," diyor Ursa.

"Yine de birisi görmüştür." Maren dua eder gibi ellerini birleştiriyor. "Her zaman birileri görür. Ya bu Rahip Kurtsson'un ya da vekilin kulağına giderse..."

Aniden susuyor ve irkilen Ursa'ya dönüyor. Maren'in enerjisi tuzağa yakalanmış bir tilki gibi, tehlikeli ve umutsuz.

"Bayan Cornet, Ursa, ben..." Kendini topluyor. "Lütfen bunu..." Kirsten'e dönüyor. "Vekilin evine geldin Kirsten. Vekilin evine pantolonla geldin!"

Kirsten yarı alaycı, hakarete uğramış bir sesle, "Bu en güzel pantolonum," diyor.

Ayak uydurarak, "Ama yine de hayvan keserken onları giydin?" diyor Ursa. Maren'in yüzü hâlâ allak bullak ve Ursa onu yatıştırmaya çalışıyor. "Kocama söylemeyeceğim, Maren. Bayan Sørensdatter, söz veriyorum. Yoksa Bay Sørensdatter mi demeliyim?"

Maren gülmüyor ama Kirsten bir kahkaha patlatıyor ve hayali bir şapkayı çıkarıp selam veriyor. "Hanımefendi."

"Bunun ne kadar tehlikeli olduğunu anlamıyor musun?" Maren'in elleri eteklerine yapışıyor. "Kendi evinde giymek başka şey..."

"Asıl tehlikeli olan senin bu öfkeli bakışların. Yatışmazsan böyle kalakalacaksın, o zaman troller bile senden korkup kaçacak."

"Troller çocuklar içindir," diyor Maren. "Bu iş ciddi."

"Ama yine de her kış dönümünde etrafa ekmek kırıntıları bırakıyorsun."

"Bu âdetleri artık bir kenara bıraktık." Maren'in sesinde histerik bir ton söz konusu ve Ursa nihayet Maren'in yine kendisi yüzünden endişelendiğini anlıyor. Maren'in korktuğu şey kocası, kocasının ayinler ve elbette troller konusundaki hoşnutsuzluğu.

Ursa o an kocasından nefret ediyor: Bu kadınların, kendisinin de kocasından en az onlar kadar korktuğunu bilmelerini nasıl da isterdi. Bu kez o Maren'e yaklaşıp elini omzuna koyuyor.

"Lütfen Maren, endişelenmene gerek yok. Kocama bunlardan söz etmeyeceğim. Bu hafta Alta'da olacak, kuşkusuz Rahip Kurtsson da Norveççe derslerinden sonra dinlenmek için onun yokluğundan yararlanacaktır. Ayrıca..." İkircikli bir tavırla gülümsüyor. "Ben de kış dönümünde troller için dışarı yemek bırakırım. İşin aslı kız kardeşimle ben, patatesle pişmiş bir bütün ringa ve kek koymakta ısrar ederdik."

"Bu kadar güzel yemek yiyorlarsa ben de Bergen'de trol olmak isterdim," diyor Kirsten ve Ursa bunu bir şaka olarak kabul etmeye karar verse de iğneleyici yanını fark edince savurganlıklarını böylesine ortaya döktüğü için kendisine kızıyor.

Maren onun yüzünü inceliyor ve sonunda, sözüne güvenmiş görünüyor. Sivri çenesini doğrultarak başını sallıyor. "Teşekkürler."

"Bu arada, Kirsten," diyor Ursa. Maren'i rahatlatmak için durumu ele almaya, kendine güvenini göstermeye kararlı. "Eve dönerken giymek için benden bir şey ödünç alsan iyi olur." Kiraz ağacından sandığın kapağını açıp gri yün eteğini çıkarıyor. "Zaten bana biraz uzun geliyor." Eteği Kirsten'e uzatıyor ve kadının geniş yüzünde ilk kez tereddüt görüyor.

"Bunu giyemem," diyor. "Bu çok kıymetli bir şey."

"Hiç de değil," diyor Ursa. "Israr ediyorum."

"Çizmelerimle bunu çamur içinde bırakırım."

"Çamur temizlemeyi öğreniyorum. Sorun değil."

Kirsten gönülsüzce eteği alıyor ve giymeden önce çizmelerini çıkarıyor. Biraz kısa oluyor ama pantolonun paçaları görünmüyor.

Çizmelerinin bağcıklarını bağlarken, "Bir pantolon yüzünden onca tantana," diyor Kirsen. "Böyle güzel bir etekle, en az pantolon giymişim kadar ortalığı karıştırırım. Dikkatli ol Bayan Cornet, yoksa kilise kadınları bir parça dantel için kapına yığılır." Dikleşiyor. "İstediğin her şeyi getirdim," diyor Maren'e. "Un ve diğer şeyler. Mads'in öteberisi arasında rezene tohumu bile buldum. Benim işime yaramazlar."

Ursa, Kirsten'e erzaklar için ödeme yapıyor ve kadın madeni paraları eteğin altına, pantolon cebine koyuyor. "Teşekkürler. Umarım ders iyi geçer, gerçi öğretmen olarak hiç aklıma gelmeyecek birini seçmişsin." Yüzünde hâlâ endişe kalıntıları olan Maren'e gülümsüyor. "Çarşamba görüşürüz."

YİRMİ BİR

Maren ağlayabilirdi. Kahrolası Kirsten ve onun kibri, aptallığı ve gösteriş budalalığı. Bir an için bile yalnızca hayvan kesmek için öyle giyindiğine inanmıyor Maren. Gösteri içindi sadece. Vekilin karısını tartmak istedi ve başardı. Maren onun kendinden utandığını umuyor.

Kapı sertçe kapandığında Maren olduğu yerde sıçrıyor.

"Lütfen," diyor Ursa. "Endişelenmene gerek yok."

Maren ifadesini yumuşatmaya çalışıyor fakat o kadar çok uğraşıyor ki yüzü acıyor. Bu şekilde fark edilmeye alışık değil. Ama Ursa ona, teninin içine sızıp çarpan kalbini görebiliyormuşçasına bakıyor.

"Endişelenmiyorum." Boğazını temizliyor, kürekkemiğinin altını çimdikleyip üstünde kayanın durduğu masaya geri dönüyor. "Şunu ateşin yanına taşımama yardım eder misin?"

"Onu yakacak mıyız?"

Maren dikkatlice, "Kayalar yanmaz," diyor, Ursa'nın tepkisini anlamak için yüzüne bakıyor ve aradığını buluyor. O da Ursa'ya gülümsüyor. "Bu bir pişirme taşı." En yakındaki bohçayı açıp içine bakıyor ve sıkı dokunmuş kumaştan bir paket çıkarıyor. Dikkatlice açıp parmaklarını içine daldırarak avuçluyor. "Kirsten'in rezene getirmesi iyi oldu, verdiğinin hepsi patates unuydu." Ellerini birbirine vurup temizliyor. "Flatbrød* yapacağız."

Ursa başını aşağı yukarı sallıyor. "Sanırım daha önce yemiştim, Noel zamanı ringa ve soğanla."

Maren irkiliyor. Flatbrød en sık yedikleri şey ve elbette so-

* (Nor.) Bazlama. *–yhn*

ğan olmadan. Ursa'nın seveceğini umuyor – kilerinde sık sık onu bekleyen taze ekmek olmayacak.

Ursa'ya ilk ders için neden flatbrød'ü seçtiğini uzun uzun açıklamıyor, Ursa'ya bir çocuğun bile bunu yapabileceğini, yakmanın ya da acılaştırmanın neredeyse olanaksız olduğunu anlatmıyor. Kendini bildi bileli, babası Erik'i ava ya da balığa götürdüğünden beri annesiyle flatbrød yapıyor. Birkaç ayda bir tüm gün bununla uğraşırlar, annesi açar ve Maren pişirir.

"Bu taş ısıyı çok iyi tutar. Bunu çok soğuk gecelerde yataklarımızda da kullanırız."

Eskiden annesiyle, bazen de babasıyla bu kayaları aramak için alçak dağa giderdi. Ateştaşı, babası böyle derdi çünkü güneşin en ufak dokunuşuyla bile taş ısınırdı. Elini taşa sürüyor. Bu onların ikinci pişirme taşıydı, daha yakın zamanda, belki on yıl önce bulup getirmişlerdi. Evdeki daha iyiydi, yıllar boyu kullanılmaktan kâse gibi oyulmuştu. Bunu Ursa'ya hediye etmeyi düşünmüştü ama şimdi utanıp bunu dile getiremiyor. Annesi yokluğunu muhtemelen fark etmeyecektir. Artık hemen hiçbir şeyi fark etmiyor, sanki gözlerinin önünü kaplayan ve giderek kalınlaşan bir tabaka var.

"Yatak ısıtıcısı gibi mi?"

Maren bunun ne olduğunu bilmiyor ama başını sallıyor. "Isının eşit dağılmasını, hamurun içindeki suyun buharlaşmasını sağlıyor. Ekmek aylarca, yıllarca dayanıyor."

Taşı aralarına alıp taşıyor ve ızgaranın üstüne koyuyorlar, Ursa, Maren'in onu ta buraya kadar nasıl tek başına getirdiğine şaşırıyor. "Isınması biraz zaman alır ama biz yine de başlayalım."

Kirsten'in getirdiklerini masaya diziyor: Bolca un ve görür görmez Maren'i ağzını sulandıran kalın kaymağıyla bir kova yayık ayranı. Küçük tohum paketlerini ve bir parça sert kristal tuzu çıkarırken Maren, Kirsten'in düşündüğünden de rahat yaşadığını fark ediyor.

Ursa'nın gri taştan havanını ve havanelini getiriyor ve kendisi unu ölçüp elemeye başlarken Ursa'yı rezene tohumlarını öğütmeye oturtuyor. Tohumlar bütün olarak çok büyük, ekmeğin dengesini bozar ve yer yer tadını eksiltir. Ursa'nın yanında dururken kendisi de böyle hissediyor: Sade bir flatbrød kadar soluk ve ince.

Ursa öğütülmüş rezeneyi karışıma kattığında Maren hepsini yeniden elemek zorunda kalıyor: Ursa pek fazla çaba sarf etmemiş, tohumlar Maren'in tercih ettiği toz kıvamda değiller. Ama kadın onun yüzüne endişe içinde bakıyor ve Maren başını sallayıp teşekkür ediyor. Un karışımı elenip daha az pütürlü hale geldiğinde Maren'in yanında, masada bir avuç rezene kabuğu var. Ursa uzanıp onları masadan toplamak için hareket ediyor ama Maren elini uzatıyor. Bu defa dokunuşa hazırlıklı, Ursa elini avucuna koyduğunda hissettiği paniğe benzer dalgalanmayı hissetmiyor.

"Onları atma. Hepsini kullanabiliriz."

Ursa çok tuhaf bir şey yapıyor. Yüzünü kapatıp azarlanmış bir çocuk gibi sinirli bir ses çıkarıyor.

"Özür dilerim," diyor. "Kendimi aptal gibi hissediyorum. Çok savurgan olduğumu düşünüyorsundur."

"Öyle bir şey düşünmüyorum," diyor Maren. "Sadece Bergen'de daha farklı yaşadığını düşünüyorum. Umarım buradaki yaşamını sevebilirsin." Boynuna yayılan bir sıcaklık hissediyor. "Zorlandığını söylemek istememiştim."

Ursa küçük, sahte bir kahkaha atıyor, bu acınası ses Maren'in içini buruyor. "Şey, aslında zorlanıyorum."

Bu mahremiyet ve güven ânı Maren'in içini şefkatle dolduruyor. "Her şey iyi olacak Ursa."

Ursa ona öyle yalın bir minnetle bakıyor ki Maren kızarıyor. "Çok naziksin. İyi ki varsın."

Maren'e uzanıyor ve Maren insanlara kolay sarılan bir olmasa da -belki de en son annesi yenidoğan Erik'i kucaklarken o yerde Diinna'ya sarılmıştı- bir şey itiraz etmesine engel oluyor.

Ursa hiçbir gönülsüzlük göstermeden, âdeta bilinçsizce Maren'in kollarının arasına giriyor, başı çenesinin altına sokuluyor, saçları uyku ve parfüm kokuyor. Ursa bir kız kardeşten söz etmişti, belki de ona sarılmayı özledi zira Maren'e sarsıcı bir ihtiyaçla yapışıyor.

Maren ise cesaretleniyor ve güzel elbisenin altındaki bedeninin yumuşaklığını, kürekkemiklerinin sırtında minik dalgalar gibi nazik kabartısını hissederek Ursa'ya sıkıca sarılıyor. Soluk almak, göğsünü şişirip aralarında boşluk yaratmak istemiyor. Ama sonra Ursa kollarını gevşetip geri çekiliyor.

"Teşekkürler," diyor Ursa, rezene kabuklarının başına geri dönerken. Maren'i tedirgin eden sarılış onu yatıştırmış gibi. "Onları daha iyi öğüteyim mi?"

Maren'in bedeni iki misli atan nabzıyla zonkluyor. Başıyla onaylayıp alttaki sıvıya ulaşmak için üstteki yağı alarak kjernemelk'e* katmaya başlıyor. Odaklanmasını gerektiren bu iş onu sakinleştiriyor. Yağı Kirsten'in bu amaçla verdiği temiz beze sarıyor; kremamsı koku burun deliklerini dolduruyor. Geçen yılı tereyağı olmadan geçirdiler, deniz suyundan elde edilen tuzla altın rengini alıp kusursuz bir kıvama kavuşuncaya dek çırpılan yağın yoğunluğunu özledi.

Yeterince yayıkaltı suyu ekledikten sonra dikkatle karıştırmaya başlıyor, Ursa'nın görebilmesi için kâseyi eğiyor. Ateşin üstünde ısınan pişirme taşının küçük bir benzeri halini alana, tok ve kıvamlı bir hamur olana dek yoğuruyor.

Masanın üstüne un serpiyor ve Ursa ağır merdaneyi uzatıyor. Pişirme taşından farklı, hamurun yapışmaması için serince bir taştan yapılmış. Bir avuç dolusu hamur alıp Ursa'nın önüne koyuyor.

"Bisküvi kadar ince olmalı."

Ursa başıyla onaylıyor ama hamuru açmaya başladığında Maren daha önce bisküvi de yapmadığını anlıyor. Ortaya çıkan şeklin bir daireye benzer yanı yok. Ancak Ursa alnında, hemen saç bitiminde bir parça un ve onaya aç gözlerle Maren'e baktığında, Maren cesaret veren bir ifadeyle gülümsüyor ve kadının hamur parçasını dikkatlice pişirme taşına götürüp üstüne yerleştirmesini izliyor. Hamur taşın merkezinde değil, bir yanı taşın kenarından baş kaldıran alevlere taşıyor ve Maren şimdiden, bu kısmın yanacağını, geri kalanının da eşitsiz pişeceğini biliyor.

---

* (Nor.) Yayıkaltı, tereyağı elde edilmesi için süt ürünlerinin yayıklanmasından sonra geride bırakılan sıvı kısımdır. *–yhn*

"Ne kadar sürer?" Ursa pişirme taşına bakıyor.

"Tüm su buharlaşana dek bekleyeceğiz, kırılabilecek, çıtır çıtır bir hal alacak. Başında durur musun?"

Ursa'yı görevinin başında bırakan Maren merdaneyi alıyor. Taşta Ursa'nın sıcaklığından eser kalmamış. Kalan hamuru düzgün daireler halinde açıyor. Annesi kadar yetenekli değil ama şekilleri düzgün ve evlerinin altındaki uçurumda, kayaların arasındaki boşluklarda buldukları yumurtalar gibi benekliler. Fırtınadan bu yana oraya bakmadılar. Belki annesine gidip bir bakmayı önermeli – bir yıldan uzun zamandır rahatsız edilmeyen kuşlar insan tehlikesini unutmuş olabilirler.

Ursa, flatbrød'ü çok erken ya da çok geç kurtarma denemelerinin ardından, ekmeği hangi noktada maşayla alıp soğumaya bırakması gerektiğini öğreniyor. Aralarında kendiliğinden bir uyum gelişiyor, bakışlar ve başlarıyla yaptıkları hareketler dışında konuşmuyorlar ve hamur parçaları açılıp üst üste dizildikten sonra Maren sormaya gerek duymadan demliği alıp çay demlemeye koyuluyor. Dag'ın niyetlendiği gibi, şömine iki katına genişletildi, önüne geçip omuz omuza oturuyorlar. Çay olduğunda ilk pişen flatbrød'ler da kurumuş ve soğumuş.

Ursa parmak ucuyla flatbrød'e dokunuyor. "İyi oldular mı?"

"Öğrenmenin tek yolu var."

Unlu masaya oturuyorlar. Ursa kendi yaptığı flatbrød'ü alıp bölüyor, kucağına kırıntılar ve rezene tohumunun parçaları dökülüyor. Flatbrød'ü çiğnerken özensizce eteğindekileri yere silkeliyor.

"Bekledikçe daha iyi olur," diyor Maren.

"Böyle de iyiler." Ursa içtenlikle gülümsüyor ve Maren sevinçle karşılık veriyor. "Ekmek en kutsal şeydir."

"Nasıl?"

"Siv böyle derdi."

"Siv kız kardeşin mi?"

"Hizmetçimiz." Ursa söylediğine pişman olmuşçasına susuyor. "Ama aynı zamanda arkadaşım. Kız kardeşimin adı Agnete." Gözlerini kırptığında soluk kirpikleri yanağını okşuyor. "O hasta."

"Üzüldüm."

"Doğduğunda neredeyse boğulmuştu. Doktorlar annem küvetteyken doğum yaptığı için böyle olduğunu söyledi. Ciğerlerinde hâlâ su var. Onunla ben ilgilenirdim."

Maren ne söyleyeceğini bilemiyor. Biraz daha flatbrød alıyor ve kırıntıları dikkatlice avucunda toplayıp masaya, unun üstüne koyuyor.

"İlk doğum gününü bile göremeyeceğini düşünmüşlerdi ama şimdi on üç yaşında. Bir dahaki görüşmemizde büyümüş olacak."

Aralarındaki sessizlik büyüyor. Ursa elindeki flatbrød parçasını bitirmiyor, bir elinden diğerine geçirip parmakları arasında çeviriyor. Yüzündeki acı öyle belirgin bir hal almış ki Maren buna tanık olmanın yakışıksız kaçtığını hissediyor.

"Benim erkek kardeşim de benden gençti," diyor Maren nihayet. "Benden bir yaş küçüktü. Ama yine de benden önce evlendi."

"En azından o konuda Agnete'den önce davrandım." Ursa usulca Maren'in gözlerine bakıyor. "Onu özlüyor olmalısın."

Maren'in buna söyleyebileceği bir şey yok. Yeşilimsi teniyle gözlerinin önünde küçülen Erik'in yattığı yerden, ateşin önünden karanlık bir enerji çekimi hissediyor. Kardeşinin oracıkta yattığı haftalar boyunca ona dokunamamış, annesi gibi üstüne atılıp ağıtlar yakmamıştı. Kilise ruhtan, Varr ve Diinna candan söz etse de Maren cansız bedeninin gördüğü anda ondan geriye bir şey kalmamış olduğunu hissetmişti ne bu dünyada ne başka dünyada. Erik bu küçülmüş beden değildi, pencerelerde çırpınan bir kuş gibi yakalanmış değildi; denizde, balinanın içinde ya da gökte değildi. Gitmişti ve Maren için bunun tesellisi yoktu.

"Üzgünüm," diyor Ursa. "Yersiz konuştum. Agnete ve ben, babam ve Siv dışında pek insanla konuşmazdık."

"Biz de evimizde fazla konuşmayız," diyor Maren hızlıca. "Bunları saklamalıyız. Ekmek fıçın var mı?"

"Bildiğim kadarıyla yok. Ama belki..."

Ursa'nın bakışları kilere çevriliyor. Örümcek ağları gitmiş ancak Maren içeri girilip çıkıldığı için dağıldıklarını değil de temizlendiklerini düşünüyor.

"Gidip getireyim," diyerek ayağa kalkıyor ama Ursa ondan önce davranıyor.

"Bırak ben getireyim." Çenesinin duruşunda, Maren'in, sarı elbisesi içinde sandaldan indiğinde fark ettiği bir kararlılık var. "Bunu yapabilirim."

Odanın diğer ucuna yürüyüp elini kapının mandalına koyuyor. Maren derin bir nefes alan Ursa'nın omuzlarının hafifçe kalkışını, geride un izleri bırakarak kapıyı açışını izliyor. Kilerin diğer duvarda ufak bir penceresi var ve ışık asılı hayvan bedenlerinin arasında süzülüp Ursa'nın kulaklarının yanında, sıkı topuzundan kaçmış saçları aydınlatıyor.

Kilerin içine ilerlemeden önce bir an duraksıyor ve sonra Maren'in görüş mesafesinden çıkıyor. Maren asılı geyiklerin sallandığını görüyor, bedenleri koyu kırmızı ve kaslı. Şimdi iyice lezzetlenmiş olmalılar. Ona nasıl et keseceğini öğretmeyi düşünüyor ama belki de bunun için çok erken. Bir gıcırtı duyuluyor ve geyik sallanıp ona sürtünecek gibi olunca irkilen Ursa bir fıçıyı yuvarlayarak kilerden çıkıyor. Kapıyı arkasından kapatıp usulca bir şey mırıldanıyor ve fıçıyı masanın yanına getirerek dikleştirip avuçlarını fıçının üstüne koyuyor.

Flatbrød'ü sarıp fıçının içine diziyorlar. İş bitince masayı silip yerleri süpürüyorlar. Maren leğenin içindeki gri suda fincanları yıkıyor, Ursa'nın fincanının kenarında parmak uçlarını gezdirirken elleri buruş buruş oluyor.

Maşaları kullanarak taşı ateşin üzerinden alıyorlar. "Yarına kadar beklesin," diyor Maren. "O zamana dek ancak soğur."

"Soğuyunca sana geri getireyim mi?"

"Sende kalsın. Merdane de. Bizde başka var."

Ursa samimiyetle uzanıp elini tutuyor. "Teşekkürler."

"Henüz gitmem gerekmiyor," diyor Maren, oysa bu doğru değil. Annesine kendi yemeklerini yapmak için döneceğine söz vermişti. Fakat şimdi, bu sıcacık odada Ursa'nın yumuşak elini tutarken kendi küçük, dumanı tütecek kadar yoğun bir sessizlik ve hüzünle dolu evlerine dönmek imkânsız geliyor. "Şu postlara başlayabiliriz."

"Ne düşüncesizim," diyor Ursa. "Paltona ihtiyacın olmuştur."

"Evet." Bu kolay bir yalan ve aslında evde babasının paltosu duruyor. "Geri alsam iyi olur."

"Peki, annenin sana ihtiyacı olmayacak mı? Paltosuz da idare edebilirim. Kilise dışında bir yere gittiğim yok. Ayrıca Sebt gününe daha var, hava da hep sıcak."

Maren şansının ellerinden kayıp gittiğini hissediyor. "Seni paltosuz bırakmak istemem. Öğretmem çok zaman almaz. Hem iki kişi olunca daha hızlı yaparız. Gün bitmeden hallederiz."

Neden dosdoğru kalmak istediğini söylemiyor? Ama burada böyle konuşmazlar, konuştuklarındaysa bu, âdeta akıntıyla oraya buraya savrulup hızlı rüzgârlarla toplanan sözcükler gibidir.

"Kalman hiç sorun olmaz. Aksine, Absalom Alta'ya gitmişken, kalmanı tercih ederim." Maren'e dönen gözleri parlıyor. "Ateşin başında oturup dikiş dikerken sohbet ederiz. Tabii istersen. Mecbur değilsin..."

Maren bir kez daha içinde üçüncü bir kolun hayalet gibi uzanıp Ursa'ya sarılmak istediğini hissediyor; sanki boğulurken enkazda tutunacak bir ahşap parçası bulmuş gibi.

"Evet," diyor güçbela. "Evet, kalabilirim."

YİRMİ İKİ

Postları yere yayıyorlar ve Maren doğru noktalara çentik atmak için bir bıçak alıp geliyor. Bir sicimle Ursa'nın ölçüsünü alması gerek ama bu bile kıpkırmızı kesilmesine neden oluyor. Postları çeşitli şekillerde keserken Ursa'nın gözleri üzerinde ve kadının bir şey söylemek istediğini hissediyor.

"Çarşambaları düzenli buluşuyorsunuz galiba?"

Kesmeyi bırakan Maren topuklarını üstünde oturuyor.

"Kirsten'in sözünü ettiği buluşmalar," diyor Ursa. Kirsten'in ziyareti Maren'in aklından neredeyse çıkmış. Çok uzaklarda kalmış gibi. "Sadece siz ikiniz mi buluşuyorsunuz?"

"Hayır. Birçoğumuz katılıyor, Fru Olufsdatter'in evinde."

"Bizim komşumuz, değil mi? Belki ben de gelebilirim. İnsanlarla kilise dışında görüşmek isterim."

Maren irkiliyor.

"İstemezsen bunların hiçbirinden onlara söz etmem. Hatta seni tanımıyormuş gibi yaparım."

Bunu şaka olarak söylediğini bilse de Maren yüzündeki acıyı saklamakta çok geç kalıyor. "Nasıl istersen öyle yap."

Ursa kalkıp kiraz ağacından yapılma sandığının başına gidiyor. "Anason?" Avucuna iki minik tohum koyup Maren'e uzatıyor. "Diline yerleştiriyorsun. Tadı değişik ama güzel." Bir tanesini alıp ağzına atıyor ve Maren'e göstermek için dilini çıkarıyor. Ağzını kapatan Ursa, anason yüzünden hafif peltekleşmiş sözcüklerle, "Beğenmezsen," diyor, "çıkarıp atabilirsin."

Maren tohumu Ursa'nın elinden alıp dilini üstüne kaydırıyor.

"Güzel, değil mi?"

"Hiç böyle bir şey tatmamıştım. Bergen'den mi?"

"Asya'dan. Beni getiren geminin kaptanı, Kaptan Leifsson. O verdi."

Tekrar işe koyuluyorlar, Maren dikmeleri için kol yeni olacak parçaları masaya getiriyor. Postta delikler açıp Ursa'ya daha sağlam olması için nasıl çapraz dikiş atması gerektiğini gösteriyor.

"Umarım çarşamba buluşmalarını sormam canını sıkmadı," diyor Ursa. "Hoş karşılanmayacaksam önemli değil, bunu anlayabilirim. Sadece… bugünü birlikte geçirmekten o kadar keyif aldım ki diğerleriyle de tanışmak istedim. Tabii senin kadar naziklerse."

Maren, Ursa'nın diğerleriyle arkadaş olması düşüncesinin göğsüne bir yumru gibi oturduğunu nasıl anlatabilir? Bu kadar yeni bir arkadaşlıkta kıskançlık yapması çok çocukça. Ayrıca vekilin karısını böyle gayrı resmi bir atmosfere sokma zorluğu da var. Ursa'nın kimseye Kirsten'in pantolonundan söz etmeyeceğinden emin ama ya duyacağı başka şeyler?

"Biliyorum, burada bir yabancıyım," diyor Ursa hızlıca, "ama öyle kalmak istemiyorum."

"Gel tabii."

"Beni sen götürür müsün? İlk seferinde yalnız gitmek istemem, hoş olmaz."

Maren'in elinden sadece başını sallayıp onaylamak geliyor.

"Tamam o zaman," Ursa gülümsüyor. "Anlaştık." Dikkatini yine işine yöneltiyor. "Şimdi, nerede yanlış yaptım, bakar mısın?"

Maren hemen uzanıp Ursa'nın dikişi sökmesine yardım ediyor ve bu kez izleyip takip edebilmesi için daha yavaş gösteriyor. İşleri bitene dek ateş iki kez sönüyor. Küçük pencerelerden görülen dünya sessiz ve gri, yaşayan her şey soluğunu tutmuş gibi, gece suspus.

Yüksüksüz çalışan Ursa'nın başparmağı kaba posta iğne geçirmekten kıpkırmızı ve kanıyor. Maren, bir dahaki sefere ona bir parça deri getirmeyi düşünüyor.

"Üstüne giyip denemelisin." Paltoyu onun için tutuyor ve Ursa üstüne geçiriyor.

Olduğu yerde dönen Ursa, "Nasıl görünüyorum?" diye soruyor. "Bir Vardø kadınına benziyor muyum?"

Hiç benzemiyor. Maren'in göğsü sızlıyor ve yüzündeki fırtınayı saklamak için başını öne eğip kalan ipleri sökmeye koyuluyor.

Ursa paltoyu çıkarıyor, kapının yanındaki askıya asıyor ve askıdaki diğer paltoyu alıp Maren'e uzatıyor.

"Ödünç verdiğin için teşekkürler." Yine sandığın başına gidiyor. Bu kez avucunda iki tohum ve metal paralar var.

"Buyur."

Paralar Maren'in elinde soğuk ve ışıl ışıl. "Bu çok fazla."

"Pişirme taşı, merdane ve diğer şeyler için az bile," diyor Ursa. Maren'in parmaklarını paranın üstüne kapatıyor. "Başarabileceğimi düşündüğümden çok daha fazlasını yaptık. Neredeyse şimdiden bir ev kadınıyım."

"Peki, anason tohumu..."

"Bir tane şimdi için, bir tane sonrası. Çarşamba görüşeceğiz, değil mi?"

Maren, Ursa'nın kal demesini, yolunu kesmesini, en azından gün dönene dek onu orada tutmasını istiyor. Ama Ursa kapıyı açıp sisli, onun güneşli gecede gözden kaybolmasına izin veriyor.

Ursa'yla geçirdiği zaman, Dag titreyerek gelip ona evlenme teklif ettiğinden bu yana hissetmediği şekilde fark edildiğini hissettiriyor. Çok sevse de Kirsten'le olan arkadaşlığı bile başka temellere dayalı.

Para şimdiye kadar görmediği kadar çok, köylerinde işler paradan çok takasla yürüyor. Madeni paralar eteğinde bir hakaret gibi şıkırdıyor. Bu birlikte geçirdikleri zamanı bir hizmete indirgiyor; Ursa için Kirsten neyse Maren de o. Yine de bu para çok fazla, bunu biliyor; yaz dönümünde Varanger'den gelen tüccarlardan alacaklarını hayli hayli karşılar. Üstelik annesi eli boş dönmesine izin vermez, tekrar gitmesini yasaklardı.

Peki, Maren onu dinler miydi? Annesinin hoşnutsuzluğu Maren'i o evden, Ursa'dan uzak tutamaz. Ursa yıllardır Maren'in edindiği ilk arkadaş ve Vardø'de geçen yaşamın zorluklarının dokunmadığı bir arkadaş. Fırtınadan önce bile hiçbiri onun kadar yumuşak değildi.

Pencerelerinden sızan ışığın siste yol alan bir gemiye benzettiği ev görününce Maren cebindeki madeni paralardan küçük, daha ağır olan üç tanesini çıkararak ayırıp onları bir bez parçasına sarıyor. Değerlerini bilmiyor, yüzeylerine bakarak anlayamıyor ama ağırlıkları ve renkleri, onların en değerliler olduğunu hissettiriyor.

Bunları, henüz bilmediği bir amaçla, kendine saklayacak. Belki Trøndheim'a gider ve yün kumaş alır, kendine Ursa'nın koyu mavi elbisesi gibi yakası cüretkâr biçimde omuzlara dek açık, manşetleri dantelli bir elbise yapar. Üstünde çok hoş durmayabilir ama yeni bir şeye, kenarları ve dikişleri yıpranmamış bir şeye sahip olmak iyi gelecektir. Avucunda ısınana dek paraları sıkıp bakışlarını göğe çeviriyor. Güneş alçak ve yoğun, ışığı görüş alanının köşelerine kayıyor. Belki bir gün kendine bir ev bile inşa edebilir.

Annesi uyanık, ateşin başında duruyor, pişirme taşı bir kurbağa gibi alevlerin içine çökmüş, annesinin yanında bir yığın flatbrød, masanın üstünde pişmemiş hamur var. Maren kapıyı kapatırken dönüp ona bakmıyor. Vekilin evinde bir gün geçirdikten sonra oda üstüne üstüne geliyor ve iyi süpürülüp temizlenmiş olmasına karşın daha önce hiç fark etmediği bir koku var: duman ve yıkanmamış saç. Boğazını temizleyince ağzına anason tadı geliyor.

"Anne?"

Annesi ellerini pişmiş ekmeğe uzatıyor, hafifçe vurup avucunda çeviriyor. Dumanı tütse de acele etmeden rafa taşıyıp dua eder gibi saygıyla bırakıyor. *Ekmek kadar kutsal bir şey yoktur*, diye düşünüyor Maren. Annesi daire şeklinde bir hamur parçası daha alıp taşın üstüne koyuyor.

Paltosunu çıkaran Maren, "Özür dilerim, geç kaldım," diyor. Ursa'yı anımsayınca aniden göğsü sıkışıyor. Yeni paltoyu nasıl da nadir bulunan, güzel bir şey haline getirmişti, kabarık tüylü bir kuş gibi.

Maren'in, paltonun kol yenine iki minik runik tılsım diktiğinden haberi yok, Diinna zamanında onların kötülüklerden koruduğunu öğretmişti. Bunu düşünmek Maren'i mutlu eder, görünmez mürekkeple yazılmış mesajlar gibi Ursa'nın soluk bileğine dokunacak, erimiş buz suyu gibi yeşil yeşil damarlarına geçecek.

Annesi hâlâ konuşmuyor ama kulaklarına yükselen omuzlarına bir gerginlik yerleşmiş, Maren ateşe yaklaşınca ekmeği çeviren annesinin çenesi kasılıyor. Elleri bu işe o kadar alışkın ki ateşe değil, dosdoğru önüne bakıyor, yüzü ateşin sıcaklığından boncuk boncuk terlemiş. Teni ateşle parlıyor, ağzının kenarındaki yara kabuk kabuk. Maren'in gözüne bir yabancı gibi geliyor.

"Anne?"

Maren paraları uzatıyor ve sonunda annesi önce ona, ardından eline bakıyor. Tek söz etmeden başıyla yüksüz cüzdanlarını, Erik'le evlendiğinde Diinna'nın babasından gelen boncuk dizisini ve Maren'in evlilik hediyesi olarak Dag'a vereceği, babasının bir deniz kabuğunun ağzında bulduğu gri inciyi sakladıkları çömleği işaret ediyor. Maren paraları çömleğe koyup annesine yardım etmek için ateşin başına dönüyor.

Omuz omuza çalışıyorlar ve sessizlik Ursa'yla olduğundan hem daha zor hem daha kolay. Bu işi annesiyle sayısız kere birlikte yaptılar, aynı bedenin parçaları gibiler.

Nihayet, "Nasıl biri?" diyor annesi.

Maren, Ursa'nın yumuşak ellerini, pürüzsüz yanaklarını, bir şeye daldığında ya da utandığında kırışan çenesini düşünüyor. Soluğundaki anason kokusunu, şimdi bir sır gibi bunu paylaştığını düşünüyor. "Beklediğin gibi değil."

Annesi buna inanmazmış gibi homurdanıyor.

"Yakında onu tanıyacaksın," diyor Maren. Annesi pişen ekmeği rafa götürürken taşa son hamuru koyuyor. "Çarşamba buluşmasına geliyor."

Bunu söylemek, Ursa konuyu ilk açtığında hissettiği kafa karışıklığını yeniden yaşamasına neden oluyor. Arkadaşlıkları hâlâ yeni ve şekillenmemiş halde, henüz kendini güvende hissedeceği kadar sağlam değil. Ya Ursa sonunda kendisine yardım etmesi için vasat birini seçtiğini, kolaylıkla çok daha iyi bir öğretmen bulabileceğini anlayacak olursa? Toril dikişte en yeteneklileri, Gerda kadar iyi yağ yapan yok, kasaplıkta kimse Kirsten'in eline su dökemez. Annesi yemek yapma, ekmek pişirme işinde çok daha becerikli – Maren çoğu kadar iyi huylu bile değil.

"Öyle mi?" Annesinin kaşları kalkıyor. "İlginç olacak. Senin Kirsten buna ne diyecek bakalım?"

"Neden bir şey desin ki?"

"Her şeyin merkezinde olmayı sever, yalan mı? Vekilin karısı oradayken idareyi o kadar kolay ele geçiremez."

"Aldırmayacaktır. Kadının önünde toplantılardan söz eden kendisi."

"Göreceğiz," diyor annesi. Flatbrød'leri fıçılara koymaya başlıyor ve Maren yardım etmek için yanına gidiyor. İnce duvarın arkasında Erik nihayet susuyor ve Maren, Diinna'nın kendi dilinde usulca konuştuğunu duyuyor. Erik'in *joik*'i.

Sabah kapının altından içeri sokulurken yatağa gidiyorlar ve Maren kalan parayı ve anason tohumunu cebinden çıkarmak için annesinin uyumasını bekleyip onları yastıktaki yırtıktan içeri tıkıyor. Anason tohumunu küçük ve sert biçimde yanağına denk gelecek şekilde yerleştiriyor ve grileşen kumaştan kokusunu alabilmek hoşuna gidiyor. Uzun yaz günlerinden birinde alçak dağa kürek çekmesi gerekecek. Süpürgeotunu fırtınadan bu yana değiştirmedi, artık yanmış ekmek gibi sert. Artık kendi paltosu olduğuna göre belki Ursa da onunla gelmek ister.

Duvarın ardından hâlâ Diinna'nın şarkısı duyuluyor. Erik uyanıyor olmalı ve Maren elini gözlerinin üzerine kapatarak aydınlanan günün ışığında gözkapaklarının kapanmasına izin veriyor. Yavaş yavaş uykuya gömülüyor ve babası ile erkek kardeşi için gelen balina su yüzünde beliriyor, Maren'i denize çağırıyor.

YİRMİ ÜÇ

Çarşamba buluşmasından önceki gün annesi Maren'i sürekli çalıştırıyor. Toril'in evine, onarılmış kışlık yelekleri almaya gidiyor ve kadın her zamankinden daha huysuz. Toril oldum olası sevilmesi zor, hayatı boyunca tanıdığı insanlara karşı bile soğuk biriydi ama fırtınadan bu yana inancını bir zırh gibi kuşandı, dindarlığını bir bıçak gibi savurur oldu. Maren şöminenin üstündeki rafta, yeni dövülmüş silahlar gibi dizilmiş beş haç sayıyor. Yosun ve sicimlerle şekil verilmiş daha fazlası da duvarlarda dizili.

Maren başıyla haçları işaret ederek, "Bunlar Vekil Cornet için mi?" diye soruyor.

"Tanrı için. Çoğu gün geliyor," diyor Toril.

"Tanrı mı?"

"Vekil." Maren, Toril'in öfkeli suratına bakıp gülmemek için yanaklarını ısırıyor. "Ama bugün gelmeyecek. Bugün..."

"Alta'da."

Toril'in yelekleri tutan eli bembeyaz kesiliyor. "Sana söyledi mi?"

Bey hakkındaki bilgisiyle dümeni Toril'in ellerinden alan Kirsten'i hatırlatmadan duramayan Maren, "Bir şeyler bilen tek kişi sen değilsin Toril," diyor. Onarılmış yelekleri almak için ellerini uzatıyor ama Toril kıpırdamıyor.

"Sizi ziyaret etmedi."

Maren omuz silkiyor.

"Etmediğini biliyorum. Lapon ve piçi o çatını altında olduğu sürece asla oraya gelmez."

Maren'in kalbi ani, alev alev bir öfkeyle doluyor. "Erik piç değil. Evlilerdi, düğünlerinde dans ettin."

"Dans falan etmedim," diyor Toril. "Öyle şeytani bir birleşmede dans etmem. Asla."

Maren'in avuç içleri sızlıyor. İçinden Toril'in suratına bir tokat patlatmak, saçlarını yolmak geçiyor. Fakat yelekleri elinden çekip almakla yetiniyor. "Diline hâkim olsan iyi olur Toril Knudsdatter."

Toril dengesini kaybedip sendeliyor, omzu rafa çarpınca haçların çoğu yere düşüyor. Yüreği güm güm atan Maren onu yerde haçlarını toplarken bırakıp evden çıkıyor.

Vardø'de yalnızca yazları görülen bir yoğunluk hâkim, kadınlar evlerinin dışına oturmuş ya tereyağı yapıyor ya Kiberg'den alınan balıkların pullarını ayıklıyor. Ama çok tanıdık olan bu koku, bu sohbetler Maren'i yatıştırmıyor. Dosdoğru Diinna'nın kapısına gidip dirseğiyle çalıyor.

Diinna'nın kapıya gelmesi zaman alıyor. Teni soluk, ağzı ince bir çizgi halinde, dağınık saçları cılız ve cansız. Maren, o ilk kış Kirsten karları kazıp Diinna'yı çıkarınca yüzünde beliren ifadeyi anımsıyor. Oda karanlık ve havasız, ekşi süt kokuyor. Maren battaniye sarılı yatan minik Erik'i, soluk alıp verirken yükselip alçalan göğsünü görebiliyor.

Diinna tek kelime etmeden yeleklerine uzanıyor ama Maren başını sallayıp ona içeri girmesini işaret ediyor. Kapı arkalarından usulca kapanıyor ve Maren oğlanın yattığı odaya biraz temiz hava girmesi için kapıyı açık bırakmasını söylemek istiyor ama yapamıyor.

"Toril'in evinden geliyorum."

"Görebiliyorum." Gün ışığında Diinna her zamankinden daha sefil görünüyor. Gözlerinin altı torba torba, bakışları donuk ve Maren, içki bulmuş olmasının imkânsız olduğunu bilmese onun sarhoş olduğunu düşünecek.

"Senin hakkında konuştu. Kötü şeyler söyledi."

"Ne önemi var ki?"

"Erik'le senin gerçek anlamda evli olmadığınızı söyledi."

Diinna'nın yüzünden bir acı dalgası geçiyor. Saçının ucunu ağzına sokup emmeye koyuluyor. "Oradaydı, evlendiğimizi gördü."

"Diyor ki..." Maren annesinin duymaması için sesini alçaltıyor. "Bu şeytani bir birleşmeymiş."

Diinna omuz silkiyor. "O her zaman böyleydi. Çocukken bile. Bir keresinde üstüme bir tencere dolusu sıcak su dökmüştü." Eli bir dantel gibi omzu boyunca uzanan yara izine gidiyor, Maren nihayet, bunu yapanın Toril olduğunu anımsıyor. "Neden bana eski hikâyelerle geliyorsun?"

"Ama bunlar boş laflar değil," diyor Maren. "Vekil onun sözlerine kulak veriyor. Çoğu gün oturup Toril'e dua ediyor."

Diinna burnundan gülüyor. "Saatler boyu sadece dua mı ediyorlar?"

Maren yeleklerin yere düşmesine izin verip Diinna'yı omuzlarından tutuyor. Parmaklarının altında sert kemiklerini hissediyor. "Diinna, lütfen. Sebt günü kiliseye gel. Senin yüzünü görmeli, seni orada görmeli."

Diinna silkelenip Maren'in elinden kurtuluyor. "Senin için, annen için Erik'i gönderiyorum. Bu yeterli."

"Bunun benimle ilgisi yok." Maren'in içinden onu tutup sarsmak geliyor. "Bu senin için, senin için değilse Erik için. Vekil kiliseye gitmediğini kaydediyor."

"Kayıt mı?"

"Defterine. Bunu defterine yazdı. Böyle şeyler bir kez yazıldı mı kolay unutulmaz. Ve sen bir..."

"Lapon mu?" Diinna gözlerini kısıyor.

"Asla bu kelimeyi kullanmam. Ama sana Kirsten'in Alta'da ve Kirkenes'te öldürülen Sámi erkeklerinden bahsettiğini anlattım."

"Onlar sadece rüzgâr tılsımcısıydı." Diinna'nın özenle ifadesizliğini koruyan yüzü bir an hüzünle kırışıyor. "Masumdular."

"İşte tam da bu yüzden dikkatli olmalısın." Maren dişlerini gıcırdatıyor. Aniden anımsayarak "Kiliseye ilk geldiğinde," diyor, "Vekil Cornet bir kadının davasına dahil olduğunu söylemişti. Belki buraya sadece bunu için gelmedi ama bu da nedenlerden biri. Kiliseye gelmek zorundasın."

"Bana sorarsan gözüne hiç gözükmemem en iyisi olur."

"Ama seni biliyor. Toril kilisede adını verdi ve sanırım vekile hâlâ senden söz ediyor."

"Onu tehdit ettiğim gün dilinde bir delik açmalıydım," diyor Diinna. "Hepimiz için daha iyi olurdu."

Maren, Diinna'nın fırtınanın hemen sonrasındaki o korkunç günlerde savurduğu tehdidi unutmuştu; şimdi tüm içini kaplayan bir bulantı hissediyor.

"Böyle şeyler söylememelisin."

"Neden, sen de mi cadı olduğumu düşünüyorsun?" Diinna gözlerini kırpmadan ona bakıyor.

Maren tırnaklarını avucuna geçiriyor, umutsuzluğu yerini yavaş yavaş kızgınlığa bırakıyor. "Gelmeyecek misin?"

Diinna dalgınca uzaklara bakıyor.

"En azından diğerlerini daha sık görsen? İyi olmaz mı?" diyor. "Eskiden bazılarımızdan hoşlanırdın."

Eskiden beni severdin, diye düşünerek yelekleri toplamaya koyuluyor. Diinna kılını kıpırdatmıyor. Hâlâ ıslak bir tutam saçı ağzında, saçını emerken çıkardığı ses Maren'in ağzında acı bir tat bırakıyor.

"Çarşamba gelsen? Eskiden gelirdin. Toril gelmiyor, kilise kadınlarının çoğu katılmıyor."

"Ama annen gidiyor. Ayrıca artık hepinizin kilise kadını olduğunuzu sanıyordum."

Doğrulan Maren, "Onlardan biri olmadığımı biliyorsun," diyor ve yelekleri ona uzatıyor. "Kirsten, Edne ve birçoğumuz onlar gibi değil."

"Evet," diyor Diinna, yumuşak kıyafetleri alırken. "Ama ben sizden biri de değilim."

İçeride Erik sızlanmaya başlıyor.

"Buluşmaya gelecek misin?" diyor Maren umutsuz bir halde, Diinna kapıyı açıp arkasından kapatmak için döndüğünde. Bir yanıt alamıyor.

Kapısının önünde bir ileri bir geri yürüyor. Toril kilisede Diinna'nın adını verdiğinden beri bir bir tuzak kurulduğunun farkında. Alta'dan gelen haberler durumu daha da kötüleştiriyor. Buraya yerleştiklerinden beri denizcilerin rüzgâr tılsımları için

Sámi'lere gitmesinin mahkemede bir önemi olmamış. Kirsten, Sámi'lerin bir gün içinde ölüme gönderildiklerini söyledi.

Kiliseye gitmenin Diinna'nın inançlarına, Sámi âdetlerine aykırı olduğunu biliyor ama ne yazık ki neye inandıkları değil, neye inanırmış gibi yaptıkları önemli. Maren kimi zaman kendisinin de bir parça rol yaptığını düşünüyor. Fırtınadan bu yana Tanrı'nın bakışlarını üstünde hissetmiyor ve vekil geldiğinden bu yana ise, Cornet karşısında duyduğu korku, Tanrı korkusundan çok daha büyük.

İçeride annesi tuzlu balıkları temiz bezlere sarıyor. Tuza bulanıp beyaza dönmüş farklı şekillerde bir sürü balık masanın üstünde. Kemikleri ufak bir yığın halinde kenarda; kimi iğne ya da tarak olarak kullanılacak, kimi sabun yapımı için kaynatılacak.

"Neden tartışıyordunuz?"

Maren yelekleri rafa koyup annesine yardım etmek için masanın başına geçiyor. "Diinna kiliseye gelmeyecek."

"Ee bu yeni bir şey değil ki." Annesi keskin bir bakışla ona dönüyor. "Neden uğraşıyorsun?" Maren eline bir balık ve cımbız alıyor. Aynı şeyleri yeniden konuşmak arzusunda değil.

"Ah, Toril?" Maren başıyla onaylıyor ve annesinin ağzından bir cıklama çıkıyor. "Erik'e evlenirken laf çıkacağını söylemiştim. Şimdi onu korumak için burada değil."

Ve sen de ona yardımcı olmak için hiçbir şey yapmıyorsun, diye düşünüyor Maren, içi açılmış morinanın kılçıklarını ayıklarken. "Onu çarşamba buluşmasına çağırdım."

Annesinin kaşları kalkıyor. "Diinna'yı ve vekilin karısını? Sence onları bir araya getirmek akıllıca mı?"

"Hımm. Bayan Cornet vekil gibi değil. Sorun olmaz."

"Göreceğiz." Annesinin sesinde heyecana benzer bir çınlama duyuluyor ve Maren bir kez daha annesinin Diinna'ya karşı olan hislerinin nefrete vardığını düşünüyor. Diinna alçak dağda kaybolduğunda annesi endişelenmiş olsa da artık annesinin, Diinna'nın Erik'i geride bırakıp kaybolmuş olmasını dilediğini düşünüyor.

"Ayrıca..." annesi dilini ağzının kenarında gezdiriyor, "her ne olursa olsun, buna Diinna, kendisi sebep olacak."

YİRMİ DÖRT

Yalnız uyumak Ursa'yı endişelendirmiş olsa da vücudu güç sarf etmeye hiç alışık olmadığından, kapıyı Maren'in arkasından kapatır kapatmaz derin bir uykuya dalıyor. Ertesi sabah erkenden süpürülmüş, derli toplu evinde, başında bir zonklamayla kafası karışık halde uyanıyor, yeni paltosu bir hayalet gibi, kapının arkasında asılı.

Paltosunu üstüne geçirip yürüyüşe çıkmayı, belki Maren'i bulmayı aklından geçiriyor. Bergen'deyken tek başına dışarı çıkması düşünülemez bir şeydi ancak kadınlarla dolu bu köyde dedikoduya sebep olmaz gibi. Ama Ursa bir tek kilisenin yolunu biliyor ve içinde oraya gitmek için en ufak bir arzu duymuyor.

Kendi kendine çarşambadan sonra daha fazla insan tanıyacağını, onlara ziyarete gidebileceğini söylüyor. Paltosu ve çizmeleriyle kendini daha rahat hissediyor. Kendine çay demliyor ve üstüne Maren'in kjernemelk'ten aldığı tereyağından sürerek bir parça flatbrød yiyor. Maren'le geçen bir gün bile etrafı farklı görmesini sağlamıştı: Daha önce yapacak hiçbir iş göremezken şimdi ateş için yeni odun getirmesi ve belki dünden kalan unu kullanarak kendisi ve Absalom için taze ekmek yapması gerektiğini biliyor.

Absalom beklediğinden çok daha erken geliyor. Çarşamba sabahı Ursa erken kalkıp giyiniyor, çay için su koyduğu sırada kapı sertçe açılıyor. Bir an kapıdakinin, onu toplantıya götürmek için erkenden gelen Maren olduğunu düşünüyor ama eşikte duran, siyah şapkasıyla Absalom Cornet.

"Bey." Telaşla yüzüne bir gülümseme konduruyor. "Ne kadar çabuk döndün?"

"Rüzgâr bizden yana değildi, Alta'daki durumla Hamningberg'den ilgilenmek zorunda kaldım." Ancak sahildeki komşu köye varabilmişti.

Ursa yüzünü inceliyor ama öfke belirtisi görmüyor. Kocası onu baştan aşağı süzüyor. "Kilisede miydin, hanım?"

"Affet beni bey, hayır. Sadece hoş görünmek istemiştim."

Kocasının kalın kaşları kalkıyor. "Kime?"

"Daha sonra diğer kadınlarla buluşacağım da."

Absalom'un tepkisinden hayli korkmuştu ama o başını sallıyor. "Güzel. Toril Knudsdatter mi gelip davet etti?"

"Hayır, bey."

"Sigfrid mi? Davet edeceklerini söylemişlerdi."

Ursa başını sallıyor. "Bu kadınları tanımıyorum."

"Kilisede yardım ediyorlar, Rahip Kurtsson'la birlikte ruhani eğitimlerini denetliyorum."

Ursa kaynayan suyu koyduğunda yapraklar fır fır dönüyor.

Kocasına taze demlenmiş çayı uzatırken Absalom'un kaşları çatılıyor. "Kim o halde?"

"Komşumuz, Fru Olufsdatter." Maren'in adını, hele hele Kirsten'in adını vermeye hiç niyetli değil.

"Anladım." Çayından bir yudum alıyor.

"Hamningberg nasıldı?" Toplantıya katılmasına açıktan açığa karşı çıkmamış olduğuna göre, Ursa artık konuyu değiştirmek istiyor.

"İyi, gayet iyi. Kiberg'den gelen vekil de oraya tıkılmış kalmış. Biraz atıp tutsa da iyi biri. Alta'daki Vekil Moe'dan bütün haberleri almış. Dava gayet açık ve net."

"Davaya katılacak mıydın? Ne için?"

"Dava bitmişti bile, ben yalnızca fikir edinmek istemiştim. Ancak hedeflerinde iki Lapon daha var, bu yüzden rüzgâr uygun olunca oraya dönmeye niyetliyim."

"Laponlar ne yapmış?"

"Ne için doğdularsa onu. Büyücülük."

"Cadı mı onlar?" Ursa kollarını bedenine doluyor.

"Genellikle," diyor Absalom. Ursa ilgisinin gururunu okşadığını anlıyor.

"Nasıl kanıtlanıyor?"

"Sınamalar var." Öne eğiliyor, sesinde inkâr edilemez bir heyecanla birlikte korku da var. "İskoçya'daki kralımız, Kral James cadıları belirlemek ve sınamak üstüne bir kitap yazdı ancak Laponları yakalamak gayet kolay. Gerilmiş deriden davulları var, onları çalarak şeytanları çağırıyorlar." Haç çıkarıyor ve Ursa teninin altında buz gibi bir akış hissediyor.

"Şeytanlar mı? Bunu yapabilirler mi?"

"Elbette, bir rahip nasıl Tanrı'ya seslenirse öyle," diyor Absalom usulca. "Eski zamanlarda, Kral Christian'ın emirlerinden önce böyle aletleri yok etmeleri konusunda yasa tarafından mecbur bırakılmamışlardı bile. Moe mektubunda bir tane ele geçirdiklerini yazıyor – bir şeyleri serbest bırakmaktan korkup yakmaya cesaret edememişler."

Ursa ürperiyor. "Sence bu mümkün mü gerçekten?"

"Böyle şeylerin mümkün olduğunu gördüm." Absalom'un sesi bir fısıltı. Onu korkutan bir şeyleri anımsıyor ve bu Ursa'yı huzursuz ediyor. "İskoçya'da çok büyük davalar gördük. Bir tane daha görmek için böyle bir yolculuğa çıkmaya ihtiyacım yoktu ama Vekil Moe'nun yöntemlerinden bir şeyler öğrenebileceğimi düşünmüştüm. Larsen'dan öğrenecek bir şeyim olmadığı kesin." Sandalyesine yaslanıyor. "Ben önermeden önce bir nüfus kütüğü oluşturmak aklına bile gelmemiş."

"Bey'i görmüş mü?"

"Görmüş, Alta'da." Suratı her zamanki esrarengiz ifadesini alıyor. "Diğer vekillerin çoğu eski arkadaş, eski denizciler."

"O halde bu büyük bir onur, değil mi bey?" Absalom başını kaldırıp ona bakıyor. "İskoçya'dan ta buraya, sadece ününle geldin."

Kocasının omuzları dikleşiyor, dudaklarının köşesinde belli belirsiz bir gülümsemeyle ona bakıyor. "Bu doğru, Ursa."

Fincanını kafasına dikip yenilenmiş bir coşkuyla ayağa kalkıyor.

"Kiliseye gidiyorum. Umarım buluşman güzel geçer. Hanım?" Ursa yüzüne bakıyor. "Kulakların açık olsun. İşe yarar bir şey duyarsan..." Gerisini getirmeden kapıyı arkasından çekip bir kez daha evden çıkıyor.

Ursa sonunda yeniden soluk alabiliyor. Bu işler midesini bulandırsa da Alta ve davaya ilgi göstererek iyi idare etti. Şeytan Bergen'de uzak bir şeydi ama burada? Belki de böyle şeyler mümkündür. Hızla kocasının fincanını temizleyip yeniden çay demliyor. Aynı posayı içmek istemiyor.

Güneş göğün tepesine varınca Maren, peşinde iki kadınla geliyor. Ursa annesini tanıyor ve nazikçe selam veriyor, kadınsa karşılık vermiyor. Onun yerine Ursa'nın arkasına, eve bakıyor ve bakışlarında öylesine büyük bir düşmanlık var ki Ursa onları içeri davet etmiyor, sadece paltosunu üstüne geçirip kapının mandalını takıyor.

Üçünün de önlerine bağlanmış bohçalar var ve Ursa kesmeye davrandığı kumaşın Maren'in annesinde olduğunu fark ediyor. Maren'in onun cahilliğinden söz etmemiş olduğunu umuyor. Biçimsiz figürleri arkalarındaki bir günlük morluk gibi gri-mavi görünen gökyüzüne tutturulmuş âdeta.

Yüzünde apaçık bir gerilimle, "Bu Diinna," diyor Maren.

Diğer kadın gözlerini kaçırmadan Ursa'nın gözlerine bakıyor. Gövdesi kadar büyük bir bohça taşıyor, yüzü geniş, elmacıkkemikleri çıkık. Ursa onu kilisede görmedi; bunun Maren'in, kocasının sorularından korumaya çalıştığı Sámi kadın olduğunu fark ediyor. Kapının üstüne runik oymaları çizen kadın.

Maren ve annesi kadar zayıf olsa da kadın bunu daha iyi taşıyor. Saçı tel tel ve uzun zamandır yıkanmamış gibi, uçları keçeleşmiş. Bohçasını öne çekiyor ve ancak o zaman Ursa bunun küçük bir çocuk olduğunu anlıyor ama bebek gibi taşınması gerekecek kadar küçük bir çocuk.

"Bu Erik," diyor Maren. "Erkek kardeşimin oğlu."

"Ve benim," diyor Diinna, sesinde meydan okumaya benzer bir tını var. Üçlüde endişe verici bir şey var, Ursa komşusunun evine kadar olan kısacık yolda Maren'in yanından ayrılmıyor.

Kapı aralık, içeriden artık tanıdık olan taze ekmek kokusuyla birlikte konuşma sesleri geliyor. Ursa kendine çeki düzen vermeye fırsat bulamadan Maren kapıyı itip açıyor ve sarı odaya dalıyor.

Duvar kenarların yerleştirilmiş banklarda kadınlar kucaklarında iğne işleriyle küme küme oturmuş sohbet ediyor. Duvarda, üzerindeki soluk taşlarla süs gibi duran bir raf var. Masa şöminenin önüne itilmiş, üstü ekmek ve balık ile su ve bira sürahileriyle dolu. Ursa bunu görünce yanında bir şey getirmesi gerekir miydi, dün yaptığı minik ekmeklerden alıp getirmeli miydi, düşünüyor.

Başta konuşmalar devam ediyor ancak Ursa içeri girince kiliseden tanıdığı ama adını bilmediği yüzler ona dönüyor. Nihayet, yerde ayaklarının dibinde oynayan çocukların sesinden başka çıt çıkmıyor. Kilisedeki ilk gün kapıldığı hislerle Ursa büzüşüp gözlerini eteğine dikiyor.

Sessizliği bozan Kirsten oluyor. "Sana gelir dememiş miydim?" diyor ateşin yanındaki mat saçlı kadına. "Eminim şimdi güzel tabaklarını çıkardığın için seviniyorsundur."

Kadın ayağa kalkıp elini uzatarak Ursa'ya yaklaşıyor. Fru Olufsdatter, evin sahibi. "Gelmenize çok sevindim, Bayan Cornet."

"Ursula, lütfen. Eviniz çok güzel."

"Kocamın babası inşa etmiş," diyor kadın. Ursa'nın hafifçe sağına geçiyor ve Ursa, kadının ateşin yanındaki rafta duran nesneleri saklamaya çalışıp çalışmadığını merak ediyor. Ursa'nın diğer tarafındaki Maren ağırlığını bir ayağından diğerine aktarıyor ama kadının âdeta saygı dolu bakışları Ursa'ya kilitlenmiş. "Geldiğiniz için teşekkürler."

Hâlâ orada oluşunu meşru kılmaya çalışan Ursa, "Beni Maren davet etti," diyor. Kadın bilinçli bir şekilde Maren'i görmezden geliyor ve Ursa aralarında bir tür uzaklık olduğunu anlıyor.

"Çok sevindim," diye yineleyerek masaya yaklaşıyor. "Yiyecek, içecek bir şey alır mıydınız?"

"Biraz susadım," diyor Ursa. Kadın masaya eğilip bir sürahiye uzanıyor. Ursa fırsattan istifade, rafa daha yakından bakıyor – nesnelerin hepsi taştan değil; rafın ortasında kaba işçilikle kemikten oyulmuş iki figür duruyor.

Fru Olufsdatter doğrulup ona bir fincan uzatıyor. Gemideki likörden bu yana içtiği su ve çaydan farklı, bulanık bir içecek. Ursa kabalık etmediğini umarak kokluyor.

"Yonca suyu," diyor Maren. "Biraz keskindir ama bence seversiniz."

Maren bu kadar yakınında olunca Ursa soluğundaki anason kokusunu alabiliyor. Bu onu rahatlatıyor ve burnunu kırıştırmamaya çalışarak bir yudum içiyor. Çok acı ama Siv'in Noel için aldığı pişirmelik elmalar gibi ağızda bir tatlılık bırakıyor. Agnete, doktorlar diyetinden katı gıdaları çıkarmadan önce bu elmalara bayılır, at gibi kıtır kıtır yerdi. Ursa'nın içi özlemle buruluyor.

Fru Olufsdatter ona endişeyle bakınca Ursa gülümsüyor ve başını sallayarak biraz daha istiyor, her ne kadar tadına alışmak zaman alacak gibi olsa da. Ateşin sağındaki sırada onlara yer açıyorlar, ince bedeniyle Diinna da rahatça oraya sığabilecek olmasına rağmen o, Erik'i diğer çocukların arasına bıraktıktan sonra kapının yanına gidip dikiliyor. Varlığı diğerlerini Ursa'nın orada olmasından çok daha fazla etkiliyor. Ursa, Diinna için üzülse de üzerindeki gözlerin açık bir hoşnutsuzluktan ziyade sadece temkinli olmasından memnun.

Sohbet, artık daha sessizce olsa da yeniden başlıyor, daha önce ortaya konuşan kadınlar şimdi yanlarındakiyle konuşuyor. Ursa, fincanının üstünden Diinna'ya bakıyor. Babasının kâtibi, Bay Kasperson bir süre Spitsbergen'de, bir balina kesim merkezinde muhasebeci olarak çalışmıştı. Onlara Laponların kısa boylu, vahşi görünümlü, iğne gibi ince ve keskin dişli insanlar olduğunu, boğazlarına tilki kuyruğu dolayıp başlarına sivri uçlu şapkalar taktıklarını söylemişti. Oysa koyu teni, çıkık elmacıkkemikleri ve diğer kadınların ona davranış şekli dışında Diinna'yı farklı kılan bir şey yok. Ursa Alta'daki davayı düşünüp Diinna'nın bunu bilip bilmediğini merak ediyor.

Bacaklarını dosdoğru önüne uzatan Erik de diğer çocuklardan ayrı oturuyor. Onun farklılığı daha belirgin: Çenesinde tuhaf bir duruş, bir gevşeklik var. Ursa çocukta bir sorun olup olmadığını merak ediyor. Agnete de yavaş bir çocuktu. Ama hastalığına rağmen büyüdükçe zekâsı keskinleşmişti. Belki Erik için de aynı durum söz konusudur.

Maren bohçasından geniş bir kumaş parçası çıkarıp ince iğnesini ve ipini eli alıyor. Kirsten önündeki alçak taburede duran bir erkeğe ait olabilecek kadar büyük bir çift astar yapmak için kürk kesiyor. Ursa kendisinin de yanında bir iş getirmiş olması gerektiğini fark ediyor.

"Yardım ister misin?" diye soruyor Maren'e ve Maren ona şaşkınlıkla bakıyor. Ursa onun kol yenlerini dikerken çıkardığı işi anımsadığını düşünüyor. Ama Ursa'nın yoğunlaşacak bir şeye ihtiyaç duyduğunu da hissetmiş olmalı ki ona küçük bir kumaş parçası muhtemelen bir yastık kılıfı ve kolayca parmaklarına batıramayacağı kalınlıkta bir iğne uzatıyor.

İğneyi ipliğe geçirirken, yama yapmak için daha ufak bir kumaşı eline alırken üstündeki gözlerin gayet farkında. Ama iğneyi kumaşa sokmaya fırsat bulamadan kapı yeniden açılıyor.

Yanında iki çocuk olan ince, ekşi yüzlü bir kadın içeri giriyor, arkasından başka bir kadın ve ona benzeyen, mavi gözlü ince dudaklı kız geliyor. Bu sessizlik Ursa'yı karşılayandan daha ani. Kirsten çizmelerin olduğu taburevi yana itiyor ve kollarını kavuşturup ayağa kalkıyor.

"Burada ne yapıyorsunuz?"

"Bildiğim kadarıyla burası senin evin değil, böyle bir soru soramazsın, Kirsten Sørensdatter." Kadın iki sepet taşıyor ve birinin üstündeki bezi kaldırıp sepeti Fru Olufsdatter'e uzatıyor. "Elim boş gelmedim."

Fru Olufsdatter sepeti almıyor. Görünmez bir akıntıya kapılmış gibi solgun ve korkulu görünüyor. Gözleri ateşin yanında duran, üstü kemik figürler ve taşlarla dolu rafa kayıyor. Kadın dudaklarını büküp sepetini masaya koyuyor. Ursa kadının boynundaki haçı fark ediyor ve onun, kocasının sürekli görüştüğü kilise kadınlarından biri olduğunu anlıyor.

"Sigfrid'le ve ben, yalnızca eşlik etmeye geldik. Ve Bayan Cornet'le konuşmaya."

Bayan Cornet'in kendisi olduğunu anlaması Ursa'nın birkaç saniyesini alıyor. Bu adı hâlâ kendisine ait hissetmiyor: Elindeki iğne gibi ondan ayrı ve keskin bir şey.

"Benimle mi?"

"Ondan ne istiyorsun, Toril?"

Yanında oturan Maren kaskatı kesilmişti, gözünün ucuyla ona bakan Ursa kadının yüzündeki açık hoşnutsuzluğu görebiliyor.

"Seni ilgilendirmez," diyor Toril.

Ursa onu engellemek için bacağını Maren'inkine dayıyor. "Size nasıl yardım edebilirim Fru..."

"Knudsdatter." Toril kaşlarını çatıyor. "Sanırım kocanız benden söz etmiştir."

"Benden de," diyor Sigfrid. "Gelip size eşlik etmemizi istedi."

Kirsten eliyle etrafı göstererek, "Yeterince eşlik eden var," diyor. Diğer kadınlar kaçamak bakışlarla birbirlerini süzüyorlar, Ursa, Kirsten'in mi Toril'in mi gazabından korktuklarından emin değil. Besbelli aralarında bir güç savaşı var, oysa Ursa birbirlerine denk olmadıklarını düşünüyor. O her durumda Kirsten'in yanında durmayı tercih eder.

"Karısı için daha iyi refakatçiler istiyor," diyor Toril, Absalom'un müdahalesini duyan Ursa'nın yanakları kızarıyor. Planlarından ona söz etmemeliydi. Toril, Ursa'nın önünde dikiliyor ve nihayet Maren'in annesi zaten tıkış tıkış olan sırada yana kayıyor. Toril diğer sepetini yere bırakıp Ursa'nın yanına süzülüyor.

Fru Olufsdatter hâlâ tehlike altındaymış gibi görünüyor. Bir kez daha rafın önüne geçip duruyor ve Ursa kemik figürleri saklamak için bir testinin yerini değiştirdiğini fark ediyor.

Sigfrid de sırada bir yer buluyor, yanından geçerken Toril'in sepetine takılıp deviriyor, sepetten yere dantel parçaları ve iplikler yayılıyor.

"Özür dilerim," diyor Sigfrid, toparlamak için çömeliyor. Toril cık cık sesleri çıkarırken kadınların bazıları dağılanları toplamak için ayaklanıyor. Kirsten ve Maren'in kımıldamadığını gören Ursa da yerinden kalkmıyor.

Diinna yerden bir iğne kutusu alıp Toril'e uzatıyor. Toril keskin gözlerle ona bakıyor ancak kutuyu almaya davranmıyor. "Beni tehdit mi ediyorsun?"

"Tehdit mi?" Diinna burnundan gülüp kutuyu sepete atıyor.

"Dilimi iğneyle delmeyi düşündüğünü unutmadım," diyor Toril tükürükler saçarak ve odadan mırıltılar yükseliyor.

Sesinde sert bir uyarıyla, "Toril," diyor Kirsten. "Yalnızca yardım ediyordu."

"Onun gibilerin yardımına ihtiyacım yok," diyor Toril. Ursa'nın yanındaki Maren geriliyor. Diinna bir şey söyleyecek gibi duruyor ama yanaklarını içine çekip Erik'i yerden almakla yetiniyor. Veda etmeden evden çıkıp kapıyı arkasından çarpıyor. Maren irkiliyor, peşinden gidecekmiş gibi görünüyor ve Ursa onu burada tutanın yalnızca kendisi olduğunu hissediyor.

Bu sırada Toril, Ursa'yla sohbet açmaya çalışmıyor. Yalnızca fazlaca yakın oturup dikecek bir şeyler çıkarıyor. Bu işte çok becerikli olduğu hemen göze çarpıyor, ustaca çalışan ince parmakları kenarları daha önce hiç görmediği bir dikişle birleştiriyor.

"E, Ursa." Kirsten'in sesi suskun odada bir çan gibi çınlıyor. "Maren şimdiye kadar sana neler öğretti? Getirdiğim postlardan güzel bir palto dikmişsiniz anlaşılan."

Yanında oturan Maren büzülüyor. Belki de Ursa'nın korktuğu gibi, aralarındaki anlaşmadan utanıyor. Ama artık çok geç.

"Çok iyi bir öğretmen. On sene yetecek kadar flatbrød'üm oldu sanırım ve paltom çok işime yarayacak."

"Palto mu?" diyor Toril. "Sen mi?"

Maren kadar ince olup duvara yapışabilmeyi dileyen Ursa'nın arkasına bakarak konuşuyor. Gözlerini işinden ayırmayan Maren yanıt vermiyor ama Ursa parmaklarındaki hafif titremeyi yakalıyor.

"Evet," diyor. "Maren sıcak tutacak bir şeyler yapmama yardım etti. Bergen'den uygun bir şey getirmemişim."

"Bayan Cornet, dikiş işlerinde size seve seve yardımcı olurum. Bu işlerde çok iyiyimdir. Bütün köy bunu bilir."

Kimse onu onaylamıyor ama Sigfrid dalkavuk gibi başını aşağı yukarı sallıyor.

"Bu palto gayet iyi, memnunum. Teşekkürler Fru Knudsdatter."

"Toril, lütfen." Sanki mümkünmüş gibi daha da yaklaşıp dizlerini Ursa'ya doğru çeviriyor. "Kocanız düzenli olarak buluşmamızın bizim için uygun olacağını düşündü. Bergen'den geldiğiniz için daha eğitimli birileriyle sohbet etmeye ihtiyacınız olacağını düşündü. Annem Tromsø'dendi..."

"Fru Olufsdatter Tromsø'lü," diye sözünü keser Kirsten. "Eğer Bayan Cornet eğitimli birileriyle sohbet etmek istiyorsa gitmesi gereken kişi sen değilsin, Toril. Tabii ezberden Kitabı Mukaddes dinlemek isterse o başka."

"Bunu kötü bir şeymiş gibi söylüyorsun, Kirsten Sørensdatter," diyor Toril aksice. "Vekilimizin kim olduğunu unutuyorsun. O da Rahip Kurtsson gibi din adamı. Karısının bundan daha iyi bir çevresi olmasını istiyor. Ve tabii Maren Magnusdatter'in becerebileceğinden daha iyi bir paltosu olmasını."

Ursa, Maren'i savunması gerektiğini düşünüyor ama sesi, Toril'in üstüne oturduğu etekleri gibi, zaptedilmiş. Kadın kendini toparlar gibi oluyor, sesi yine o mide bulandırıcı tatlılığa bulanıyor. "Belki daha sonraki günlerde birlikte zaman geçirmek istersiniz. Kocanızın genellikle kilisede ya da önemli işler için seyahatte olduğunu bili..."

"Bana eşlik edenler var, teşekkürler Fru Knudsdatter."

Toril'in bakışları onu ve kendini savunmak için tek kelime etmeyen Maren'i delip geçiyor.

Sesinde bir kırgınlıkla, "Gayet iyi," diyor Toril.

"Bitti mi Toril?" diyor Kirsten. "Şimdi bizi nazik varlığından azat edebilir misin?"

Toril iğnesini sepetine attıktan sonra ellerini sepetteki ıvır zıvırın üstünde gezdirirken duraksıyor.

"Dantelim nerede?" Odayı tarıyor.

Kirsten, sıkıntı akan bir sesle, "Dantel mi?" diyor.

"Sen mi aldın?" Kirsten'e dönüp dikleniyor, boyları arasındaki uyumsuzluk onları anneyle çocuk gibi gösteriyor. "Dantel işim hemen şurada duruyordu."

"Danteli ne yapayım ben?"

Ursa nefesini tutuyor ama Toril konunun kavgaya değmeyeceğini düşmüş gibi. "Elsebe, Nils, gidiyoruz."

Aniden ayağa kalkıp sessiz, uysal bir tavırla onu izleyen çocuklarını toparlıyor. Eşikte dönüyor, Sigfrid alelacele öteberisini toplayıp kızını peşinden sürüklüyor.

"Ateşin yanındakileri görmedim sanma, Fru Olufsdatter, ben geldiğimde evinden kaçanın da farkındayım. Böyle şeyler geçmişte kaldı. Vekil Cornet'in bunlara hiç tahammülü yok. Alta'da yakılan adamlar…"

Öfkesi parlayan Ursa, "Kocam," diyor, "insanların evinin düzenine, eşyasına karışmaz."

Tüm oda soluğunu tutmuş gibi. Toril buyurgan yüzünü ona çevirirken Ursa odadaki mutlak sessizliği iliklerinde hissediyor. Kadın kiliseden yeni dönen, duaları dudaklarında hâlâ taze duran Siv'i anımsatıyor: boyun eğmez, duayla güçlenmiş bir duruş.

"Siz daha iyi bilirsiniz, Bayan Cornet. Kocanıza arkadaşlarınızı seçtiğinizi söyleyeceğim."

"Kendim söyleyebilirim." Ursa'nın kalbi güm güm. Adamlar yakılmış. Absalom ona bu ayrıntıyı söylemeyi atlamıştı.

Toril çocuklarının çıkması için kapının yanında duruyor, yeniden Fru Olufsdatter'e dönerek konuşuyor. "Hediyemi kullansan iyi edersin." Başıyla masayı işaret ediyor. "Sepeti sonra alırım. Tanrı sizi korusun."

YİRMİ BEŞ

Sigfrid ve kızının ardından kapı çarparak kapanınca Maren nihayet yeniden nefes alabildiğini hissediyor. Kirsten ellerini çırpıp bir ıslık öttürüyor.

"Bayan Cornet, itiraf edeyim, böyle yürekli olduğunuzu tahmin etmemiştim."

Tüm bedeni titrese de, "Yalnızca aklımdakini söyledim," diyor Ursa sakince. Maren onu kollarının arasına alıp bir çocukmuş gibi sallamak istiyor. "Zamanımı nasıl geçireceğim o kadını ilgilendirmez."

"Kuklalar," diyor Fru Olufsdatter. Sesi Maren'e, eski bir paçavrayı andırıyor, kadının suratı da aynı oranda gri. "Onları unutmuşum, Bayan Cornet. Onlar… bir anlamı yok… oğlum ve kocam ölünce… Çoğumuzda var…"

Destek bekleyerek etrafa bakar: Herkes başını önüne, işine eğmiş.

"Gerçekten bir anlamı yok. Onları çoktan ateşe atmalıydım." Ama kımıldamıyor, yalnızca umutsuz gözlerle Ursa'ya bakıyor.

"Evinizde ne olduğu benim için hiç önemli değil, bu konuda ben de bana karışılmasını istemem."

"Sanki Maren'in yaptığı şey buymuş gibi geliyor kulağa," diyor Edne. Maren ona sert bir bakış atıyor.

"Ben yalnızca biraz yardım ediyorum."

"O kadın kimdi?" diye soruyor Ursa ve sesindeki hoşnutsuzluk Maren'i memnun ediyor.

"Kilisede Rahip Kurtsson'a yardım ediyor," diyor Kirsten. "Ve bana sorarsan artık kocanın resmi ajanı."

Başka kimse böyle bir söz söylemeye cesaret edemezdi ama

Ursa, oturdukları sırayı sarsan bir kahkaha patlatıyor ve Maren kıskançlığın bir bıçak gibi içine saplandığını hissediyor.

"Kuklalar için endişelenme, Fru Olufsdatter," diyor Kirsten. "Ursula onlara aldırmıyor, üstelik kocasının düşüncelerini Toril Knudsdatter'den daha iyi bildiğine eminim."

Ursa bu kez gülmüyor. Kaşlarının arasında bir kırışık beliriyor.

"Sana ne hediye getirmiş?" diye soruyor Edne.

Fru Olufsdatter sepete bakmak için kımıldamıyor, bu nedenle Kirsten sepete eğiliyor, kahkahayla kumaş ve sicimlerden yapılmış, bir haç çıkarıyor; Maren'in, Toril'e çarpıp devirmesine neden olduklarına benzer. "Burada bunlardan neredeyse iki düzine var. Hepimize fazla fazla yeter."

Bir tanesini Maren'e atıyor, o da bir an bile düşünmeden yakalıyor. Haçı olabildiğince çabuk elinden atmak istercesine bohçasının içine bırakıyor. Haç bir hediyeden ziyade tehdit gibi duruyor.

Çarşamba buluşmaları genelde akşama dek sürer ama Maren'in ne yemek yiyecek ne sohbet edecek hali var. Huzursuz bir sessizliğin ardından Ursa kıpırdanmaya başlayıp ona doğru eğilerek, "Gidelim mi?" dediğinde rahatlıyor.

Annesi Edne'yle konuşuyor, bu yüzden ikisi birlikte sessizlik içinde yola koyuluyorlar ve patlak veren fısıltıları arkalarında bırakıyorlar. Fru Olufsdatter yerine çökmüş, hayaletlerin peşini bırakmadığı birinin yorgunluğuyla Ursa'nın gidişini izliyor.

Ursa'nın kapısına vardıklarında Maren duraksıyor, çenesi kaskatı. İçeriye kulak verince vekile ait tok sesli bir mırıltı duyuyor ve ona yanıt veren bir kadın sesi. Maren bu iç bayıcı tatlı sesi tanıyor: Toril otoriteyle konuşuyor. Ursa geriliyor ama basamak ayağının altında gıcırdayınca sesler kesiliyor. Döşeme tahtalarının üstünde ağır adımlar duyulduktan sonra Vekil Cornet kaşlarını çatmış bir halde kapıda beliriyor.

Maren'i tamamen görmezden gelerek, "Hanım," diyor. "İçeri."

Ursa'nın rengi atıyor ama omuzlarını dikleştirip eşikten adımını atmadan önce Maren'e teşekkür etmek için dönüyor. Maren vekilin gövdesinin arkasını göremiyor ancak Ursa'yı selamlayan Toril'in sesini duyuyor. Vekil kapıyı yüzüne kapatınca Maren bir an öylece kalıyor. Ama ne yapacak? Kapıyı itip açsa olmaz, orada durup dinlese hiç olmaz. Kapının üstündeki runikler hâlâ belli belirsiz görünüyor, beyaz boyanın altındaki yara izleri gibi duruyorlar.

Kadınların yanına geri gidebilirdi ama Toril'in odaya saçtığı zehir orada kalmıştı. Annesi Toril'den hiçbir zaman hoşlanmamıştı ama son zamanlarda Maren bunun değiştiğini düşünüyor. Toril konuşunca ve ardından Diinna gidince annesinin yüzünde beliren tatmini fark etti. Toril Sámi'lerin köyü ziyaret etmesine oldum olası karşıydı, Kirsten ise hep bildiğini okurdu. Fakat kadınlar ve aralarındaki bölünmeler güçlendi ve gitgide insanı içine çeken derin bir uçuruma dönüşüyor.

Arsızlığıyla Kirsten bile rahatsız edici. Maren onun Ursa'nın evine pantolonla gelmesini unutmuş değil – en azından Toril bundan söz etmemişti, demek görmemişti. Aksi takdirde böyle bir dedikoduyu yayma fırsatını hayatta kaçırmazdı.

Maren ayaklarının onu eve taşıdığını fark etmiyor bile. O kadar kendi içine çekilmiş ki yalnızca balık ağı gibi birbirine dolanmış düşüncelerinin karışıklığını duyuyor. Diinna gitmeden hemen önce Maren'e kin dolu bir bakış attı ki eğer Maren bazı kilise kadınlarının Sámi'ler hakkında anlattığı hikâyelere inanır olsaydı lanetlendiğini düşünürdü. Diinna onun Toril'in oraya geleceğini bildiğini düşünüyor olamaz, değil mi?

Bunu Diinna cevap vermeyecek olsa da kapalı kapısına doğru söylüyor. Erik'ten de ses çıkmıyor. Diinna'nın sessizliği bir dalgaya dönüşüyor; Maren'i kapısından ötelere, ta Baar Ragnvalsson'un çatısı çürüyüp çökmüş, taşlar âdeta bir trol fırlatıp atmış gibi etrafa saçılmış evinin ötesine iten bir dalga. Bu ev bir zamanlar güzeldi ama Ragnvalsson yazları Sámi'lerle alçak dağda geçirmeye başlayınca yaşadığı bir yer olmaktan çıkıp yalnızca var olduğu bir yer haline geldi. Maren, onu nakışlı tuniği ve şapkasıyla, en soğuk havalarda bile dışarıda otururken görürdü, başını bir yana eğer, kapalı gözleriyle bir şey dinlermiş gibi öylece dururdu.

Bu anı bir darbe gibi geliyor ve Maren yumruğunu kalbine bastırıyor. Tüm o aylar boyu cesedi Erik ve babasınınkinin yanında yatmış olmasına rağmen onun için hiç yas tutmamıştı. Yaralarını bile hatırlayamıyor, tabii vardıysa. Belki de böylesi daha iyi. Eteklerini uçurup ısrarcı bir el gibi sırtına dayanan sert rüzgâra bir dua fısıldıyor. Saçları yüzüne çarptığı gözlerini ayaklarına dikmek zorunda kalıyor ve artık Herr* Ragnvalsson'un harabe evini ve adamın evin dışında oturan anısını göremiyor.

Bahçe duvarını geçip ardındaki çamurlu yeşilliğe yürüyor. Toprak üstündeki ufacık varlıkları ne çabuk yok olmuş, duvarın ötesinde hiçbir zaman insanlar olmamış ve Maren sanki troller ülkesine ayak basmış gibi. O ve Erik henüz çocukken, zaman zaman burada yetişen yoncaları toplama bahanesiyle onları avlamaya çıkarlardı. Annesi yoncaları yaprakları yumuşayıp sütümsü bir sıvı bırakana dek kaynatırdı, açlıktan kazınan mideyi yatıştırmaya birebirdir. İşaretleri, taş çemberleri arayarak yosun ve kısa otların arasında dolaşır, tümseklere ve kayalara oyulmuş kapıları bulmaya çalışırlardı. Yarım cümlelerle konuşur, birbirlerine bir çıkıntıyı ezdiklerini ve ölümüne lanetlendiklerini söyler, zaman zaman denizden yükselip burnu kaplayan siste birbirlerini kaybederlerdi.

Bir keresinde, kemiklerine dek sızan sonu gelmeyen gri, dondurucu sisin içinde aniden kendini tek başına bulduğunu anımsıyor. Hareketsiz kalmalı, ısınmak için çömelmeliydi ama o diğer tarafa geçtiğini düşünene dek yürümeye devam etmişti. İçine düştüğü dehşetten uyuşmuş haldeydi, sis kalkınca aniden bir kuş sürüsü havalanmış, Maren kendini altmış metre aşağıda denizin kayaları dövdüğü bir uçurumun sadece bir adım uzağında bulmuştu. Erik çamurları eze eze ona seslenerek koşuyordu: O, Maren'in de yapması gerekeni yapmış, hareketsiz kalıp beklemişti. Kızarmış yanakları yaş ve sümük içindeydi ve Maren onu itip korkak demişti ama Erik onun yüzünü öpüp korkuyla atan kalbini göğsüne bastırmıştı. Bu geri almayı dilediği sayısız ufak

* (Nor.) Bay. Orijinal metinde Norveççe bırakıldığı için yazarın tercihi bu metinde de aynen korunmuştur. *–yhn*

kabalıklarından biriydi, düşüncesizlik ya da daha kötüsü, incitme arzusuyla hareket edilmiş anlar.

Ayakları onu buraya, o noktaya getirdi. Şimdi gök masmavi ve bulutsuz, bu mavimsi gri ışık, kışın gelmesine henüz aylar olsa da kapılarını içinde kırağı bulacakları anlamına geliyor. Uçurumun kenarına cesaret edebildiği kadar yaklaşıyor. Acının henüz çok yeni, göğsüne saplı bir bıçakla yaşamak gibi olduğu o korkunç yılda buraya gelir ve sağlam bir rüzgârın onu aşağıya yuvarlayacağı kadar uçta dururdu. Gayet hızlı olurdu; bir bıçaktan ya da çay gibi demlenip içilen itüzümünden daha hızlı. Burası köyden görünmüyor, kanalı buzdan arındıran akıntı da bir cesedi hızla açık denize sürükler. Bu hepsinin bildiği bir şey, fırtına Vardø'nün bu tarafında kopsaydı asla erkeklerinin cesetlerini bulamazlardı.

Orada durduğunda bu hem bir meydan okuma hem de bir adaktı. Baar Ragnvalsson gibi, eve gitmesine ve yaşamına devam etmesine izin verilmesini bekliyordu oysa sık sık bunu gerçekten istediğinden şüphe ediyordu. Fırtınadan bu yana uğruna yaşayacak çok az şey kaldı. Fakat bir şey bunu değiştirdi; Maren bunu mevsimler kadar açık şekilde hissediyor. Birisi bunu değiştirdi.

Ayağının dibinde minik sarı çiçekler bitmiş. Bir tane babası, bir tane de Erik için koparıyor ve bir tane daha. Diğerlerini uçurumun kenarından rüzgâra bırakırken üçüncüyü dudaklarına götürüyor.

Tüm hafta boyu Maren korkuyla kapının çalmasını; artık ona ihtiyaç olmadığının, Toril'in vekilin ev işlerine yardımcı olmak üzere yerini aldığının söylenmesini bekliyor. Buna ve annesiyle Diinna arasında gerilimi gitgide artan düşmanlığa katlanması gerek. Cuma günü Erik'in hareketsizliği hakkında bir kavgaya tutuşuyorlar ve tansiyon o kadar yükseliyor ki Maren, Erik'i kapıp onlar kozlarını paylaşana dek Bay Ragnvalsson'ın evinin etrafında on tur atıyor.

Fakat kapısı çalınmıyor ve Sebt günü, Ursa kocasının dibinden ayrılmasa da ve Toril ile Sigfrid kadına adıyla hitap etse de onun aradığı yüz Maren'inki, ayinden sonra kocası bazı kadınlarla sohbet ederken yanına gittiği Maren.

"Yarın gelecek misin?"

Maren konuşmakta zorlanıyor.

"Genellikle kuşluk vaktinden önce gidiyor." Ursa parmaklarını usulca Maren'in eline dokunduruyor; rahatlatma amacıyla yapılan bir hareket. Bileğinde morluklar var, Maren'in baktığını fark edince hemen elini çekiyor. Kol yenlerini çekiştirip kocasının yanına öyle hızlı dönüyor ki Maren bunu hayal gördüğünü sanıyor.

Ertesi gün kolunun altında dokuma tezgâhıyla Ursa'nın kapısına geliyor, içeri girip Ursa'yla baş başa kalınca bedeninde bir gevşeme hissediyor. Günü perdelik kumaş dokuyarak, sakince, hatalarla dolu ve rahat sessizliklerle geçiriyorlar; Maren'in, Ursa'nın elinden çıkan iş gibi gevşek ve biçimsiz hissetmesine neden olan kolay dokunuşlarla dolu.

"Toril ne istiyordu?" diyor Maren. Ursa, sanki ona ihanet etmiş gibi çatık kaşlarla tezgâha bakıyor, dili dudaklarının arasında pembe bir leke.

"Çarşamba buluşmasında bir parça dantel kaybetmiş. Kirsten'in bana verdiği dantellerden ödünç almak istediğini söyledi ama bana sorarsan dantelini Kirsten'in çaldığını düşünüyordu."

Maren mekiğini indiriyor. "Bunu Absalom'un önünde söyledi mi?"

Tezgâha bakan Ursa başıyla onaylıyor. "Endişe etme, yanıldığını söyledim. Absalom sana kaba davrandığı için üzgünüm."

"Önemli değil." Bu beklemediği bir şey değildi. "Ona kuklalardan bahsetti mi?"

"Belki," diyor Ursa. "Diinna'nın da geldiğini duymak onu kesinlikle rahatsız etti. Bu buluşmaların zararsız olduğunu söyledim." Ya tezgâhla olan mücadelesinden ya da Toril yüzünden içini çekerek tezgâhı masaya bırakıyor. "Toril'in onunla Kitabı Mukaddes çalışmalarına devam etmesi, diğerleri için Hıristiyanlık görevlerini sürdürmesi gerektiğini de söyledim. Onu tamamen kendime saklamam doğru olmazdı. Öte yandan sen," diyor muzip bir gülümsemeyle, "sen tamamen ehemmiyetsizsin. Ve ucuz. Hem belki bir Lapon'la yaşadığın için ruhunu kurtarabiliriz."

Bu sözcük Ursa'nın ağzında çirkin duruyor ama söylediklerinin geri kalanı Maren'i o kadar memnun ediyor ki bir şey demiyor.

"Dahası artık haftada iki kez gelmen gerektiğine ikna oldu. O evden ve etkisinden ne kadar uzak olursan o kadar iyi, değil mi?"

Maren'in yüzü gülümsemekten sızlıyor, dudaklarının kuru derisi geriliyor ama Ursa tezgâhına uzanınca bileğinde toprak gibi koyu duran morlukları yeniden görüyor.

"Ne oldu?"

Ursa, sanki kendi bedenine ait değilmiş gibi bileğine bakıyor. "Hiç." Maren gözlerini ona dikiyor. "Absalom kimi zaman kendi gücünün farkına varmıyor."

"Toril yüzünden değil herhalde. Yoksa benim yüzümden mi?"

Yanakları kızaran Ursa, "Hayır," diyor. "Öfkeyle yapılmış bir şey değil."

Durumu anlayan Maren, "Sana böyle dokunmamalı," diyor. Öfkesi içinde kızgın demir gibi, ani ve korkutucu.

"Kocası tarafından dokunulmak bir kadının görevi değil mi?"

Açık sözlülüğü karşısında Maren'in yanakları kızarıyor. "Bilmem ki."

"Hiç evlenmemiştin değil mi? Fırtınadan önce?"

Maren ona Dag'dan söz etmek istemiyor, henüz değil. Başını iki yana sallıyor. "Hayır."

O günden sonra pazartesi ve perşembe günleri Ursa'nın evine gidiyor, yeni morluklar arıyor, bulamıyor. Ursa'nın bedeninin solgun genişliğini, kendisinin göremediği yerlerde morluk olup olmadığını merak ediyor.

Ursa çarşamba buluşmalarına geliyor, varlığının uyandırdığı ilgi hızla sönüyor. Maren, Fru Olufsdatter'in rafındaki kukla ve runik taşların ortadan kalktığını, yerlerine Toril'in haçlarından birinin yerleştirildiğini fark ediyor ama artık sıralar eskisi kadar dolu değil. Toril ve Sigfrid bir daha gelmiyor, Edne'nin de ayağı kesildi ve birkaç hafta sonra Maren'in annesi de katılmaz oluyor.

"Toril'in evinde toplanılıyor," diyor annesi. "Vekil de orada olacak, bizimle dua edecek. Gelmelisin, Maren. Vekilin karısı da orada olacak tabii."

Ama Maren, Ursa'nın gitmeyeceğini biliyor ve onlar Kirsten'in ilgi odağı olduğu, kilise kadınları hakkında zalimliğe varan şakalar yaptığı Dag'ın annesinin evine gitmeye devam ediyor. Maren bu şakaların karşılığında kilise kadınlarının onlar hakkında neler söylediğini düşünmemeye çalışıyor. Ursa kadınlar arasındaki anlaşmazlığa aldırmaz görünüyor, belki de kendini böyle şeylerin üstünde buluyor. Maren dışında kimseye Toril aleyhinde bir şey söylemiyor ve Maren zaman zaman Ursa'nın gerçek düşüncelerini bilenin yalnız kendisi olduğunu düşünüyor.

Tek odadan ve iki kişilik bir aileden oluşan bir ev için haftada iki gün yardım çok fazla. Maren'in bizzat kendisi toplanmasına yardım ettiği kadar dağınıklık çıkarıyor. İşlerini ağır ağır yapıyorlar, Ursa, aslında artık Maren'e ihtiyaç duymayacak kadar beceri kazandı ama gelmemesini söyleyen olmuyor. Geyiklerden ikisini kesip sarı böğürtlenlerle yahni yapıyorlar, Ursa tencereyi ateşin üstünde o kadar uzun süre tutuyor ki dibini saatlerce kumla ovalamak zorunda kalıyorlar. Maren ona ateşi canlı tutmak için üstünü külle kaplamayı öğretiyor, böylece sabahları kabuğunu kırıp içten içe yanan ateşte hemencecik su kaynatabilir.

Gitgide solan morlukların dışında Absalom'un varlığı bir izlenimden ibaret: Maren onu yalnızca kilisede görüyor. Ursa ondan çok az söz ediyor; Vardøhus'ten haber gelmemesinin kocasında yarattığı giderek artan hayal kırıklığını anlatıyor ve Maren de daha fazlasını sormuyor zira bilmek istemiyor. Çarşafları değiştirip onları yıkamaya yardım ediyor, Ursa'nın aylık kanamalarının devam ettiğini biliyor ve çok sık birlikte yatmadıklarını umuyor, oysa evde yalnızca bir yatak var, bir erkeğin üstünde uyuyabileceği uygun bir koltuk yok.

Yalnız olduklarında Maren orada yaşayanın vekil ve karısı,

hatta başka bir yaşamda kendisi ve Dag olmadığını bunun yerine Maren ve Ursa olduğunu hayal edebiliyor. Ve bunun yanlış, tehlikeli bir düşünce olduğunu bilmesine karşın birlikte geçirdikleri zaman haftalardan aylara döküldükçe kendini bu düşün kollarına daha sık bırakıyor. Absalom Alta'ya ya da başka yerlere gittiğinde akşamları da birlikte geçiriyorlar. Maren onun nerede olduğuna aldırmıyor, yalnızca asla geri dönmemesini istiyor.

Böyle zamanlarda, çoğu insan evlerinde oturur ya da uyurken onlar köyde yürüyorlar, aralarındaki mesafe Maren'in böğrüne kanca gibi saplanıyor. Çocukluklarından söz ediyorlar. Ursa ona ailesinin bir zamanlar zengin olduğunu ama artık fakirleştiklerini anlatıyor ve ne zaman Agnete'den söz etse Maren dondurucu bir rüzgâr gibi onu saran hüznü hissediyor. O da Ursa'ya Erik'le çıktıkları trol avlarını anlatıyor ve bu Ursa'yı güldürüyor.

Ursa'yı burna götürüyor, sonu gelmeyen loş ışıkta boynundaki ince derinin nasıl değiştiğini, rüzgârın, tanıştıkları ve Maren'in onun bir aptal olduğunu -ki annesi hâlâ bu fikirde- düşündüğü gün olduğu gibi, eteğini nasıl bedenine yapıştırdığını izliyor.

Ursa ona akıntıları kendine çeken, dünyanın sonundaki kara taşı anlatıyor.

"Hani şu bizim geldiğimiz gemi *Petrsbolli*'nin kaptanı, Kaptan Leifsson çağlayan olmadığını, hatta bir kaya bile olmadığını düşünüyor." Pırıl pırıl gözlerle Maren'e dönüyor. "Ama bence var. Bir gün oraya gidip o kayayı görmek isterdim."

Maren, Ursa'ya uzanıp ona sarılmak istiyor ama artık hoşgeldin ya da hoşçakal derken yaptıkları gibi yumuşakça değil. Tüm bedeniyle onu kucaklamak istiyor, Dag'ın kayıkhanede yaptığı gibi.

Kimi zaman bu düşünce geceleri yakasına yapıştığında karnında bir zonklama hissediyor ve elini bedeninden uzak tutmaya çalışıyor. Annesi yanında horlarken bile kolay değil bu ve rüyaları adını fısıldayan kaygan ağızlarla dolu, kimi zaman Dag'ın, çoğu Ursa'nın sesi, yüzü yüzünde, neredeyse kemiksiz elleri Maren'in kaburgalarının körelmiş zayıflığı üzerinde yumuşak.

Bunu dünyadan iyi sakladığını düşünüyor; annesine Ursa'dan

olabildiğince az söz ediyor ve yüzünde ya da sesinde bir şeyler yakalayabileceğine emin olduğu Diinna'ya daha da az.

Hislerinin saçmalığını bilerek bunu en çok Ursa'dan saklıyor. Ama bunun geçmesi için dua etmiyor, kilise de Erik ve babası haricinde bir şey için dua etmiyor. Bu sır onu yiyip bitirmiyor. Aksine, güçlendiğini, parıltılı ve nadir bulunan bir şeye dönüştüğünü hissediyor. Kendine Ursa'yı sevdiğini söylemiyor ama bunun aşka dair bildiği her şeyden daha yakın olduğunun farkında. İçindeki bu hisle, kendini pantolon giyen Kirsten kadar güçlü hissediyor, bu histen büyük keyif alsa da aynı derecede riskli, tehlikeli olduğunu da biliyor.

YİRMİ ALTI

Bey'in mektubu Vardø'ye varışlarından yaklaşık dört ay sonra geliyor. Ursa'nın vakti Maren'le ve onsuz atlatmaya çalıştığı günlerin hesabıyla geçiyor. Artık, kocası ona yaklaştığında derinliklerine saklandığı zihninde Maren var. Burunda rüzgâra karşı Maren'le yürüyor; altındaki zemin o kadar oynak ki mutlaka sendeliyor ve kahkahalarla arkadaşına uzanıp tutunuyor; kocasının pençeleri bileklerinde yeni morluklar bırakırken Maren'in güçlü elleri onu düşmekten koruyor.

Birlikte yattıkları gecelerde kocasının eski öfkesi yok ama bu hâlâ hoş bir şey değil. Kocası artık pek ses bile çıkarmıyor ve Ursa bunun kocası için bir görev haline gelip gelmediğini düşünüyor, belki de ikisi için de en iyisi hamile kalması, böylece bu işe bir son verebilirler.

Yaşamında bir bebek olduğunu hayal etmeye çalışıyor ama bu da hiç bilmediği bir toprak, tıpkı buraya varışlarından önce Vardø hakkında hissettikleri gibi. Nasıl buraya alışmak zorunda kaldıysa ona da alışacağını düşünüyor, hem belki Maren bu konuda da ona yardım eder ve çok zor olmaz ama yumuşak karnının sertleşip şiştiği düşüncesi midesini bulandırıyor.

Ursa'nın bu konuda bildiği azıcık şeyi de annesinin Agnete'yi ve çok sayıda ölü doğan kardeşini dünyaya getirişinden öğrendi. Yaşayan bir bebeğin doğumunda bile çok fazla kan söz konusu. Kimi zaman bunu Maren'le konuşmayı düşünüyor. Ancak Maren'in iffet taslamayacağını bilse de morluklara verdiği tepki fikrini değiştirdi. Diinna ve Erik sayesinde bazı şeyler biliyor olabilirdi ama her zaman konuşacak daha önemli bir şey ya da korunması gereken bir sessizlik vardı ve bu sessizlikler esnasında o kadar rahattı ki Ursa sonsuza dek içlerinde uzanabilirdi.

Maren bir nişanlıdan ya da evlenmeyi istediğinden hiç söz etmedi. Bergen'de evlenmemiş kadınlara pek rastlanmazdı tabii orta yaşlara gelmeden dul kalan kadınlara da. Vardø limanına erkekler, çoğunlukla denizciler balık satmak, teknelerini fırtına bulutlarından korumak, kürk ve dikiş nakış işi ticareti yapmak için gelirler. Ama sınırda kalır, kimi zaman teknelerinden inmezler bile ve gidip onları karşılayan Kirsten olur. Ursa bu ada, yaşayanları buradan uzak tutan tüm o boğulan adamlar hakkında dedikodular döndüğünü varsayıyor.

Absalom bu söylentileri duymuş olmalı. Alta'ya gidip geliyor ve dönüşünde zaman zaman yeni davalardan, yeni yakalanan Sámi'lerden söz ettiğinde Ursa artık bunun yakılmak anlamına geldiğini bildiğinden ayrıntıları sormuyor. Vardø dışında bir dünya olduğunu neredeyse unutacak, özellikle de deniz her şeyi örten o sisi yolladığında ve Maren'le o, kol kola, dip dibe burunda aheste adımlarla yürüdüğünde. Bu, güneşli bir günde bile tuhaf bir manzara. Orman yok, kalça boyu çalılıklar yok ve gece yarısı güneşinde bile çoğu gece paltosunu giymesini gerektirecek kadar soğuk.

Artık mevsim yavaş yavaş dönüyor ve yakında kış başlayacak. Kışın zorbalığı hakkında Ursa'nın hiçbir fikri yok ama günler kısaldıkça soğuk eklemlerine öyle bir saplanıyor ki eli ayağı tutmaz oluyor. Bergen'de evin yarısını kapatır, kalan odaları o kadar çok ısıtırlardı ki o ve Agnete, Siv izin verdiğinde iç gömleklerinden başka şey giymezlerdi. Burada paltosunu üstünden hiç çıkaramayacak, kocasıyla yataktayken, üstlerine postları çekmişken bile.

Babasından ya da kız kardeşinden tek satır gelmiyor. Kimi zaman burundan topladığı süpürgeotlarından ya da eğri büğrü dikiş işlerinden birini gönderebileceğini, Absalom'dan bir not yazıvermesini isteyebileceğini düşünüyor ama bunu yapmıyor. Artık aralarında aylarca uzaklık var, öyle ki neredeyse yüzlerini, kız kardeşinin kıpır kıpır bedeninin yanına kıvrılışını, morluklar yaratan diz darbelerini, yataklarının her gece nasıl da temiz olduğunu, akşam yemeğinde masaya her zaman peynir ve kendisinin ölü bedenden kesmek zorunda olmadığı et dilimlerinin konduğunu unutmak istiyor. Bergen'deki yaşamına olanaksız bir özlem duyuyor, bu toprakların ağaca duyduğu özlem gibi.

Absalom, Ursa'nın tahminince diğer vekillere ve Bey'e birçok mektup yazıyor ama çok az yanıt alıyordu, bu nedenle eve elinde kare şeklinde bir kâğıt, bir davetle geldiğinde Ursa çok şaşırıyor.

"Bölge Beyi Cunningham gelmiş!" Yüzü pırıl pırıl, gözlerinden etrafa zafer yayılıyor. "Vardøhus'te, biz de akşam yemeği için kaleye davetliyiz."

Absalom ona orada en az bir gece kalacaklarını söylüyor, yalnızca bir buçuk kilometre uzakta olsa da kalmaları beklenirmiş. Ursa'nın sandığı ve büyük bavulu dışında çantası yok, bu yüzden güzel elbisesini, iç etekliğini ve çamaşırlarını çantasına koyması için Absalom'a veriyor. İkisinin kıyafetlerinin birbirine yapışık olduğunu düşünmek midesini bulandırıyor. Kocası Rahip Kurtsson'a haberi vermek için kiliseye gidince Ursa da evden kaçıp koşar adım Maren'in evinin yolunu tutuyor.

Maren kapıyı açtığında bezgin görünüyor fakat kapıyı kimin çaldığını görünce ifadesi yumuşuyor. "İyi ki geldin. Annemin boğazına yapışmak üzereydim. Yürüyüş yapalım mı?"

Ursa evet demeyi her şeyden çok istiyor fakat başını iki yana sallıyor. "Sana Bey'in evine davet edildiğimizi söylemeye geldim. Gece orada kalacağız."

Maren kaşlarını kaldırıyor. "Kalede mi? Ama çok yakın."

"Biliyorum," diyor Ursa, "ama Absalom çok heyecanlı."

Ursa ne zaman Absalom'dan bahsetse olduğu gibi, Maren'in yüzünden bir gölge geçiyor.

"Tamam," diyor. "Döndüğünde haber verir misin?"

Ursa başını aşağı yukarı sallıyor. "Tabii veririm."

Maren geri, eve doğru bakıyor ve Ursa söyleyeceklerinin etkisini artırmak için elini tutuyor. "Ama sen yürüyüşe çıkmalısın. Sana iyi gelir, biraz açılırsın." İçeriden gelen tartışma sesleriyle kaşları kalkıyor. "Cinayet işleyip hapse atılmaktan iyidir."

Maren'in yanaklarında aceleci bir gülümseme beliriyor. Deniz rengi gözlerindeki ifade anlaşılmaz. "Kendine iyi bak," diyor.

"Sen de."

***

Ertesi sabah Absalom onu erkenden kaldırıp yürüyüş için çizmelerini giymesini söylüyor ama evden çıkıp birkaç adım attıktan sonra Ursa'nın kulağına Bergen'den bu yana duymadığı bir ses geliyor: Nalların tıkırtısı, bir at arabasını gıcırtılı sesi. Araba yanaşınca Absalom'un gözlerinin içi gülüyor.

"İşte, şimdi hazırız, Ursa."

Ursa arabaya binmeden eve dönüp terliklerini giyiyor. Atlar bir deri bir kemik kalmış, koşumlarının içinde sallanıyorlar: Geçen gemilerden biriyle getirilmiş olmalılar, deniz yolculuğu onlara iyi gelmemiş. Ama at arabası hafif ahşaptan ve üstü kapalı, bu nedenle yük arabasından çok daha iyi. Absalom arabaya binmesine yardım ederken bütün komşular izlemek için dışarı çıkıyor. Ursa dışarı bakmak için başını uzatıp Maren'i görebilmeyi deniyor. Onu görmeyi, böylece daha sonra durumun saçmalığına, bir buçuk kilometrelik at arabası yolculuklarına birlikte gülmeyi istiyordu. Fakat Maren orada değil. Onun yerine acımasız gözlerle bakan Toril'i ve hemencecik güzelim evine sıvışmaya davranan Fru Olufsdatter'i görüyor.

Köyden çıkar çıkmaz kale görünüyor, özelliksiz dümdüz toprağın üstünde yükselen gri ve yeşil bir taş yığını haricinde bomboş. Tam anlamıyla baş döndürücü, Kaptan Leifsson buranın Novgorod ile Norveç-Danimarka arasında kısa bir çekişmeye neden olduğunu söylemişti ve Bey'in buraya yerleştirilmesinin sebebi de bu.

"Balıkçılık ve balina avcılığı olmasa kimse önemseyeceğini sanmam," demişti. "Ama Vardøhus kimin elindeyse Barents Denizi'nin geçişlerini de o kontrol eder, yaz boyu hayli altın toplanır." Ursa'nın gözüne zengin bir yer gibi görünmüyor ama Bey buraya henüz geldi.

Yolculuk başladığı gibi bitiyor. Bey onları karşılamak için gelmiyor ve kocası tek kelime etmese de Ursa onun hayal kırıklığını üstüne düşen bir yağmur bulutu gibi hissediyor. Kıyının duvarlarla aynı türden gri taşlarla yükseltildiğini fark ediyor. Maren yürüyüşlerinde onu buraya hiç getirmedi ve Ursa burayı gemiden gördüğünden beri içinde bir korku uyandırdığını şimdi anlıyor. Tahkimat duvarında, başında iki muhafızın beklediği aralıktan geçerken Ursa'nın tüyleri diken diken oluyor. Son birkaç dakikada aylardır gördüğünden daha fazla erkek gördü. Yassı taşlarla döşenmiş, aylardır yağmur yağmamasına rağmen kaygan bir yoldan ilerleyerek boş hendeğin karşı tarafına geçiyorlar. Ursa kaymamak için Absalom'un koluna girmek zorunda kalıyor.

Duvarın bitiminde metal menteşeli bir kapı var. İçeri girmeden önce kapının demirli gözcü ızgarasından bir muhafız onlara bakıyor. Eşiği geçince kapı olanca ağırlığıyla arkalarından kapanıyor ve Ursa irkilerek sıçrıyor.

"Hapishane gibi," diyor.

"Öyle," diye yanıtlıyor Absalom.

Bu hayal ettiği gibi bir kale değil. İçeride duvarların köşesine sıralanmış çok sayıda bina var. Absalom birini işaret ederek yanındaki muhafıza soruyor. "Hapishane şu mu, ha?"

Muhafız hafifçe başını sallıyor. "Cadı deliği."

"Cadı var mı?"

Binayı fark eden Ursa'nın merakı uyanıyor. Daha önce hiç hapishane görmedi. Yapı uzun ve dar. Yüksek, ufak pencereleri demirli.

Muhafız bu defa omuzlarını hareket ettirerek başını daha yavaş sallıyor. Birçok denizcinin kullandığı kaba bir İngilizceyle cevap veriyor. "İki tane. Tılsımcı. Varanger'den gelen Laponlar."

"Görebilir miyim?" Absalom'un sesinde gergin bir şey var. Heyecan.

Muhafız en büyük binayı işaret ediyor. "Bey Køning sizi görmek istiyor, sonra da akşam yemeğine oturulacak. Bey her şeyin tam zamanında yapılmasını ister." Adamın duruşu keskinleşiyor. "Filomuzun kaptanıydı. Korsanları Spitsbergen'den sildi attı."

Savunmaya geçen Absalom, "Yazışmıştık," diyor. "Biliyorum."

Muhafız saygılı bir tavırla başını aşağı yukarı sallıyor ve Ursa kocasının yanında bedenini küçülten Maren'i anımsıyor.

Sırtlarını hapishaneye vererek ana binaya giden yolun kaygan taşları üstünde yürüyorlar. Ev diğer binalardan daha yüksek,

Ursa için alışılmadık bir mimari yapıda inşa edilmiş, tıpkı duvar gibi bina da taştan örülmüş ama pencerelerinde ahşap dokunuşlar ve hatta çatının altında oymalı kalkan duvarı olan yapının geniş ön cephesinin tam ortasında bir kapı var. Muhafız kapıyı çalmadan açıyor ve onları geniş bir koridora yönlendiriyor. Ev kısa süre önce taşınılmış gibi gözükmüyor. Ursa'nın ayaklarının altında bir yün kilim var, desenleri parlak pembe ve sarı, yumuşaklığı insanı yatıştırıyor.

Muhafız onları sol tarafa, çıtır çıtır ateşin yandığı, koyu ahşaptan yapılmış alçak masanın üzerine Çin porseleni fincanların durduğu bir odaya sokuyor. Duvarda islenmiş bir örtü asılı, pencerelerde ağır perdeler ve kilimle uyumlu kırmızı kuşaklar var. Masanın üstündeki çaydanlığın yanında, içinde beş leylağın olduğu bir vazo bile mevcut.

"Lütfen burada bekleyin." Muhafız kapıyı yavaşça ardından kapatıyor. Ahşap kanepenin kumaşı kilimle aynı renkte ama hayli yıpranmış, desenleri solmuş, Ursa otururken dolguları kollardan fışkırıyor. Kanepe, kilise sırası kadar sert.

Ursa leylaklara yakından bakıyor: Kâğıttan yapılma çiçekler. Şimdi vazoda su olmadığını ve çiçeklerin toz içinde olduğunu görebiliyor. Ama yine de bu görüntü, bu zevksizlik belirtisi onu neşelendiriyor.

Absalom ne oturuyor ne çay koymaya davranıyor. Ursa kuruyan boğazı ve deniz tuzuyla kalınlaşan dudaklarıyla, geniş odayı arşınlarken uzun, siyah paltosu her geçişinde alevleri titreten kocasını izliyor.

Gergin olduğunu anlıyor ve onu sakinleştirecek bir şey söyleyip söyleyemeyeceğini düşünüyor ama tam da bu güçten yoksun olduğunu fark ediyor. Annesi babasını ufak bir dokunuşla, usul bir solukla yatıştırabilirdi. Babası rüzgârda bükülen bir saz gibi annesine eğilir ve yüz hatları gevşerdi. Absalom Ursa'nın bakışlarını fark ediyor. Kaşlarını çatıp yüzünü diğer tarafa çeviriyor.

Kapı açılınca Ursa hızla kalkıyor ama gelen yalnızca muhafız.

"Kusura bakmayın, Vekil Cornet. Bey'in acil bir işi var, biraz geç kalacak. Belki..." Dokunulmamış çaydanlığı fark ediyor. "Beklerken biraz kurabiye almak ister misiniz?"

Sakalının altında kasları seğiren Absalom, "Hayır," diyor.

"Bayan Cornet?" Muhafız bakışlarını Ursa'ya çeviriyor.

Ursa'nın istekle ağzı sulanıyor, tereyağı, şeker ve belki biraz kuşüzümü...

"Hayır, böyle iyiyiz." Kocası ona sert bir bakış atıyor. Kapı kapanıyor.

Ursa kocasıyla günün birinde Maren'le paylaştıkları gibi huzurlu bir sessizliğe kavuşup kavuşamayacaklarını düşünüyor. Absalom oturuyor ve Ursa'ya ıslak ahşap ve ilaç gibi kokan çaydan koyuyor. Kocası ise âdeta Bey'i çağırır gibi sabit bakışlarını bir an bile ayırmadan kapıya dikmişken Ursa, halihazırda soğumuş ama en azından el oyalayan çayı minik yudumlarla içmeye koyuluyor. Ursa hapishanedeki cadıları düşünüyor... muhafız ne demişti? Tılsımcılar. Absalom sandalyesinde kıpırdanıyor, çaydan bir yudum alıp yüzünü buruşturuyor ve fincanı masaya bırakıyor.

"Çayı beğendin mi?"

Bunu Norveççe söylüyor ve aksanı gitgide düzeliyor. Ne zaman kendisine hitap etse Ursa'nın bedeni sarsılıyor ve kalbi hızlanıp elleri titriyor. Fincan tabağın üstünde titremesin diye masaya bırakıyor. *Sakinleş*, diyor kendi kendine.

"İdare eder."

"Bunu neden yapıyorsun?" Absalom dosdoğru ona bakarak sandalyesinde arkasına yaslanıyor. Ursa dikkatinin yeniden kapıya yoğunlaşması için neler vermezdi. "Bir şeyi sevmedin mi bırakmalısın."

Sesinde kınama var. Ursa haklı olamaz, onu memnun edemiyor. Fincanı eline alıp çayı bitiriyor. "Sevdim."

Kollarını kavuşturan Absalom kapıyı gözlemeye geri dönüyor. Belki yarım saat daha bekliyorlar –odada saat yok– bu kez kapıyı peşinden hizmetçi çocuğun geldiği bir kadın açıyor.

"Vekil Cornet, ben Christin Cunningham." Ayakta duran Absalom ve Ursa'ya başıyla selam veriyor. "Kocamın kusuruna bakmayın. Sanırım vergilerle ilgili bir sorun. Genellikle öyle oluyor."

Ursa sesindeki hafif Danca aksanını tanıyor, babasının eski ortağı Bay Brekla gibi. Gözleri iri ve gür, düz kirpiklerle çevrelenmiş. Ursa'ya dönüyor.

"Siz de Bergen'den gelen zarif karısı olmalısınız." İki elini de uzatıyor, utanan ve kadının içtenliğiyle keyiflenen Ursa ellerini tutuyor. "Beni affedin, ilk adınızı bilmiyorum."

"Ursula, Fru Cunningham. Ursula Cornet."

Christin, "Ne kadar da güzel," diyerek gülümsüyor. Anaç bir sıcaklığı var oysa yaşı otuzdan çok da büyük olamaz. Siv'in taktıklarını andıran beyaz bir başlığı var ama dantellerle süslenmiş ve zarif biçimde kolalanmış; başlığı anlının gerisine itmiş, böylece koyu renk saçlarının ayrımı görünüyor.

"Çok iyi bir seçim yapmışsınız, vekil." Oğlana dönüyor. "Oluf sizi John'ın çalışma odasına götürecek. Biz de..." Ursa'nın elini kolunun altına alıyor, "mutfağa gidelim. Orası daha samimi."

Kadın onları koridora çıkarıyor ve hizmetçi oğlan Absalom'u sağa götürürken Ursa ile Christin birkaç basamak merdiven inip misafir odasından biraz daha ufak, kare şekilli mutfağa giriyorlar. Havuç temizleyen iki kadın başlarını kaldırıp onlara bakıyor. Ateşin üstünde fokur fokur kaynayan bir güveç tenceresi duruyor ve mutfağa iştah açıcı bir koku yayılmış.

Norveççe konuşmaya geçen Christin'in aksanı daha da belirginleşiyor. Ursa, babasının kâtibiyle ufak konuşmalar sayesinde öğrendiği çat pat Dancasını kullanmak zorunda kalmadığı için rahatlıyor.

"Burada olman çok güzel. Diğer vekillerin çoğu kilise adamı ve evli değiller, bir kısmı da ya çok yaşlı ya çok uzakta."

Christin onu ateşin yanındaki kanepeye götürüyor ve havuçla uğraşan kadınlardan biri işini bırakıp onlara çay koyarak önlerindeki masaya yuvarlak, koyu renkli kurabiyeler bırakıyor – Ursa'nın midesi kasılıyor.

Başlığını çıkaran Christin, "Umarım sakıncası yoktur," diyor. Saçlarını düzgünce başına dolamış. "Bunu üst katta takmayı tercih ediyorum. Biraz süslettim ama yine de kasvetli geliyor, sen ne dersin?"

Ursa kendini tutuyor. "Gayet güzel, Fru Cunningham."

Christin resmiyetiyle dalga geçer gibi elini sallıyor. "Christin de, lütfen." Kurabiye tabağını alıp uzatıyor. "Zencefilli kurabiye? Daha çok Noel zamanı yapılır, biliyorum ama burası hâlâ Noel zamanı kadar soğuk, ne dersin? Bu kurabiyeleri çok seviyorum, John Bergen'deki bağlantıları sayesinde bolca zencefil temin etti..." Şehrinin adı geçince Ursa'nın kalbi sızlıyor. "Ama az kaldı. Bergen'den baharat getirmiş miydin? Hayır mı? Yazık." Bir kurabiye alıyor ve ciddi bakışlarla inceliyor. "Biraz yanmışlar. Fanne, daha dikkatli olmalısın."

Ama Ursa zencefil kokusunu alabiliyor, tatlı bir şey yediği için o kadar memnun ki önceden gelen acımtırak tat umurunda değil.

"Şimdi bana kendinden ve kocandan bahset. Çoğu İskoçyalı gibi yakışıklı bir adam, tabii onlar biraz..." Burnunun kırıştırıyor ve Ursa'yı rahatsız eden ufak bir kahkaha savuruyor. "Ve sen de çok zarifsin. Seni nerede buldu?"

"Bergen'de."

"Evet, Bergen, biliyorum ama nerede? Nasıl?"

Ursa nasıl tanıştıklarını anlatıyor.

"Sana buranın nasıl bir yer olduğunu anlattı mı?"

Başını iki yana sallıyor. "Sanırım kendi de pek bilmiyordu."

Christin içini çekiyor, bu Agnete'nin elini alnına dayayıp kendini geri atarak yapacağı gibi teatral bir jest.

"John'u uyardım, herkese anlatmasını söyledim. Ama o bir denizci, yani eskiden öyleydi. Spitsbertgen'i duydun mu? Duysan da duymasan da önemli değil gerçi – akşam yemeğinde sana her şeyi anlatır."

Koyu renk gözleri parlıyor ama bu parıltıda kötücül bir şey yok. Bu kadar haşin bir yerde böyle bir kadın bulmak tuhaf. Hem sevimli hem de sert. Bergen'de akşam partilerine katılan, annesinin arkadaşı kadınlar gibi biri.

"İnanması zor ama kralın gözbebeği. Ve kralın gözbebeklerinin sonu böyle bir yer. Düşmanlarını nereye gönderdiğini düşünemiyorum bile."

Ursa hizmetçilerin birbirlerine baktığını görüyor ve hanımlarını onaylamadıklarını düşünüyor.

"Ne kadar zamandır buradasınız?" diye soruyor. Kadınlarla dolu bu odada, dilinde hâlâ şeker tadıyla kendini daha cesur hissediyor. "Geldiğinizi görmedik."

"İki hafta önce, gece geldik," diyor Christin. "Şaşırdın mı?"

Ursa kocasının Bey'in gelişiyle davet arasında uzun bir zaman olduğunu öğrenmemesini umuyor. "Sadece ev uzun zamandır kullanılır gibi, o yüzden sordum."

Hayli keskin bir sesle, "Kale," diyor Christin. "Kral böyle diyor. Vardøhus Kalesi." Gözleri bir an uzaklara dalıyor. Ursa göründüğü kadar neşeli olmayabileceğini düşünüyor. Işıltısı fazla hevesli, eğri büğrü ve tuhaf. "Kopenhag'da evlendik. Bir kaptan! Düşünmüştüm ki..."

Ursa biliyor zira o da düşünmüştü. Christin'in misafir odasında yaptığı gibi uzanıp onun ellerini tutma isteği içini kaplıyor. Üst koridordan erkek sesleri duyuluyor ve Christin aniden kendine geliyor. "Birazdan akşam yemeği?" Ayağa kalkıp koyu renkli eteğini düzeltiyor. "John'a bir şey sormam gerek."

Koridorda ilerliyorlar ve ön kapının kapalı olduğunu görüyorlar. Absalom orada, yanında kendisinden belki on yaş büyük, Kaptan Leifsson gibi rüzgâr ve güneşten yıpranmış bir yüzü ve sakalı olan güleç bir adamla dikiliyor.

"Siz Ursula olmalısınız." Norveççesi mükemmel. Absalom kadınlara değil, pürdikkat adama bakıyor. Ursa, onun davetin ne kadar geciktiğini bilmediğini tahmin ediyor. "Tanıştığımıza çok sevindim." Cunningham İngilizceye geçiyor. "Şarkı söyleyebiliyor musunuz?"

"Şarkı mı?"

Absalom yapmacık bir kahkaha atıyor. Ondan hiç beklenmeyecek bu hal, Ursa'nın bakakalmasına neden oluyor. Ama Absalom'un gözleri kıkırdayarak sırtına vuran Bey'de.

"Boş verin. Akşam yemeği için hazırlanmalısınız. Tam yedide yemeğe oturmayı severim, tıpkı *Katten*'de olduğu gibi. İkinci gemim. Spitsbergen'e götürdüğüm gemi. Alışkanlıkları korumak önemlidir, değil mi? Fanne size odanızı göstersin."

İfadesiz bir yüzü olan Fanne onları yukarı çıkarıyor. Odaları evin ön tarafında, konuk odasının üstünde, orası gibi soluk ve sade ama hoş olmayan bir koku var; kapalı kalmış, unutulmuş kiler gibi, tencerenin dibinde tutmuş yağ gibi ısrarcı, iğrenç bir koku.

Yolun bir buçuk kilometre aşağısında olsa da evleri dünyalar kadar uzak geliyor. Şifoniyerin üstünde lekeli bir ayna bile var. Ursa uzun zamandır karanlık pencerelerdeki yansıması dışında yüzünü görmemişti, şimdi nasıl da tombulluğunu yitirdiğini, geminin güvertesinde geçen haftaların ve Maren'le yürüdükleri günlerin yanaklarına ve burnuna Siv'in bayağı bulacağı çiller dizdiğini fark ediyor. Yüzünde bir değişiklik daha var; bir endişe çizgisi gelip gözlerinin arasına yerleşmiş ve işaretparmağıyla ovuyor ama bir fısıltı gibi sönük kırışık orada kalıyor.

Ursa'nın elbisesi havalanması için sandalyeye yerleştirilmiş ve boşaltılmış çanta şifoniyerin üstünde duruyor. Çamaşırları katlanıp çekmecelere konmuş, birilerinin onlara dokunduğunu, çıkarmayı başaramadığı lekeleri gördüğünü düşünmek Ursa'yı huzursuz ediyor. Etrafında bir sürü hizmetçi olmasına alışık, yalnızca Siv kaldığında bundan rahatsızlık duydu fakat artık bundan emin değil. Birilerinin lekeli çamaşırlarını, kaba saba eşyasını, evinin ve bedeninin perişanlığını görmesi…

Absalom mutlu, hatta belki biraz sarhoş. Yatağın ucuna oturuyor ve elinde yeşil kurdeleyle bağlanmış ve balmumuyla mühürlenmiş iki parça kâğıt tutuyor.

"Bölge Beyi'yle görüşmen iyi geçti mi, bey?"

"Bana amacımı gösterdi, hanım. Umduğumdan çok daha büyük bir adam."

"Senin adına sevindim."

Ardından Absalom onu şaşkına çeviren bir şey yapıyor. Ayağa kalkıp çenesini tutuyor ve dudaklarını yumuşakça, nazikçe onunkilere bastırıyor. "Burada olmamı Tanrı istedi, Ursa. Artık bundan eminim."

Ursa eliyle ağzını silmek için Absalom arkasını dönene dek bekliyor. Hâlâ yüzünde sakalının batışını, dudağının altındaki başparmağının nazik baskısını hissedebiliyor.

Öyle yumuşaktı ki gözyaşlarına boğulmak istiyor.

YİRMİ YEDİ

Yatak odasının köşesinde, üstünde siyah kuşlar ve kalın bir cila tabakası olan bir paravan var, ve Absalom gömleğinin düğmelerini çözmeye başlayınca Ursa giyinmek için paravanın arkasına çekiliyor. Ayna ve odanın ışığı kendi görünüşünü aylardır olmadığı kadar fark etmesini sağladı ve cilanın parlak yüzeyinde bedeninin şeklini belli belirsiz görebiliyor. Absalom yakında olmasına rağmen iç çamaşırlarını çıkarıp yuvarlak hatlarına bakıyor, meme uçları, memelerinin ortasında kara delikler gibi, bacaklarının arasındaki soluk tüyler, değişen yaşamıyla karnının biraz azalan kıvrımı.

Bu bir hayalet görmek gibi ve Ursa hızla giyinip, bir kez daha aynaya bakmak için paravanın arkasından çıkıyor, saçını Christin'in yaptığı gibi düzeltip başına dolamaya çalışıyor. Firketeler derisine batıyor.

Aşağıya inince mutfaktan çıkan Christin'i görüyorlar, üzerinde yoğun sarı bir elbise var, kadifesi o kadar güzel ki ışıkta neredeyse altın gibi parlıyor. Ursa'nın saçını fark ettiğini göstermek için kendi saçına hafifçe dokunuyor ve onaylayarak başını sallıyor.

Christin, onları konuk odasına götürürken, "Kokunun kusuruna bakmayın," diyor. "Kocam Ruskilerden vergiyi balina olarak kabul etti. Balina yağı." Yüzünü buruşturuyor. "Hayli koku yapıyor."

O halde yadsımanın zor olduğu bu yağlı, dumansı koku balina yağından geliyor. Yanmış kurabiyeler Ursa'nın midesini bulandırıyor. Bergen'de içyağı ocakları vardı, koku karanfille bastırılırdı.

Ursa'nın çalışma odası olduğunu tahmin ettiği bir yerden çıkan Bölge Beyi Cunningham, "İyi bir ticaret oldu," diyor. Siyah tuniğinin üstünde küçük, kırmalı bir yaka var, yaka biraz dar, Ursa âdemelmasının inip kalkışını görebiliyor. "Artık kanallar kapandığından fiyatlar her hafta artıyor."

"Kanalları sen kapattın," diyor karısı.

"Kesinlikle." Kapıyı açıp arkasından gelmelerini işaret ediyor. "İşte geldik."

Yemek odası duvarları ahşap kaplama, Ursa ormanın kokusunu alabiliyor, odanın ortasında onların üç katı insanın sığacağı büyüklükte bir masa var. Masanın üstüne mumlar dizilmiş, Ursa burada balina yağıyla yanan lamba olmadığını fark edince seviniyor, oda yalnızca mumların yumuşak ışığıyla aydınlanıyor. Mumların parıltısının üzerine sevecenlik yağdırdığını, kuru ellerini yatıştırdığını, kocasını bir nezaket kisvesi altında gösterdiğini hissediyor. İki sıra çatal bıçak takımı ve Çin porseleni tabaklar ile kare şeklinde bir esmer ekmek yanında bıçakla birlikte masanın üstünde.

Bölge Beyi sırtını geniş pencereye dönüp masanın başına geçiyor ve oturuyorlar. Perdeler çekilmemiş, karanlık odanın içine süzülüp mum ışıklarına dek ilerliyor. Kadınlar yüzleri Absalom'a dönük, yan yana oturuyorlar.

Fanne yarıya kadar berrak bir sıvıyla dolu ağızları aşınmış bardakların dizili olduğu tepsiyle geliyor. Sıvının keskin, bitki özlü bir kokusu var. Mavi camdan yapılmış zarif, uzun boyunlu şişeyi masaya, Bey'in yanına bırakıyor.

"Akevitt,"* diyor Bölge Beyi Cunningham. "Genelde akşam yemeğinden sonra içilir ama bu *Katten*'deyken edindiğim bir alışkanlık. Yemekten önce bir kadeh iştah açar. *Skol!*"

Kadehini kaldırıp bir dikişte içiyor. Absalom da aynısını yapıyor ve öksürmeye başlıyor. Bölge Beyi Cunningham sırtına vuruyor, Ursa ne yapacağını bilmeyerek Christin'e bakıyor ama onun kadehi de boş. Ursa akevitt'ten bir yudum alıp yüzünü buruşturuyor. İçki içini yaka yaka midesine iniyor.

* (Nor.) Karavay likörü. İskandinavya'nın milli içkisi sayılan ve patatesten damıtılıp çeşitli otlarla tatlandırılan alkollü bir içki. *–yhn*

Absalom'un yanında yemek için hazırlanmış iki kişilik daha yer var. "Gelecek olanlar mı var?" diyor ve Ursa, sesindeki hayal kırıklığını Bölge Beyi Cunningham'ın da anlayıp anlamadığını merak ediyor.

Bıçağı alıp ekmeği kesmeye koyulan Bey, "Alta'dan Vekil Moe," diyor. "Sanırım tanıştınız? Ve Bergen'den zengin bir tüccar, Herr Abhorsen." Ursa'ya bakıp başını sallıyor. "Sohbetinin hoşunuza gideceğini düşündüm."

Ursa kibarca karşılık veriyor. Bergen'de yaşarken yemek sohbetlerine katılmazdı. O ve Agnete isterdi ama babaları anneleri öldükten sonra onlara bir eşlikçi tutamamıştı, bu yüzden çoğu zaman hayal güçleri ve kendi gevezelikleriyle odalarında kalırlardı.

"Ama Alta'dan gelişleri gecikmiş olmalı. Onları beklemeden başlayabiliriz." Biraz daha akevitt koyuyor, bu kez yalnızca kendine ve Absalom'a.

Elini usulca Ursa'nın elinin üstüne koyan Christin, "Ee Ursula," diyor. "Ailenden söz etsene. Baban ne iş yapar?"

"Gemi sahibidir, genellikle kereste taşır. Christiania'dan."

Cunningham, "O halde meşe?" diye sözünü kesiyor. "*Katten* çamdandı. Hafif, hızlı."

Christin kocası bir şey söylememiş gibi devam ediyor. "Kardeşlerin var mı?"

Ursa'nın ağzını acı bir tat kaplıyor, geçmesi için akevitt'ten bir yudum daha alıyor; boğazını kaplayan yangın, midesindeki ısı hoşuna gidiyor. "Kız kardeşim var." Bir sessizlik olunca adını da söylüyor. "Agnete."

"Sakat," diyor Absalom. Ursa irkiliyor. "Bacağı ve ciğerlerinde sorun var."

"Aklı yerinde," diyor Ursa. "On üç yaşında, neredeyse on dört olacak."

Christin düşünceli bir sesle, "Ne kadar da genç," diyor. Fanne içinde gümüş rengi, jelatinimsi bir şey olan bir tabakla içeri giriyor ve Cunningham'la Absalom'un arasından eğilerek tabağı masaya bırakıyor. Bey'in gözleri odadan çıkana dek onu izliyor. "Neden annen o kadar beklemiş?"

Ursa kocasının yüzünü kontrol ediyor. Ama omzunun üzerinden öteye bakıyor, dikkati efendisi tarafından dürtülene dek uykuda.

"Birçok düşüğü oldu."

"Oğlan çocuk?" diye soruyor Cunningham. Önlerindeki tabaktan bir parça ringa balığı almak için uzanıyor.

"Bilmiyorum," diyor Ursa. Yabancı sayılabilecek insanlarla akşam yemeği yerken annesinin düşüklerini tartışmak tuhaf geliyor ama yanıtlamayı reddedemeyeceğini hissediyor.

"Burada yaşamanız hakkında ne düşünüyor?" Şimdi çatalının arkasıyla ezip püre yaptığı balığı bir parça ekmeğin üstüne sürüyor. Ursa'nın midesi bulanıyor.

"Ölmüş," diye söze dalıyor Absalom ama Ursa'yı kurtarmak için değil, sohbete dâhil olmak için.

"Üzüldüm," diyor Christin, elini Ursa'dan çekip tabağa uzanıyor. "Ringa?"

Ursa biraz alıyor, jelimsi sıvı çatalının dişlerinin arasından ekmeğe damlıyor. Yemeklerini yerken Fanne dilimlenmiş soğanla dolu bir tabak getiriyor.

"Bir dahaki sefere bunlar balıkla birlikte gelecek," diyor Christin. Fanne hızla diz çöküp kalkıyor ve bal renkli sıvıyla dolu bir sürahi getiriyor ve akevitt hâlâ masada olmasına, Absalom'un ikinci kadehine dokunmamış olmasına karşın büyük kadehlerde herkese koyuyor.

Cunningham, "Kocanız bana Vardø hakkındaki şüphelerinden söz etti," diyor. Mum ışığında ağzının içindekiler görünüyor. "Sizin fikriniz ne?"

"Benim fikrim mi?" diye yineliyor Ursa.

"Kadınlar hakkında." Ağzındakini yutuyor, âdemelması bir kez daha yakasını zorluyor. "Kadınlar çoğu zaman bizim gözden kaçırdığımız şeyleri görür, değil mi canım?"

"Ve gözden kaçırmamızı umduğunuz şeyleri," diyor Christin. Bey'in gözleri yine odadan çıkan Fanne'yi izlerken karısının sesi yükseliyor.

"Onlar..." Ursa doğru sözcükleri arıyor.

"Nezaketi bir yana bırakabilirsiniz, Bayan Cornet. Bu Finnmark kadınlarının çetin ceviz olduğunu biliyorum, hele şu Vardø'lü kadınların ayrı bir ünü var. Fırtınadan sonra... eminim karına bunu anlatmışsındır." Bunu Absalom'a söylüyor. Fakat kocası ona hiçbir şey anlatmadı. Tüm bildiği Kaptan Leifsson'un ağzından azar azar dökülenlerden ve Maren'in babasıyla erkek kardeşi hakkında söylediklerinden ibaret.

"Fırtına Kiberg'de birkaç erkeği öldürdü, kadınlar dul kaldı. Yeniden evlendiler. Ama burada çok daha kötüydü. Vardø'nün kadınları..." Yemeğini çiğneyip başını sallıyor. "Fırtınadan altı ay sonra rahiplerinden bir mektup aldım. Rahip Kurtsson, onun hakkında ne düşünüyorsun?"

Absalom geniş omuzlarını silkiyor. "İyi kalpli ama güçlü değil."

Cunningham hareket kendi hızını kazanana dek başını sallıyor ve bir parça ekmek daha koparıyor. "Kadınların balığa çıkacaklarını haber verdi. Düşünebiliyor musunuz?"

"Aslında düşünebiliyorum," diyor Christin. "Kadınlar burada farklı. Toprağı sürüyor, hayvanlara bakıyorlar."

"Köylüler bunu her yerde yapıyor," diyor Cunningham. "Ama hiçbir yerde kadınlar denize açılmıyor."

Sohbetlerinin akışı sakin, sanki bunu daha önce defalarca konuşmuşlar gibi.

"Başka ne yapacaklardı ki?" diyor Christin. "Açlıktan ölseler miydi?"

"Karınlarının doymasını sağladım."

"Nasıl?"

"Onlara balık ve tahıl yollamaları için Kiberg'e para gönderdim."

"Burada değildin," diyor Christin. "Ellerine geçtiğinden nasıl emin olabilirsin?"

"Görevimi yapmak için burada bulunmam gerekmiyor." Cunningham'ın sesi yükseliyor. "Otoriteme karşı gelmemeliydiler. Kadının yeri tekne değildir. Ayrıca..." Gözlerini Ursa'dan ayırmadan ekmeğinden bir lokma daha ısırıyor. "O sıradan bir fırtına değildi."

Ursa'nın kalbi göğüs kafesini dövmeye başlıyor ve göz ucuyla dirseklerini masaya dayayan Absalom'un öne eğildiğini görüyor. Hızlanmış soluklarla, "Bundan emin misiniz?" diyor Absalom.

Cunningham yanıt verirken Ursa'ya bakmayı sürdürüyor. "Gayet eminim. Hayatımın büyük çoğunluğu karadan çok denizde geçti. Havanın ne yapabileceğini de ne yapamayacağını da bilirim. Kırk adam bir anda ölüyor?" İnanamayan bir edayla başını iki yana sallıyor. "Ve sonra kocanızın runiklerle ilgili anlattıkları..." Elinde ekmekle istavroz çıkarıyor. Absalom da aynısını yapıyor ve Bey'in dikkati nihayet kocasına dönüyor. Ursa tuttuğu soluğunu bırakıyor. "Eminim seni neden burada görevlendirdiğimi anlayabiliyorsundur. Alta'da, Kirkenes'te meseleyle baş edebiliyoruz ama burada..."

Ursa bekliyor ama cümlenin devamı gelmiyor. Kapı açılıp Fanne içeri giriyor. Geniş, cilalı bir tepsi taşıyor ve tepsinin üstünde mutfakta kokusu burunlarına gelen yahniyle dolu beş kâse var. "Vekil Moe geldi, efendim. Ellerini yıkayıp masaya geliyor."

Kâseleri dağıtırken Absalom'un yanındaki boş yere de bir tane koyuyor. Vekil Moe gelene dek bekliyorlar ve yahninin kokusuyla Ursa'nın midesi guruldiyor.

"Affınıza sığınıyorum, Bölge Beyi Køning," diyor Norveççe. "Çok zorlu bir yolculuktu. Denizin yatışmasını bekledik ama daha da azdı. Daniel çok özür dileyerek bu yolculuğu göze alamadı ve Hamninberg'e gitti. Bergenlileri bilirsiniz." Kendisine boş gözlerle bakan Absalom'a göz kırpıyor. Babası gibi favorileri var ve dağınık halleri zor geçen deniz yolculuğunu kanıtlıyor. Ursa adamın Bey'in yaşlarında ve kendi boylarında olduğunu düşünüyor.

İngilizceye geçerek, "Sizi yeniden görmek çok güzel, Vekil Cornet," diyor. Absalom'a başıyla selam verip zayıf bir karşılık alıyor. "Bu da büyüleyici karınız olmalı."

Ursa bu tanımın Absalom'dan çıktığını düşünemiyor bile. "Vekil."

"Lütfen, Moe deyin." Ellerini çırpıyor. "O halde, ne yiyoruz?"

YİRMİ SEKİZ

Üç erkek o kadar yüksek sesle ve aralıksız konuşuyor ki kulağa on kişinin gürültüsü gibi geliyor. Christin yemeğine neredeyse hiç dokunmuyor, sık sık akevitt kadehini dudaklarına götürerek onları izliyor. Sonunda Ursa'ya eğilip, "Norveççe bilmiyor mu?" diyor.

"Biraz biliyor. Rahiple çalışıyorlar."

"Ona sen yardım edemez miydin?"

"Bundan hoşlanacağını sanmam."

Christin başını aşağı yukarı sallıyor ve Ursa onun bunu anladığını biliyor. "Bana dürüstçe anlatır mısın? Köyde yaşamak nasıl? Kocamın anlattıklarına bakılırsa ziyaret etmek isteyeceğim bir yer olmadığına eminim."

"Çok kötü değil."

"Korkmuyor musun?"

"Neden?"

"Cornet bize runik oymalar ve kuklalar hakkında yazdı. Yani kocama yazdı ama John bana çoğu zaman mektuplarını okur. Dinleyiciye bayılıyor."

Ursa tavuktan bir lokma daha alıyor. "Korkmuyorum. Sen hapishaneye bu kadar yakın olmaktan korkmuyor musun?"

"Of, evet." Kadın içkisinden bir yudum alıyor ama sesi her zamanki gibi kuru çıkıyor. Belki de burada hayatta kalmanın yolu kadehini bitirmektir. "Laponlar. Kocamın onlara özel bir ilgisi var."

Bölge Beyi, "Hayatımı buna adadım," diyor gür bir sesle. Ursa olduğu yerde sıçrıyor, dinlendiklerinin farkında bile değildi. "Burada olma nedenim. Selefim o kadar şanslı değildi."

"Kofoed mu?" diyor Moe. "Onu çocukluğundan beri tanırdım. Çok yazık."

"Ona ne oldu?" diyor Ursa.

Bölge Beyi, "Laponlar yaptı," diyor karanlık bir sesle. "Onu lanetlediler. Görenler köksüz bir ağaç gibi tir tir titrediğini anlattı. Bir gecede o halde gelmiş."

Vekil Moe istavroz çıkarıyor. "Olson'un yanışını kendi gözlerimle gördüm. Elebaşıydı. Onu yaktıklarında cehennem ateşi gibi, kapkara bir duman çıktı."

"Kofoed'den önce başka işaretler var mıydı?" diye soruyor Absalom.

Moe kasvetli bir sesle, "Ah, evet," diyor. "Besi hayvanları ölüyordu, Orson itiraf edene dek kurtlar yapıyor sanıldı. Kocası olmadan hamile kalan kızlar oldu. Ve onun yanışını izleyen herkes, hepimiz günlerce hasta yattık. Sanki duman ciğerlerime yapışmıştı."

Ağır bir sessizlik oluyor. Ursa kendini kötü hissediyor, akevitt midesini bulandırıyor. Biraz daha içiyor.

Bey'e, "Şimdi hapishanede iki tılsımcı var," diyor Absalom. "Ne için hapsedildiler?"

Cunningham, "Rüzgâr tılsımı dikmekten," diyor ve Ursa dudaklarından fırlayan küçük kahkahayı zaptedemiyor. Onlara, aklına kendi dikişlerinin ve Maren'in içinden parmak geçecek kadar geniş dikişleri önünde sallayıp, diktiği yelkenlerle denize açılmayacağını söylemesinin geldiğini söyleyemiyor.

"Özür dilerim," diyor. "Şimdiye dek hiç böyle bir şey duymamıştım."

Bölge Beyi Cunningham, "Bu gülünecek bir şey değil," diyor ve Ursa kendini azar işitmiş bir çocuk gibi hissediyor. "Hava her zaman kullandıkları silahtır. Vardø'de yaşıyorsunuz, bunu gayet iyi bilmelisiniz."

"Belki Bergen'de cadı olmadığı için."

"Belki," diyor Cunningham ciddiyetle, gözleri odaklanmadan bakıyor ve sandalyesinin tutan elleri sımsıkı. "Ancak Bergen'in yakınlarında bir cadı tepesi vardı, değil mi Moe?"

"Öyle. Sanırım Lyderhorn."

Absalom, "Bunu okumuştum," diyerek başını sallıyor. "Mons Storebarn ve Mons Anderson orada buluşup Kilise'ye karşı komplo kurmuştu."

"Çok iyi olduğunu söylememiş miydim Moe! Biz İskoçyalılar adamın hasını hemen anlarız." Absalom'la kadeh tokuşturmak için uzanıyor. "Bunlar, genellikle dünyanın uçlarında pusuya yatıyorlar. Bunu sana söylemiştim, değil mi Absalom?" Cunningham sandalyesinde öne eğiliyor. "Mektuplarımızda. Mum ışığı en az köşeleri aydınlatır. Biz ışığı getirmek ve karanlığı bulup yakmak için buradayız. Onu Tanrı sevgisinin ateşiyle ezeceğiz."

Gözleri pırıl pırıl. Absalom'a hitap etse de gözleri Ursa'da. Ruhu bir şey tarafından ele geçirilmiş gibi ve Ursa aniden onun masaya atılıp boğazına yapışacağını, öldürene dek boğazını sıkacağını düşünerek korkuyor. Fakat Bey sandalyesine yayılıp karısına kadehini doldurmasını işaret ediyor.

Diğerlerinden hiçbiri bu odada bir ayıyla kapana kısıldıklarının farkında değil gibi.

"Kral bu yüzden beni buraya, sizden birinin üstüne yerleştirdi." Moe'ya bakıp başını sallıyor. "İskoçya'da gitgide güçlü bir konuma yerleşiyoruz ama tabii orada başa çıkmamız gereken Laponlar yok. Zaman yitirmeden görüşmemiz gerektiğini biliyordum Absalom, özellikle de son yazdıklarından sonra. Laponlarla, kuklalarla ilgili haberlerden söz ediyorum."

Ursa'nın teni karıncalanıyor. Christin'in daha önce kuklalar hakkında söylediklerinin varsayım olduğunu ummuştu ama Maren'in korktuğu gibi, Toril konuşmuştu. Ve Laponlar – ona Diinna'nın adının geçtiğini söylemeli.

"Şimdiye dek sorunumuz Lapon tılsımcılarlaydı, kendine *noaidi* diyen erkekler, bilirsiniz. Olson gibi şamanlar, hapishanedeki iki adam. Ama kadınlar da sorun çıkarmaya başladı, sadece Laponlar da değil. Kocanız..." Gözleri bir kez daha Ursa'ya dönüyor, Ursa'nın kalbi kulaklarında atmaya başlıyor. "Özel yetenekleri olan bir adam, bunu zaten biliyorsunuz." Ursa'nın ifadesiz yüzüne bakıp kaşlarını kaldırıyor. "Kuşkusuz, neden buraya gönderildiğini biliyorsunuz? En iyilerden biri, biz İskoçyalılar arasında bile."

Destek için Christin'e bakarak, "Üzgünüm," diyor ama Christin'in gözleri dalgın, dudakları hafifçe aralık.

Cunningham kocasına dönüp öyle teatral bir bakışla bakıyor ki Vekil Moe bir kahkaha patlatıyor ve ağzı ekmekle dolu olduğundan kulağa boğuluyormuş gibi geliyor. "Absalom, sakın bana başarılarını karına anlatmadığını söyleme?"

Absalom mütevazı bir tavırla omuz silkiyor ve Ursa'nın içinden ona vurmak geliyor. "Söz etmedim."

"Pekâlâ, o halde ben anlatmalıyım. Söyleyin Ursula, Elspeth Reoch adından bir kadından söz edildiğini hiç duydunuz mu?"

"Affedin, duymadım."

"Bu anlatacaklarım için asıl siz beni affedin." Sesi keyif dolu ve Ursa gözlerine bakmaya, korkmuş görünmemeye kararlı. "Şeytana sözler verdiğinde kadın yirmi yaşındaydı, değil mi Absalom? Gözlerini şeytanın gözyaşlarıyla yıkayıp Tanrı'nın yasakladıklarını gördüğünde yirmi yaşındaydı. Şeytanla anlaştı. Anlaşmak ne anlama gelir bilirsiniz, değil mi Bayan Cornet? Bir kadının cadılık becerilerini kazanmak için neler yapması gerektiğini?"

Christin, "Eminim tahmin edebilir," diye sözünü kesiyor. "Bu kadar bayağı olma John."

"Ama durum bayağı." Cunningham elinin tersini masaya indiriyor. "Durum ahlaksızca, mide bulandırıcı. Onun çocuğunu doğurdu, değil mi Absalom?"

Absalom ciddiyetle, "İki çocuk," diyor. "Ancak sırrı mahkemeye dek ortaya çıkmadı. Sesini kaybettiğini iddia ediyordu, şeytanla anlaştıktan sonra yıllarca dilsiz gibi yaşamıştı. Ağabeyi onu döve döve konuşturmaya çalışmış, adam Tanrı'nın yolundan yürüyen biriydi, kadını Coltart'a bildiren de o."

Cunningham sesinde belirgin bir hoşnutsuzlukla, "Coltart," diyor. "Sahtekârın teki. Verdiği hükmün arkasındaki güç sendin, bunu inkâr etme. Alçakgönüllülük birçok durumda erdemdir ama bu konuda değil."

"Onu nasıl konuşturdunuz?" diyor Moe.

"Suya batırarak. Demirlerle."

"Onu bağladınız mı?"

"Dağladık. Boynunu ve kollarını kızgın haçlarla dağladık." Absalom, Ursa'ya bakmıyor. Ursa, bunun utancından olduğunu umuyor ama sesinde utançtan eser yok.

"Devam et."

"Şeytani bir dilde haykırdı, ardından şeytanın kuşu gibi şakıdı." Kocasının Bey'in dikkatinden aldığı keyfi izlerken Ursa'nın elbisesi gitgide bedenini sıkıyor. "Sonra her şeyi itiraf etti; dört adamı baştan çıkardığını, hırsızlık yaptığını ve şeytanla defalarca buluştuğunu."

"Ama bu olayı esas özel kılan kadının infazı – ustaca bir darbe," diyor Cunningham.

Moe, o gün havanın nasıl olduğunu sorar gibi, "Onu yakmadınız mı?" diyor.

"Yaktık," diyor Absalom.

Cunningham, "Yaktılar," diye yineliyor. "Ama önce, dilsiz olduğu yalanını cezalandırmak için onu boğazladılar. Değil mi, Absalom?"

"Evet." Şimdi, orada olmamasını diler gibi hızla Ursa'ya bakıyor ve o an Ursa henüz en kötüsünü duymadıklarını fark ediyor. Kendini hazırlamaya çalışarak avuç içlerini olanca gücüyle masaya bastırıyor.

Cunningham, "Devam et," diyor gülümseyerek. "Nasıl yaptığınızı anlat."

"Bir iple, efendim," diyor Absalom ve Ursa sonunda sesinde aradığı utancı duyuyor.

"Peki, senin katkın?"

Absalom'un sesi âdeta duyulmuyor. "İpin uçlarından birini ben kendim tutum, efendim."

Absalom'un omzuna vurmak için öne eğilen Cunningham, "Görüyorsunuz ya," diyor. "Adam kaliteli. Çoğu erkek cezayı kendi infaz edemez. Bahse girerim o ipin diğer ucunu tutan Coltart değildi."

"Değildi, efendim." Ursa'ya hâlâ bakmıyor ve Ursa bundan memnun. Ne pahasına olursa olsun şu an hissettiklerini saklayamazdı.

Cunningham, "İşte o zaman seni buraya getirmem gerektiğini anladım," diye devam ediyor. "Sıcağı sıcağına. Herkes ateş yakabilir, böyle öldürmek çay demlemekten zor değil."

"Çaydanlık daha çok ses çıkarır," diyor Moe.

"Lütfen," diye uyarıyor Christin.

Sakallarının çevrelediği dudakları bir sırıtışla bükülen Cunningham, "Affedersin canım," diyor. "Moe, yanımızda kadınlar olduğunu unutmamalısın."

Ursa konuşamıyor. Ondan nefret ediyor, bunu artık biliyor. Hepsinden nefret ediyor. Davayı Absalom'un ilk kilise buluşmasında söylediklerinden biliyordu ama kadının öldürüldüğünü, kocasının kendi elleriyle kadını öldürdüğünü tahmin etmemişti. *Dağlanmış. Boğazlanmış. Yakılmış.* Bu sözcükler bir tekerleme gibi içinde dönüp duruyor. Titriyor, bu Fru Cunningham'ın gözünden kaçmıyor.

Anlayışlı bir sesle, "Böyle ayrıntıları duymak çok kötü ama bir cadıya acımamalısın, Ursula," diyor Christin. "Bu yumuşak noktalardan, kırık kalplerden, nazik zihinlerden yol bulup kök salıyorlar. Tromsø'de, Bergen'de bile biz kadınlar bunları öğrenmeliyiz."

"Ve sizin herkesten daha az korkmanız gerek," diyor Cunningham. "Böyle bir kocanız varken."

Ursa masanın karşısındaki Absalom'u izliyor. Bu hikâyeyi anlatırken kocasının böyle gururlanacağını tahmin etmemişti. Diğerlerinin hayranlığından aldığı keyfi, Bölge Beyi Cunningham'ın içkisinin kokusu kadar somut biçimde hissediyor.

Sohbet balıkçılık kanallarına, Spitsbergen'deki balina avcılığına ve nihayet, Ursa'ya bitmez tükenmez gelen bir süre boyunca Bölge Beyi Cunningham'ın *Katten*'deki günlerine dönüyor. Yemek rømmegrøt'le* sonlanıyor, porsiyonlar o kadar büyük ki koca krema tabağının yerleştirilebilmesi için mumların ötelenmesi gerekiyor.

Ursa kibar görünmek için yeterince alıyor ama kremanın tadı tuhaf geliyor, gemi ve ardından Vardø yemekleriyle geçen aylardan sonra çok yoğundur. Tüm bu süre boyunca evde alıştığı tatların, krema, tarçın ve şekerin özlemini çekti ama lokmalarını zor yutuyor, püre taş gibi midesine oturuyor.

Absalom'un da neredeyse elini sürmediğini fark ediyor. Koca

---

* (Nor.) ekşi krema, tam yağlı süt, buğday unu, tereyağı ve tuz ile yapılan Norveç püresi. –*yhn*

elleri masanın üstünde, eklemlerindeki minik kıllar mum ışığında örümcek ağı gibi. Ursa boğazının sıkıldığını hissediyor.

Kısa süre sonra burnu kızaran Vekil Moe uzun yolculuğundan dem vurarak izin istiyor. Absalom'un elini yakalayarak, "Kendimi daha güçlü hissediyorum," diyor. "İşe koyulalım."

Ursa'nın yanındaki Christin gitgide daha sessiz ve Ursa bunun da Bölge Beyi'ni coştukça coşturan içkinin etkisi olduğunu düşünüyor. Belki kendisi de kibarlık ölçülerini aşan miktarda içmişti. Ağzı içkiden karıncalanıyor ve damağında ekşi bir tat var. Tabaklar temizlenip Absalom ve Bölge Beyi Cunningham, Bey'in çalışma odasında dinlenmeye çekilirken parmaklarını dudaklarında gezdiriyor. Çok yumuşaklar ve sanki Ursa'ya ait değiller.

"Ursula?"

Christin yerine ittiği sandalyenin arkasında dikilmiş onu izliyor. "Umarım senin için sorun olmaz?"

"Sorun?"

"Çok yorgunum. Seni odana çıkarmamı ister misin?"

"Ah..." Ursa aceleyle ayağa kalkmaya çalışıyor, gerilerken etekleri sandalyenin bacaklarına dolanıyor, Bölge Beyi Cunningham yardımına yetişemeyecek kadar yavaş hareket ediyor. "Teşekkür ederim. Yemek için çok teşekkür ederim. Çok güzeldi."

Bölge Beyi Cunningham, "Fanne'yi Alta'da bulduk," diyor. Ursa'ya yakın duruyor ve Ursa nefesindeki ekşilik ile krema kokusunu alıyor. "İyi bir aşçı."

Christin sert bir biçimde, "O kadar ileri gitmezdim," diyor. "Ama beğenmene sevindim."

Kısık gözlerle Absalom'a bakan Cunningham, "Yardımcınız var mı?" diye soruyor. "Vardø kadınları arasında ev çekip çevirmeyi bilen var mı?"

Sesinde Ursa'nın tüylerini ürperten bir kötü niyet var.

"Karım yardım alıyor," diyor Absalom. "Gerçi benim seçtiğim kadınlardan değil. Yardımcısının Lapon akrabası var."

Korkuyla cesaretlenen Ursa, "Onlar akraba değil," diyor. "Aynı kandan değiller. Kiliseye geliyor bey. O iyi bir kadın."

Absalom daha fazlasını söyleyecek gibi duruyor ama Cunningham çekingence elini sallıyor.

"Böyle konuları kadınlara bırakmak en iyisi," diyor. "Senin derdin sana yeter, özellikle de konuştuğumuz konularda."

"Gidelim mi?" Christin neredeyse ayağını yere vuruyor. Besbelli bir an evvel yatağa gitmek istiyor ve Ursa bunu sorun etmiyor. Uykunun getirdiği unutuş için, sabah olması için, evlerine, Maren'e dönmek için can atıyor. Bulanık kafasında kendi kendine onu bazı konularda uyarması gerektiğini söylüyor, Diinna ve kuklalardan söz edildiğini anlatmalı. Unutmamak için tırnaklarını bileğine batırıyor.

Koridora çıkıyor, erkeklere iyi geceler diliyorlar, yeniden sohbete koyulmuş olan adamlar bir an susuyor, Bölge Beyi Cunningham dudaklarını karısının çıkık elmacıkkemiklerine dokunduruyor, Absalom Ursa'ya, bu kez yanağından aldırışsız bir öpücük veriyor.

Merdivenlerden çıkarken Christin, "Böyle bir adamla evli olduğunun için gurur duymalısın," diyor. Ursa gülmek, neyden gurur duyması gerektiğini sormak istiyor; kocasının Bey'in karşısındaki aşağılık halinden mi, bir kadının ölümünde büyük rolü olmasından mı yoksa bundan gurur duymasından mı?

Christin, "Kocan gerçekten seçtiğin hizmetçiyi istemedi mi?" diye devam ediyor.

"Pek hizmetçi sayılmaz, daha çok bir arkadaş."

Ursa'nın yatak odasının kapısına vardıklarında, "Böyle insanları kendinden uzak tutman en iyisi olur. Kocadan da," diyor. Christin kapıyı açıp yana çekiliyor. Ursa yanından geçerken elini kaldırıp topuzunun firketeden kurtulduğu boynunu okşuyor. Ursa o noktadaki hassasiyeti hisseder. "O kadar sevimlisin ki eminin endişelenmene gerek yoktur."

Ursa sıkışan boğazından bir kızarıklığın yükseldiğini hissediyor. "Endişe mi?"

"İçki, kumar." Yavaşça Ursa'ya göz kırpıyor. "Hizmetçi kızlar. Büyük erkeklerin bile zayıflıkları vardır. Ve bunlara katlanması gereken biziz."

Ursa aniden ona içini dökmek, tüm ufak dehşetleri ve karışıklıklarıyla Absalom'la geçen yaşamını anlatmak istiyor ama Christin elini çekmiş ve koridorun diğer ucuna yönelmişti bile. Dengesiz değil, yalnızca çok dikkatli.

"İyi geceler Ursula. Senin için dua edeceğim."

Ursa kapıyı kapatıyor. Çekilmiş perdelerin kenarlarından ışık sızıyor, düzgün çarşafların üstündeki yatak örtüsü yeniden katlanmış. Fanne ve Bey'in birlikte yattığı doğru olabilir mi? Belki ziyaretçiler yokken bu yatakta.

Firketeleri çıkararak saçlarını açıyor ve pencereye yaklaşıp tek parmağıyla kalın kumaşın bir ucunu kaldırıyor. Bloktaki diğer binalarda hâlâ ışık yanıyor, hapishane dışında. Kulak kesiliyor: Bu inleyen adamların sesi mi yoksa yalnızca rüzgâr ve deniz mi? Karanlık pencereler bakışlarına karşılık verir gibi ve perdeyi bırakıyor, aceleyle temizliğini tamamlamaya çalışıyor, Absalom yatağa gelmeden uyumak istiyor.

Temiz çarşafların arasına girmeden önce eskiden Agnete'yle yaptıkları gibi yatağın yanına diz çöküyor ve hüzünlü gözleri olan Christin için, bir yerlerde karanlıkta olan Maren için, kendi için dua ediyor. Ve belki de dine çok büyük bir küfür olsa da Absalom'un elinde ölen Elspeth Reoch için. Cadı ya da değil, böyle bir ölümü kimse için dilemezdi.

YİRMİ DOKUZ

Ursa akşamın en kötü kısmının geride kaldığını düşünmüştü ama Absalom yatağa gelmeden uyumayı başaramıyor. Evin sesleri çok tuhaf, deniz çok daha yakın ve kıyıya vuran sesi huzursuzluk verici. Absalom gerçekten kapıyı açıp içeri girmeden önce defalarca elini kapıda duyuyor.

"Uyanık mısın, Ursula?"

Rol yapmanın anlamı yok. Toparlanıp çarşafı çenesine çekiyor. Absalom çizmelerini çıkarıp ateşin yanındaki sandalyeye yöneliyor. Bir elinde ufak bir kadeh, diğerinde iyice katlanmış kâğıtlar var.

"Umarım akşam yemeği hoşuna gitmiştir?"

"Çok zengin bir yemekti, böyle yeme alışkanlığını yitirmişim."

Kadehini şömineye bırakıp başına öne eğiyor ve Ursa ateşe bakan kocasının yüzünü yalnızca profilden görebiliyor. Gözlerini alevlerden çekmeden konuşunca Ursa ne dediğini anlayamıyor.

"Affedersin?" diyor.

Absalom sesini biraz yükseltiyor. "Böyle öğrenmeni istemezdim."

Kocasının dönüşüyle korkacağını sanmıştı ama şimdi yemek odasında hissettiği haklı öfkeyle dolu. Bu onu cesur kılıyor.

"Bir kadını öldürdüğünü mü?"

Sessizlik derinleşiyor, bir çukura dönüşüyor. Kulaklarında atan kalbinin sesi denizden yüksek. Keten geceliğinden fazlasını giymiş olmayı diliyor.

Nihayet Absalom yavaşça doğrulup Ursa'ya dönüyor, alevin

parıltıları bacaklarına vuruyor. Sımsıkı kapalı dudakları incecik ve Ursa'nın gözlerine yönelen bakışları donuk, odaklanamıyor gibi. Bölge Beyi kadar sarhoş mu?

"Bir kadını öldürmek mi?" diyor, sanki sözcüklerin anlamını çözemiyor. Bir sineği uzaklaştırmaya çalışır gibi başını sallıyor. "Hayır, hayır. Ben bir cadıyı yargıladım, hanım. Benim ülkemin mahkemesi tarafından ölüme mahkûm edildi. Yasaların ve Tanrı'nın gözünde suçluydu. 'Bir cadının yaşamasına izin vermeyeceksin.' Bu Tanrı'nın emri."

"Ama sen, bey. Onu öldüren sen olmak zorunda mıydın?"

Şöminenin üstünde duran küçük kadehi alırken acı çeker gibi, hâlâ elinde sıkı sıkı tuttuğu kâğıtlarla kendini ateşin yanındaki sandalyeye bırakıyor. "Çok ciddi bir meseleydi. Ölmeyi hak etmiş olsa da bundan keyif almadım, bunun için daha sonra dua ettim. Tanrı beni bağışladı. Ben kibirli bir adam değilim, Ursula." Ursa kahkahasını zor bastırıyor. "Ama Tanrı'ya hizmetlerimden gurur duyuyorum. Karımın da gurur duyduğunu umuyorum."

En akıllıca şeyin gurur duyduğunu söylemesi olduğunun biliyor, Christin de gurur duyması gerektiğini düşünüyor. Bu aralarındaki gerilimi dağıtacak, hem yeterince sarhoşsa belki sabaha konuşmalarının ayrıntılarını anımsamayacak. Ama hiçbir şey söylemiyor, onu izlemekle yetiniyor.

Absalom başını sandalyenin arkasına dayıyor ve Ursa yalnızca kapkara gözüken gözlerinin bir kısmını görebiliyor. "İyi bir aileden olman çok hoşuma gidiyor, Ursula. Baban bana senden söz ettiğinde şansıma inanamadım. Bir gemi sahibinin kızı."

Ursa susmasını, kendisine bakmayı bırakmasını diliyor. "Seni bir vekilsin. Daha iyi bir eş seçebilirdin." Keşke seçseydi, diye düşünüyor. O anda bu Maren'le asla tanışmayacağı anlamına gelse de evde Agnete'yle, paylaştıkları yatakta olmayı, evlenmemiş ve Absalom Cornet'i tanımamış olmayı istiyor.

"Hayata yüksek bir konumdan başlamadım," diyor Absalom. "Bölge Beyi gibi doğuştan şanslı değildim. Bir koyun yetiştiricisinin oğluydum, bunu biliyor muydun?"

"Bilmiyordum. Bana hiç anlatmadın." *Dikkatli ol*, diyor kendi kendine. *Bu kadar sert olma.*

"Hiç sormadın." Sormasını bekler gibi duraksıyor ama Ursa konuşmayı başaramıyor.

Absalom kadehinden bir yudum alıyor. "Küçük bir adada doğdum. Daha önce söylediğim gibi, buradan birazcık daha büyük. Koyundan başka bir şey yoktu. Pis kokardı. Sonra komşu adaya bir kilise inşa ettiler, kilise temizdi, mum kokuyordu. O zamana dek gördüğüm en güzel yerdi." Hayalinde canlandırır gibi gözlerini kapatıyor. "Oradaki rahip bende özel bir şey gördü. Cadı yakalandığında beni Coltart'a öneren oydu."

Ursa'nın boğazına safra yükseliyor.

"Bu bir mucize değil mi? Bir koyun yetiştiricisinin oğlu önce cadı avcısı, ardından vekil oluyor?" Ona bakan koyu gözleri parlıyor.

"Öyle, bey."

Absalom sandalyesinde kıpırdanıyor. "Neden bana Absalom demiyorsun?"

"İstiyorsan derim, Absalom." Bir tür tehlikenin, büyük bir tehlikenin yaklaştığını seziyor ama nasıl bundan nasıl kaçınacağını bilemiyor.

"Adımın anlamını biliyor musun?"

Başını iki yana sallıyor.

"Huzurun ve barışın koruyucusu."

Neredeyse bir kahkaha atacak olan Ursa kendini tam zamanında tutuyor.

"Tüm istediğim bu. Dünyanın cadılardan kurtulması, böylece Tanrı'nın huzuru içinde yaşamamız. Ve bunun tek yolu savaşmaksa savaşırım."

Yeniden gözlerini kapatıyor ve uzun bir süre tek kelime etmiyor. Ursa uyuyakaldığını düşünüyor ve midesindeki düğüm hafifçe gevşiyor ama hemen sonra kocası konuşmaya devam ediyor. "Bu benim kaderim, Ursula. Bey bana güveniyor. Orkney'deki rahip gibi, benim özel olduğumu düşünüyor."

Ayağa kalkıyor, hareketi o kadar ani ki Ursa elinde olmadan yerinde zıplıyor. İçkisini bitirip kadehi bırakıyor ve yatağa gelip yanına oturuyor. Sıcak soluğu Ursa'nın yanağına vuruyor. "Sen benim özel olduğumu düşünüyor musun, Ursula?"

Dönüp adamın yüzüne bakıyor. Çarşafın üstündeki elleri titriyor. "Evet, Absalom."

Ablasom ellerinden birini onunkilerin üstüne koyuyor. Eli sıcak, güçlü ve kuru. Katlanmış kâğıtları kaldırıyor. "Bunları Bölge Beyi verdi. İki ay önce Vardøhus'e gelmişler. Bergen'den mektuplar."

Ursa'nın kalbi bir an için sanki duruyor. "Babamdan mı?" Mektuplara uzanmak istiyor ama Absalom'un eli buna izin vermiyor. Başıyla onaylıyor, mektupları yatak örtüsünün üstüne bırakıyor.

Babasının yazısını tanıyan ama ne yazdığı hakkında hiçbir fikri olmayan Ursa, "Bunlar açılmış," diyor.

"Bir koca karısının ilişkilerinden haberdar olmalı."

Sakin kalmaya çalışan Ursa, "Onlar benim mektuplarım," diyor.

"Onları okuyabilir misin?" Ses tonundan Ursa'nın okuyamayacağını bildiği belli.

"Norveççe okuyabilir misin?" deyiveriyor, sözcükler ağzından o kadar hızlı çıkıyor ki engel olamıyor. Absalom elini omzuna koyup geri çekilmesine izin vermeden sıkıyor.

"Dikkatli ol,, hanım. Mektuplar İngilizce."

"Öyle demek istemedim. Elbette babam mektupları bana senin okuyacağını biliyor." Omzundaki basınç acı verici. "Ama biz bir arada olana dek bekleyemez miydin?"

"Onları okumak görevim. Ya içlerinde seni hazırlamam gereken kötü bir haber varsa?"

Ursa'nın kalbi sıkışıyor. O güzelim akşam yemeği midesinde çalkalanıyor. "Kötü haber mi var?"

Absalom hiçbir şey söylemiyor ama omzundaki elini gevşetiyor.

"Lütfen." Ağlamaya başlayacağını hissediyor. "Absalom, Agnete mi?"

Absalom yeniden mektuplara uzanarak onları ellerinden çekip alıyor. Mektupları karıştırıyor, Ursa kız kardeşiyle ilgili olan mektubu aradığından emin. Kız kardeşinin ölümüyle ilgili mektubu.

Yaşlar yanaklarından dökülmeye başladığında Absalom yavaşça başını sallıyor.

"Öyle bir şey yok. Her şey eskisi gibi." Desteyi karman çorman ediyor. "Kız kardeşinin yeni bir doktoru var. Odasına yeni bir kilim almışlar. Şunun gibi ufak, güzel bir şey. Buradaki hayatının nasıl geçtiğini öğrenmek istiyorlar."

Tir tir titreyen Ursa gözyaşlarını siliyor. "Bana onları okuyabilir misin?"

"Geç oldu."

"O halde yalnızca bir tane. Son gelen." Ursa, kendini açlıktan ölen bir hayvan gibi umutsuz hissediyor. "Lütfen bey... Absalom," diye düzeltiyor. "Lütfen bana bir tanesini oku."

Absalom uzunca ona baktıktan sonra yüzünde kalan son yaş damlalarına dokunuyor. Gözyaşını parmaklarının arasında ezip düşünüyor ve ardından mektuplardan birini alıyor. Ursa bir kez daha, bu kez rahatlamayla ağlamak istiyor ama kendini tutuyor.

"Bu 23 Mayıs'ta gönderilmiş."

Ursa kendini tutamayarak, "Ama bu aylar öncesi," diyor.

"Aramızda aylar süren bir mesafe var. Mektuplar yavaş geliyor." Sözünün kesilmesini sakin karşılıyor ama Ursa daha fazla konuşmamaya karar veriyor. "'Sevgili Ursa,' diye başlıyor..." duraksıyor. "Sana böyle mi diyorlar?"

Ursa başını sallayarak onaylıyor.

"Hiç zarif değil. 'Sevgili Ursa, sen gideli çok olmadı ama yokluğunu şimdiden derinden hissediyoruz. Günler artık daha sıkıcı, evde daha az ışık var.'"

Ursa babasının sesini hayal etmeye çalışarak gözlerini kapatıyor.

"'Ancak parıltını kuzeye götürdüğünü düşünmek teselli veriyor. Sanırım orada buna bizden bile çok ihtiyaçları var. Agnete daha kötü değil. Siv mutfakta çalışacak bir kız bulmayı düşünüyor, böylece Agnete'yle daha çok ilgilenebilecek. Ancak Agnete hasta bakıcılık konusunda kimsenin senin eline su dökemeyeceği konusunda ısrarcı. Seni çok sevdiğini ancak mavi mendili özlediğini ve geri almak istediğini söylüyor.'"

Absalom esnemesini bastırırken Ursa gülümsüyor.

"Böyle devam ediyor."

"Lütfen, biraz daha." Ona ihtiyaç duyduğu için kendinden nefret eden Ursa elini onun elinin üstüne koyuyor. "Lütfen Absalom."

Absalom bu kez daha yoğunlaşmış bir bakışla gözlerini ona çeviriyor ve Ursa gözlerindeki arzuyu fark ederek başparmağıyla onunkini okşuyor. Kaldığı yerden okumaya devam edince elini cesaret edebildiğince hızlı çekiyor.

"'Umarım Kaptan Leifsson sizinle gereğince ilgilenmiştir. Önümüzdeki yılın başlarında Finnmark'a dönecek, size hediye göndereceğiz. Özellikle istediğin bir şey varsa haber ver. Absalom'un işleri onu güneye getirirse mutlaka ona eşlik et. Ursa, sana ne kadar bel bağlamış olduğumu ancak şimdi fark ediyorum. Agnete'yi her ikimiz yerine sevdiğimden emin ol, çok sevdiği ablasının yokluğunda ihtiyaç duyduğu baba olmaya kararlıyım.'"

Ursa bu kez gözyaşlarına engel olamıyor. Bu sözcükler o kadar sevgi dolu ki Absalom'un uydurmadığını biliyor: Babası gerçekten de kocasının okuduklarını yazmış. Rahatlamayla midesi bulanıyor.

"Sana söyledim, yeni bir şey yok." Absalom mektubu yatağa atıp ona uzanıyor. Ursa harekete geçmekte çok geç kalıyor: Babasının sözleriyle, bu sözlerdeki sevgi ve özenle hâlâ hassas bir haldeyken irkiliyor. Absalom'un bakışları daha da keskinleşiyor ve mektupları topluyor. Kâğıtlar parmaklarının arasında buruşuyor.

"Dikkat et," diye yalvarıyor Ursa ama akışkan bir ânın içinde kocası odanın diğer ucuna gidiyor. Ursa onun aklındakini bir anda anlayıveriyor ve yataktan kalkıp onu durdurmak için koşuyor ama çok geç. Absalom mektupları ateşe atıyor.

Absalom ona doğru dönerken elini zonklayan kalbine bastırıyor. Ursa'nın kafasını ellerinin arasına alıyor, koca elleri yanaklarını kaplıyor, boynunu büküp kendine doğru kaldırıyor. Ursa kafasını ezdiğini, kafatasının içe göçtüğünü hayal ediyor ama ardından Absalom ağzını dudaklarına dayayıp onu o kadar yumuşak öpüyor ki Ursa'nın teni karıncalanıyor.

"Senin adına onlara yazarım," diyor ve sıcak soluğu yanağına değiyor, ardından tekrar dudaklarına uzanıyor. Ursa karnında sertliğini hissediyor ve bu önerinin sessiz bir koşulu olduğunu anlıyor.

Absalom'un arkasında babasından gelen mektuplar küle dönüyor ve duman işaretleri gibi geceye karışıyor.

AV

OTUZ

Ursa yalnızca çarşamba ve perşembe günleri için gitmiş olmasa da, bu Maren'in kendini hazırladığının iki katı ve her ânını bir bıçak gibi keskin hissediyor. Çarşamba buluşması Bey'le ilgili tahminler, Ursa'nın getireceği dedikodularla dolu, ondan her söz edildiğinde Maren'in ensesi ürperiyor.

Ursa'dan önce nasıl yaşıyordu, anlayamıyor, şimdi onsuz günler geçmek bilmiyor. Annesi kadar gergin, Diinna kadar kızgın, Erik kadar sessiz. İşlerini onu ele geçirip hızlandıran bir öfkeyle yapıyor, kalenin duvarlarının ötesini görebildiği tek yere, burna kaçıyor ve pencerelerden dökülen ışıkları izliyor. Vadiye serilen Vardø'nün tamamını görebiliyor, adanın iki yarısı açık bir kitap gibi birbiriyle tam anlamıyla uyumlu. İki gece boyu, otlar düzleşip toprakla bir olana dek uçurum kenarında yürüyor.

Cuma sabahı döndüklerini Kirsten blodplättar* için tuz ve kanla birlikte Ursa'dan bir mesajla geldiğinde öğreniyor. Annesi Kirsten'le konuşmuyor, artık Maren'le bile pek konuşmuyor.

Eşikte duran Kirsten, "Her şeyi öğren," diyor. "Bölge Beyi'mizin nasıl biri olduğunu bilmek istiyorum."

"Toril'in buluşmalarına gelseydin," diyor annesi, bir yandan da yayığı dövüyor ancak Maren artık dövmesine gerek olmadığına işaret eden darbe seslerini duyabiliyor, "her şeyi duymuş olurdun. Vekil Cornet sık sık Bölge Beyi'nin yaptıklarından, bizim için planlarından söz ediyor."

"Ama ben Ursula'nın onun hakkında ne düşündüğünü merak ediyorum," diyor Kirsten. "Sebt günü görüşürüz, Maren."

---

* (Nor.) Çırpılmış kan, su veya pilsner, un ve yumurtadan yapılmış Finlandiya, İsveç ve Norveç'te servis edilen bir yemektir. *–yhn*

Maren kapıyı kapattıktan sonra yanıt pek umurunda olmasa da, "Ne planı?" diyor ve kan dolu gerdeli masaya koyuyor. Sütün içinde çırpınan aşırı çırpılmış yağın sesi kafasında güm güm, tokmağı annesinin elinden kapmamak için kendini zor tutuyor.

"İyi şeyler. Tanrı'nın planları." Gözleri duvarın dolgusundaki çentikte asılı duran, Toril'in verdiği kumaş haçlardan birine kayıyor. Diinna'nın kapısına da bir tane bırakmıştı, Maren iki gün sonra haçı sökülmüş halde bir kova suyun içinde bulmuştu. Diinna onu toz bezi olarak kullanmış olmalı.

Diinna'nın annesine karşı hoşnutsuzluğu ne zaman bu kadar büyüyüp bir canavara döndü? Maren'in annesine olan hislerinin pek farklı olduğundan değil. Bunu bastırmaya çalışıyor ama tek görebildiği annesinin ağzının kenarındaki, yalamadan duramadığı iğrenç çatlak, kendisininkine benzeyen sert, dar yüzü, iş elbisesinden yükselen ağır ter kokusu. Şimdi oturmuş elinde tokmakla söylenen bu kadın, eskiden acılarını hafifleten, Dag'ın evlilik teklifi haberiyle eve geldiğinde onunla gülüp dans eden, kardeşini doğurup nazik ellerle Maren'e veren kadın mı? Şimdi hırıltılı nefesi bile Maren'in kulaklarını tırmalıyor.

Maren başka şey sormuyor, blodplättar'ı yapmaya girişiyor, sızlayan yüreği Ursa'nın ona döndüğünü, tam şu anda yakınlarda olduğunu bilerek biraz yatışıyor. Unu kanla iyice karıştırdıktan sonra elinde bir halatla uçuruma gidiyor ve halatı Erik'in beş yıl önce bu amaçla yere çaktığı kazığa bağlıyor.

Aşağıya bir sepet sarkıtıyor ve gözleri uçurumun dibindeki kayalara takılıyor. Balina onu gitgide daha az ziyaret eder oldu ama şimdi sivri kayalıklara yayıldığını, gövdesinin dalgalarla inip kalktığını görüyor. Tuz ve çürüme kokusu burun deliklerine doluyor, burnunu silip görüntü kaybolana dek gözlerini kırpıştırıyor.

Eğilip diğerinin üstüne bir halat daha bağlıyor ve düğümü iyice sıkıyor. Halatın diğer ucunu beline dolayıp bağlıyor, eteklerini halata sıkıştırıyor ve kolay bir yol seçerek, en yakın dalıcımartı yuvasına inmeye koyuluyor. Kuşlar havalanıp haykırarak uçuyor, çığlıkları kafasının içinde yankılanıyor. Düzenli bir şekilde çalışıp en küçüklere, çillilere ve krema gibi soluk olanlara merhamet ederek üç yuvadan beş yumurta alıyor. Aşağıda deniz alçak ve Toril'in oğlunu dalgalardan çekişlerini, gevşek, kemiklerinden dökülecek gibi gözüken bedenini anımsıyor.

Hızla yukarı tırmanıp sepeti çekiyor ve eve dönüyor. Yumurtaları sırayla un ve kan karışımının içine kırıyor ve kolayca kırılıp karışımın içine düşen kabuk parçalarını tırnaklarıyla ayıklıyor, tırnaklarının altındaki kan izleri hızla kuruyor.

Öğle yemeği için ortalarında bir blodplättar var, ev demir ve tuz kokusuyla doluyor. Yemeklerini yerken annesi insafa gelerek sessizleşiyor: Maren, onun Erik'i, Erik'in bunu nasıl da sevdiğini düşündüğünü biliyor. Hâlâ buharı tüten bir parçayı burna giderken Diinna'ya uğrayıp vermek için kumaş parçasına sardığı sırada annesi itiraz etmiyor.

"Burnuma blodplättar kokusu geldiğini sanmıştım," diyor Diinna. Basamağa oturmuş, Erik aşağıda toprakla oynuyor. Kumaşı dikkatle alıyor. "Uçuruma gittiğini gördüm. Halatın düğümünü iyi kontrol ettin mi?" Kumaşı açıp krepin kokusunu içine çekiyor.

Kızgınlığı bir balon gibi patlayan Maren, "Teşekküre gerek yok," diyor. Gitmek üzere arkasını dönüyor ama Diinna güçlü eliyle ona uzanıp yumuşakça bileğinden tutuyor.

"Teşekkürler Maren." Diinna'nın koyu gözlerinin parladığını görmek tokat gibi ani bir şok yaratıyor. "Bir dahaki sefere yardıma ihtiyacın olursa haber ver. Tırmanma işinde daha iyiyim."

Yutkunan Maren başını sallıyor. Diinna'nın elinin üstünü okşuyor. "Veririm."

Evlerinin gölgesinden uzaklaşırken Diinna'nın usulca oğluna mırıldandığını duyuyor.

"Gel *ráhkis*. Gel de tadına bak. Baban buna bayılırdı."

Maren yürürken yalnızca Ursa'yı düşünüyor: Buluşma yerinde olacak mı, orada olmazsa Maren ne yapacak? Haz ve panik arasındaki gidiş geliş onu âdeta soluksuz bırakıyor, bu yüzden burunda açık gri elbisesini giymiş Ursa'yı uzaktan görünce başı dönüyor ve tökezlememek için adımlarını yavaşlatmak zorunda kalıyor.

Batmakta olan güneşin denizdeki yansıması bir an için gözünü alıyor ve gördüğünün Ursa olmayabileceğini düşünüyor. Bu kadar uzaktan suratı bir maskeyi andırıyor, soluk sarı saçları kafasının etrafında darmadağın, koyu gözleri elle çizilmiş kaşlarının altında her şeyi yutan iki derin çukur. Fakat hemen sonra Ursa gülümsüyor, yeniden kendisi ve sallamak için elini kaldırıyor, diğer eli savrulan eteğinde ve Maren'in tüm yapabileceği, koşa koşa yanına varıp onu kollarının arasına almamak için direnmek.

Onu kucaklayacakken kalakalıyor zira Ursa gülse de gözleri süzgün, altlarında mor halkalar var. Maren bu yüze uzanıp başparmağıyla gözaltlarını okşama isteğine direniyor.

"Demek Kirsten seni buldu? Doğrudan sana gelmenin iyi olmayacağını düşündüm ama akşama kadar da beklemek istemedim."

"Kötü müsün?"

"Çok mu belli?" diyor Ursa. "Dün tüm günü yatakta geçirdim. Bu yüzden bir gün geç geldik. Umarım çok beklememişsindir."

Maren dün geceden, uçurumun kenarında endişeyle yürüyüp durduğundan söz etmiyor. Ayaklarının altındaki toprak adımlarıyla dağılmış ve aşınmış, Maren en kötüsünü saklamak için hafifçe yer değiştiriyor.

"Neden hastalandın?"

"Midem kötüydü, o kadar. Sayende iştahım bir köylününkine dönmüş." Daha da zayıf bir ifadeyle gülümsüyor. "Vardøhus'teki yemekler beni perişan etti. Ve belki içki de."

Maren, Ursa'yı kış dönümünde babası gibi yalpalarken hayal ediyor.

"Çok mu şaşırdın?" diyor Ursa. "Öyle bir ortamda içmen gerekir."

"Ziyaretiniz iyi geçmedi mi?"

"Kocama sorarsan iyiydi. Bölge Beyi kocamın yaptıklarına hayran."

"Bu senin için iyi. Yani ziyaret hoşuna gitti?"

Ursa alnını kırıştırarak ona bakıyor.

"Bölge Beyi bir canavardı. Hepsi öyleydi, karısı bile." Keskince nefes alıyor, elleri iki yanında sarkıyor. Maren yaklaşıyor.

"İstersen bir yerlere gidip oturalım? Çok solgunsun."

"Kocam evde. Bir ferman ya da öyle bir şey yazıyor. Kilisede hepsini öğreniriz. Ama sana haber vermek istedim; Diinna'nın adı geçti."

"Adı mı geçti?"

"Kocam Bölge Beyi'ne runik oymalardan söz etti ve bu durum onun hiç hoşuna gitmedi. Kuklalardan da bahsetti. Fru Olufsdatter'e söylemeyi düşündüm ama önce seninle Diinna hakkında konuşmak istedim."

Öyle olduğunu gayet iyi bilse de, "Sence bu kötü mü?" diyor Maren. Durumu kavramaya, Ursa'nın söylediklerinin nasıl bir soruna gebe olduğunu anlamaya çalışıyor.

"Kocam daha fazlasını anlatmaz ama büyücülükle ilgili konuşmalar vardı. İki adamı hapse atmışlar. Adamlar Lapon."

"Diinna'nın yaptığı büyücülük değil ki. Bizim için dua neyse onun için runikler de o."

"Daha iyi bir savunma bulmalısın," diyor Ursa. "Böyle bir şey söylediğini duymak onu memnun etmez. Kocama ondan iyi söz ettim ama Bölge Beyi kararını vermiş, ayrıca geçmişte cadılarla ilgili birkaç olayı olduğunu da keşfettim."

Maren, "Diinna cadı değil," diyor pat diye, panik sesinin istediğinden daha sert çıkmasına neden oluyor.

Ursa sakin bir sesle konuşuyor. "Belki de kiliseye gelse iyi olur?"

"O konuda hiç şansım yok." Maren boğazının sıkıştığını hissediyor. "Hele Toril çarşamba buluşmasına çıkageldikten sonra. Diinna böyle konularda fikrime güvenmiyor."

Bu haberle birlikte Ursa'yı yeniden görmenin verdiği sevinç param parça oldu ve Ursa'nın önünde, onu beklerken yaptığı gibi, küçük patikada volta atmaya başlıyor.

"Belki onunla ben konuşabilirim?" Ursa elini koluna koyup onu sakinleştiriyor. "Bence bu gerçekten önemli."

Maren bunun pek etkisi olacağını düşünmüyor ama Ursa'nın

dokunuşu sinirlerini biraz da olsa yatıştırıyor. "Onun hakkında başka ne söylerdiler?"

"Hiçbir şey. Ama konuşmalar... hoş değildi." Ursa ellerini aniden yüzüne götürüp tuhaf bir sesle konuşuyor. "Bağışla beni. Evlendiğim adamı tanımıyordum. Tanısaydım seni uyarırdım, seni yakınıma, yakınımıza çekmezdim."

Maren kendini dizginliyor. "Benden söz edildi mi?"

Ursa, "Neyse ki hayır," diyor. "Senin adının o şekilde geçmesine asla izin vermem. Buna müsaade etmem." Maren'in ellerini alıp sımsıkı tutuyor. "Sen benim için çok önemlisin, bunu biliyorsun, değil mi? Sana zarar gelmesine asla izin vermem."

Ursa'nın vahşi, güzel yüzü önündeyken, bakışları birbirine kilitlenmişken zamanı geldi, diye düşünüyor, onu öpmesi gerektiğini. Bu düşünce dehşet verici: Ama Maren erkek olsaydı aralarındaki mesafeyi aşıp dudaklarını Ursa'nınkilere dayayacağından, sözcüklerini öpücüklerle susturacağından emin. Oysa başını sallamakla yetiniyor. "Biliyorum."

"O halde gidelim mi?" diyor Ursa, ânın büyüsü bozuluyor. "Diinna'yla konuşmaya?"

"Bir işe yaramayacak," diyor Maren. Birlikte geçirdikleri zamanın bu kadar çabuk bitmesini, köye, diğer insanların yanına dönmeyi istemiyor. Ama Ursa'nın dönüş yolunda başı çekmesine izin veriyor, Ursa rüzgârdan başını öne eğdiği için krem rengi ensesi meydanda.

"Vardøhus nasıl? Bey'in karısı nasıl biri?" diye soruyor.

"Hiç. Haşmetli bir yapı ama çok kasvetli. Bey'in karısı da..." Doğru kelimeleri ararcasına duraksıyor ve Maren onun kadın hakkında uzun uzun düşünmediği sonucuna varıyor. Bu onu çok memnun ediyor. "Sanırım orada hayli yalnız. Ondan çok hoşlanmadım."

Ursa'nın Fru Cunningham'dan hoşlanıp ona sırlarını açması ihtimali daha önce aklına gelen bir tehlike değildi. Maren bir uçurumun kenarından sağ salim geçmişçesine üstüne çöken rahatlamayı hissediyor.

Ursa, "Runik oymalar gerçekten dua gibi mi?" diye soruyor.

"Bir şeyleri çağırmak için değiller mi? Rüzgâr tılsımlarından söz ettiler."

"Diinna bunu yapmaz. Runikler zararsızdı." Onlar erkek kardeşinin ve babasının ruhuna rehberlik etmek içindi. Buna inanmıştı çünkü o aylarda fırtınanın onları içine attığı kaostan çıkabilmek için bir şeye, herhangi bir şeye tutunması gerekliydi. Varr'ın davulundan runiklere; teselli bulmuştu. Mecbur kalırsa mahkemede bunu inkâr ederdi ama bu bir yalan olurdu.

Vekil Cornet'in burna bırakılan runik taşlardan, derisi yüzülmüş tilkilerden, beş yüzgeçli balina hakkındaki söylentilerden de haberi var mı? Toril vekilin dibindeyken, Maren'in bundan şüphesi yok. Bunların hiçbirinin Diinna'yla ilgisi olmadığından emin ama suç kolayca üstlerine atılabilir. Elbette basit bir batıl inançla açıklanabilir ama şimdi bunun, balığa çıkmaları gibi, düşünülmeden yapılmış bir şey olduğunu görebiliyor. Ve Vekil Cornet'in gelişi, her ne kadar ona Ursa'yı getirmiş olsa da, Rahip Kurtsson'un varlığının asla başaramadığı bir şekilde o koruyucu perdeyi üstlerinden çekmişti.

Diinna hâlâ bölmesine açılan basamakta duruyor, Erik de kucağında. Bebeğin başı göğsünde, Maren aniden Erik'in ağzının annesinin memesinde olduğunu fark ediyor. Ursa birden duruyor ve yanakları kızarırken kararlılığı soluyor.

Diinna başını kaldırıp her ikisine birden bakınca, Maren bir an için onu bir yabancının gözüyle görüyor, Ursa'nın gördüğü gibi. Fazlasıyla büyümüş oğlunun ağırlığını taşıyabilmek için bacaklar açık, dolu memeleri yeleğinin katlarına sıkışmış. Damarları, ince tenindeki nehirler gibi belirgin. Saçı yağlı, kafasına yapışmış ve gözleri meydan okumayla dolu, kapkara. Erik ona yapışmışken bir tür tanrıça gibi görünüyor, güçlü ve yabancı. Maren memelerine kayan bakışlarına engel olamıyor. Ağzı kupkuru, arkasını dönüyor.

"Burada olmamalıyız."

Kısık bir sesle, "Böyle bir şeyi dışarıda yapmamalı," diyor Ursa. "Ya Absalom görseydi?"

Maren etraflarına bakıyor. Baar Ragnvalsson'un harabe evi

dışında tüm gözlerden uzaktalar, gökte dönüp duran kuşlar tek şahitleri.

Diinna, Erik'i göğsünden çekip ayakları üzerine koymuş. Yeleğinin düğmelerini ilikliyor. Yüzünde en ufak bir utanç belirtisi yok.

"Bu kadar erken döneceğini düşünmemiştim," diyor, Erik ona doğru uzanırken. Çocuğun ellerini itip ayağa kalkıyor. "Burunda genelde daha uzun zaman geçiriyorsun."

Sesinde Maren'i huzursuz eden bir keskinlik var. "Bayan Cornet seninle konuşmak istedi," diyor Maren. Öfkeli ve neden böyle hissettiğinden emin değil. "Gayet güzel bir kapın var, neden kullanmıyorsun?"

"Söylemek istediğin ne?" Diinna şişmiş göz kapaklarını Ursa'ya çeviriyor. "Bayan Cornet?"

Ursa hemen konuya giriyor. "Vardøhus'ten yeni döndüm. Kocam Bölge Beyi Cunningham'ın evine, yemeğe davet edilmişti. Yemekte senden söz edildi."

Şaşkınlığını iyi saklasa da Maren, Diinna'nın bunu beklemediğini anlıyor. Çenesinde ufak bir seğirme oluyor ve bunu gözden kaçıran Ursa onu etkilemek için hızla sözlerine devam ediyor.

"Oradaki hapishanede iki Lapon vardı." Çenesi daha da kasılıyor. "Rüzgâr tılsımı yapıyorlarmış."

Diinna, "Ben yapmıyorum," diyor.

"Runik oymaların da lafı geçmiş, Diinna," diyor Maren. "Ve kuklaların."

"Fru Olufsdatter onları kendi yaptı," diyor. "Ben sadece ölüleri anmak için hangi otların yakılacağını söyledim."

"Onun da başı belaya girecek gibi görünüyor," diyor Maren. "Ama bizim endişelenmemiz gereken senin durumun."

"Benim için endişelenmenize gerek yok. Bunun için artık çok geç."

"Seninle konuşmak isteyen Ursa'ydı," diyor Maren ve Diinna suratındaki ifadeden incindiğini anlayamasın diye arkasını dönüyor. "Önemli olduğunu düşünüyor."

"Kiliseye gelmelisin," diyor Ursa. "Telafi edilmeyecek bir durum olduğunu sanmıyorum."

Diinna inanamayan bir ifadeyle, "Demek sanmıyorsun?" diyor, Ursa onun bakışlarından rahatsız olup kıpırdanıyor. "Söylediğine göre hapiste kuşkusuz yanmayı bekleyen iki Lapon varken?"

Maren, Ursa'nın aksini iddia etmesini bekliyor ve beklediğini duyamayınca boğazındaki yumru gitgide yükseliyor.

"Kocamın insafsız davranacağını düşünmüyorum." Ursa'nın sesinde ikna edici bir tını yok.

"Halkım kendilerini senin kocan gibi adamların insafına bıraktığında neler olduğunu duydum, Bayan Cornet." Eğilip Erik'i alıp kalçasına yerleştiriyor. "Yerinde olsam bu kadar emin konuşmazdım."

Diinna eşiği geçip kapıyı kapatıyor. Maren bir an duraksadıktan sonra onu takip ediyor. Kapıyı çalmıyor, itip açıyor ve Erik'in bacağı sıkıştığından çocuk usulca bağırıyor. Ursa'ya dışarıda bırakıp kapıyı kapatıyor ve odaya dönüyor. Bu odaya girmeyeli yıllar oldu, muhtemelen yeni inşa edildiği, Diinna ve Erik'in yeni evlendiği, odayı beyaz ve sarı çiçeklerle doldurduğu, hediye gelen Atlantik morinalarını içeriye taşımalarına yardım ettiği, onları minyatür yelkenler gibi kirişlere astığı zamandan beri.

Artık burada çiçek yok. Yeni evli bir çift için dar gözüken yer her nasılsa anne ve oğul için daha da ufak gözüküyor. Ateşin üstü külle örtülmüş, pencereye kalın bir perde asılı, bu yüzden tüm oda gölgeler içinde ve Diinna bir gece kuşu gibi, karanlıktan ona bakıyor. Erik küçük kumaş parçaları ve sopaların yığıldığı, kuş yuvası gibi bir köşeye gidiyor. Oda ekşimiş süt ve kendi evlerinden sızan blodplättar'ın kokusuyla dolu. Erkek kardeşinin çizmeleri ateşin yanında, babasınınkiler de yan evde, tam aynı yerde. Çizmelerden birinin bağcıkları açık, dili kayıp, içi bir ağız gibi karanlık.

Buraya Diinna'yı kabalıkla suçlamak, Maren'e artık kendisi için endişelenmesine gerek olmadığını söylerken yanıldığını anlatmak için geldi ama bu odada bunu yapmak olanaksız. Onu hayal kırıklığına uğrattılar, Erik'i hayal kırıklığına uğrattılar, Erik'in anısını hayal kırıklığına uğrattılar.

"Diinna..."

O anda ateşin üstünde Toril'in kayıp danteline sarılı düğümlü bir figür görüyor. Maren'in tökezlemesine neden oluyor bu. Figürün yan tarafına saplı gümüş bir iğne var.

"Bu ne?"

Diinna bakışlarını takip ediyor ve ardından kuklayı eline alıyor. "Hiç. Erik'e oyuncak."

"Toril'in danteli bu."

Diinna iğneyi çıkarıp sarılı danteli çözüyor. "Ona geri vermek ister misin?"

Maren başını iki yana sallıyor ve Diinna danteli ateşe atıyor. Maren kumaşı kurtarmak istercesine bir an sarsılıyor ama ateş şimdiden bükülüp kıvrılan danteli sarmıştı bile.

Odaya göz gezdiriyor, yatağın yanındaki runik taşları, boş çizmelerin az ötesinde duran bir avuç tavşan omurgasını fark ediyor. Kollarındaki tüyler diken diken oluyor.

"Diinna, tüm bunlar da ne?"

"Tüm neler?" Diinna kuklayı yatağın üstüne serili kare şeklinde geniş bir kumaşın ortasına koyuyor. Üstüne tilki kuyruğundan bir atkı, kalın kolçaklar, bir bıçak ve bir tunik koyuyor.

"Ne yapıyorsun?"

İşine ara vermeden, "Kimseye söylememelisin," diyor. "Ona bile."

"Gidemezsin." Maren içinde bir panik dalgasının kabardığını hissediyor. "Diinna, sen cadı değilsin."

Ama sesinde bir şüphe var ve Diinna keskin bakışlarını ona çeviriyor. "Çok emin değil gibisin."

Maren'in elleri titriyor ve belli belirsiz korktuğunu hissediyor. "O kukla..."

"Bir oyuncak," diyor Diinna. "Erik için. Danteli öfkemden aldım, kumaşın sertliğini azaltsın diye sardım."

Maren'in gözleri kemiklere, runik taşlara çevriliyor ve Diinna sessiz ve hüzünlü bir kahkaha savuruyor. "Bir zamanlar, denizciler babama gelip kemiklere bakarak kalan zamanlarını öğrenmek istediklerinde runiklerin seni teselli ettiğini hatırlıyorum. Onlar bir dil, Maren. Bu dili bilmiyorsun diye şeytani olması gerekmiyor."

Utanan Maren başını sallıyor. Özür dilemek istiyor ama bunun zayıf kalacağını biliyor. Onun yerine sözlerini tekrarlıyor. "Sen cadı değilsin."

"Ne olduğum değil, onların ne olduğuma inandığı önemli."

"Ursa sorun olmayacağını düşünüyor, kocasının..."

"O bunlardan ne anlar ki?" Diinna'nın sesi tarazlanıyor. "Sen ne anlarsın? Senin için kalmıştım, böylece Erik ailesini tanıyabilsin diye. Ama burası güvenli değil."

"Yoksa onu da mı alıyorsun?"

"O benim oğlum," diyor. "Onu geride bırakabileceğimi nasıl düşünürsün?"

"Alçak dağda nasıl hayatta kalacak?"

"Daha da uzaklara gideceğiz," diyor Diinna. "Ama nereye gidersek gidelim buradakinden daha iyi olacaktır." Gözleri kare odacığı tarıyor. "Burası bir çocuğa uygun değil. Havaya, ağaçlara ihtiyacı var ve ona kırık, yarım kalmış bir şeymiş gibi bakmayan insanlara ihtiyacı var." Duvarı aşıp eve yönelen zehir zemberek bir bakış atıyor ve Maren annesinin hâlâ yayık kovasının başında olduğunu duyuyor. "Onu babası öldüğünde buradan götürmeliydim."

Maren onu oyalamaya çalışarak Diinna'nın elini yakalıyor. "Lütfen, gitme."

"Güvenli değil."

"Güvende olmanızı sağlarım."

Başını iki yana sallayıp elini Maren'in yanağına götürüyor. "Onlar için bir değerimiz yok. Deniz için akıntısına kapılmış adamlar neyse, biz de onlar için oyuz." Alnını Maren'inkine dayıyor. Teni kum gibi kuru.

"Sen de gelebilirsin," diyor. Maren irkilerek sıçrıyor. "Varr yazları alçak dağın ötesinde, güneydeki ormanlarda geçiriyor.

Oraya kadar gelmezler, gelirlerse de nasıl saklanacağımızı biliyoruz."

"Annemi bırakamam." Ursa'yı bırakamaz. "Hem burada benim için bir tehlike yok."

Diinna daha fazlasını söylemek ister gibi bakıyor ama bohçayı düğümlemekle yetiniyor, ardından raftan başka bir battaniye alıp diğer bohçayı hazırlamak için yayıyor.

Maren, söylemek istediği çok şey olsa da yalnızca, "Ne zaman gidiyorsun?" demeyi başarıyor.

"Bu gece. Baar'ın teknesini alacağım..."

"O harap halde," diyor Maren. "Kirsten'inkini al. Sorun etmez."

Diinna başını sallayarak onaylıyor. "İsterse çaldığımı söylesin. Kıyıya, emniyetli bir yere bırakırım."

Maren, Erik'i kucaklıyor, kaldırıp sütümsü kokusunu içine çekiyor. "Sana verecek bir şeyim var. Birkaç altın para..."

"Onları sakla," diyor Diinna. "Ormanda benim işime yaramazlar."

"Ya yakalanırsan?"

"Kimseye söyleme," diyor Diinna. Yeniden karşısına gelip kollarını ona doluyor ve Maren çenesini öyle sıkıyor ki bir çıtırtı duyuyor.

Diinna fısıltıyla, "Dikkatli ol," diyor, soluğu Maren'in kulağını yalıyor. "Ona karşı bile."

Geri çekilip başparmağını Maren'in alnına koyuyor. "Beni bulman gerekirse diye."

Maren gözlerini sımsıkı yumuyor, Diinna'nın o Noel Arifesi'nde kardeşinin alnına aynı şekilde dokunduğunu anımsıyor. "Diinna..." Uzaklaşmasına fırsat vermeden elini yakalıyor. "Bana söyler misin? Erik'in *joik*'ini?"

Diinna'nın reddedeceğinden emin ama o, ağzını Maren'in kulağına yaklaştırıp söylemeye başlıyor. Ezgi hareketli ve yumuşak, Maren duvarın ardından bir kısmını duyduğunu hatırlıyor ama yanağına vuran ninni bambaşka, çok daha güzel. Bittiğinde içinden bir şeyin koptuğunu hissediyor. Erik şarkının ardından sakin ve gülümsüyor ve Maren soğuk yanağına son bir öpücük kondurup kokusunu ciğerlerine çekiyor ve çocuğu annesine veriyor.

Boğazında bir hıçkırıkla, şaşkın halde evden çıkıyor. İçerinin loşluğundan sonra Ursa'nın saçları pırıl pırıl.

"Kiliseye gelecek mi?"

"Gelecek," diyor Maren çünkü bu daha kolay. Ursa'nın yüzü bu yalanla aydınlanıyor.

O gece, eski yatağında, kulağı duvarda uyumasına karşın Maren hiçbir ses duymuyor. Diinna'nın fikrini değiştirmiş olduğunu düşünüyor, ilk ışıkla birlikte kapısına gidiyor.

Kapının mandalı açık, dokunmasıyla kapı aralanıyor. Sönmüş ateşin yanında duran Erik'in çizmeleri dışında bir şey yok. Maren toplanmış yatağa gidiyor. Perdeleri açmak, uzun zamandır karanlıkta kalan odaya ışığın dokunmasını, havanın girmesini sağlamak istiyor. Ama bunu yapmıyor.

Kapıyı ardından kapatmakla yetiniyor, olanca ağırlığıyla yatağa oturuyor. Burası kardeşinin yattığı, yeğeninin rahme düştüğü yer. Avuçlarını açıp onlara ait bir şey hissetmek için karyolaya bastırıyor. Maren aniden, Erik'i burunda, o sisli günde yitirdiği zaman olduğu gibi yapayalnız hissediyor. Ama bu kez sis dağılmayacak. Onun için gelecek biri yok. Kalın kaşları ve usul gülüşüyle sevimli, sessiz kardeşi gelmeyecek. Babası gelmeyecek, annesi bile gelmeyecek.

Kanca gibi sivri haykırışını bastırıyor. Alnına, Diinna'nın yeniden bir araya gelebilmeleri için işaretlediği yere dokunuyor ve içinde bir yan, kardeşinde olduğu gibi, o bağın çoktan kopmuş olduğunu anlıyor.

OTUZ BİR

Absalom ertesi günü evde, masada oturarak geçiriyor. Ursa varlığına alışkın değil, tek bir iş bile yapamıyor. Vardøhus'e yolculukları aydınlatıcı ve eş derecede dehşet vericiydi ve artık değil onu sevmek, ondan hoşlanmasının bile imkânsız olduğunu biliyor.

Önünde Bey'in verdiği, mühürleri kırılmış iki mektupla tamamen odaklanmış halde, kilisede ilk gün yaptığı nüfus kaydını da çıkarıyor ve Ursa'nın tahminine göre, isim satırları üstünde parmaklarını gezdiriyor ve üçüncü bir parşömene minik, karışık harflerle bir şeyler yazıyor.

"Ne üzerinde çalışıyorsun, Absalom?"

"Bir liste."

Absalom heyecanlı: Ursa bunun dalga dalga onun üstünden yayıldığını hissediyor, tıpkı Bölge Beyi'nin yemek odasında olduğu gibi ve bu onu korkutuyor. İçinden Maren'e kaçmak geçiyor ama Absalom'un dikkatini yakınlıklarına çekmek istemiyor, hele Diinna şu riskli durumun içindeyken. Hepsi sarp kayalıkların üstünde dengedeymiş, kocası ayaklarının altındaki taşı ufalıyormuş gibi hissediyor.

"Liste mi?"

"Bölge Beyi için. Yakında anlarsın."

Absalom, o gece karanlık odanın içe işleyen soğuğuna karşın onun tamamen soyunmasını istiyor, içine girdiğinde ellerini kürekkemiklerinin altına yerleştirip başparmağıyla kemikleri okşuyor. Ursa'ya sanki Absalom bir yaraya parmağını sokmuş, derisini soyuyormuş gibi hissettiriyor. Nazik olmaya çalıştığını düşünüyor ama kendini onun için yeterince açamıyor ve Absalom onun kendini daha da kapatmasına yol açacak şekilde kendini itmek zorunda kalıyor.

İşi bittiğinde, Ursa'nın arkasını dönüp geceliğini giyişini seyrediyor. Dönüp uyumuyor, elini tutup gözlerini tavana dikiyor. Ursa elini onun güçlü kavrayışına bırakıyor ve yapışkan sıvının bacaklarının arasından aktığını hissederek başını öteye çeviriyor.

"Yakında bir çocuğun olacak mı?" Absalom hâlâ soluk soluğa. "Gemide. Lazımlık. Çocuk kaybetmiştin, değil mi? Annen gibi misin?"

"Umarım değilimdir, bey," diyor Ursa.

"Umarım, Ursa," diye yineliyor. "Oğlan çocuklar istiyorum, beş oğul. Hayatta kalan dört erkek kardeşim vardı. Hep birlikte kasabanın dehşetiydik. Büyümek için iyi bir yoldu."

Ursa kısık bir sesle, "Burada beş oğlana bakamayız," diyor.

"Bu kısa sürede düzelecek."

Bunu söyleyiş tarzı hoşuna gitmiyor, sanki bir sırrı var.

Absalom, "Başka oldu mu?" diye soruyor.

"Başka?"

"Düşük?"

Yanaklarına alevler hücum ediyor. Bu tarz şeyleri onunla konuşmak istemiyor. "Hayır."

"Umarım oğullarımız için dua ediyorsundur."

Beş oğul sahibi olmak için dua etmese de, "Evet," diyor. Bir tane olabilir ama dehşet saçan bir çocuk olmamasını umuyor. Absalom'dan bir çocuk doğuracaksa bunun bir kız olmasını dilerdi, gülüşünü Agnete'den almış, Absalom'la hiçbir benzerliği olmayan bir kız. Dünya kızlar için merhametli bir yer olmasa da kendisini Agnete gibi anlayan, annesini sevdiği gibi onu sevecek birini isterdi.

"Benimle dua et." Yüz yüze olacakları şekilde yana dönüyor, ellerini yakalıyor ve sessizce mırıldanarak gözlerini kapatıyor. Ursa dua ederken huzurlu bir ifade alan yüzünün sert hatlarını izliyor, *Âmin* deyişini tekrar ediyor. Absalom ona gülümsüyor. "Burada yaptığım işe yaraşır bir mirasımız olacak. Yakında senin mektubunu yazacağım," diyor. "Özellikle söylememi istediğin bir şey var mı?"

"Sana bırakıyorum."

"Güzel," diyerek alnına son bir öpücük bırakıyor.

Elleri birbirinden ayrılıyor, yatağın kendilerine ait tarafına çekiliyorlar ve Ursa kocasının tohumunun içinden çıkmasını umarak ellerini karnının altına bastırıyor.

Ursa gözlerini boş evde açıyor, masada kirli bir fincan var, Absalom'un onu uyurken seyrettiğini düşününce ürperiyor.

Yataktan fırlayıp hâlâ sıcak olan sudan yıkanma leğenine koyuyor, bir bez parçasıyla Absalom'u bedeninden attığına emin oluncaya kadar ta içine dek kendini ovalıyor. Soğuk odada Diinna'nın sözlerini ciddiye alıp almadığını kontrol etmek için Maren'in evine yürümeyi düşünerek hızlıca giyinmeye başlıyor ama dışarıdan, çok yakından onu harekete geçiren bir haykırış duyuluyor.

Çığlık yineleniyor, dışarısı şimdi daha da gürültülü ama Ursa kaynağından emin olamıyor. Birisi eteklerini tutmuş, bacakları açıkta koşarak yanından geçiyor: Edne, Ebbe? Ursa adını hatırlayamıyor. Kadın Maren'in evine doğru koşuyor, korku dolu bir an Ursa onu takibe koyuluyor. Ama arkasından yalvaran bir hıçkırık duyuluyor.

Fru Olufsdatter'in kapısı ardına kadar açık, menteşelerinden savrulup duvara çarpıyor. Bu açıdan Ursa içeride hiçbir şey göremiyor ama izlerken daha önce fark etmediği ince ve uzun bir adam eşiğe gelip kapıyı kapatıyor. Yarım daire oluşturmuş kadınlar dışarıda dikiliyor. Ursa yüzlerindeki ifadeyi göremeyecek kadar uzakta ama birkaç kadının eli ağzında.

Başka eşiklerde başka yüzler, ağaçların içinde sese doğru ilerleyen hayvanlar gibi evler arasında hareket eden başka şekiller görüyor. İçeriye dönmek istiyor, kapıya uzanıyor. Korku dizlerinin arkasını ele geçirip bacaklarını gevşetiyor ve bir an için kapının mandalına tutunuyor.

Onlara yaklaşırken kadınların dikkati evden uzaklaşıyor. Suratları asık, birkaçı uzaklaşıyor ama Toril ona yaklaşıyor, ince yüzü zevkle dolu, canını acıtacak kadar sıkıca kollarına yapışıyor.

"Sonunda harekete geçti! Bayan Cornet, bu ne mübarek bir gün!"

Ursa onun ellerini silkiyor. "Harekete mi geçti? Neler oluyor?"

"Size söylemiştir?" Kadın gülümsemesini saklama zahmetine bile girmiyor. "Bayan Cornet, kocanız içeride, Fru Olufsdatter'le. Onu tutukluyor."

Kalp atışları Ursa'ya acı vermeye başlıyor. "Tutukluyor mu? Suçu ne?"

Gelip Toril'in yanında dikilen Sigfrid, "Tam olarak bilmiyoruz," diyor. Benzi atmış, zafer dolu görünmese de neşeden soluğu kesilmiş. "Ama şüphesiz birden çok suçu var. Ne işler çevirdikleri belli."

Toril, Sigfrid'in omzunu sıkıyor. "Artık güvende olacağız, arkadaşım."

Ursa diğer kadınlara bakıyor. Hiçbirini iyi tanımıyor - biri, Gerda, çarşamba buluşmalarına gelse de fazla konuşmaz. Diğerleri, Kirsten'in deyişiyle, kilise kadınları olmalı.

Kapı hızla açılıyor ve bilekleri bağlanmış Fru Olufsdatter yanında zayıf yabancıyla çıkıyor, yaralanmamış görünse de beyaz önlüğünde bir kan lekesi var. Hemen arkasından kâğıt tomarını göğsüne bastırmış Absalom yürüyor. Yüzü ciddi, dudakları heyecandan seğiriyor. Ursa'yı görüyor -kocasının bir an nefesinin tuttuğunu fark ediyor- ama onunla konuşmuyor, yalnızca yanından geçiyor.

"Bey," diyor. "Absalom. Onu nereye götürüyorsun?"

"Vardøhus'e." Sözleri yalnızca Ursa için değil, sesi çınlıyor. "Cadı deliğine."

Laponların tutulduğu sefil binayı anımsayan Ursa umutsuzlukla, "O cadı değil," diyor. "Sık sık onun evine gittim, orada sık sık dua..."

Üstdudağında bir pırıltıyla, "Ben ne yaptığını biliyorum," diyor Toril. Sesinde galeyan var, Ursa onun terinde bile bunun kokusunu alabiliyor. "Cadılık. O güzel evi... büyülü yaratıkların yardımı olmasa o evi tek başına çekip çevirebilir mi? Kuklalar da var..."

"Ve kolumdaki izler," diyor Sigfrid. "On iki kara delik, bir yaratığın ısırıkları gibi."

Ursa gözlerini kırpıştırarak ona bakıyor. Söyledikleri delice. Ama Absalom onlara ciddiyetle başını sallıyor, kutsar gibi ellerinin her ikisinin üstüne koyuyor.

"Tanıklık etmek için çağırılacaksınız," diyor. Fru Olufsdatter çekilip götürülürken onu izliyor. Kadın gözyaşları içinde, bağlı elleriyle yüzünü tırmalıyor. Ursa onun yanına gitmeye cesaret edemiyor. Bunun yerine Toril ve Sigfrid'e dönüyor.

"Şu izler de neymiş? Gösterin bana."

Kızaran kadın, "Bu uygunsuz olur," diyor.

"Tanrı yalancıları affetmez, Fru Jonsdatter."

"O yalancı değil," diyor Toril.

"Kocama kuklalardan söz eden siz miydiniz? Onlar gidenleri anmak içindi, başka bir anlamı yoktu."

"Onlar kuklaydı," diyor Toril. "Hepimiz ne olduklarını gördük." Diğer kadınlar başlarını sallayarak onaylıyorlar. "Onları o Lapon'dan aldı. Tabii şimdi sırada o var."

Ursa eteğini dizlerinin üstüne çekip koşuyor. Maren'in kapısı da açık, korkunç bir an boyu çok geç kaldığını, kocasının adamlarının çoktan içeri girdiğini düşünüyor ama Maren'e seslendiğinde kadın dışarı çıkıyor, yanında da dehşete düşmüş bir yüz ifadesi taşıyan Edne. Edne'nin yanında annesi oturuyor. Rahatlama hissi bir sancı gibi böğrüne saplanıyor ve kaburgalarını tutuyor.

"Sana anlattı mı?"

"Evet."

"Diinna'yı uyarmalısın. Telafi etmeye zamanı olduğunu sanmıştım, düşünmüştüm ki..."

"O gitti." Maren bunu yalnızca Ursa'nın duyabileceği kadar kısık sesle söylüyor.

"Gitti mi?"

Maren parmağını Ursa'nın dudaklarına götürüyor. "Gece. Artık onu yakalayamazlar."

Hâlâ zorlukla nefes alan Ursa sallanıyor ve Maren elini dirseğinin altına koyarak ona destek oluyor. Sözleri ve dokunuşu o kadar iyi geliyor ki Ursa elini yakalayıp öpmek istiyor.

"İçeri gel."

Aylardır süren arkadaşlıklarına karşın Ursa Maren'in evine hiç girmedi. Diğerleri gibi döşenmiş – bir ucunda ateş, bir ucunda yatak, bir köşesine de daha dar bir yatak sıkıştırılmış tek göz, küçücük oda. Dördü birden içerideyken kıpırdayacak yer yok, masanın başına geçip oturunca dizleri birbirine dokunuyor.

"Neler oldu?" diyor Maren'in annesi. "Edne'den kocanın buraya doğru geldiğinden başka bir şey öğrenemedik."

"Fru Olufsdatter'i tutukladılar," diyor Ursa; sözcükler ağzında gerçekdışı bir his yaratıyor. "Cadılıktan."

Maren'in annesi soluk alıyor, nefesi aralık ağzında bir tıslamaya dönüyor. "Toril bunu biliyor mu?"

"Onu suçlayan Toril'di."

Kadının dili ağzının yanına, yaraya gidiyor. Ursa başını çeviriyor.

"Bunun olacağını biliyordun," diyor Maren, ellerini masanın üstüne dayıyor. "Değil mi?"

Annesi sessizliğiyle onaylıyor ve Maren ayağa fırlayınca sandalyesi yere düşüyor. Ursa da aralarına girmeye hazır halde ayaklanıyor ama Maren parmağı suçlayan bir tavırla annesine doğrulmuş, dar odada volta atmaya başlıyor. "Diinna'yı da almalarına da izin verir miydin, ha? Torununu annesiz bırakır mıydın?"

"Annesi bir cadı olacağına anasız kalsın, daha iyi."

Maren'in şaşkın suskunluğu kapının çalışıyla kırılıyor, kapı bir kez daha, bu kez daha sertçe vurulduğunda kıpırdayan yalnızca Ursa oluyor. Kapıdaki kaşları kalmış Absalom.

"Sen burada mısın, hanım?" İçeri giriyor. Odanın içindeki hava boşalıyor. "Lapon nerede?"

Yavaşça ayağa kalkan annesi, "Yan kapı," diyor. "Size göstereyim, vekil. Torunum huzursuz olabilir. Onu yatıştırırım."

Edne peşlerinden çıkıyor, diğer evlere doğru geri koşuşturuyor. Maren kapının yanında donakalıyor ve Ursa kocasının sert adımlarını, kapıyı gürültüyle yumruklayışını, mandalı kaldırışını duyuyor.

Bir anlık sessizliğin ardından Maren'in annesinin ıstıraplı inleyişi yükseliyor, sözcükler güçlükle seçilebiliyor.

Bu kez Absalom daha hızlı adımlarla odaya dönüyor, ifadesi öfkeli. "Nerede? Nereye gitti?"

"Gitmiş mi?" diyor Maren zayıf bir sesle ve Ursa'ya haberi birkaç dakika önce fısıldamamış olsaydı, Ursa onun yaşadığı şoka inanırdı. "Ya Erik? Kardeşimin oğlu, o orada mı?"

Maren'in gözlerinden akan yaşlar o kadar gerçek ki Ursa kendini tutamayıp masanın karşısından ona uzanıyor. "Absalom, lütfen. Bu onlar için korkunç bir şok."

Absalom öfkeyle homurdanıyor. "Uzaklaşmış olamaz. Onu bulacağız."

Kapıyı açık bırakarak hışımla evden çıkıyor ve Ursa yeniden soluk almaya başlıyor. Maren'in gözyaşları uzun bir süre dinmiyor ve duvarın diğer tarafından acı çeken bir hayvanın sesini andıran bir ağıt duyulur. Çenesini sıkan Maren ellerini kulaklarına bastırıyor.

"Maren," diye fısıldıyor Ursa. "Haydi, gidelim. Gel, gidelim."

Maren, Ursa'nın yardımıyla ayağa kalkıyor, ağırlığı yok gibi. Ondan uzun olmasına karşın Ursa'ya yaslanıyor, annesinin yerde oturup ağladığı açık kapının yanından geçerlerken ayaklarını sürüdü.

Ursa seçeneklerini düşünüyor. Harabe evi geçip köyün dışına çıkabilirlerdi. Ama Ursa şimdiden oradaki siluetleri görebiliyor, Diinna ve oğlunu arayan siyahlı adamlar. Bu görüntü içine dehşet salıyor, leşin başına üşüşen sinekler gibi kapkara adamlar.

Sessiz, ıssız bir yere ihtiyacı olmasına rağmen başı önünde, onları eve yönlendiriyor; Maren'in elleri yüzünü kapatıyor. Oraya vardıklarında yükselen sesler duyuluyor, evin köşesinden tam zamanında dönüp Fru Olufsdatter'in zorla götürülmesini izleyen kadınları ve Kirsten'in karalara bürünmüş başka bir adamı itip kakarak yere düşürdüğünü görüyorlar.

Maren, "Kirsten!" diye haykırıyor. Doğrulup ileri atılıyor. "Sen ne yapıyorsun?"

"Bu pislik bana el sürebileceğini sanıyor."

"O vekilin adamı, Bölge Beyi'nin muhafızı!"

"Kocam değil," diyor Kirsten, topuklarının üstünde geri geri kaçan adamın üstüne eğilip. "Bana dokunmaya hakkı yok."

Muhafız ayağa kalkıyor. Kirsten'den bir baş kısa ve Kirsten'i devleştiren öfkesi karşısında daha da ufalıyor. Ama Vardøhus yönünden başka yabancılar geliyor, Ursa'nın gemiden bu yana gördüğünden daha fazla erkek. Başka bir yerden, Alta ya da Varanger'den gönderilmiş olmalılar.

Ve orada, iki evin arasından korkunç bir kâbus gibi kocası çıkıyor, gözlerinde muzaffer pırıltılarla Kirsten'e bakıyor. Nasıl olmuştu da onun yakışıklı olduğunu düşünmüştü? Yüzü zalim ve bir kurt gibi sinsi.

Arkasında daha fazla adamla arayı kapatıyor. Ursa bunu ne zamandır planlandığını düşünüyor. Ne zamandır bunlara herkesten yakın olan o bile bilmeksizin ilmek daralıyordu?

Yanından geçerken, "Benden bir adım öndesin, hanım?" diye mırıldanıyor.

Absalom'un varlığından cesaret alan adam üstünü başını silkeleyerek, "Direnme," diyor. "Suçlusun."

"Beni kim suçladı?"

"Ben suçladım, Kirsten Sørensdatter," diyor Toril.

"Ben de," diyor Sigfrid.

Arkalarından gelen gergin bir ses, "Ve ben," diyor. Ursa dönünce Maren'in annesini görüyor, kadın gözyaşlarıyla vahşileşmiş yüzüyle titreyen elini kaldırıp parmağını uzatıyor. "Cadı."

OTUZ İKİ

Maren sözcüğün toplanmış kadın etrafında bir akıntı gibi dalgalanışını izliyor. Birer birer parmaklarını kaldırıyorlar, kin suratlarında o kadar açık ve korkunç ki Maren'in soluğu kesiliyor. Tüm kilise kadınları, Toril, Sigfrid, Lisbet ve Magda, hatta Fru Olufsdatter'in tutuklandığını haber vermeye gelen, teknede yanında oturup kolları ağrıyana ve güçlenene dek kürek çeken Edne bile.

Maren onunla göz göze gelmeye çalışıyor ama Edne gruba, Kirsten ve Absalom'a bakıyor. Absalom'un bakışları ona çevriliyor ve Edne de iğne batmış gibi hızla elini kaldırıyor. Kirsten onu hedef alan ellerin ortasında tek başına dikilmiş, savaşa hazır bir ifadeyle duruyor.

"Neyle suçlanıyorum?"

"Suçlamaları mahkemede öğreneceksin," diyor Absalom. "Son derece ciddi suçlamalar."

Maren onu orada yalnız bırakmaya dayanamıyor ve ileri atılacak oluyor ama Ursa bileğini yakalayıp tırnaklarını Maren'in etine gömüyor. "Hayır, lütfen."

O anda Maren'i başka kimse durduramazdı. Ama Ursa'nın dokunuşu karşısında çaresiz, sesi karşısında eli kolu bağlı. Göğsünde ihanetin davulları çalarken izliyor; Kirsten'in bilekleri bağlanıyor ve Vardøhus'e doğru götürülüyor.

Suçlamalarının hedefi ortadan kalkınca kadınlar ellerini indiriyor ve sersem bir halin içinden çıkar gibi gözlerini kırpıştırıyorlar. Hızla soluk alan Edne ellerini dizlerinin üstüne koyup öğürüyor. Toril, tatminkâr bir ifadeyle sırtını sıvazlıyor.

"Aferin kızım."

Edne öyle ani bir hareketle doğrulup geriliyor ki Toril elini çekiyor. "Ben senin kızın değilim. Senin gibi bir kadınım."

Edne etrafına bakıyor ve Maren onun kendisini aradığını anlıyor. Göz göze geliyorlar, Edne'nin yüzündeki perişanlığı görüyor. Bu bedeninin öfkeyle zonklamasına, ellerinin kaşınmasına neden oluyor ama adamlar köyün çevresinde dolanmayı sürdürürken yaklaşmaya cesaret edemiyor.

Ursa belki de tepkisini sezerek onu usulca çekiyor, "Gel," diyor.

Maren peşine takılıp ikinci kayıkhaneye gidiyor. Kapı kapalı, Ursa, Maren'i kendisine çekiyor, çenesini omzuna yaslıyor ve anlamsız bir şeyler mırıldanıyor.

Her ikisi de tir tir titriyor ve Maren kendini Ursa'nın sesinin akıntısına bırakıyor, elini yavaşça kaldırıp aceleye gelmiş topuzundan kurtulan saçlarının üstüne koyuyor, topuzu tutan ip kaba parmakları arasında yumuşacık. Dudakları Ursa'nın boynundan bir parmak uzakta, kokusunu içine çekiyor ve arkadaşı onu bırakırken Maren dudaklarının tenine değmesine izin veriyor, o kadar hafif bir dokunuş ki hayal etmiş bile olabilir.

Ursa dokunuşu fark ettiğine dair bir belirti göstermeyip Maren'i bir sandalyeye oturtarak çay demlemeye koyuluyor. Elleri titreyince fincanlar birbirine çarpıyor. "Dikkatli olmalısın."

"Onunla konuşmam gerek." Maren bunu düşünmeden söyleyiveriyor.

"Kiminle?" diyor Ursa. Sesinde, Maren'e söylemesi için bir meydan okuma var gibi.

"Kocanla." Düşünce yerli yerine oturunca Maren devam ediyor. "Ona hata yaptığını söylemeliyim."

Ayağa kalkıyor ve Ursa telaşla yanına gelip elini omzuna koyarak onu yerine oturmaya zorluyor. "Asıl bu hata olur."

"Bunların hepsi hata." Maren parmaklarının titreyişini durdurmak için yumruğunu sıkıyor. "Kirsten'den söz ediyoruz, Ursa."

Ursa ocağın başına dönüyor. "Dikkatleri üstüne çekmemelisin." Elleri çaydanlığın etrafında kanat çırpan beyaz kuşlar gibi.

"Bir tuzak kuruldu ve ben senin içine düşmene izin vermeyeceğim."

"O halde burada olmamalıyım," diyor Maren, "onun evinde."

Ursa onu bir bakışla durduruyor. "Muhtemelen en güvende olacağın yer burası, benim yanım."

Maren hareketsiz oturmakta zorlanıyor. Bacakları masanın altında oynuyor. "Kirsten için ne yapacağız?"

"Beni duymuyor musun, Maren? Onun için beklemekten başka bir şey yapamayız."

"Herkes onu suçlarken mi?" Maren başını iki yana sallıyor. "Birinin onun adına konuşması gerek."

"O halde bu sen değil, ben olmalıyım," diyor Ursa; titreyen parmaklarla fincanları masaya getiriyor. Üzüntü içinde yaprakları eklememişti, önünde buharı tüten sıcak su fincanlarıyla oturuyor. "Senin durumun da iyi değil, Maren. Bunu ben bile görebiliyorum. Belki sen de Diinna gibi gitmelisin."

Maren hızla bakışlarını ona çeviriyor. "Gitmek mi?"

"Bergen'e gidebilirsin, ailemin evine. Babam güvende olmanı sağlar."

Ursa'dan ayrılmanın dehşeti tutuklanmaktan daha zorlu geliyor. "Kaçarsam bu nasıl görünür? Benim hiçbir suçum yok, Ursa."

"Kirsten ve Fru Olufsdatter'in de yoktu," diye yanıt veriyor. "Masumiyetlerinin onlara faydasını görüyorsun."

Söyledikleri mantıklı oysa Maren farklı olmasını dilerdi. Her şeyin farklı olmasını dilerdi.

"Onlara zarar veremezler," diyor Ursa. "Hiçbir suçları yokken zarar veremezler."

"Verebileceklerini biliyorsun," diyor Maren, Ursa'nın gitme önerisini verdiği öfke kalbinde alev alev. "Bir cadı avcısıyla evlenen sensin."

Ursa irkiliyor ve Maren sözcüklerini geri alabilmeyi diliyor.

"O bana Toril, Sigfrid, diğerlerinin hepsi kadar uzak," diyor. "Bunu önceden bildiğimi düşünüyor olamazsın."

Utanan Maren sandalyeye yığılıyor. "Tabii düşünmüyorum. Annem..." göğsündeki keskin acıyla irkilir, "of, Tanrım, annem."

"Kendinde değil," diyor Ursa. "Bunu ben bile görebiliyorum. Toril onu kandırmış. Bu iş Toril'in başının altından çıkıyor. Ve kocamın. Ve onu buraya gönderen Bölge Beyi'nin. En başından beri Bey'in planı buydu, kuzeyde cadılar yaratmak. Buranın baştan aşağıya yozlaşmış olduğunu düşünüyor."

Kendi düşüncelerinin derinlerine dalan Maren, "Nasıl da böyle kör olabildim," diyor. "Ondan ne kadar nefret ettiklerini göremedim."

"Kirsten'den mi?"

Maren başını sallıyor. "Edne bile..."

"Saçmalık. Kirsten'i uyardın ama bu bir işe yaramadı."

"Ya Fru Olufsdatter," diyor Maren. "O neden suçlandı? Göze batacak hiçbir şey yapmamıştı."

"Onları ısırdığını söylediler."

Afallayan Maren gözlerini kırpıştırıyor. "*Isırmak* mı? Fru Olufsdatter mi?"

Ursa titrek bir kahkaha savurduktan sonra kendini tutuyor. "Üzgünüm. Bu o kadar... o kadar saçma ki." Fincanını elleriyle sarıyor. "Kuklalar da var, ayrıca evinden de söz ettiler, evinin nasıl da büyük ve tertipli olduğundan."

"Toril oldum olası o evi kıskanmıştır."

"Sence kıskançlık bu olanları açıklamaya yeter mi?"

Öyle olduğunu düşünse de Maren bunu dillendirmiyor. "O cadı değil. Onun hakkında söyledikleri o şeyler, ısırık izleri. Hepsi yalan."

"Sen ve Fru Olufsdatter arasında bir şey olduğunu düşünmüştüm?" Ursa dikkatlice onu izliyor.

"Aramızda mı?"

"Tatsız bir şey. Bir hoşnutsuzluk."

"Ondan hoşlanmadığım doğru değil," diyor Maren. "Ama evet, o benden hoşlanmaz."

"Neden?"

Maren iç çekiyor. "Oğlu, Dag Bjørnsson. Benim nişanlımdı. Benim oğlu için doğru eş olmadığımı düşünüyordu." Geniş kirişlerin altına, şimdi yatağın olduğu kuytuya bakıyor, Dag'ın onun bedeninde dolaşan aç ellerini anımsıyor. "Bu evin bizim olmasını istememişti."

"Bu ev mi?" Ursa ağzı açık bakakalıyor. "Yani bu ev sizin mi olacaktı?"

Maren başıyla onaylıyor.

Ursa yüzünü elleriyle kapatıyor. "Ne kadar da aptalmışım. Hanımı olacağın evde seni hizmetçi gibi çalıştırdım."

"Burada," diyor Maren, "arkadaşın olarak bulunduğumu sanıyordum."

"Öylesin." Ursa ona uzanıyor. "Şimdiye dek sahip olduğum en iyi arkadaşsın."

Dokunuşu fincanın ısısıyla sıcak, Maren kendini eriyip suya dönen buz gibi hissediyor. Tüm bedeni gevşiyor ve Ursa'nın eve ilk geldiklerinde yaptığı gibi kendisine sarılmasını istiyor. Ama Ursa hemen sonra bakışlarını fincanına çevirerek elini bırakıyor.

"Yaprak yok," diyor, boş bir kahkaha atıyor. "Neden bana söylemedin?"

Maren yalan söyleyerek, "Fark etmemişim," diyor. "Ayrıca varsa şu an birayı tercih ederim."

Ursa başını iki yana sallıyor. "Akevitt de yok."

Maren kendini bile şaşırtarak aniden ayaklanıyor. "Kirsten'de biraz vardı."

Ursa şaşkın gözlerle ona bakıyor. "Oraya gitmeyi düşünmüyorsun herhalde. Şimdi olmaz."

"Neden olmasın?" diyor Maren, pervasızlık başını döndürüyor. "Ne de olsa evde değil."

Hıçkırır gibi gülüyor ve Ursa da ayağa kalkıp hızla masanın etrafından dolanarak yanına geliyor, elini omzuna koyarak onu tutuyor. "Maren..."

"Geliyor musun?" Maren omzunu silkerek elini uzaklaştırıyor. Teni karıncalanıyor. Kirsten'in evini görme ihtiyacı susuzluk kadar dayanılmaz.

"Sizin evde yok mu?"

"Oraya dönmüyorum," diyor Maren, bunu öyle bir şiddetle söylüyor ki Ursa irkiliyor. "O kadın oradayken olmaz."

Annesinin hedef gösteren parmağı gözlerinin önüne geliyor ve görüntüyü uzaklaştırmak için sertçe yüzünü ovuşturuyor.

"Adamlar kasabanın her yerinde..." diyor Ursa.

"O halde vekilin karısıyla olmam daha iyi, değil mi?"

Maren, Ursa'nın arkasından gelip gelmediğine bakmadan kayıkhaneden çıkıyor. Geleceğini biliyor. Evlerin arasında ilerlerken Ursa'nın usul adımları hemen arkasında. Fru Olufsdatter'in kapısı açık, Maren içeride dolanan adamları görüyor.

Ursa, "İçeriyi arıyorlar," diye fısıldıyor. "Kirsten'in evinde de olabilirler."

Bunun onu durdurması gerek ama Maren adımlarını hızlandırıyor, ayakları onu Toril'in ışıklı ve konuşma sesleriyle dolu evinin yanından geçiriyor. İçeri girip bir lambayı devirmek, ateşin korlarını ayaklarının dibine dağıtmak ve tüm evi ateşe vermek istiyor. Ama aceleyle yoluna devam edip kiliseyi, Sigfrid'in ve hain Edne'nin evini geçiyor, rengeyiklerinin çayırda ruh gibi dolandığı Petersson'un çiftliğini görene dek devam ediyor.

Ursa'nın hızlı soluklarını duyuyor ve geride kaldığını, yetişmekte zorlandığını anlıyor ama iki pencerenin arasına kurulmuş, ifadesizce denize bakan kapıya varana dek durmuyor. Kapı hâlâ sımsıkı kapalı, Maren içeriye göz atıyor. Sönmeye yüz tutmuş ateşin sisli ışığı dışında ev karanlık ve boş.

Ursa düzensiz soluklarla yetişiyor. "İçeri girmemeliyiz. Birazdan Fru Olufsdatter'in eviyle işlerini bitirirler."

Eli kapının mandalında, "Sen girmek zorunda değilsin," diyor Maren.

"Neler oluyor?" Ursa kızgınlıkla ayağını yere vuruyor. "Bir içki içmeden duramayacağına beni inandıramazsın."

Maren'in kalbi güm güm, yürüyüşün kendi nefesini de kestiğini şimdi fark ediyor. Kapının mandalı parmaklarının altında buz gibi. "Ben..." Doğru sözcükleri, Kirsten'in evini görmek istediğini nasıl anlatabileceğini düşünüyor, konuşmaya başlayınca düşünceler berraklık kazanıyor. "Orada bir şey olmadığından emin olmalıyım. Onların bulabileceği bir şey olmadığından emin olmalıyım."

Ursa'nın kaşları kalkıyor. "Sence mümkün mü?"

"Kirsten'in cadı olması mümkün değil, bunu biliyorum," diyor. Diinna'nın odasındaki runik taşları, fal kemiklerini ve Toril'in dantelinin üstünde parlayan iğneyi anımsıyor. "Ama anlamadıkları, ona karşı kullanabilecekleri bir şeyler bulabilirler."

Yavaşça başını sallayan Ursa, "Tamam," diyor. "Acele etmeliyiz."

Maren kapıyı açıp içeri giriyor. Ursa, bir tekneye adım atar gibi dikkatle onu izliyor. "Ne arıyoruz?"

Maren ateşin kabuğunu kırıyor, ateşi kare şeklinde bir tezekle besliyor ve canlanan alevler etrafa ışık ve ısı veriyor. "Benden daha iyi fark edersin. Gözüne tuhaf gelen, ne olduğunu anlayamadığın herhangi bir şey."

"Şunlar gibi mi?" Maren parmağıyla işaret ettiği yere bakınca yatağın yanında duran iki runik taşı görüyor.

Hızla odanın diğer tarafına geçip taşları eline alıyor. Birinde güvenlik, diğerinde sakin deniz işareti var; Sámi'lerin bu ikisini bir arada, kâbuslara karşı kullandığını biliyor. Taşları avucunda sıkıyor, Kirsten'in bu odada yapayalnız, bir kâbusun gelgitine yakalanmış olduğu düşüncesiyle ağlayası geliyor. Her zaman çok sağlam, çok güçlü görünürdü ama o da herkes kadar çok şey kaybetti. Kirsten de balinayı görmüş müydü, merak ediyor.

"Maren?"

Ursa'nın sesi yumuşak, Maren dönünce onun Kirsten'in hayvan keserken giydiği pantolonu tuttuğunu görüyor. Kumaşta paslı lekeler var, ateşin ışığında korkunç görünüyorlar. Başıyla onaylıyor. "Onu da al."

"Bunu ne yapacağız?"

Maren ateşe bakıyor. Kumaşı tamamen yakacak kadar harlı değil, taşları alazlasa da izleri tam olarak kapatmayabilir. Pantolonu almak için elini uzatıyor. Ursa lekeli pantolonu veriyor. Kumaş giyilmekten yumuşamış, Maren taşları ceplere koyuyor.

Peşinde Ursa'yla dışarı çıkıyor ve cepler dolana dek yerden taşlarla doldurup iyice ağırlaştırıyor. Ardından denize atıyor. Kumaş bir an için suyun üstünde dalgalanıyor ve ardından görünmez oluyor.

Ursa kısık bir sesle, "Ya şimdi?" diyor.

Maren omuzlarını yuvarlıyor. Kemikler birbirine çarpmış gibi çıtırdıyor. "Şimdi birayı alabiliriz."

İkinci kayıkhaneye dönüş yolunda bir grup adamın yanından geçiyorlar. Maren başını dik tutuyor, ellerindeki bir sürahi bira ve bir şişe likörün şimdiden içinde olup ona güç vermesini diliyor. Adamların bakışını üstünde hissediyor, şimdi kadınlarla dolu olduğu gibi bir zamanlar erkeklerle dolu olan köylerinde bu şekilde izlenmeye nasıl tahammül edebildiğini merak ediyor.

Ursa'nın varlığı bir koruma ve teselli. Köy boyunca hızla yürüyorlar. Toril'in evi hâlâ ışıl ışıl, konuşma sesleri hâlâ duyuluyor ama Maren içeriye bakmaya çalışarak kendine işkence etmiyor. Fru Olufsdatter'in evi sessiz, kapı açık bırakılmış, ateş sönmüş. Maren ürperiyor.

Ursa kayıkhaneye birkaç adım kala onu durduruyor. "Dur, önce evde olup olmadığına bir bakayım."

Kapıyı dikkatlice açıyor, ardından Maren'e içeri girmesini işaret ediyor. "Vardøhus'te olmalı. Öyleyse bir süre orada kalacaktır."

Maren içkiyi masaya koyuyor, Ursa ateşi canlandırıyor ve Dag'ın ocağın üstüne yerleştirdiği raftan iki fincan alıyor. Maren biraya uzanıyor ama Ursa akevitt işaret ediyor.

"Bence en iyisi bu olur." Ursa'nın dudakları bir gülümsemeyle kıvrılıyor. Dudakları pespembe, hafif aralık olduğu için Maren dişlerinin parıltısını görebiliyor. Tek söz etmeden iki fincana da bir parmak akevitt koyuyor. Şimdiye dek bunu yalnızca bir kere, Erik ve Diinna'nın düğününde içti. Boğazındaki yanmadan, bacaklarına ve gözkapaklarına çöken ani ağırlıktan pek hoşlanmadı ama şimdi içmeye can atıyor. Bir yudumda içiyor ve bir anlık duraksamanın ardında Ursa da onu taklit ediyor.

İçtiği gibi eğilip masanın altında kaybolarak şiddetle öksürmeye başlıyor. Ürken Maren bir kova getirmeyi düşünerek ayaklanıyor ama Ursa masanın üstünde elini çırpıyor, hemen sonra da başı görünüyor.

"İyiyim," diyor tükürükler saçarak ve midesini ovuşturuyor. Şimdi yanakları da dudakları kadar pembe. "Alışık olduğumdan daha sert." Fincanı masaya iki kere vuruyor, Maren bu hareketi erkeklerde görmüştü. "Bir tane daha."

Maren gülüp boyun eğiyor. İkinci fincanlarını yudumlarken Ursa gelip yanına oturuyor. Maren kol ve bacaklarını saran sıcaklığı şimdiden hissediyor. Oda her zamankinden daha küçük görünüyor, Maren bakışlarını ateşin ardındaki duvara, Dag'ın tüm bedeniyle ona yaslandığı yere çevirmekten kendini alıkoyamıyor. Ursa'ya ondan söz etmek Dag'ı tekrar yakına getirdi, bu nedenle Maren neredeyse onun sıcak soluğunu boynunda hissedebiliyordu.

Ursa çok yakınında ve Maren hissettiği sıcaklığın ateşten mi, arkadaşının vücudundan mı geldiğini bilemiyor. Ona yaslanmayı, başını Ursa'nın omzuna dayamayı hayal ediyor. Bunca zaman paylaştıkları yakınlıktan sonra bu yersiz olmaz. Fakat başını Ursa'ya yaslayıp, tatlı kokusunu içine çekip, kuru alnında Ursa'nın yumuşak tenini hissedip dudaklarını ona çevirmeden durabileceğinden emin değil.

Bu düşünceleri silkip atmak için başını sallıyor, tırnağıyla başparmağı ve işaretparmağı arasındaki deriyi çimdikliyor. Acı onu bedenine döndürüyor.

Ursa, "Belki de Kirsten yakında serbest bırakılır," diyor sessizliğin içine ve Maren, onun ateşe karşı gölgelere bürünen profilini izliyor. "Evinde hiçbir şey bulamayacaklar."

"Belki," diyor Maren ama buna gerçekten inanmıyor. Bunu düşünmek istemiyor; bu ânın, günün dehşetinden, kapıda bekleyen dehşetlerden ayrı kalmasını istiyor. Akevitt'ten bir yudum daha alıyor ve Ursa da aynısını yapıyor.

Masanın üstünde elleri yan yana, aralarındaki mesafe o kadar az ki Maren uzatmaya cesaret etse serçeparmağıyla Ursa'nın bileğini okşayabilir. Ama mesafeyi kapatıp kolayca Maren'in elini tutan ve sıkan Ursa oluyor.

"Absalom'la konuşacağım," diyor kararlılıkla. "Kirsten'in eve dönmesini sağlayacağız."

Maren suçluluğun yanaklarına hücum ettiğini hissediyor. Kirsten'in kaderini, Kirsten'in dönüşünü ve ona nasıl yardım edebileceklerini düşünüyor olmalı. Ama Ursa'nın eli yumuşacık, elini tutan eli sımsıkı ve akevitt kanında ateş gibi, başı Ursa'nın omuzlarına doğru akıyor âdeta...

Uyarı olmadan kapı ardına dek açılıyor. İki adam eşikte tereddüt içinde duruyor. Ursa hemen elini çekiyor ve Maren'in eli koyu ahşabın üstünde beyaz bir leke gibi kalıyor.

"Affedersiniz, Bayan Cornet. Evin boş olduğunu sanmıştık." Adam kime hitap edeceğinden emin olamadığından her ikisine de bakıyor. "Vekil Cornet taşımaya başlamamızı emretti."

"Taşımak mı?" Ursa ayağa kalkıyor, adamlar bakışlarını ona çeviriyor. Maren likör şişesini alıp görülmeyecek şekilde yere, eteğinin yanına koyuyor.

"Affedersiniz, hanımefendi. Evet. Çoğu şeyin kalmasını istiyor ama yatak yakılmalı."

"Yatak..." diyor Ursa fısıltıyla. "Siz neden söz ediyorsunuz?"

"Cadının evindeki yatak," diyor diğer adam. "Onun yerine sizinkini götürmemizi istedi."

"Yan eve taşınıyorsunuz, Ursa," diyor Maren. Midesi bulanıyor: Likör içinde köpürüyor. "Öyle değil mi?"

"Evet, hanımefendi," diyor ilki, Maren'in kim olduğunu, ona nasıl hitap edeceğini bilemediği besbelli. Maren bunun, Kirsten'in yere savurduğu adam olduğunu düşünüyor: Pantolonu çamur izleriyle kaplı. "Stabbur'a. En iyi evde oturmak yalnızca vekilin hakkıdır."

Maren, "Tabii öyledir," diye tıslıyor. Ursa dikkatleri ondan uzaklaştırmak için öne atılıyor.

"Kocamla konuşabilir miyim?"

"Kendisi Vardøhus'te, Bayan Cornet." Adamlar kendilerini açıklamaktan sıkılmaya başlıyor, gözleri yatakta, işlerini halletmek istiyorlar. "Emir aldık."

Yatak kapıdan çıkmıyor ve geyik cesetlerini sallaya sallaya kilerden çıkarmak zorunda kalıyorlar. Kiraz ağacından sandık ve kutuları da götürülüyor. Son kez gelip alacaklarını alıyor ve kapıyı açık bırakıp çıktıklarında Ursa süpürgeyi kapıp çizmelerinden yerlere dökülen çamurları süpürmeye koyuluyor. Maren yanına gidip elinden süpürgeyi almak istiyor ama Ursa vermiyor.

"Fru Olufsdatter'in evine taşınıyoruz. Geri dönmeyecek." Eklemleri beyazlıyor. Pisliği daireler halinde süpürdükçe yayıp dağıtıyor. "Onu öldürmeye niyetliler, tıpkı Sámi erkeklere yaptıkları gibi."

Maren konuşamıyor. Düşündüğü Fru Olufsdatter değil, hatta Kirsten bile değil. Aklında şimdiden dağların ötesinde kaybolup giden Diinna ve Erik var. *Saklanın*, diye düşünüyor. *Güvende olun.*

"Orada nasıl yaşarım, Maren? Bunu nasıl düşünür..." Soluğu kesiliyor: Süpürgeye yaslanarak iki büklüm kalakalıyor.

Maren yalın bir sesle, "Mecbursun," diyor. "Demin söylediğin gibi, şimdi dikkatli olmalıyız."

Ursa doğruluyor. "Günlerimi orada geçirmeyeceğim. Daha önceki gibi buraya geleceğiz. Fru Olufsdatter'in evinde yaşayamam."

Sesinde Maren'e umut veren bir metanet var. "Belki," diye atılıyor, "ben burada yaşayabilirim?"

Şaşıran Ursa gözlerini kırpıştırarak ona bakıyor. "Ama yatak yok."

"Evime gidemem. Annemin yanında ya da Diinna'nın odasında uyuyamam. Hem burada sana yakın olurum." Plan kök salıyor. "Absalom'a, daha büyük evde daha çok yardım gerekeceği için beni yakınında tutmak istediğini söyleyebilirsin."

"Bu çok büyük bir rahatlık olur," diyor Ursa. Saçlarını düzeltiyor. "Beni bundan mahrum edeceğini sanmam."

Maren, her şeye rağmen Ursa'nın kocası üstünde güç sahibi olduğuna inandığını düşünüyor. Cadı avcısı olsun olmasın, sonuçta Absalom sadece bir erkek.

OTUZ ÜÇ

Yalnızca iki kadının eksik olmasına, üstelik kilisenin arka sırasında dört yabancı erkeğin oturmasına karşın Sebt ayininde toplulukları çok azalmış gibi hissettiriyor. Toril, Sigfrid ve Edne ön sırada, Cornet'lerle oturuyor ve Maren annesinden uzak bir sıra seçiyor. Çoktan kayıkhaneye taşınmıştı, annesinin görüntüsü bile kanında öfkeli dalgalanmalara sebep oluyor. Annesi Maren'le göz göze gelmeye çalışıyor ama o kasten yüzünü öte yana çeviriyor. Kirsten'in yokluğu içini sızlatıyor.

Rahip Kurtsson her zamankinden daha ufak gibi. Maren tutuklanmalar hakkında onun ne düşündüğünü merak ediyor. En az vekil kadar hoşnut olmalı ama halinde bir çökmüşlük var, doğruluk ve merhamet hakkında vaaz verirken suratı asık.

Ayinin sonunda vekil ayağa kalkıyor. Her zamanki büyük mevcudiyeti artık gözüne dev gibi geliyor, Maren öfkesini harlı tutmaya çalışsa da yalnızca dehşet hissediyor. Rahip Kurtsson gölgelerde gizleniyor.

"Kuşkusuz hepinizin bildiği gibi Fru Sørensdatter ve Fru Olufsdatter büyücülük suçuyla tutuklandı. Onlara karşı delil topluyorum. Eğer size bir zarar verdilerse ya da haklarındaki suçlamalarla ilişkili bildiğiniz bir şey varsa doğrudan evime gelin."

Ahşap haçın önünde eğildikten sonra koridorda ilerliyor, arkadaki adamlar koşturarak ona kapıyı açıyorlar. Vekil yanından geçerken Maren büzülüyor. Toril kadınlarıyla vekilin hemen arkasında ve Maren bakışlarını yakalayacak kadar ısrarla ona bakıyor.

Yanındaki sıraya süzülen Ursa, "Bu yaptığın akıllıca değildi," diye fısıldıyor.

Maren öfkeyle, "Biri onu suçlamalı," diyor.

"En iyisi sen hiç karışma. Kocamın rahatını sağlar sağlamaz yanına geleceğim."

Ursa kiliseden çıkıyor ve Maren, Rahip Kurtsson dışında herkes gidene dek bekliyor. Mumları söndüren rahip arkasını dönüp Maren'i hâlâ sırada oturur görünce hafiften irkiliyor.

"Maren Magnusdatter." Adını sanki camdan yapılmış gibi, dikkatle söylüyor.

"Rahip Kurtsson."

Birbirlerini tartıyorlar. Yutkunurken adamın boğazı kasılıyor. Maren kararını verip ayağa kalkarak dar koridorda ilerliyor ve rahibe yaklaşıyor. Rahip hâlâ hareketsiz, Maren aralarında birkaç adım kalınca duruyor. Söze nasıl başlayacağından emin değil ama ilk konuşan rahip oluyor.

"Vekilimize bildireceğiniz suçlamalar var mı?"

Maren başını iki yana sallıyor. "Sizin var mı?"

"Hayır." Soluk gözleri yorgun. Altlarında çukurlar oluşmuş.

"Ona balığa çıkıldığından söz etmediniz mi?" Maren sesindeki şaşkınlığı gizleyemiyor.

Rahip Kurtsson, "İnsanın karnını doyurması günah değil," diyor. Omuzları çökmüş, elleri iki yanında gevşek.

"Ama karşı çıkmıştınız."

"Uygun değildi," diyor. "Ama bunun Tanrı'ya hakaret olduğunu da düşünmedim."

"Vekilimiz bunu duyarsa öyle düşünebilir."

"Benden duymayacak."

"Sizden herhangi bir şey duyacak mı?"

Rahip Kurtsson'un yüzünde keskin bir ifade beliriyor. "Bu ne demek?"

Maren yutkunuyor. "Onun için konuşacak mısınız? Kirsten için ve Fru Olufsdatter için?"

Rahip Kurtsson içini çekiyor. "Yalnızca gerçekleri söyleyebilirim, Tanrı önünde bildiklerimi. Tanrı gibi her şeyi göremem. Nihai hâkim O'dur."

Maren, "Ama siz O'nun hizmetkârısınız," diyor ısrarla. "Bir fikriniz, bir hükmünüz olmalı..."

"Ben yalnızca O'nun bana gösterdiklerini bilirim."

"Size ne gösterdi?"

Rahip Kurtsson avuç içlerini bitiştirip parmaklarını birbirine doluyor. "Sizi fırtınadan kurtardı, daha sonraki zor zamanlarda size rehberlik etti. Size merhamet bahşetti, bence size sırtını dönmüş değil."

Maren adamı olanca gücüyle göğsünden itmek istiyor. "Merhamet, burada olan bitenin merhametle ilgili olduğunu mu düşünüyorsunuz?"

Rahip Kurtsson yanından geçerek, "Aksini düşünmek günah olur," diyor. "Arkadaşınız için üzgünüm. Ama onun masum olduğuna kanaat getiremem. Bunu yalnızca Tanrı yapabilir."

Ama onu alıp götüren bir erkek, diye düşünüyor Maren. *Onu suçlayan bir kadın*. Ancak bunları sesli söylemenin anlamı yok. Rahip kilise kapısından çıkmıştı bile ve Maren kayıkhaneye dönmek üzere onun peşinden çıkıyor.

Sessizce Fru Olufsdatter'in evinin önünde bir grup kadın sıra olmuş, güneş sarısı eve giren her kişiyle birlikte, Maren mezarının üstünde yürüyorlarmış gibi irkiliyor. Birçoklarının Kirsten'e karşı ağız birliği ettiğini biliyor, diğerlerinden kaçının suçlamada bulunacağını, kaçının suçlanacağını merak ediyor.

Neredeyse bir ay belirsizlik ve sessizlikle geçiyor. Kış giderek yaklaşıp onları kıstırıyor ve Maren, bedeni burundaki yürüyüşleri, ciğerleri temiz havayı özlese de genellikle evde kalıyor.

Şimdi, kayıkhane sonunda onun olunca tüm ışıltısını yitirdi. Kendi diktiği posttan battaniyenin altında, yerde uyuyor ve bedenini saran katılıktan keyif alarak uyanıyor, bunun çekmesi gereken bir ceza olduğunu hissediyor. Düşlerinde balinayı ve Kirsten'i, onun cadı deliğine tıkılan gururlu duruşunu görüyor, Kirsten'in ağrısını, acısını kendi bedenine çektiğini ve böylece dayanmasına yardım ettiğini hayal ediyor.

Annesinin mevsim değişikliğiyle nasıl başa çıktığını merak ediyor. Şimdiye dek kışı hiç tek başına geçirmemişti, gerçi Maren de öyle. O da ağzından buhar halinde çıkan nefesi tarafından kovalanıyor mu? Soğuk merhametsizce onun da kemiklerine işliyor mu? Maren ondan tamamen uzak kalmayı başarmıştı ama bu acı da verici - babası, annesini öğle karanlığına terk ettiğini bilse ne düşünürdü?

Maren kendi kendine annesinin yeni arkadaşları olduğunu söylüyor. Toril'in köydeki konumu artık vekil dışındaki herkesten üstün ve annesi Sebt günü kilise kadınlarıyla yan yana oturuyor. Maren'i kayıkhanede ziyarete gelmedi ve Maren'in gözlerini yakalamaya çalışmaktan vazgeçti. Gitgide birer yabancı haline geliyorlar ve Maren tüm ailesinin öldüğünü, geriye yalnızca Ursa'nın kaldığını hissediyor.

Fırtınanın üstünden iki yıl geçti ve yeni bir yıl başlıyor. Başka tutuklama olmuyor ama erkekler Kirsten'in evine yerleşiyor ve Vardø'nün etrafında yarasa gibi dönüyorlar. Maren erkeklerle bir arada yaşamanın nasıl bir şey olduğunu unutmuş, kahkahaları çok gürültülü, bakışları çok rahatsız edici. Gün içinde bazıları büyük evi ziyaret ediyor, evleri arasındaki kısa mesafeyi geçerken gülüşmeleri karşısında dişlerini sıkan Ursa'yı izliyorlar ve Maren de onları.

Ursa olabildiğince sık geliyor. Absalom onun yakınında, elinin altında tutuyor ve Ursa, Maren'e sık ziyaretlerle kocasının dikkatini çekmek istemediğini söylüyor. Üstlerine çöken tehlike bulutlarına karşın Maren onun varlığını hâlâ hafifletici, dokunuşunu hâlâ baş döndürücü buluyor.

Arkadaşı farkında olmaksızın ondan aldığı küçük keyif yüzünden, Kirsten yalnızca birkaç kilometre ötede karanlıkta çürürken herhangi bir şeyden keyif aldığı için kendinden nefret ediyor. Ama elinde değil. Duyguları gelgit gibi amansız ve güçlü. Kimi zaman, Ursa'yla elleri birbirine dokununca ya da göz göze geldiklerinde onun da böyle hissettiğini hayal ediyor. Anlatabilse karşılık göreceğini. Peki, ya sonra? Sonra ne olabilir?

Maren, ikinci kayıkhaneyi mutfak olarak kullanıp kavanozlarda keşfettiği küflü otlarla çeşnilendirilmiş yahniler göndererek, gözüne gözükmeden kendini vekil için vazgeçilmez kılmaya çalışıyor. Bunlardan biri yüksek ateş için az miktarda kullanılan kurutulmuş itüzümünü andırıyor ve Maren bunu vekilin yemeğine boca ettiğini, adamın yüzünün mosmor kesilip soluksuz kaldığını, dilinin boğazını tıkadığını hayal ediyor.

Bu gündüz düşüne gitgide daha sık teslim olduğu günlerden birinde, 1620 yılının ilk gününde Ursa haberlerle geliyor. Ovalanmış masada otururken Ursa kapıyı açıp geliyor ve karşısına oturuyor ama Maren'in yüzüne bakamıyor. Maren'in midesine bir taş oturuyor.

"Fru Olufsdatter itiraf etmiş," diyor Ursa. "Mahkûm edilecek."

"İtiraf mı?" Sözcük Maren'in zihninde anlamsızca yankılanıyor. "Neyi itiraf etmiş?"

"Cadılık yaptığını. Kuklaları cadılıkta kullandığını." Ursa güçlükle yutkunur. "Sanırım kızgın demirler kullandılar. Absalom ateş kullanmadan ondan itiraf almanın zor olduğunu söyledi."

"Ya Kirsten?" Maren'in çenesi kasılıyor. "İtiraf etmiş olamaz..."

Sonunda gözlerine bakabilen Ursa başını iki yana sallıyor. Bakışları o kadar hüzünlü ki Maren'in içindeki hassas bir yer acıyor. "Kirsten itiraf etmeyecek."

Maren, bunun aptalca bir umut olduğunu bilse de, "O halde onu serbest bırakacaklar?" diyor.

Ursa dudağını ısırıyor.

"Söyle bana," diyor Maren.

"Böyle olmamasını dilerdim. Ama onu suya daldıracaklar."

"Suya mı daldıracaklar?" Bu, bir çocuk oyunu gibi, komik geliyor. Ama Ursa'nın ses tonu oyun olmadığı konusunda şüphe bırakmıyor.

"Ben de bunun ne olduğunu bilmiyordum. Sana bunu asla söylemek istemezdim ama... hazır olmalısın." Ursa derin, titrek bir nefes alıyor. "Ondan suçlarını itiraf etmesini istemişler, etmemiş. O yüzden bir cadı olup olmadığını sınayacak ve onu buna göre cezalandıracaklar."

Fırtınadan önce penceredeki karanlık kuş gibi, Maren kötü bir önseziyle ürperiyor. "Nasıl?"

"Onu bağlayıp denize atacaklar."

"Denize mi?" Maren dilinin ağzında dönmediğini hissediyor. "Su buz gibi. Boğulabilir!"

"Boğulursa onun için daha iyi olur."

Maren ona bakakalıyor. "Nasıl böyle bir şey söyleyebilirsin?"

"Eğer suyun üstünde kalırsa bir cadı olduğunu söyleyecekler. Suyun arı olduğunu, şeytanı içine almadığını, suya batmayanların cadı olduğunu söylüyorlar."

Maren kusmak istiyor. "Onlar kim? Kocan mı?"

"Kocam ve Bölge Beyi. Rahip Kurtsson da orada olacak. Ve izlemek isteyen herkes."

Safra boğazına dek yükselip gırtlağını yakıyor. "Halka açık mı olacak?"

Ursa başını sallıyor. "Tanıklık edilmeli."

"Bunu durduramaz mısın?" Maren söylediklerinin kulağa isterik geldiğini biliyor. "Bir şey yapamaz mısın?"

Ursa bir hıçkırıkla sarsılıyor. "Ne yapmamı istiyorsun? Söyle, yapayım."

Maren sağlam durabilmek iin ellerini masaya bastırıyor. "Bu ne zaman olacak?"

"Haftaya." Ursa gözlerini ayırmadan onu bakıyor. "Gitmeyi düşünüyor olamazsın?"

"Gitmeliyim," diyor Maren. "Tek başına dayanamaz."

"İzlemenin bir faydası olmaz," diyor Ursa. "Sonuç ne olursa olsun, görmemek daha iyi."

Gözleri yaşlarla yanan Maren, "Bu nasıl Tanrı'nın isteği olabilir?" diyor. "Yaptıkları şeye nasıl kutsal diyebilirler?"

Ursa'nın bir yanıtı yok. Maren onu evde yalnız bırakıp dışarı çıkıyor ve içinde acıyla sızlayan kalbinden başka bir şey kalmayana, varlığı boşluğa dönüşene dek çamurların içinde haykırıyor.

OTUZ DÖRT

Suya daldırma günü, gök karanlık ve basık. Maren limana yürürken bakışların, mırıltıların farkında, Ursa'nın koruyucu varlığı olmadan kendini ifşa olmuş hissediyor. Küçük bir grup karayla denizin birleştiği yerde toplanmış bile. Ursa aralarında değil.

"Absalom bunun bir kadının gözlerine uygun olmadığını söylüyor," demişti.

"Denize attığı kişinin bir kadın olduğunu unutuyor mu?"

Ursa'nın alnı kırışmış. "Neden benimle kalmıyorsun? Eline hiçbir şey geçmeyecek."

Gitmemenin en iyisi olduğunu Maren de biliyor ama elinde değil. Kirsten onu boğmaya ya da mahkûm etmeye niyetli bir grup kilise kadını ve erkekle yalnız kalmamalı. Onun için de tanıklık edilmeli.

Kararlılığını gören Ursa içini çekmiş ve elini tutmuştu. "Bana söz ver, dikkatleri üstüne çekecek bir şey yapmayacağına söz ver. Sessiz kal."

Maren şimdi onun sözlerini dikkate alıyor ve diğerlerinden uzakta durup vekilin gözlerine yakalanmamaya çalışıyor. Annesi ve Edne orada değil ama Sigfrid ve Toril, yüzü süt gibi beyaza kesmiş rahiple konuşuyorlar. Liman boyunca dizilmiş kandillerin loş ışığı hepsini aydınlatıyor ve Kirsten'in gelişini haber veren de bir kandil. Maren dönüp Vardøhus'ten gelen at arabasının sallana sallana ilerleyişini izliyor. Araba yaklaşınca Kirsten'i aylardan sonra ilk kez görüyor. Haykırmamak için var gücüyle dilini ısırmak zorunda kalıyor.

Arabanın arkasındaki şekil bir çuval gibi gevşek. Kirsten'in üstünde yalnızca etekleri lekelerle kaplı pamuklu bir elbise var.

Muhafızlar ve vekil, burunlarını kırıştırıp onu çekiştirerek arabadan indirirken bile gözleri kapalı. Maren de arkadaşının kokusunu alabiliyor, rüzgâr bayat kanın paslı kokusunu, idrar kokusunu onlara getiriyor. Rahip Kurtsson burnuna bir mendil bastırıyor. Maren, Kirsten'e seslenmek, orada olduğunu söylemek istiyor ama dili damağına yapışmış, konuşabilecek gibi değil.

Hemen arkada üstü kapalı, daha iyice bir araba var. Maren tanıyor, bu geçen yıl Ursa'yı Vardøhus'e götüren araba. Arabadan bir adam inince kadınlar mırıldanmaya başlıyor ve Maren, Bölge Beyi'ni ilk kez görüyor. Kısa, tıknaz bir adam, iyi dikim, kürk bir palto giymiş. Yüzünü gizleyen gür bir sakalı var, Vekil Cornet'inki gibi ama bembeyaz. Limanın kenarına yaklaşıyor, Maren içinde gitgide büyüyen bir kaçma ihtiyacı duysa da neler söyleyeceğini duymak için yaklaşıyor.

"İtiraf edip bizi bu işten kurtaracak mısınız, Fru Sørensdatter?"

Kirsten o kadar şiddetli titriyor ki muhafızlar onu dik tutmakta zorlanıyorlar.

"Bir cadı olduğunuzu," diyor, "kocanızı ve diğer erkekleri öldüren fırtınayı çağırdığınızı itiraf edecek misiniz?"

Maren'in soluğu gırtlağında sıkışıp kalıyor. Kirsten'in büyü yapıp havayı etkilediğini düşünüyor olmazlar. Maren gibi, hepsi gibi o da limanın kıyısındaydı, deniz erkeklerini yutarken o da çığlık çığlığaydı. Maren bunu söylemeli ama dili hâlâ sürgülü.

Kirsten'in saçları gevşekçe yüzüne düşmüş, Maren, Bey'in sözlerinin ona ulaşıp ulaşmadığını merak ediyor.

"Pekâlâ," diyor Bey, sesinde çok açık bir heyecan var. Muhafızlara başıyla işaret ediyor, adamlar Kirsten'in elbisesini çekiştirip başından çıkarıyorlar. Rahip Kurtsson gözlerini kaçırıyor, Toril ve kilise kadınları parmaklarının arasından bakıyorlar ve Maren bakışını başka yöne çeviremiyor. Kirsten'in perişan bedeni çizikler, morluklar ve yanıklarla dolu. Maren onu paltosuyla sarmak istiyor ve onun yerine kendisi kumaşa iyice bürünüyor.

"Halat."

Vekil Cornet at arabasından halatı alıp Kirsten'in bileklerini bağlıyor. Halat kadının beyaz, gevşek tenini ısırıyor. Bunun daha sonra Kirsten'i geri çekmek için olduğunu anlayınca Maren'ın boğazına bir yumru oturuyor.

Denize bakıyor. Arduvaz grisi ve usul dalgalarla kabarıyor. Yüzeyinde buz öbekleri pırıl pırıl. Kirsten donarak ölecek ve Maren bunu durdurmak için hiçbir şey yapmadan izleyecek. Onu alıkoyan yalnızca Ursa'ya verdiği söz değil: Maren korkuyor. Dehşet kalbini sarmış, bedenini ele geçirmiş, onu olduğu yere mıhlamış.

Halatı iki kere hızlıca çekerek sınadıklarında Kirsten bir o yana bir bu yana savruluyor. Sallanıyor, tüm bedeni seğiriyor, başı öne eğik. Vekil ve iki muhafız halatı tutuyor. Rahip Kurtsson öne çıkıp suyu kutsuyor. Sesi Maren'in duyamayacağı kadar kısık ama elleri, Maren'le kilisede konuştuğu gün olduğu gibi sımsıkı kenetli.

Rahip uzaklaşıyor ve bir anda, Maren göz açıp kapayınca dek Kirsten suya atılıyor. Vekil ve halat tutan muhafızlar donmuş topraktan güç almak için geriye doğru yaslanırken ufak kalabalık ileri atılıyor. Öne çıkmaya çalışan Maren koşuyor.

Kirsten köpürüp beyaza dönen suyun altında kayboluyor. Buz gibi su serpintileri Maren'in yüzüne çarpıyor. Kirsten'in suda yükseleceği umudu ve pantolonunun cebindeki runik taşlar kadar hızlı batması dileği arasında sıkışıp kalmış. Ama Kirsten irileşmiş, yuvalarında dönen gözlerle yüzeye çıkıyor, göğsünden kopan soluklar hızlı ve umutsuz, başının üstündeki denizkırlangıçlarının ağıt yakan sesi duyuluyor ve Maren hâlâ yaşadığı için seviniyor ama bu onun mahkûm olduğu anlamına geliyor.

Kirsten limana çekiliyor, çıplak bedeni kar gibi soluk. O kadar zayıf ki Maren, toprağın içinden desen desen yükselen kökler gibi tenini zorlayıp dışarı fırlamış kaburgalarını tek tek sayabiliyor. Ona doğru bir adım atıyor ama hava kadar soğuk bir el bileğini kavrıyor. Elin Edne'ye ait olduğunu görüyor, her şeye rağmen gelmiş. Edne'nin gözleri fal taşı gibi, görülmeyecek kadar belli belirsiz başını iki yana sallıyor.

Maren geri çekiliyor, dönüp Kirsten'e bakıyor. Bir kürke sarılıp arabaya geri sürüklenmiş. Mahkemeye çıkmadan soğuktan ölmesini istemiyorlar. Kürkten görünen boğazı ve bilekleri kemik gibi beyaz.

"Suçlandığı üzere, bir cadı," diyor Bölge Beyi, uzanıp Vekil Cornet'in omzuna hafifçe vuruyor. Vekil, Kirsten'i çekerken harcadığı güçle nefes nefese. "Bir tarih belirlenecek."

Sözcükleri Maren'in kulağında davul sesi gibi yankılanıyor. Arkadaşından geriye kalan sırılsıklam cüsseyi arabaya çekmek için üç kişi gerekiyor ve atlar yola koyulmadan izleyenler dağılmaya başlıyor. Ama Maren, muhafızların bakışları altında cesaret edebildiği kadar yaklaşıyor arabaya, ona uzanmamak için ellerini birbirine kenetliyor. Atlara hareket emri veriliyor ve kandilin ışığı Vardøhus duvarları içinde kaybolana dek izliyor.

Kirsten onun orada olduğunu hiç görmedi bile. Görseydi ne yardımı olacaktı ki? Maren'in varlığı lime lime olmuş bir yelken gibi faydasızdı. Bu limanda görebileceğinin en kötüsünü gördüğünü, hiçbir şeyin o fırtınanın zalimliğiyle boy ölçüşemeyeceğini düşünmüştü. Şimdi anlıyor kötülüğün yalnızca orada suların içinde olduğunu sanmak meğer ne kadar aptalcaymış. Kötülük buradaydı, aralarındaydı, iki bacağının üstünde yürüyor, insan diliyle hükümler veriyordu.

Pelerinine sarılmış Rahip Kurtsson hâlâ limanda dikiliyor. Maren, Ursa'nın gelişini beklerken Kirsten'in uzun adımlarla rahibin yanına gidip paltosunu adamın omuzlarına koyuşunu anımsıyor. Rahip eldivenlerini çıkararak suya eğilip elini uzatıyor. Elini anında geri çekip paltosunun içine sokuyor. Doğrulurken izlendiğini fark ederek Maren'e bakıyor. Gözleri karanlıkta parlıyor, tabii bu yalnızca soğuktan da olabilir.

Arkasını dönüyor ve Maren bir şey demeden gitmesine izin veriyor. Rahip Kurtsson'un fırtınadan sonra hayatta kalmalarının bir mucize olduğuna inanmasının bir önemi yok: Tanrı'nın merhameti hepsinin boğulmasına izin vermek olurdu, Maren artık böyle düşünüyor.

Duruşmanın yaklaşan baharda, iki ay sonra yapılması kararlaştırılıyor. Ursa'nın söylediğine göre bunun nedeni, bir cadının hüküm giymesine tanıklık etmek için dört bir yandan erkeklerin, başka vekillerin gelecek olması. Daha önceki davalar Sámi erkekler hakkındaydı, oysa Kirsten ve Fru Olufsdatter suçlanan ilk Norveçli kadınlar ve insanlar ta Tromsø'den, hatta belki İskoçya'dan gelecekler.

Maren'in tanıdıkları arasında Vardøhus'ün içine giren bir tek Ursa ama o bile mahkeme binasını görmemiş. Ursa'nın anlattığına göre Absalom duruşmaya hazırlanmak için hemen her gün orada olmasına karşın bu konuda konuşmayı reddetmiş.

Tiksintiden acılaşmış bir ses tonuyla, "Sanki bunun bir ödül olduğunu düşünüyor," diyor Ursa. "Sanki bir sürpriz gibi gizli tutmak istiyor bunu."

Hamuru sert yumruklarla yoğuran Maren, "Onun için büyük gün," der. "Seni hoşnut etmek istiyor."

Bunu anlayabiliyor zira bu Maren'le vekilin paylaştığı bir şey. Ursa'nın onu böylesi hor gördüğünü bilmek nasıl canına yakardı, diye düşünüyor. Onun bunu fark etmesi Maren'e nasıl da haz verirdi.

Duruşmadan önceki gece Maren'i uyku tutmuyor. O delikteki Kirsten'den başka bir şey düşünemiyor. Hakkında hüküm verilecek günün gelip çattığından haberi var mı? Belki onu habersiz, öylece bırakıverdiler, günler çoktan şeklini şemailini kaybetti? Hâlâ denizde geçirdiği dakikalar yüzünden acı çekiyor mu? Maren o soğuğu hayal etmeye çalışıyor ama kafasında canlandıramıyor. Çocukken onlara kışın bir bacağın bile buza girmesinin ölüm demek olduğunu öğrettiler. Kirsten'e yaptıkları gibi tüm bedenin suya atılması, havanın seni çağırıp yaşamana izin vermesi ve ardından ölüm fermanının bir erkeğin elinden çıkması – bu canavarlık.

Diinna ve Erik'i de düşünüyor, güvende olmaları için dua ediyor. Oğlanı kucaklayabilmek, kokusunu içine çekmek isterdi. Artık konuşabiliyor mu? Diinna ona Maren'in adını öğretecek mi? O buradan uzakta olduğu için seviniyor. Belki de bunların hiçbirini anımsamayacak, Maren'i unutacak. Maren'in o kadar küçüklüğüne ilişkin anısı yok. Bu düşünce huzur verici ve korkunç.

Ursa duruşmaya kocasıyla gitmeli, o yüzden Maren kaleye uzanan gelişigüzel patikalarda kalabalığı yara yara, tek başına ilerliyor. Hayatı boyunca bu kadınlarla yaşamış olmasına karşın, heyecan ve korkuyla parlayan yüzlerini âdeta bir maske gibi taşıyorlar. Kadınlar evlerinden, evlerinin önündeki taş duvarlardan akın ettikçe Maren aynı sohbeti sürdüren yabancılar görüyor, gitgide sayıca artan yabancılar. Kendini onlardan ayrı, yapayalnız hissediyor.

Kalenin içine akıyorlar, göğüslerinde bir haça yerleşmiş taç ve aslanları gösteren bir arma taşıyan masmavi üniformalı bir dizi muhafız onları kare şeklinde, gösterişli bir binadan uzak tutuyor, burası Bölge Beyi'nin evi olmalı.

"Kralın adamları." Maren çevresindeki mırıldanmaları duyuyor. Bir krala sahip olduklarını pek düşünmemiş, burada, Christiania ve Bergen'den, Ursa'nın sözünü ettiği diğer yerlerden bunca uzak olan Vardø'de varlıklarını hissetmemişti; öyle ki sanki güçleri buraya dek uzanmıyor, kral ve ülkeden çok deniz ve rüzgârın merhametiyle yaşıyorlardı. Adamlardan biriyle göz göze geliyor ve kendini bir çocuk kadar bilgisiz hissederek hemen bakışlarını kaçırıyor.

Vardığında mahkeme binası dolmuş bile, uzun bir insan kuyruğu kapalı kapıya yüklenmiş, bağırışıp itişiyorlar. Maren geç kaldığı için kendine kızarak kaosun az ötesinde duruyor. Önceki geceden gelmeliydi, nasıl olsa hiç uyumamıştı. Eve dönüp haber bekleyemez, dikilecek bir yer ararken sol tarafında bir kargaşa oluyor, iki adam büyükçe bir yığın taşıyarak alçak, uzun bir binadan çıkıyor.

"Cadı!" Haykırış, aralarında Toril ve Sigfrid'in de olduğu kadınlardan geliyor. Bu çığlık üstüne yığın kafasını kaldırıyor ve bu Kirsten, daha doğrusu Kirsten'e benzer bir şey. Onun gölgesi, komik bir taklidi. Arkadaşının yüzü solgun, şakakları kirden simsiyah, sarı saçları matlaşmış, kafasına yapışmış. Maren yıkanmasına izin verilmediğini tahmin ediyor, uzun haftalar boyu teninde kalan deniz tuzunu düşününce ürperiyor.

Bir an sonra yaklaşıyorlar, adımları onları Maren'in yanına

doğru getiriyor ve Kirsten'in ayaklarının çıplak olduğunu ve sürüklendiğini görüyor, Kirsten başını kaldırınca kendisini görmüş olduğunu umuyor - ya da görülmemiş olduğunu. Peşlerinden gidiyor, kalabalık arkadan iterek safları sıklaştırıyor, yanlışlıkla Maren'e ve Kirsten'i tutan muhafızlara denk gelen tükürükler ve tekmeler savuruyor ve sürekli tıslıyor, inliyor ve haykırıyorlar: *Cadı! Cadı! Cadı!* Bu toplanmış kalabalığın çoğu yabancı, tanımadıkları, kendilerine hiçbir zararı dokunmamış bir insana haykırıyorlar. Maren'e paniğe kapılmış bir rengeyiği sürüsünü anımsatıyorlar.

Ve ardından mahkeme binasının kapıları açılıyor, Kirsten içeri sokuluyor ve Maren diğerleriyle birlikte dışarıda kalıyor, içeriye girişleri engelleniyor. Sonunda nefes alıyor, ciğerlerini havayla dolduruyor, "Kirsten!" diye haykırıyor ve kapılar kapanırken başının kalktığını, arkadaşının yüzünün kendisine döndüğünü hayal edebiliyor. Maren kapının ahşabına yapışıyor, arkasından iten kalabalık ayaklarının yerden kesilmesine neden oluyor. Kirsten'in onu duymuş olması, yüreğinden derleyebildiği tüm umudu ona yolladığını hissetmiş olması için yüksek sesle dua ediyor.

OTUZ BEŞ

Ursa mahkeme için kesinlikle uygun kaçmayacağını söyleyerek itiraz etse de Absalom onu sarı elbisesini giymeye zorladı.

"Çok hoş olmanı istiyorum," diyor. "Diğer vekiller de orada olacak."

Erkenden kalkmış ve ıslık çalarak Ursa'nın elbisesinin bağlarına yardım ediyor, her dokunuşu Ursa'nın tenini ürpertiyor. Elbise belini hiç olmadığı kadar sıkıyor, gerçi Ursa sürekli baş gösteren açlık sancılarına hayli alışmıştı.

Hamile kalmış olmamak için dua ediyor: Son birkaç ayın dehşeti içinde kanamasının düzenli olup olmadığını anımsayamıyor. Duruşmanın, orada tanık olabileceklerinin onda yarattığı dehşet, düşlerinin kan ve annesiyle dolması anlamına geliyor. Onun da başa çıkması gereken dehşetler olduğunu bildiğinden bunlardan Maren'e bile söz etmiyor. *Dağlandı. Boğazlandı. Yakıldı.* Ona dokunan, belki içine bir çocuk yerleştiren işte bu eller.

Bir şekilde, Kirsten'in acısı kendisininkini hafifletmişti. Absalom hazırlıklara yoğunlaşmış, bu, her ikisini de mutlu etmişti. Erk sahibi olmak onu güçlendirmiş ve böylece ona daha nazik davranır olmuştu. Absalom mutlu ve Ursa'nın da bu mutluluğa ortak olmasını istiyor. Ursa bunun için kendinden nefret etse de duygularını gizliyor ve onunla gurur duyduğunu söylüyor, üstündeyken kulağına zevkle inliyor. Ondan nefret ediyor ama ruh halini bozmak istemiyor. Maren'i korumalı.

Ursa'nın kendisi Kirsten'in işkencecisine bu denli yakınken Maren'in onun yanında olmaya nasıl tahammül ettiğini merak ediyor. Ama Maren, Ursa'ya her zamankinden daha bağlı gibi, Ursa da buna karşılık veriyor. Maren'e duyduğu hislerin şiddeti başını döndürüyor. Agnete dışında kimseyi bu kadar derinden sevmedi, Maren'le yakınlıkları kardeşlikten de üstün gibi.

At arabasıyla mahkeme binasına giderken, tekerlekler kışın açtığı deliklere girip çıktıkça oturduğu yerde savruluyor. İnsanlar şimdiden kalenin kapılarında toplanmış. Arabanın gelişiyle yorgun yüzlerini onlara çeviriyorlar ve Ursa önde duran kilise kadınlarını görüyor; Ursa, Absalom'un tanıklık etmeleri karşılığında sık sık onlarla birlikte dua ettiğini biliyor. Araba yaklaşırken kalabalık ikiye ayrılıyor ve Ursa kapı açılıp kaygan döşeme taşlarına adım atmak zorunda kalana dek gölgelerin içine saklanıyor, kimseyle göz göze gelmemeye özenli.

Absalom, onu dansa kaldırmış gibi eşlik ediyor, dirseğinin altından tutup onu mahkeme binasına yönlendiriyor. Kilise gibi temiz, sıralar aralıklı, hepsi Bölge Beyi'nin kürsüsüne dönük duruyor. Hemen önünde ahşap korkuluklarla çevrilmiş, küçük, kare bir alan var - burası, diyor Absalom ona, zanlının duracağı yer. Sıralar kilisedeki gibi arka arkaya dizilmiş ve odanın arka tarafında ayrılmış bir balkon var, normalde kadınların bu alanda oturması gerek ancak adaya dışarıdan gelen yabancılara rağmen, kalabalığın çoğunluğu kadınlardan oluştuğundan kurallar bir kereliğine esnetilecek.

Ursa rıhtım tarafında daha küçük bir balkona çıkarılıyor, böylece herkesi yandan görecek ve çoğundan ayrı - Kim ki bu çoğunluk? Seyirciler mi? Tanıklar mı?

Absalom, "Christin kısa süre içinde gelir," diyor. "Belki başka vekillerin karıları da." Edepli bir tavırla yanağından öpüyor ve Ursa gerçekten kilisedeymiş gibi hissediyor. "Hazırlanmalıyım."

Absalom bir karşılık bekleyerek duraksıyor ama o, kocasına ne söyleyebilir ki? *İyi şanslar, başarılar*: Bu çok yanlış geliyor. Absalom'u mutlu edecek hiçbir şey söyleyemiyor bu yüzden vekil, karısının duasını almadan gidiyor.

Christin'in gelmesi çok uzun sürmüyor. Üzerinde mosmor bir elbise var, bu Ursa'nın elbisesinin daha da parlak gösteriyor, ikisi yan yana kırdaki çiğdem çiçeklerini andırıyorlar.

Birbirlerine reverans yapıp sıralara oturduktan sonra bir nevi karşılama olarak, "Bu sıralar nasıl da rahatsız," diyor. "Keşke bir minder getirseydim."

Ursa, iki kadının daha gelmesiyle sohbet etmekten kurtuluyor; bunlar Fru Mogensdatter ve Fru Edisdatter ve her ikisi de Christin'den yaşlılar, biri Kirkenes'ten Vekil Danielsson'un, diğeri Kunes'tan Vekil Andersson'un karısı. Tanıştırılıyorlar ama ne o ne diğeri Ursa'yla ilgileniyor. Fru Mogensdatter hasta gibi görünüyor ve kendisini de öyle hisseden Ursa, bu olaydan kendisi kadar dehşete düşen birini bulmuş olup olamayacağını merak ediyor ama kadının solgunluğu yalnızca yolculuktan kaynaklı.

"İktidarın merkezi neden hiçliğin ortasındaki bir adada olmalı, hiç anlamıyorum." Ürperiyor. "Buna nasıl dayandığını aklım almıyor, Christin."

Christin hafifser bir tavırla elini sallıyor. "Bu işten önce çok uzaklardaydık, bu iş sonuçlanınca da öyle olmayı umuyoruz. Mecbur kalmadıkça Vardøhus'ten dışarı adımımı atmıyorum. İnsan alışıyor."

Hemen altlarında vekiller toplanıyor. Absalom diğerlerinden uzun. Aynı zamanda daha genç de ve Christin, Fru Morgensdatter ile Fru Edisdatter'e onu işaret ediyor.

"Bu, duruşmayı düzenleyen Vekil Cornet. Bir dâhi. Kocam kendine şimdiden bir halef bulduğu için çok seviniyorum." Diğer kadınlar birbirlerine bakış atıyorlar ve Ursa elbisesinin geniş eteği içinde gözden kaybolabilmeyi diliyor.

Dışarıda gürültü giderek artıyor ve saat onda kapılar ardına dek açılıyor. Bir anda kadınlar içeri dolmaya başlıyor, aralarında bulunan birkaç adam salonun ön tarafına doğru yönlendirilmişlerdi. Kalabalık aşağıdaki sıraları ve balkonu dolduruyor. Katlar arasında birbirlerine seslenerek gürültülü biçimde dip dibe duruyorlar. Erkekler kafa kafaya verip karga gibi ötüşmeye koyuluyorlar.

Maren hiçbir yerde yok. Belki de içeri giremedi zira seslere bakılırsa dışarıda hâlâ çok insan var. Ursa gözlerinin ardında büyüyen baş ağrısını hissediyor ve kalp atışıyla birlikte sızı baskısını bir artırıp bir azaltıyor. Elbise kaburgalarını âdeta ısırıyor.

Christin, "Sen iyi misin?" diyor, sesinde endişeden çok merak var. Ursa hırıltılı soluklar alıp verdiğini fark ediyor ve oturduğu yerde kıpırdanıp başını sallıyor.

"Burası çok sıcak."

"İçecek bir şey ister misin?" Christin bulundukları balkonun girişinde duran muhafıza işaret etmek için elini kaldırıyor ama Ursa başını iki yana sallıyor.

"İyiyim."

Bir kez daha açılan kapıların sesi duyuluyor ve dışarının gürültüsü içeri doluşuyor. Ursa "Kirsten," diye bağırıldığını duyar gibi oluyor ve hemen sonra içeri, beraberlerinde Kirsten'i sürükleyen iki adam giriyor.

Ursa'nın tahmin ettiğinden daha kötü halde. Kirsten kendi içine göçmüş, kirli ve yıkılmış görünüyor. Yuhalamalar başlayınca başını öne eğiyor ve bu nedenle Ursa yüzünü göremiyor, yalnızca yüzüne perde gibi inen kirli saçlarını ve ayakta durabilmek için korkuluğa yapışan bağlı ellerini seçebiliyor. Kirsten durduğu yerde sallanıyor ve Ursa kendini tutamayıp Christin'e, "Ona bir tabure vermeyecekler mi?" diye soruyor.

Christin ona bakıp kaşlarını çatarak başını iki yana sallıyor.

Fru Edisdatter, Christin'e dönüp, "Kocan burada," diyor ve öne doğru eğilip peşinde, kolunun altında kalın bir kitap taşıyan ince bir adamla koridorun ortasından yürüyen, siyah, uzun cübbe giymiş Bölge Beyi'ne bakıyorlar. Koltuğuna otururken kalabalık sessizleşiyor, Bölge Beyi etrafına bakıyor. Oturdukları balkona başıyla selam veriyor ve Christin'in ona hafifçe el salladığını gören Ursa dilini ısırıyor. Bölge Beyi Cunningham zabıt kâtibinin hazır olup olmadığına bakıyor ve mahkeme salonuna seslenmeye başladığında Ursa gözlerini Kirsten'e dikiyor.

"Kral Dördüncü Christian tarafından Vardøhus Bölgesi ve Finnamark Beyi olarak atanan ben, Bölge Beyi Cunningham, bu mahkemede yargı mercii olarak bulunuyorum. 1620 yılı, Mart ayının yirmi dokuzuncu günü, Tanrı'nın ve Finnmark vekillerinin huzurunda toplanmış bulunuyoruz. Burada Vardø'de yaşayan Fru Kirsten Sørensdatter'i..."

Kirsten'in adı geçince çoğu insan yuhalıyor, tıslıyor ve Bölge Beyi Cunningham sözlerine devam ederken Ursa'nın kulakları çınlamaya başlıyor.

"Üç yıla yayılan bir süre boyunca, özellikle 24 Aralık-28 Aralık 1620 öncesinde ve sonrasında çeşitli günlere özellikle not düşülerek, kendisine getirilen suçlamalar için yargılayacağız. Bu iğrenç edimler 15 Ocak 1620'de, bölgemizde yasallaştırılan cadılık ve büyücülükle ilgili Kral Hükmü'ne karşı gelmektedir. Vekil Cornet, Fru Sørensdatter'i geçen yıl, 18 Ekim'de tutuklamıştır.

"Kendisine hemen itiraf etmesi halinde sorgulamadan bağışlanacağı söylenmiş ancak o masum olduğunu belirtmiş ve bu yılın 18 Ocak'ında suya daldırılmıştır. O zamandan bu yana çeşitli cadılık edimlerini itiraf etmiştir. Vekil Cornet, lütfen itirafı okuyabilir misiniz?"

Birisi ıstıraptan hafif, usul, hayvanımsı sesler çıkarıyor ve Ursa önce diğer balkona bakıyor ama sonra bu seslerin kendinden çıktığını fark ediyor. Gözleri bir kez daha Maren'i arıyor, onu bulamıyor.

Kocası dimdik sırtıyla dikiliyor ve açık, alçak sesi ve aksanlı Norveççesiyle suçlamaları okuyor.

"Fru Kirsten Sørensdatter bu yılın 19 Ocak'ında kendisine yöneltilen suçlardan suçlu olduğunu itiraf etti. Kendisini ihbar edenler; Rahip Nils Kurtsson, Toril Knudsdatter, Magda Farrsdatter, Gerda Folnsdatter, Sigfrid Jonsdatter, Edne Gunnsdatter."

Nefes alıp adları saymaya devam ediyor, Vardø kadınlarının hemen hepsinin adı okunuyor. Ursa, Maren'in annesinin adını, hatta Fru Olufsdatter'inkini duyuyor ve komşusunun kendini kurtarmak için suçlamada bulunup bulunmadığını merak ediyor. Nihayet isim listesi sonlanıyor, Absalom başka bir parşömen alıyor.

"Yirmi iki yaşında, bir buzağıyı beslerken Şeytan'ın kendisini ziyaret ettiğini itiraf etti. Ona kim olduğunu sordu ve Şeytan yanıtını aldı. Şeytan ona öpmesi için elini uzattı; eğer Tanrı'yı ve Hıristiyanlığı, vaftiz akdini reddederse hava üzerinde hükmü olacağını ve bir erkeğin gücüne kavuşacağını söyledi. Şeytan'ın elini aldı, öptü ve bu onu çok mutlu etti. Nefesini buzağıya üfledi ve hayvan öldü."

Hikâye böyle devam ediyor, bu saçma terane Ursa kendisini hepsinin ötesine süzülüyormuş gibi hissediyor. Sanki kadınların kendi aralarında yaptıkları dedikoduların bir listesiydi, kâh balık kurutma askıları üzerine tartışmalar kâh tersten okunan Rab'bin Duası. Ama kalabalık, sanık kürsüsünde sallanan kadına doğru bir bütün halinde hücum ediyor, sesler ancak Bölge Beyi'nin uyarılarıyla kesiliyor. Ursa birden çok kez birilerinin korkulukların arasından uzanıp ona çimdik attığını görüyor ama Kirsten tepki vermiyor. Uyur gibi, gözleri yarı kapalı, ağzı gevşek. Onu bu hale getirmek için, onu bu kadar yok etmek için daha başka ne yapmışlardı?

Absalom ilk parşömeni yerine koyup başka bir tane alıyor. "Ve on altısını on yedisine bağlayan Noel Arifesi'nde cadı dağı Ballvollen'a uçtuğunu, orada diğer beş kişiyle büyü yapıp kendi kocasının da içinde olduğu kırk adamı boğan fırtınayı yarattığını itiraf etti..."

Yuhalamalar odada yankılanan bir öfke çığlığına dönüşüyor, Bey, düzenin sağlanması için bağırsa da Kirsten'i tekmelenmekten ve itilip kakılmaktan korumak için muhafızlarını sanık kürsüsüne göndermek zorunda kalıyor. Ursa yüzünü ellerinin arasına gömüyor. Christin dizine vuruyor. "Şuna bak, Ursula. Gülümsüyor."

Ama Ursa, Kirsten'in yüzünde yalnızca çarpılmış bir ifade görüyor.

Balkondan birisi, "İsimler!" diye haykırır. "Bize isimlerini ver!"

Bey ayağa kalkıp kollarını kaldırıyor. "Salonu boşaltmak zorunda kalacağım!"

Salona isteksiz bir suskunluk çöküyor. Absalom, "İsimlere gelince, Bölge Beyi Cunningham," diyor. Kalabalığa dönüyor. "İsimlerini sorduk ama yüzlerini göremediğini, sisin hepsini örttüğünü söyledi. Ama Fru Olufsdatter'in içlerinden biri olduğunu saptadık, ondan diğerlerinin adını almaya çalışıyoruz." Anlamlı bir şekilde kalabalığa bakıyor ve parşömeni tekrar kaldırmasıyla Ursa ürperiyor. "Kocalarının topraklarına sahip olmak ve onlara karşı üstünlük sağlamak için fırtınayı çağırdılar.

"Mads Petersson'un elli rengeyiğinden oluşan sürüsünü çaldı, Fru Gunnsdatter büyülenerek o ve sekiz kişiyle denize açıldı, denizde ağ atmadılar, Fru Sørensdatter nefesiyle balıkları çağırdı. Pantolon giydi ve böylece bir erkek kuvvetine sahip oldu, Fru Knudsdatter'e dehşet saldı ve Fru Jonsdatter'e üfledi ve kadın karnını şişiren bir hastalıkla perişan oldu."

Ursa kilise kadınlarına bakıyor. Yüzlerinde esrik bir ifade var, sanki kocası bir mucize, korkunç ve güzel.

Absalom parşömeni rulo yapıyor. "Bunlar, cadılık belirtisi olan çeşitli edimler arasında itiraf edilen suçlardır. Suçlu bunların üstlerine işaretini koymuştur, bunu mahkemeye arz ederim."

Hafifçe diz çökerek parşömeni Bölge Beyi'nin önüne koyup görkemli adımlarla yerine dönüyor. Vekillerden, odada dalgalanan seyrek bir alkış yükseliyor.

"Çok iyiydi," diyor Christin. "Gurur duymalısın."

Bölge Beyi sandalyesinde öne çıkıp dosdoğru sanık kürsüsüne bakarken, Ursa hafifçe başını sallıyor.

"Söyleyecek bir şeyiniz var mı, Fru Sørensdatter?"

Ses çıkmıyor. Muhafızlardan biri onu itekliyor ve kalabalık bir ağızdan neşeleniyor.

"Söyleyecek bir şeyiniz var mı?"

Muhafız, Kirsten'e yaklaşıp kulak verirken burnunu kırıştırıyor.

"'Hiç kimse,' diyor, "efendim."

"'Hiç kimse,' mi?"

"Öyle diyor."

Herkese hitap etmek için yeniden sandalyesine yaslanan Bey, "Pekâlâ o halde," diyor. "Fru Sørensdatter, çok ağır bir suç olan cadılık ve büyücülükle suçlanıyorsunuz, yazılı itirafınız üzerine sizi suçlu buluyorum. Kral'ın Hükmü uyarınca cezalandırılacaksınız: 'Bir büyücü Tanrı'yı, Tanrı'nın kutsal kelamını ve Hıristiyanlığı reddedip kendini Şeytan'a adamışsa, canlı canlı yakılarak yok edilecektir.'"

"Yanacak," diyor Christin.

Kalabalık bir ağızdan gürültüye boğuluyor, bu kez Bey onları susturmuyor, yalnızca tarihi duyururken sesini yükseltiyor, iki gün sonra. Adamlar Kirsten'i tutuyor ve elleri ona değer değmez Kirsten nihayet silkinip kollarını kaldırıyor.

"Tanrım ruhuma merhamet et." Düğmelenmemiş kol yenleri savrulurken Ursa kollarının pisliğini değil, üst üste binmiş morlukları, perişan tenini süsleyen tıpkı Christin'in ve kendi etekleri gibi mor ve sarı taç yapraklarını görüyor.

Bunun Absalom'u gücendireceğini bilse de izin isteyip Bey'in öğle yemeğine katılmıyor. Başının ağrıdığını söylüyor oysa tüm bedeni acı içinde. Olanları aklından bir an için bile çıkaramadan Fru Olufsdatter'in evinde üstünü değiştiriyor, sarı elbisesinden daha sade, daha bol bir şey giyip ikinci kayıkhaneye geçiyor. Kapıyı çalıyor, yanıt alamayınca beklemek için Maren'in evine giriyor.

İçeri girdiği anda, Maren'in kıt kanaat eşyası içinde, mahkeme salonun gürültüsünden uzak, kendini daha rahat hissediyor. Artık burada yaşamadığı için burası her zamankinden çok yuva gibi. Maren'in mahkeme salonunda olmadığından emin, ona söyleyeceklerini hazırlıyor ama kapı açılıp Maren içeri girdiğinde, arkadaşının bembeyaz yüzünden, onun zaten her şeyi bildiğini anlıyor.

Ursa ona uzanıyor ama Maren geri çekiliyor.

"Edne bana anlattı. Fırtınaya onun sebep olduğunu söylüyorlar," diyor Maren. "İtiraf etmiş."

"Dövülmüş, işkence görmüş," diyor Ursa. "İnsan her şeyi itiraf eder."

Maren duygusuz bir sesle, "Bunu değil," diyor. "Bunu itiraf etmez. Sen görmedin, Ursa. Öyle aniydi ki. Sanki bir el tekneleri avuçlayıp alaşağı etti." Gözlerini kapatıyor. "Doğru olmasa bunu itiraf etmezdi."

Ursa yanlışını düzeltmiyor, ona Kirsten'in kollarındaki morluklardan söz etmiyor.

"Pantolon ve balıklar hakkında söyledikleri doğru," diyor Maren. "İçimizde yas tutar gibi görünmeyen bir tek oydu."

"Onun bir cadı olduğuna inanıyor olamazsın," diyor Ursa sertçe. "Bu kadar aptal değilsin."

"Sen görmedin," diyor Maren. "Fırtına. Bir anda oldu. Göz açıp kapayıncaya kadar. Ve balıkları da bir anda yakaladık."

"Ama ağ atmıştınız, değil mi?" Maren başını sallayarak onaylıyor, Ursa elini sertçe masaya indiriyor. "Gördün mü? Yalan söylüyorlar. Edne, Toril, hepsi yalan söylüyor. Kimse Kirsten'i savunmadı."

"Ve sence onu savunmalıydım, öyle mi?" Maren bağırmıyor ama sesindeki buz gibi soğukluk Ursa'yı irkiltiyor.

"Onu demek istememiştim..."

"Kocana gitmememi söylemiştin. Cornet'le konuşmamamı, bunu senin yapacağını söylemiştin. Ve şimdi bu haldeyiz."

"Maren." Ursa söyleyecek bir şey bulamıyor. Soluğu kesiliyor.

"İznin olursa yalnız kalmak istiyorum, hanımım."

"Maren ne yapıyorsun?" Ursa onu sarsmak istiyor ama dokunmaya cesaret edemiyor.

Ayağa kalkmak için hareketlenen Maren, "O halde ben giderim," diyor.

"Hayır," diyor Ursa. "Gidiyorum." Kapıda duraksıyor. "Yarından sonraki gün gidip Kirsten'in yakılmasını izleyeceğim." Bunu hiç istemese de cümle ağzından çıkarken buna karar veriyor. "Zor olacak ama bir arkadaş görmeye ihtiyaç duyacaktır. Umarım sen de benimle gelirsin, Maren."

Maren taş gibi ifadesiz oturuyor.

Sonunda anlayan Ursa, "Hiç kimse," diyor. "Başka isim vermesini istediklerinde böyle yanıtladı. Kimseyi kendiyle ölüme sürüklemeyecek. O iyi bir kadın ve seni seviyor."

Maren yumruk olmuş ellerine bakıyor.

Ursa ertesi gün Fru Olufsdatter'in duruşmasına gitmiyor. Başını tutup usul usul inliyor, böylece Absalom dinlenmesini söylüyor. O sabah giyinirken Absalom onunla her zamankinden çok konuşuyor. O mutlu ve Ursa içinden onun ölmesini diliyor. Ursa'nın kendi teninde bir ateş gibi hissettiği, ona yönelen öfkeyi sezememesi inanılır gibi değil.

Ursa'nın ıstırabı onu tüm gün yatağa mıhlıyor ama öğle vakti dönen kadınların kabına sığmayan, heyecanlı seslerinden, Kirsten'in kazıkta yalnız olmayacağını anlıyor.

OTUZ ALTI

Absalom erkenden evden ayrılıyor ve Ursa bir günü yatakta geçirdikten sonra temiz havanın iyi geleceğini söyleyerek arabaya binmeyi reddediyor. Kocası elini alnına bastırıyor ve Ursa teninin sıcak olduğunu biliyor – gerginlik onu ter içinde bırakmış

"Umarım hastalanmıyorsundur, hanım. Ya da belki..." Gözleri Ursa'nın karnına kayıyor. "Bebeklerin kanı hızlandırdığını duymuştum."

Ursa nazikçe elini uzaklaştırıp kendini zorlayarak gülümsüyor. "Belki de, bey."

Absalom, evlendikleri gün yaptığı gibi başının tepesini öpüyor. "Kaptan Leifsson dün *Petrsbolli*'yle geldi. Belki dönüş yolculuğuna çıkarken babana güzel haberi yollayabiliriz."

"Kaptan Leifsson mu?" Ursa duyduğu rahatlama hissini saklamaya çalışıyor. "Burada mı?"

"Vardøhus'te kalıyor. Sana söylememiş miydim?"

Ursa başını iki yana sallıyor. Kaptanın muhtemel gelişinden en son babasının yazdığı mektupta söz edilmişti. Ateşe atılan o ve diğer mektuplarla birlikte bu da duman olup aklından çıkmıştı. "Duruşmalar yüzünden tamamen unutmuşum."

Sakalını ovuşturuyor, dudaklarının arasından hızlıca nefesini savuruyor. Ursa onu daha önce böyle gergin görmemişti, bu daha da korkmasına neden oluyor. "Gitmeliyim," diyor. "Rüzgârda kalmamaya dikkat et."

Şapkasını takıp uzun adımlarla evden çıkıyor.

Ursa yine sarı elbisesini giyiyor. Bu kez görülmek istiyor, Kirsten'in onu fark etmesini, ölüme arkadaşsız gitmediğini bilmesini istiyor.

İkinci kayıkhaneye gidip usulca kapıyı çalıyor. Uzun bir süre yanıt gelmiyor ama sonra Maren kızarmış bir yüzle dışarı çıkıyor. Sarılmıyorlar fakat Maren kolunu Ursa'nın koluna geçiriyor ve birbirlerine o kadar sıkı kenetleniyorlar ki kalçaları çarpışıp duruyor, Ursa'nın Maren'i kavrayan parmakları ağrıyor.

İnfazlar Vardøhus'ün arkasında, rüzgârdan korunaklı, çok fazla insanın toplanmasına uygun bodur çalılıklarla kaplı alanda yapılacak. Yabancılarla dolup taşan kalabalık şimdiden görkemli. Kirsten'in itirafının ayrıntıları fırtınada çok fazla olmasa da adam ve tekne kaybeden Kiberg ve Kirkenes'e dek ulaşmıştı. İnsanların yüzleri alçak tepenin yamacına dönük ama sarı elbisesi içindeki Ursa'yı görünce ikiye ayrılıp yol veriyorlar.

Bayırın tepesine bir adam boyunu aşan ahşap bir kazık dikilmiş, dibine kütükler ve çalı çırpı parçaları yığılmış. Bu görüntü karşısında Maren bocalıyor, her ne kadar Ursa da aynı sızıyı hissetse de onu neredeyse kazığın önüne, muhafızların yirmi adımlık bir sınır çektiği yere gelene dek çekiyor. Bu hattın ardından Rahip Kurtsson, en önde kocası ve vekiller durmuş, Bölge Beyi'yle konuşuyor. Ötede *Petrsbolli* sakin denizde salınıyor ama Ursa kaptanı toplanmış kalabalığın içinde göremiyor. Absalom onu fark ediyor, hafifçe gülümsüyor.

Ursa kendini bedeninin dışındaymış gibi hissediyor, sanki çok yüksek bir yerden izliyor gibi, kalabalığın rüzgârla dağılan gürültüsü kulaklarında belli belirsiz bir uğultu. Sadece Maren gerçek, sahnenin gerçekdışılığına karşı sağlam bir çıpa.

Kazığı inceliyor, tek bir ağacın gövdesinden yontulmuş ve kabuğu soyulmuş bu nedenle soluk ve ay ışığı gibi parlak. Ne ağacıydı acaba? Bu amaç için kesilmiş, babasının gemisiyle mi gelmişti? Teni karıncalanıyor. Aylar önce gönderilmiş olmalı. *Petrsbolli* bu yüzden mi gelmişti?

Bu düşüncenin dehşetiyle gözlerini kapatıyor, Maren, "Geliyorlar," diye mırıldanana dek açmıyor.

Açık bir at arabası kaleden alana olan kısa mesafeyi kat ediyor, Fru Olufsdatter ve Kirsten sırt sırta bağlanmış. Muhafızın elinde bir meşale var, odun yığınlarını tutuşturacak olan kıvılcım. Kirsten onlara dönük, Ursa saçlarının toplanmış, yüzünün yıkanmış olduğunu görüyor ve göğsüne inen bir yumrukla, Ursa'nın gri yün eteğini giydiğini fark ediyor. Eteğin altından solgun, mosmor bilekleri ve ayakları görünüyor. Ayakkabısı yok.

Kalabalığın içine girdiklerinde üstlerine kova kova kokulu sıvılar, tükürükler ve haykırışlar yağıyor ama sesler mahkemeden önce olduğu gibi heyecanla yüklü değil. Kazığa dek onları takip eden saf, gözü dönmüş bir öfke. Kalabalık Ursa ve Maren'i itekliyor ama onlar, kadınlar muhafız hattını geçip arabadan indirilirken bir arada kalmayı başarıyor.

Kadınlar dar platformun üzerine kaldırılıyorlar. Fru Olufsdatter kendini bırakmış halde, halatla bellerinden bağlandıkları sırada muhafızlar onu ayakta tutmak zorunda kalıyorlar. Kadın bağlandığı yerde âdeta ikiye katlanıyor ama Kirsten dimdik. Platforma ulaşmaları için bırakılan boşluğa daha fazla odun ve çıra yığılırken Kirsten kalabalığa bakıyor. Ursa onun yüzünde o eski başkaldıran kadından bir parça görüyor ve hıçkırığını bastırıyor.

Maren parmaklarını eline batırıyor ve dudaklarını öyle kuvvetli ısırıyor ki kan sızıyor. Kirsten onları görüyor, birbirlerine hiçbir işaret yapmasalar da yüzü bir parça gevşiyor ve göğe bakıyor.

Maren, Ursa'dan çok kendi kendine, "Gelmemiz iyi oldu," diye mırıldanıyor. "Gelmemiz iyi oldu."

Meşale arabadan alınıncaya dek fısıltıyı sürdürüyor. Son sözler sorulmuyor, Rahip Kurtsson'dan dua istenmiyor. Meşale olayın lanetiyle sönmüyor. Öylece kazığın altına iniyor ve Ursa ateşin parlak bir yılan gibi çıraların arasına süzülüşünü, koca kütüklerin altında toplanışını ve yükselerek iri bir aleve dönüşünü görüyor.

Daire çizerek dans eder gibi, kadınların ayaklarının etrafında yükseliyor, rüzgâra kapılan dumanlar dalga dalga onları sarmalarken Kirsten debelenmeye ve başının bir o yana bir bu yana döndürmeye başlıyor. Ursa artık başını çeviremiyor, etrafını saran kalabalık ise neredeyse sessiz. Fru Olufsdatter iki büklüm olduğu halatta kıpırtısız, alevler saçlarına ulaşınca, saçları alev alınca bile kılını kıpırdatmıyor. Ursa bilinçsiz olması, hatta ciğerlerinin yoğun dumanla dolup şimdiden ölmüş olması için dua ediyor.

Oysa Kirsten anbean daha da kendine geliyor gibi. Dudakları aralık, belki de inliyor, rüzgâr ve ateşin obur dili sözcüklerini yutuyor. Alevler platformu yalarken bir sağ bir sol ayağını kaldırıyor.

"İçine çek!"

Haykırış arkalarından geliyor, tek bir kadının sesi, Ursa kim olduğunu çıkaramıyor ama ses öyle yüksek ki Kirsten duyuyor. Kocaman, dehşetle dolu gözlerle başını sesin geldiği yöne çeviriyor.

"İçine çek!" diyor ses yine, bu kez Ursa sesin kilise kadınlarından oluşan kalabalığın içinden geldiğini fark ediyor. Yalnızca iki gün önce, Kirsten onu lanetlemekle suçlanırken oturmuş intikam arayan Sigfrid olamaz. Fakat Ursa, Sigfrid'in yanaklarında yaşlarla tekrar seslendiğini görüyor, Toril de bağırıyor. Gitgide daha çok sesin eklendiği haykırış durmadan tekrarlanıyor. Ursa aynı şeyi buhar kâsesine eğilmiş Agnete'ye söylediğini anımsıyor. Ama o kardeşinin ciğerlerini temizlemek içindi. Bu ise Kirsten ciğerlerini dumanla doldursun, ateş onu kavurarak öldürmeden önce kendini boğsun diye. Ursa da haykırışlara katılıyor. Şimdi hepsi, onu suçlayanlar da arkadaşları da haykırıyor, ona sesleniyor.

Kirsten'in göğsü şişmeye başlıyor, duman başının etrafında dönüp duruyor, yüzü gözyaşları ve terle kaplanıyor. Duyamadıkları sözcükler çıkıyor ağzından ve Ursa kendi ciğerleri sıcak, keskin dumanla doluyormuş gibi boğulduğunu hissediyor ve Kirsten boğuk bir çığlık atıp var gücüyle dumanı içine çekerken Maren'in tırnakları tenini yarıyor.

Şimdi rüzgârla bir koku geliyor, yanmış et, odun ve saç kokusu. Nihayet Kirsten halatın üstünde iki büklüm yığılıyor ve hareketsiz kalıyor. Kazığın üstünde, gökte kuşlar dönüyor ve kalabalıkta bir rahatlama ânı oluyor, hep birden öne sallanıyorlar. Maren o zaman Ursa'yı bırakıyor, desteği çekilince Ursa sendeliyor ve peşinden gitmek için arkasını döndüğünde onu o itiş kakışın içinde, bir anda kaybediyor. Alevlerin yuttuğu kazığa bakmak için öne atılanların arasından sıyrılmaya çalışıyor ve en sonunda kalabalıktan kurtulup aceleyle uzaklaşan Maren'in dar bedeninin görüyor.

OTUZ YEDİ

Kimse onları takip etmiyor. Elbisesi ayaklarına dolaşan Ursa gitgide daha geride kalıyor, Maren hızlı adımlarla Vardø'nün dağınık evleri arasında gözden kayboluyor.

İçgüdüleri Ursa'ya devam etmesini söylüyor, burna doğru stabbur geçip ikinci kayıkhaneyi ve yıkılmış evin kalıntılarını geçiyor. Önünde uçurum ve uçurumun kenarında Maren duruyor. İki büklüm eğilmiş, çığlık atıyor, boynu damarlarla yol yol. Ursa yanına vardığında Maren kusmaya başlıyor, deniz tükürdüğü beyazımsı sıvıyı uzaklara götürüyor, bir kez daha çığlık atıyor.

Ursa yanında duruyor, Maren'in elini tutup onu bir adım geri çekiyor. Ağzını kocaman açıp o da haykırıyor ve ateşi besleyen, dumanı yükselten, Kirsten'in son sözlerini onlardan çalan rüzgâr seslerini alıp götürüyor.

Nihayet Maren duruyor. Ayaklarının üstünde sallanıyor ve Ursa onu uçurumun kenarından tamamen uzaklaştırıyor.

"Gel, Maren."

Ursa'nın onu yönlendirmesine izin veriyor. Köy hâlâ mezarlık gibi ıssız ve kara bir duman sütunu fırtınanın savurduğu bir kuş sürüsü gibi döne döne yükseliyor. Stabbur daha sıcak olsa da Ursa onu ikinci kayıkhaneye götürüyor.

Maren'i sandalyeye oturtup ateşin kabuğunu kırıyor ve közleri karıştırıp ateşi besliyor. Sıcak, buz kesmiş yanaklarına vurunca irkiliyor. Güçbela dik duran Maren hafifçe öne eğilmiş, Ursa stabbur'a dönüp taşıyabildiği tüm battaniyeleri getirip onları eskiden yatağın olduğu yere yığıyor. Cebinden son anason tohumunu çıkarıp Maren'e uzatıyor.

"Haydi, Maren. Gel de uzan."

Maren'in dişleri birbirine vuruyor. Ursa ona yaklaşıyor.

Maren, "Kokusunu alabiliyorum," diye fısıldıyor. "Üstüme sinmiş."

Bu doğru, rüzgârın azizliği: Mide bulandırıcı duman kokusu her ikisinin de üstüne yapışmış. Ursa yağlı kokuyu Maren'in saçlarından ve kendi teninden alabiliyor.

Ursa, "O halde burada bekle," diyor ve Maren eline yapışıyor. "Al bunu." Anason tohumunu bir çocuğa ilaç içirir gibi dudaklarının arasına yerleştiriyor. "Hemen döneceğim."

Yıkanma teknesi ahşaptan ve ağır ve Ursa tekneyi evleri arasında sürüklerken geride uzun izler bırakıyor. Tekneyi dolduracak kadar su alabilmek için kuyuya dört kere gidip geliyor. Her seferinde kayıkhaneye dönüyor, Maren kılını kıpırdatmadan hayalet görmüş gibi suyu kaynatan Ursa'yı izliyor. Çok geçmeden teknenin yarısı dumanı tüten suyla doluyor. Ursa stabbur'da kiraz ağacından sandığını açıp leylak suyu şişesini çıkarıyor. Şişe o kadar ufak ve narin ki tıpasını çıkarıp tekneye dökerken kırılacağından korkuyor.

"Çabuk ol, su soğumasın." Sesi boğazını tırmalıyor.

Maren ellerini kucağında kavuşturuyor. "Yapamam."

"Benden utanmıyorsun ya?" Ursa ona usulca gülümsüyor. "Benim bir kız kardeşim var."

Maren sert bir sesle, "Ben kız kardeşin değilim," diyor.

Yanına gelip ellerini omuzlarına koyan Ursa, "Seni öyleymişsin gibi seviyorum," diyor. Maren'in yüzünde bir şey, derinleşen bir acı var ve Ursa başparmaklarıyla kollarını ovunca irkiliyor.

Ursa iç çekiyor. "Gidebilirim."

"Hayır," diyor Maren. "Başını çevirsen yeter."

Ursa dönüyor ve Maren soyunurken kumaşların hışırtısına kulak veriyor, Maren'in hareketleri hızla devinen gölgeler yarattıktan sonra bedeni suya girerken hafif bir ses duyuluyor.

"Tamam," diyor Maren ve Ursa ona dönüyor. Bedeni kendine kapanmış, dizlerini karnına doğru çekmiş ve koyu renk saçlarını açmış, beline dökülen tutamlar omurgasının çıkıntılarını örtüyor.

Ona sabunu uzatan Ursa, "Al," diyor ve Maren elini uzatıyor. "İstersen ben yapabilirim."

Maren başıyla onaylıyor ve Ursa saçlarını yana çekip Maren'in dar sırtını sabunlamaya başlıyor, yavaş yavaş ensesine doğru yükseliyor. Maren derin bir soluk veriyor ve başı öne düşüyor, omuzları çöküyor. Ursa, Maren'in saçlarını sabunlarken burnuna anason kokusu çarpıyor ve yanık kokusu bayat leylak kokusu altında kayboluncaya dek kova kova su dökerek onu duruluyor.

"Tamam," diyor, ayağa kalkıp sabunu uzatıyor. Maren'in başı hâlâ önünde, ıslak saçları ince bedeninin iki yanına saçılmış. Kaburgaları dışarı fırlamış, kendine kenetlenmiş, Ursa aniden elini sırtına koyup nefes alışlarını hissetmek istiyor.

"Maren?"

Maren sonu gelmek bilmeyen bir yavaşlıkla başını kaldırıyor. Yüzünde Ursa'nın daha önce görmediği, belki de fark etmediği bir şey var. Bir tür açlık. Ursa'nın sabunu tutan eli hâlâ havada ve Maren kollarını çözüp sabunu alacakmış gibi uzanıyor.

Ama bunun yerine tüy gibi bir dokunuşla Ursa'nın bileğini tutuyor, onu dudaklarına götürüp öpüyor. Başını kaldırıp kımıldayamayan, soluk dahi alamayan Ursa'ya bakıyor. Maren teknenin içinde hareket ederek dizlerinin üstünde duruyor.

Bedeni Ursa'nın daha önce gördüğü hiçbir şeye benzemiyor, ince, bacakları ve kolları kaslarla boğumlu, leğen kemikleri tenini zorluyor ve bacaklarının arasındaki ve koltukaltlarındaki kıllar koyu renk, memeleri küçük, sudan pırıl pırıl. Ursa karnının altına bir şeyin saplandığını hissediyor. Nefesi kesiliyor. Maren'in yüzündeki istek o kadar açık ki Ursa bunu yadsıyamayacağını biliyor. Son aylarda giderek yakınlaştıkça Ursa'nın hissettiği bu muydu? Ursa buna bir ad vermemişti, veremez de ve Maren, Ursa'nın iki elini de ellerinin arasında alıp bileklerini usul, hafif dokunuşlarla öpüyor. Sabun Ursa'nın elinden kayıp düşüyor.

Maren suratını tekrar tekrar yaklaştırırken Ursa bileklerinden, bacaklarından ve göğsünden yakalandığını hissediyor ve sonunda Maren yüzünü onun avuçlarının içine yaslıyor. Bu hareket karşısında Ursa'nın tüm bedeni sarsılıyor. Ellerini çekip vücudunun iki yanına yapıştırıyor. Maren dizlerinin üstünde, dua eder gibi başı öne eğik kalıyor. Omuzları inip kalkıyor ve uzun boyuna karşın bir çocuk gibi ufak görünüyor.

"Korkma," diyor aniden. Oysa Ursa korkmuş görünenin Maren olduğunu düşünüyor. "Seni korkutmak istememiştim."

Göz göze geliyorlar ve Ursa ona uzanıyor. Eli Maren'in tenine değmiyor, teninin hemen üstünde duruyor, boynunun ve omzunun birleştiği yerde süzülüyor. Maren'den yükselen ısıyı hissedebiliyor. Maren başını hafifçe eğip Ursa'nın elini yanağına yönlendiriyor. Eteği dizlerine dolanan Ursa yaklaşıyor. Maren'in yüzünü okşamaya başlıyor ve Maren de elini Ursa'nın yanağına götürüp aynısını yapıyor. Ursa başını çeviriyor ve Maren'in başparmağını ağzına alıyor.

Bu, Maren'in tüm bedeninin sarsılmasına neden oluyor ve ayağa kalkıp tekneden çıkarken Ursa aralarındaki akkoru hissediyor. Maren, Ursa'nın ayağa kalmasına yardım ediyor, onu kollarının arasına alıp masanın sert köşesini arkasında hissedinceye dek onu sürüklüyor.

Ursa'nın başını kaldırdığında burunları birbirine dokunuyor. Ursa soluğundaki anason kokusunu, teninden yükselen sabun ve leylak kokusunu ve yalnızca Maren'e ait olan o rayihayı alabiliyor. Solukları şiddetleniyor ve bacağını Maren'in bacaklarının arasına kaydırıp eteklerini hışırdatarak kalçasını ona doğru itiyor. Maren de aynı şekilde karşılık veriyor.

Ursa elbisesinin bağlarına asılıyor ve Maren bir adım geriliyor. Ursa, Maren'in olması gereken yerde bedenine sürtünen soğuk havayı hissederek titreyen parmaklarla bağcıkları çözüyor. Elbisesini daha elinden bırakmadan bedenleri tekrar birbirine yapışıyor, artık aralarında yalnızca Ursa'nın ince iççamaşırları var.

Öpüşüyorlar ve Maren'in dudakları sert olsa da bu Ursa'nın aylardır hissettiği tek iyi ve nazik şey. Maren'in dokunuşundan yayılan arzu Ursa'nınkinin de artmasına yetiyor ve elini Maren'in kalçasına doğru götürüp onu kendine sıkıca çekiyor. Maren tir tir titriyor ve kollarının arasından sıyrılan Ursa soluk soluğa, telaşından ötürü beceriksizce onu battaniyelere doğru yönlendiriyor, bedenleri birbirine denk gelecek şekilde onu üstüne çekiyor.

Maren elini Ursa'nın bel kıvrımından aşağıya, karnının solukluğuna ve bacaklarının arasındaki açık renk tüylere kaydırıyor.

Ursa birden kararsızlığa düşerek kıpırtısız kalıyor. Maren parmaklarını geri çekmeye başlarken Ursa elini yakalayıp, "Hayır. Sadece yavaş. Nazikçe," diyor.

Zihnini bedeninden uzaklaştırmıyor. Maren'in eli üzerindeyken, içindeyken sadece bedenden ibaret ve bu elin sevecenliği, bu elin arzusu içinde gözyaşlarına boğulabilir. Bilmiyordu, böyle olabileceğini hiç bilmediğini, diye düşünüyor.

OTUZ SEKİZ

Gece olunca Ursa'nın dokunuşunun pusu üstünden çekilmiş, Kirsten'in kokusu havaya çökmüştü ve Maren uyuyamıyor. Stabbur'un pencerelerinde ışık var, Vekil Cornet'in eve dönüp dönmediğini merak ediyor ve onu Ursa'yla birlikte olduğu düşüncesi, avuç diplerini uçuşan ışıklar belirinceye gözlerine bastırmasına neden oluyor.

Burna doğru her zamanki rotasına koyuluyor. Geceler yakında yeniden kısalacak, hava ısınacak ve şimdi ölü görünen her şey büyümeye başlayacak ama Kirsten hâlâ ölü olacak. Gözlerini kazığın tüttüğü ve karanlıkta ışık saçtığı tepeye çevirmemeye çalışıyor.

Ama Ursa... bunun olduğuna inanamıyor. Sonunda birbirine dokunan dudakları, Maren'in boğazına takılan inleme. Ursa'nın teni hayal ettiği gibi yumuşaktı, âdeta bir çiçeğin kadifemsi iç yaprakları gibi. Bacaklarının arasında zonklayan arzu olmasa, Ursa'nın sarı elbisesi yerde olmasa buna inanmazdı.

Köy sakinleri dönmüş, evlerden sesler yükseliyor. Maren, Kirsten'in evinin muhafızlarla dolu olduğunu, rengeyiklerinin karanlıkta böğürdüğünü düşünüyor. Arkadaşının itirafını duyduğunda korkmuş, bir an için Kirsten'in suçlu olduğunu düşünmüştü. O ihanet ânının acısı henüz erişemediği bir yerde, kendini onun içinde kaybolmuş hissediyor.

Annesinin evinin önünden geçerken verandada arkasından ışık vuran bir figür görüyor, kapı açık.

"Anne?"

Figür sıçrıyor – herhalde uyukluyordu. Maren yaklaşıyor.

Annesi kapının çerçevesine dayanmış. Arkasında ateş alev alev, yanında Maren'in babasından kalan likörün boş şişesi duruyor.

"Onu içmemeliydin. Kimbilir kaç yıllık."

Annesi, "Düğününüzde içecektik," diyor, sesi alçak ve boğuk. Başını kaldırıp Maren'e bakıyor; besbelli ağlamış.

Maren içini delen bir hınç hissediyor. "Yatmalısın, anne." Uzaklaşmak için arkasını dönüyor ama annesi bir inilti koparıyor.

"Maren. Erik gitti."

"Evet, anne. Eğer Diinna hakkında ileri geri konuşmasaydın belki de gitmek zorunda kalmazdı."

"Hayır," diyor annesi. "Erik öldü. Baban öldü. Ve..." Birden susup elini başına götürüyor. "Ve sen de öleceksin."

Maren'in nefesi kesiliyor. "Sen sarhoşsun."

"Bu doğru, kızım." Bir hıçkırık kriziyle sarsılıyor. "Senin... senin adın verilmiş."

Evleri yalpalayan gecede bir gemi: Döşeme tahtaları Maren'in ayakları altında sallanıyor. *Balina*, diye düşünüyor. *Balina geldi.* Zeminin altında dev sırtını yuvarlıyor, yükselip Maren'i yutmak için bekliyor.

Fısıltıya dönen bir sesle, "Kirsten mi?" diyor Maren. "Adımı o mu vermiş?"

Annesi başını iki yana sallıyor. "Fru Olufsdatter. Toril onun senin adını verdiğini söyledi. Ve Edne'nin. Kazığa gitmeden hemen önce. Kirsten'le dağa gittiğini söylemiş."

"Ne dağı?"

"Alçak dağ. Cadıların dağı."

Maren, "Alçak dağ," diye tıslıyor. "Erik'in süpürgeotu topladığı dağ, babamla yürüdüğünüz dağ. Bir cadı tepesi olduğunu mu düşünüyorsun?"

"Hayır. Evet." Sözcükler ağzından başıboş çıkıyor ve burnundan sümükler akıyor. "Kirsten itiraf etti. Fru Olufsdatter itiraf etti."

"Bir cadı olduğumu mu düşünüyorsun, anne?" Maren tuhaf

bir şekilde sakin hissediyor. "Erik'i, babamı ve tüm o zavallı erkekleri boğduğumu mu düşünüyorsun?"

Annesi uluyor, sesi o kadar tarazlı ki Maren'e kendi boğazı yırtılıyormuş gibi geliyor. "Düşünmüyorum. Bilmiyorduk. Bilmiyorduk, ne yaptığımızı şimdi anlıyorum." Başını ellerine doğru eğerken sesi boğuklaşıyor. "Yandı Maren. Etleri eridi. O koku, ah Tanrım." Kollarını bedenine dolayıp sallanmaya başlıyor. "Ah, Tanrı bize merhamet etsin. Bunu biz başlattık, şimdi son veremiyoruz."

Maren yeterince dinlemişti. Annesi ardından seslenirken koşmaya başlıyor. "Maren, kızım, yavrum. Beni affet!"

Maren onu almaya gelmelerini beklemeyecek. İkinci kayıkhanede çalıştığı zamandan kenara ayırdığı para duruyor, Diinna gibi bir tekne alabilir, belki dağlarda onu bulur ya da adını duyduğu, insanın kalabalıkta gözlerden kaybolabileceği şehirlerden birine gider.

Fakat Ursa. Birlikte geçirdikleri zamandan sonra onu nasıl bırakabilir? Kendisiyle gelmesini isteyemez. Maren güçlükle nefes alıyor, kayıkhaneye giderken düşünceler peşini bir an bile bırakmıyor ve aceleyle içeri girip kapıyı sıkıca kapatıyor.

"Maren," diyor Ursa'nın sesi.

İnce, pamuklu bir gecelik giymiş, masada oturuyor ve ateşin yanında Absalom Cornet dikiliyor, yumruk yaptığı elinde Ursa'nın sarı elbisesi.

OTUZ DOKUZ

Maren, tıpkı Ursa gibi dosdoğru Absalom'un tuzağına düştü.

Vardøhus'ten geç saatte, akevitt ve et kokularıyla döndü ve Maren'in dokunuşlarının anısı hâlâ Ursa'nın tenindeyken üstündeki ellerine dayanmak olanaksızdı. Ursa onu itti ve Absalom gasp edip yerleştikleri evin loş ışığında bir süre onu izledi, öyle hareketsizdi ki Ursa soluk almaya cesaret edemedi.

"Neden benimle yatmak istemiyorsun, Ursula?" Ursa'nın kendini koruyabilecek bir yanıtı yok.

"Beni seviyor musun?" Kokunun dışa vurduğundan daha sarhoş. Topuklarının üstünde sallanıyor.

"Evet."

Diz çöküp kucağına yerleşene dek eğiliyor. Ursa ellerini kocasının kafasından uzaklaştırıyor, böylece tenini kendi teninde hissetmek zorunda kalmıyor. Absalom'un geniş sırtı bir inip bir kalkıyor ve Ursa uyuyakalıp bunları unutması için dua ediyor. Ama bunun yerine Absalom kalkıp leş gibi kokan tuniğini düzeltiyor.

"Halletmem gereken bir iş var, döndüğümde seni daha iyi bir halde bulmayı umuyorum."

Absalom evden çıkarken kalbi güm güm atan Ursa seslere kulak veriyor. Ama ayak sesleri uzaklarda kaybolup gitmiyor. Ağır adımlarının kayıkhanenin, Maren'in evinin döşemelerine vuruşunu duyuyor. Pencereye koşup son anda Absalom'un kapıyı açarak içeri girdiğini görüyor.

İkisinden haberi olamaz. Bu imkânsız ama yine de paniğe kapılıp üstünde gecelikle evden fırlıyor, kocasının peşinden, mandalı açık kapıdan içeri giriyor.

"Burada ne yapıyorsun, Absalom?"

"*Sen* burada ne yapıyorsun, hanım?" Dönüp onu baştan aşağı süzüyor. "Kıyafetin uygun değil."

Ursa kollarını bedenine doluyor. "Beni affet ama neden buradasın? Benimle eve dönemez misin?"

"Burada işim var."

Ursa'nın içi korkuyla doluyor. "Sarhoşsun."

"Çok sarhoş değilim." Sözcükleri ağzında geveliyor. "Benimle yemeğe gelseydin bunu bilirdin."

"Gelmediğim için özür dilerim. Lütfen, hadi yatağa gidelim."

Ellerini ona uzatıyor ama Absalom kıpırdamıyor.

"Arkadaşını tutuklamaya geldim, Ursula. Ona düşkün olduğunu biliyorum, seni bu utançtan korumak istemiştim."

"Maren'i mi?" Sanki midesi içkiyle dolu olan Ursa'ymış gibi oda etrafında dönmeye başlıyor. "Suçlandı mı?"

"Bizzat cadı Olufsdatter tarafından. Son itirafı. Ama önce bana söyle, hanım. Düğün elbisen neden yerde?"

Ursa, "Temizlemesi için Maren'e getirmiştim," diyor. Elleri titremeye başlayınca saklamak için arkasında kavuşturuyor. "Bak, tekne hazır bile."

Hâlâ gri suyla yarıya kadar dolu olan tekneye bakıyor. Leylak kokusu kaybolmuş, yerini Absalom'un kıyafetlerinden yayılan berbat kokuya bırakmış. "Neden peşimden buraya geldin hanım?"

"Kocası gece vakti başka bir kadının evine giderse onu takip etmek bir kadının görevi değil midir?"

"Beni kıskandığını düşünmemi mi bekliyorsun?" Absalom ateşin loş ışığında dişlerini gıcırdatıyor. "Daha önce bunu hiç düşünmedim, şimdi de düşünecek değilim."

"Tutuklama bekleyemez mi, bey? Yatağa gel."

"Otur, Ursula. Gerçeği öğrenmek istiyorum."

"Sana gerçeği söyledim."

"Otur." Buruşuk elbiseyi alıyor. "Şimdi."

Ursa'ya her an sonsuz gelse de çok beklemek zorunda kalmıyorlar. İçten içe Maren'in geri dönmemesi için dua ediyor. Kocası bir ona bir kapıya bakıyor. Ursa onu uyarmaya çalışsa da artık çok geç ve Maren içeri süzülüyor.

Sakin bir sesle, "Merhaba Bayan Magnusdatter," diyor Absalom. "Oturun lütfen."

Maren kıpırdamıyor. "Vekil Cornet..."

Absalom üç uzun adımda odanın diğer ucuna gidip bir sandalye çekiyor. Maren'nin dizleri çözülüyor. Ursa onun kendisine baktığını hissedebiliyor ama karşılık vermeye cesaret edemiyor. Absalom, sanık kürsüsündeymiş gibi gözlerini Maren'e dikiyor. Onun karşısında Maren küçücük görünüyor, yutan karanlığın karşısındaki titrek mum gibi.

"Karımın elbisesi evinizde, yerde ne arıyor, Fru Magnusdatter?"

"Temizliyordum, efendim."

"O halde neden yerde, neden azıcık ıslak?"

"Sandalyeden düşmüş olmalı. Diğer çamaşırları yıkıyordum."

"Diğer çamaşırlar nerede?"

Maren duraksıyor, Absalom aniden iri elleriyle boğazına yapışıyor.

Ursa ayağa fırlayınca dengesi bozulan sandalye devriliyor. "Absalom, hayır!"

"Karımı büyüledin, değil mi?" Ağzından tükürükler savruluyor, kocaman açılmış gözleri alev alev. Maren can çekişen bir kuş gibi iniltiler çıkarıyor. Absalom onu sandalyeden kaldırıp Ursa'dan uzağa sürüklüyor. "Söyle!"

"Absalom, konuşamıyor!"

Maren'in yüzü morarmaya başlıyor, yerden destek alabilmek için ayaklarını savuruyor. Absalom'un ellerini çekiştirirken Ursa kendini çamurun içinde debelenir gibi ağır ve işe yaramaz hissediyor. Kocası Maren'i olanca ağırlığıyla yere bırakıyor ve elinin tersiyle Ursa'nın yanağına sert bir tokat indirince Ursa'nın kulakları çınlamaya başlıyor.

Parmağını Maren'in toparlanmaya çalışan bedenine doğrultup, "Bana cevap ver," diyor. "Cevap ver."

Maren soluk almaya fırsat bulamadan Absalom yine üstüne

çullanıyor. Bu kez onu yıkanma teknesine sürüklüyor, Ursa gözlerini kaplayan yaşların arasından Absalom'un onu eğip yüzünü suya daldırdığını görüyor. Maren tekmeler savuruyor ve Ursa sürünerek yanlarına varıp Maren'i kocasının ellerinden kurtarmaya çalışıyor ama Absalom'un pençeleri sımsıkı, sessizce hava kabarcıklarını izliyor.

"Onu öldüreceksin!"

Ursa'nın zihni sular altında. Düşen sandalyeye uzanıyor, kapıp Absalom'un sırtına indiriyor ama sandalye sırtından kayıp parçalara ayrılıyor. Absalom kükrüyor ve Ursa dışarı çıkıp haykırmayı, komşuları çağırmayı düşünüyor. Ama hangi komşuları? Kimse kocası karşısında ona destek olmaz.

"Lütfen Absalom," diye inliyor, tüm gücüyle omzundan tutup onu çekiyor. "Onu öldüremezsin."

Absalom Maren'i tutan ellerini gevşetiyor ve Ursa'ya bir kez daha vuruyor, savrulan Ursa'nın kafası ateşin yanındaki rafa çarpıyor. Maren öğürerek doğruluyor ve Absalom darbenin etkisiyle gözleri kararan Ursa'nın yığıldığı yere yönelir.

Soluk soluğa, "Ursula," diyor. Sesi afallamış. "İyi misin?"

Ursa bulanık gözlerle, güvensizce ona bakıyor. Absalom ona uzanıyor; suratında şefkat ve şaşkınlık ifadesi var. Ursa geri çekiliyor, yere yığılmış yatan Maren'e uzanıyor ama Absalom'un deneyimli eli Ursa'nın bileğinde, onu tutup kendine çeviriyor. Yüzüne sakin ve kara bir ifade yerleşmiş, bu Ursa'yı yatağa mıhlayıp içine girdiğinde gözlerinde beliren bakış. Maren'i saçlarından yakalıyor, yuttuğu su yüzünden hırıltılı soluklarıyla inlemeye başlayana dek elini döndürüyor.

"İtiraf ediyor musun?" diyor Absalom. "Karımı büyülediğini, Kirsten Sørensdatter'le fırtınayı çağırdığını itiraf ediyor musun?"

Maren kesik soluklarla, "Hayır," diyor. "Hayır."

Maren'i bir kez daha gri suya daldırdığında Ursa her şeyin bittiğini anlıyor. Eli rafa uzanıyor, pürüzsüz ve soğuk bir şeyi kavrıyor. Kaldırıyor, harcadığı güçle kolu titriyor ve sonra elindekini var gücüyle Absalom'un kafasına indiriyor.

Merdane kafatasının tam ortasına iniyor. Kuş yumurtasının

kırılmasını andıran bir ses çıkıyor ve Absalom, Maren'i bırakıyor, dizleri bükülüyor ve olduğu yerde sallanıyor. Ursa merdaneyi bir kez daha savururken Maren'in yerde süründüğünü güçbela fark ediyor, ses bu kez yumuşak, âdeta yapışkan, Absalom'un saçlarına bir ıslaklık yayılıyor ve adam teknenin içine düşüyor. Ursa merdaneyi bir kez daha kaldırıyor ama Maren onun bileğine yapışıyor.

"Hayır."

Absalom'un ağzı kanıyla kızıllaşan suyun altında. Kafasının arka tarafı yarılmış ve beyaz ve pembe bir şeyler görünüyor. Sol eli titriyor, sallanıyor, uzanmaya çalışıyor.

Ursa, Maren'i çekerek uzaklaştırıyor, her ikisi de yalnızca birkaç saat önce bedenlerinin çıplak ve ılık halde yattığı battaniyelere geri geri sürünüyorlar. Ursa'nın dişleri takırdamaya başlıyor, boğulmaktan son anda kurtulmuş olmasına karşın Maren onu kucaklıyor ve ince bedeniyle onu sarıp başını öpüyor.

"Bırak, Ursa."

Ursa bırakıyor ve gürültüyle yere düşen merdane yuvarlanıyor. Ursa, Absalom'un yalnızca sırtını görebiliyor. Kıpırtısız.

"Beni de bırak."

Ursa kollarını gevşetiyor ve Maren sürünerek teknenin diğer tarafına ilerliyor.

"O..."

"Evet."

"Ah, Tanrım. Ah, Tanrım. Onu öldürmek istememiştim." Sözlerine kendisi bile inanmıyor, oysa istemiyordu, gerçekten öldürmek istemedi. Tek istediği onu durdurmaktı. Onu durdurmak zorundaydı. "Ne yapacağım ben?"

Maren yanıt vermiyor. Öksürüp su tükürüyor ve ardından dengesizce ayağa kalkarak sendeleyip masaya tutunuyor. Ursa dizlerine yapışıyor. Absalom'un ayaklanıp onları yakaladığını hayal ediyor. Kafatasının kırılma sesi, ona ikinci kez vurduğunda, kafası tekneye düştüğünde suya vuran soluğunun ıslak sesi tekrar tekrar kulaklarına doluyor. Gözlerini kapatıyor ve kollarını bacaklarına doluyor. Sırtı duvarın keskin köşesinde; Agnete'yi, uyurlarken sırt sırta yattıklarını düşünüyor.

Maren ona dönüyor. Şimdi her nasılsa yüzü farklı, yatışmış. Ursa ona uzanınca yaklaşıyor ama sarılışında katı bir şey var. Maren hemen geri çekiliyor. Ursa onun yüzünü siliyor – yanaklarında kan var ve ellerine de bulaşmış.

Maren, sarsak sessizliğin içinde, "Bana güveniyor musun?" diyor.

Ursa ona, yüzünün sert hatlarına bakıyor. "Evet."

"Yatağına geri dön."

Ursa geri çekiliyor.

Maren bir kez daha, "Yatağına geri dön," diyor ve öpüştüklerinde yaptığı gibi yüzünü avuçlarının içine alıyor.

"Ne yapacağız? Cesedi döşeme tahtalarının altına saklasak, yapabilir miyiz?"

"Hayır."

"Kirsten'in runik taşları gibi denize atsak?"

"Ya bir gören olursa? Kolay bir iş değil."

Ursa yeni bir soru sormak üzere düşünürken Maren devam ediyor.

"Vekilin kayıp olduğu duyulunca herkes sorular soracak."

"Peki, ne yapacağız?" Ursa'nın zihni dumanlı, kan ve kırılan kemiğin sesiyle dolu.

Maren öyle hüzünlü bir ifade takınıyor ki Ursa'nın kalbi sıkışıyor. "Uzaklara gideceğim, Ursa."

"Uzaklara mı?"

"Diinna gibi. Absalom'un cesedini bulduklarında benim yaptığımı düşünecekler."

"Seni öldürürler."

"Adım zaten verilmiş."

Ursa tüm göğsünü saran bir acı hissediyor. Kocasının neden kayıkhaneye geldiğini tamamen unutmuştu. "Hepsi yalan."

"Bu, Kirsten'i kurtarmadı." Maren'in titreyen gözleri kapanıyor. Gözkapakları o kadar ince ve solgun ki Ursa onları öpmek istiyor. "Burada kalamam. Ama şimdi, kimse seni görmeden gitmelisin."

"Seninle geleceğim," diyor Ursa, eline uzanarak.

Maren gözlerini yüzüne dikiyor. "Gelmeni istemiyorum."

Ursa bir an için kalbinin durduğuna yemin edebilirdi.

"Yatağına dönmeni ve sabah olunca kocanın kayıp olduğunu bildirmeni istiyorum. Hiçbir şey görmediğini, hiçbir şey duymadığını söylemeni istiyorum. Onu bulmaları günler sürse bile. Bergen'e, babana dönmeni istiyorum. Limandaki o gemi, seni buraya getiren gemi. Onunla dönebilirsin."

Ursa doğrusunun bu olduğunu biliyor. Absalom'un öldüğü keşfedildiğinde onu Vardø'ye bağlayan bir şey kalmayacak. Evine dönebilecek ve Kaptan Leifsson güvende olmasını sağlayacak. Ama bir şey değişti, Ursa bunu sözcüklere dökmeye çalışıyor.

"Sensiz oranın bir anlamı yok."

"Kız kardeşin var. Onu tekrar görmek istemiyor musun?"

Ursa buna hayır diyemiyor. Agnete bir zamanlar tüm dünyasıydı ama Maren bileğini öptüğünden beri her şey değişti. Asla böyle bir şeyin olabileceğini hayal edemezdi. Ta ki gerçekleşene dek. Şimdi Maren'siz yaşayabilmesi olanaksız sanki. Bu, tüm neşenin bir başkasına bağlı olduğunu bilmek ve ondan ayrılmak geri kalan günlerini ışıksız geçireceksin demek. Ursa bu düşünceye karşı gözlerini kapatıyor, Maren'in deniz grisi gözlerinin üstünde olduğunu hissedebiliyor. Bakışlarına karşılık veriyor, onları bir araya getirip kavuran arzuyu arıyor. "Seninle geleceğim."

Şimdi sesinde şüpheye yer bırakmayan bir soğuklukla, "Sensiz," diyor Maren, "daha kolay olur."

Ursa çaresizce onu öpüyor ama Maren karşılık vermiyor.

"Maren, lütfen."

"Git, Ursa. Gece bitti bitecek, git. Geceliğini yak, yüzünü yıka."

"Seni seviyorum," diyor Ursa, bu gerçek kayan bir yıldız kadar ani, parlak ve acı yüklü. "Sen söylemeyecek misin? Seni seviyorum."

"Söyleyemem," diyor Maren. Ayağa kalkıp Ursa'yı da kaldırıyor. Onu dökülen gözyaşlarıyla gecenin içine yolluyor.

KIRK

Ağlamaya zaman yok. Sabah çok geçmeden üstlerine doğacak. Maren, Ursa gidene ve Fru Olufsdatter'in kapısı kapanana dek bekliyor. Böylesi daha kolay.

Dönüp ölü vekile bakıyor, kafasından hâlâ kan sızıyor. Kanlı merdane ayakların dibinde, onu ve Ursa'nın sarı elbisesini yerden alıyor. İpucu bırakamaz, onların işini kolaylaştıracak bir şey bırakamaz. Ursa ona vurmak için kolunu tekrar kaldırdığında Maren bunun kendi eliymişçesine, merdaneyi tutan kendi parmaklarıymış gibi hissetti. Yalnızca birkaç saat önce yatakta nasıl birlikteydilerse, sanki bu işi de birlikte yaptılar.

Yalnızca elbiseyi, merdaneyi ve parasını alıp ikinci kayıkhanenin kapısını kapatıyor. Limana değil, burna yöneliyor. Burun onun ve Ursa'nın yeri, onun ve Erik'in yeri. Sarı elbiseye Kirsten ve Fru Olufsdatter'in yanık kokusu sinmiş ve Maren bu kokuyu içine çekiyor. Bu kokuyu daha önceden tanıyor. Balinayı gördüğü düşlerinden, fırtınadan önceki gece ona gelen balinadan.

Parçalara ayrılmadan önce üstünde boylu boyunca yattığını anımsıyor. Hayvan daha ölmeden yağının kandillerde yandığını anımsıyor. Şimdi bu bir uyarı gibi geliyor. Onu yakalamalarına izin vermeyecek. Buna, annesi adının verildiğini söylediği an karar verdi. Onu yakmalarına izin vermeyecek; alev alan bedeninin kokusunu duyacak kadar uzun yaşamayacak.

Evler arasındaki alışıldık yoldan yürürken yalnız. Gece yarısı güneşiyle geçen ayları sevmeyen az kişiden biri, o yarı ışıkta hiçbir zaman kendini iyi hissetmiyor. Ona yıldırımı, boğulan adamların yeşilimsi bedenlerini anımsatıyor. Burada, zifiri karanlıkta güvende hissediyor.

Annesinin evi karanlık ve sessiz. Onun adının mahkûm kadınların ağzından uzak olması için dua ediyor, hepsi için dua ediyor – Edne, Gerda ve hatta Toril ile Sigfrid için. Çok fazla ölüm var. Bu onunla son bulacak. Son bulmalı.

Baar Ragnvalsson'un yıkık evinin ve teknesinin yanından geçerken başını yere eğiyor, önüne değil değişen toprağa bakıyor, insanı havalandıracak kadar güçlenen rüzgârla adanın bitimine geldiğini anlıyor. Deniz sivri kayalara çarpıyor ve anasonla karışan, dilinden vekilin onu soktuğu pis suyun acılığını sıyıran tuzun tadını alıyor. Burada, akıntının her şeyi en kuzeye sürüklediği yerde, Ursa'nın her şeyi kendine çeken kara kayayı Maren'e anlattığı yerde, Absalom için bile dua ediyor.

Merdaneyi yere bırakıyor ve Ursa'nın sarı elbisesini giyiyor, onu ilk gördüğü gün üzerinde olan elbise, ona ilk dokunduğunda, ilk öptüğünde ve birbirlerine ait olduklarını anladığında üstünde olan elbise. Elbise kıyafetlerinin üzerine bile bol geliyor ve ellerini Ursa'nın karnında, memelerinde dolaştırdığında hissetmiş ve bağların neden sürekli daha fazla gevşetildiğini anlamıştı. Vücudu genişliyor, içinde gerekli yer açılıyor. Bebek onu koruyacaktır. Onu yanına almamasının, bundan başka bir son düşünememesinin sebeplerinden biri de bu.

Merdaneyi denize atıyor. Bir adım atsa o da peşinden gidebilir. Zavallı Kirsten gibi suyun üstüne çıkmayacaktır. Düşlerinde olduğu gibi, dibe batar. Erkeklerinin cesetlerini yakalayan keskin kayalar onu parçalar, ardından deniz onu alır ve eğer kayalara çarpmasa bile kendi başına deniz her şeyi sonlandırır. Bunun, burada yaşayan herkes için kaçınılmaz son olduğunu düşündü hep.

Ama şimdi balinadan, boğulmadan sonrasını, rüyasının sonundaki yükselişi anımsıyor. Ensesi ürperiyor. Cebindeki paranın ağırlığını hissediyor. İleriye, belli belirsiz görünen alçak dağa bakıyor. Adımını atarken Ursa'yı düşünüyor, nasıl Maren'i tanıyan ilk ve tek kişi olduğunu. Bunun, nasıl da yeterli olduğunu.

SON

Tarihi Not

24 Aralık 1617'de, Norveç'in en kuzeydoğusunda yer alan Vardø adası açıklarında büyük bir fırtına patlak verdi, fırtına öylesine ani başlamıştı ki görgü tanıkları büyüyle çağrılmış gibi göründüğünü söyledi. Birkaç dakika içinde kırk erkek boğuldu. Böylesine uzak ve nüfus yoğunluğunun düşük olduğu bir yerde, bu bir felaketti.

O zamanlar Danimarka-Norveç olan ülke, büyük bir değişimden geçiyordu. Elli dokuz yıllık hükümdarlığının ortasında olan Kral IV. Christian dünyada iz bırakma umudunu gitgide yitiriyordu. Ülkesinin sınırlarında kimi şüpheli zaferler kazanmıştı ama dikkati günden güne hükmü dışındakilere değil, hükmü altındakilere yöneliyordu. Katı bir Lüteriyen olarak kilisesini güçlendirmek ve ülkesinin kuzey uçlarında, özellikle de geniş, yabanıl ve genel olarak kontrolü dışında kalan Finnmark'ta Sámi'lerin etkisini sonlandırmak istiyordu.

Rüzgâr tılsımcılığı ve ruhlarla konuşmanın sık görülen uygulamalar olduğu bu yerli halk kralın dini reformlarına uymayı reddetti ve Kral Christian, sonucu devlet eliyle yürütülen işkence ve katliamlara varan, gitgide sertleşen kanunlar getirdi. Amacı, kilisesinde bedenlenen ve dünya görüşünü yansıtan tek, birleşik bir toplum yaratmaktı.

Bu nedenle İskoçya'ya döndü. Kral VI. James büyücülük ve cadılık hakkında incelemesi, *Demonoloji*'yi yakın zamanda yayımlamıştı. "Bir cadıyı tespit etmenin, suçluluğunun kanıtlamanın ve infazını yerine getirmenin" yollarını ayrıntılı biçimde ele alan kitap anakarada ve adalarda bir cadı avı dalgası başlatmıştı. Kilisenin de katılımıyla histeri bir çığ gibi büyüdü. 1618'de, Kral Christian, büyük ölçüde Kral James'in metnini örnek alan büyücülük yasalarını çıkardı.

Kral Christian üst sınıftan bir İskoçyalı olan John Cunningham'la yakın arkadaştı, Cunningham Danimarka donanmasında uzun yıllar hizmet vermiş ve Spitsbergen'i korsanlardan temizlemişti. Kral, Finnmark'ın dize getirilmesi gerektiğine karar verince Vardøhus'e yerleştirdiği kişi Kaptan Cunningham oldu.

Bunu, eşi benzeri görülmemiş uzunlukta ve zalimlikte bir dönem izledi. Bölge Beyi Cunnigham ya da bilinen adıyla Køning, on dördü erkek, yetmiş yedisi kadın olmak üzere doksan bir insanı ölüme götüren elli iki cadılık duruşması yönetti. Bunu sadece görevi olduğu için yapmayan Cunningham, işi kralın planlarının da ötesine götürdü: Ölen erkeklerin tümü Sámi, kadınlar ise Norveçliydi. Daha önce böylesi olayların yalnızca birkaç kere görüldüğü ve yalnızca iki duruşmanın idamla sonuçlandığı bölgede, bu keskin ve çarpıcı bir değişiklikti.

İddia edilen suçlar bayağı suçlardan -gündelik tartışmalar, dine saygısızlık- en uçlara dek çeşitlilik gösteriyordu. 1621'deki ilk büyük duruşmada sekiz kadın, olayı görmeyenlerin zihinlerinde bile o zamana dek mistik bir konuma bürünmüş 1617 fırtınasını çağırmakla suçlandı.

Korku, on yedinci yüzyıl ve sonrasında dünyada tekrarlananlarla aynı örüntüyü takip eder. Bu duruşmalar Peter Zumthor ve Louise Bourgeois tarafından Vardø adasında, bir enstelasyonla anıldı - ki bu çalışma romanımın ilk tetikleyicisidir. Bu olaylar, nazik desteği, titiz araştırması ve 2010'da yayımlanan *Witchcraft Trails in Finnmark and Northern Norway* (Finnmark ve Kuzey Norveç'te Cadı Mahkemeleri) gibi kitapları, duruşmaların kendisiyle değil, böyle şeyleri olanaklı kılan koşullarla ilgilenen kurgusal bir çalışmanın tarihi bir dayanağı olmasını sağlayan Dr. Liv Helene Willumsen gibi akademisyenlerce kaleme alınmıştır. Dört yüzyıllık bir mesafeden yazarken bile birçok şey tanıdık geldi. Bu öykü, neden ve nasıl öldükleri onları tanımlar hale gelmeden önce, insanlar ve nasıl yaşadıklarıyla ilgili.

Kiran Millwood Hargrave

Teşekkürler

Bu kitabı adadığım anneme, Andrea'ya, dünyanın en iyi kadınına. Yazmak ve hayatta kalmak için, en çok da yazmanın ve hayatta kalmanın aynı hissi verdiği zamanlarda bana destek olan sayısız kadına. Bunu anlayan yazar temsilcim Hellie'ye, sen olmasaydın bu kitap yazılmazdı.

Babam Martyn ve erkek kardeşim John'a bu kitapta yer alan erkeklere hiç benzemedikleri için. Büyükannem ve büyükbabam Yvone ile John'a neşeli varlıkları için. Ve aileme, özellikle Debby, Dave, Louis, Rina, Sabine, Janis ve Piers'a.

Bu kitabı okuyup bu yolculuk boyunca elimi tutan arkadaşlarıma: Daisy Johnson, Sarvat Hasin, Lucy Ayrton, Laura Theis, Hannah Bond, Katie Webber, Kevin Tsang, Anna James, Louise O'Neill, Cat Doyle ve Elisabeth MacNeal. Yazar dostlarıma, özellikle: Maz Evans, MG Leonard, Rachel Leyshon, Katherine Rundell ve Barry Cunningham.

Ayrıca Dr. Liv Helene Willumsen'e, umarım anlatıyı kurarken tarihi böyle özgürce eğip bükmem onu dehşete düşürmemiştir ve kendisine beslediğim hayranlık ve şükran duygularının farkındadır.

Kirby Kim ve bütün Janklow & Nesbit ekibine. Her kitapta severek emek veriyorsunuz, bu çok değerli.

Nadir yeteneklere sahip, zarif bir editör olan Sophie Jonathan'a. Bana çok şey öğrettin, seninle çalışmak büyük bir keyif. Bu kitaba ve bana büyük bir cömertlik ve inançla yaklaşan Judy Claine'e; bu hikâyeyi biçimlendirmede payı olan Carina Guiterman'a. Picador and Pan Mcmillan'daki ekibime, yuva gibisiniz: Benimle ilgilendiği ve kitabın son kısımlarında yol gösterdiği için Francesca Maine'e, Gillian Fitzgerald-Kelly'e, Paul Baggaley'e, Kate Greene'e, Katie Bowden'a, Christine Jones'a, Emily Bromfield'a, Laura Ricchetti'ye, Mary Chamberlaine'e, son derece yetenekli kapak tasarımcım Katie Tooke'e ve Nicholas Blake'e. Alex Hoopes'a, Reagan Arthur'a ve Little, Brown, Hachette'teki muhteşem ekibe.

Bu öykünün bir parçası olduğun için sana da. Öfkelenen, umutlanan ve elinden gelenin en iyisini yapan herkese.

Vardø'de katledilen erkeklere ve kadınlara.

Ve sana Tom; hayatımı kurtardığın ve onu anlamlı kılmama yardım ettiğin için. Müteşekkirim.

MADELINE MILLER
"BU DİKKAT ÇEKİCİ HİKÂYE SİZİ, KİRKE'NİN YAPTIĞI BİR BÜYÜ GİBİ ETKİSİ ALTINA ALACAK."
–MARY DORIA RUSSELL, SERÇE'NİN YAZARI
BEN,
KİRKE
ithaki

AKHİLLEUS'UN
ŞARKISI
ORANGE
EN İYİ ROMAN
ÖDÜLÜ
MADELINE MILLER
"AKHİLLEUS'UN ŞARKISI'NA BAYILIYORUM.
OKUDUĞUM EN İYİ KİTAPLARDAN BİRİ."
ithaki